历代笔记小说大观

挥麈录

［宋］王明清 撰　田松青 校点

图书在版编目(CIP)数据

挥麈录 /(宋)王明清撰;田松青校点. —上海:
上海古籍出版社,2012.12(2023.8 重印)
(历代笔记小说大观)
ISBN 978-7-5325-6322-7

Ⅰ.①挥… Ⅱ.①王… ②田… Ⅲ.①笔记小说-小
说集-中国-宋代 Ⅳ.①I242.1

中国版本图书馆 CIP 数据核字(2012)第 046272 号

历代笔记小说大观

挥 麈 录

[宋]王明清 撰

田松青 校点

上海古籍出版社出版发行

(上海市闵行区号景路 159 弄 1-5 号 A 座 5F 邮政编码 201101)

(1)网址:www.guji.com.cn

(2)E-mail:guji1@guji.com.cn

(3)易文网网址:www.ewen.co

常熟文化印刷有限公司印刷

开本 635×965 1/16 印张 15 插页 2 字数 192,000

2012 年 12 月第 1 版 2023 年 8 月第 2 次印刷

印数:2,101—3,200

ISBN 978-7-5325-6322-7

I·2476 定价:38.00 元

如有质量问题,请与承印公司联系

校 点 说 明

　　《挥麈录》二十卷,包括《前录》四卷、《后录》十一卷、《三录》三卷、《余话》二卷,宋王明清撰。明清(1127—?)字仲言,汝阴(今属安徽合肥)人。孝宗淳熙十二年(1185)以朝请大夫主管台州崇道院,光宗绍熙三年(1192)任行在杂买务卖场提辖官,次年任宁国军节度判官,再次年添差通判泰州,宁宗嘉泰二年(1202)任浙江参议官。事迹见《宋史翼》卷二七、二九,《至元嘉禾志》卷一三等,余嘉锡《四库提要辨证》于其事迹考辨较详。

　　明清之父王铚毕生致力于《国朝史述》的撰辑。明清自幼耳濡目染,对当代史实饶有兴趣,至弱冠时已能博识“本朝典故,前辈言行”,“在众座中偶举旧事,了了如在目前”。他于孝宗乾道元年(1166)在会稽作《前录》,光宗绍熙五年(1194)在武林作《后录》,宁宗庆元元年(1195)在泰州作《三录》,庆元二年或三年作《余话》(地点不详),前后历时三朝三十余年。书中记叙作者历年来的所见所闻,其中虽有小说家言,但仍以史料居多,反映了当时社会尖锐的民族矛盾和朝廷内部矛盾;既详细记录了像岳飞、王禀、徐徽言等坚持抗战、不惜牺牲的民族英雄,也对大奸臣高俅、秦桧作了无情、彻底的揭露和批判。正因为作者力求持正论,详故实,不失史法,故书中史料多为当时的史家和史书,如李心传的《建炎以来系年要录》、实录院编修的《高宗实录》所采用。

　　《挥麈》四录因是分别成书,故前三录最初各自单独刊行,至《余话》成书后方有合刻本。今北京图书馆藏有宋龙山书堂刻四录全本，后世之《津逮秘书》本、《学津讨原》本和《四部丛刊续编》本等皆出自该宋本。此次校点，以《四部丛刊续编》本为底本，校以《津逮秘书》本及其他有关资料。凡底本有误者，皆据校本改正，不出校记。

目　　录

卷之六

卷之七

挥麈前录卷之一

1　唐《明皇实录》云:"开元十七年秋八月,上降诞之日,大置酒合乐,燕百僚于华萼楼下。尚书左丞相源乾曜、右丞相张说率百官上表,愿以八月五日为千秋节,著之甲令,布于天下,咸使燕乐,休假三日。诏从之。"诞日建节,盖肇于此。天宝七载八月己亥,诏改为天长节。其后肃宗以九月三日生,为地平天成节,史不书日。文宗以十月十日生,为庆成节。武宗六月十二生,为庆阳节。懿宗十月二日生,为延庆节。僖宗八月五日生,为应天节。昭宗二月二十二日生,为嘉会节。哀帝十月三日生,为延和节。梁太祖十月二十一日生,为大明节。末帝九月十二日生,为明圣节。后唐明宗九月九日生,为应圣节。晋高祖二月二十八日生,为天和节。出帝六月二十七日生,为启圣节。后汉高祖二月四日生,为圣寿节。隐帝三月七日生,为嘉庆节。周太祖七月二十八日生,为永寿节。世宗九月二十四日生,为天清节。恭帝八月四日生,为天寿节。本朝太祖二月十六日生,为长春节。太宗十月七日生,为乾明节,后改为寿宁节。真宗十二月二日生,为承天节。仁宗四月十四日生,为乾元节。英宗正月三日生,为寿圣节。神宗四月十日生,为同天节。哲宗十二月七日生,避僖祖忌辰,以次日为兴龙节。徽宗十月十日生,为天宁节。钦宗四月十三日生,为乾龙节。太上皇五月二十一日生,为天申节。今上皇帝十月二十二日生,为会庆节。而章献明肃皇后正月八日生,为长宁节;宣仁圣烈皇后七月十六日生,为坤成节,以尝临朝故耳。五代诸君节名不见于正史,以郑向《开皇记》考得之。唐代宗十月十三日天兴节,见令狐绹文集中。唐顺宗圣寿节,见于齐抗《会稽舍宅为寺碑》。后唐清泰帝正月二十三日千春节,见于《五代史·晋家人传》。近董令升作《诞圣录》,惜乎未尽也。

2　祖宗神御像设在南京则鸿庆宫,西京则奉先寺之兴先、会先。会圣宫之降真殿,扬州曰彰武,滁州曰端命,河东曰统平,凤翔曰上清太平宫。及真宗亲征北郊,封泰山,祀汾阴,则有澶渊之信武,嵩山崇福之保祥,华阴云台之集真。乾德六年,即都城之南,安陵之旧域,建奉先资福院,为庆基殿,以奉宣祖。艺祖则太平兴国之开先。太宗则启圣之永隆。至大中祥符中,建景灵宫天兴殿,以奉圣祖。其后真宗之奉真,仁宗之孝严,英宗之英德,皆在其侧也。又有慈孝之崇真,万寿之延圣,崇先之永崇,以奉真宗母后。章献明肃在崇真之旁,曰章德。章懿在奉先之后,曰广孝。章惠在延圣之后,曰广爱。在普安者二:元德曰隆福,明德、章穆曰重徽。元丰中,神宗以献飨先后失序,地偏且远,有旷世不及亲祠者,乃诏有司:神御之在京师,寓于佛祠者,皆废彻而迁之禁中,繇英德而上,五世合为一宫,凡十一殿,以世次列东西序。帝殿一门列戟七十二。殿之西庑,绘画容卫,公王名将,罗立左右。内有燕寝温清之室,玩好毕陈。而母后居其北。改庆基曰天元,后曰太始。开先曰皇武,后曰俪极。永极曰定大,后曰辉德。奉真曰熙文,后曰衍庆。孝严曰美成,后曰继仁。英德曰治隆。其便殿十一:曰来宁,曰燕娭,曰灵游,曰凝神,曰天游,曰泠风,曰太灵,曰丹台,曰灵昆,曰昭清。以五年十一月奉安帝后塑像于新宫,大赦天下。绘像侍臣于后。元祐初,即治隆之后宣光殿以奉神宗。绍圣初,辟宫之东隅为显承殿,以宣光殿故址为徽音殿,以奉宣仁圣烈。建中靖国元年,诏以显承介于一偏,庙号未称,于是度驰道之西,东直大定,南北广袤地势,并撤省寺,创为西宫,建大明殿以奉神宗,为馆御之首。涓日迁奉亲祠,永为不祧之庙,以示推崇之意。曲赦四畿,录功臣后,如元丰故事云。

3 西京应天寺本后唐夹马营,大中祥符二年,以太祖诞圣之地建寺锡名。东京启圣院,本晋护圣营,以太宗诞圣之地,太平兴国六年建寺,雍熙二年寺成,赐名。二寺皆奉祖宗神御。英宗以齐州防御使入继大统,治平二年建齐州为兴德军。熙宁八年八月,诏潜邸为佛寺,以本镇封赐名兴德禅院,仍给淤田三十顷。

4 开基节建名,世多无知者。建炎初,尝诏:"如后来所立元圣、真元节名之类,除开基节外,悉皆罢去。"始知为未久。因考建中以后诏旨,政和二年,南京鸿庆宫道士孟若蒙进状言:"本宫每遇正月初四日为创业之日,修设斋醮,乞置节名,以永崇奉。"诏从其请。近见曾仲躬云:"若蒙亦能诗。文清作南京少尹日,尝与之游。乱后复会于三衢。绍兴间,若蒙又以前绩自陈。时秦会之当轴,令敕住临安府天庆观,非其所欲,拂衣而归,老于衢云。"仰惟太上皇帝中兴再造,复在南都,符命岂偶然哉。

5　太祖皇帝朝,尝诏重修先代帝王祠庙,每庙须及一百五十间以上,委逐州长吏躬亲点检,索图赴阙,遣使覆检。令太常礼院重定配享功臣,检讨仪相,画样给付。女娲祠在晋州,书传无功臣可配。太昊以金提、勾芒配,祠在陈州。炎帝以祝融配,祠在衡州。黄帝以后土、风后、力牧配,祠在坊州。高阳以玄冥配,祠在澶州。高辛以稷配,祠在宋州。唐尧以司徒卨配,祠在郓州。虞舜以咎繇配,祠在道州。夏禹以伯益配,祠在越州。商帝、成汤以伊尹配,祠在河中府。中宗太戊以伊陟、臣扈配,祠在大名府。高宗帝武丁以甘盘、傅说配,祠在陈州。周文王以师鬻熊配,武王以召公配,成王以周公旦、唐叔、虞叔配,康王以太公、毕公配,秦始皇帝以李斯、蒙恬、王翦配,汉高帝以萧何配,文帝以周勃、陈平、刘章、宋昌配,景帝以周亚夫、窦婴、申屠嘉、晁错配,武帝以公孙弘、卫青、霍去病、金日磾、霍光配,宣帝以丙吉、魏相、霍光、张安世配,以上十帝并祠在长安。后汉世祖以邓禹、吴汉、耿弇、贾复配,明帝以东平王苍、桓荣配,章帝以牟融、赵意、宋安配,以上三庙并在河南府。魏武帝以钟繇、荀攸、程昱配,庙在相州。文帝以贾诩、王朗、曹真、辛毗配,晋武帝以羊祜、张华、王濬、杜预配,二庙在河南府。后魏孝文帝以王祥、王肃、长孙晟配,后周文帝以宇文宪、苏绰、燕公于谨、卢辩配,二庙在耀州。隋高祖以牛弘、高颎、贺若弼配,庙在凤翔府。唐高祖以河间王孝恭、殷开山、刘政会、淮南王神通配,庙在耀州。太宗以长孙无忌、房玄龄、杜如晦、魏徵、李靖配,庙在京兆府。明皇以张说、郭元振、王琚配,庙在河中府。肃宗以苗晋卿、裴冕配,庙在京兆府。宪宗以裴度、杜佑、李愬配,庙在同州。宣宗以夏侯孜、白敏中、马植配,庙在耀州。朱梁太祖以刘郭、敬翔、葛从周、袁象先配,后唐庄宗以郭崇韬、李嗣昭、符存审配,明宗以霍彦威、安重进、任圜配,石晋高祖以桑维翰、赵莹配,以上并在河南府。皆著之仪制。是时吴、蜀未平,六朝帝庙阙而不载。

6　本朝曹武惠配享太祖,武穆配享仁宗,韩忠献配享英宗,文定配享徽宗。父子配享,自昔所无也。

7　明清侧闻绍兴初,刘大中以监察御史宣谕诸路回,宰臣以其称职,拟除殿中侍御史。太上皇帝云:"且令除秘书少监。"宰臣启其所以,太上曰:"大中所至多兴狱,尚有未决者。一除言路,外方观望,恐累及无辜。"德寿之号,称哉。后因阅《会要》,恭睹宏休,恐中秘之书,臣下莫得而悉窥,今载其略。绍兴三年四月十六日,知藤州侯彭老言:"本州卖盐宽剩钱壹万贯文省,买到金一百六十余两,银壹千八百两投进。"诏:"纵有宽剩,自合归之有司,非守臣所当进纳。或恐乱有刻剥,取媚朝廷。侯彭老可特降一官,放罢,以惩妄作。所进物退还。"绍兴十三年四月一日,宰执进呈前广南东路转运判官范正国言:"本路上供及州郡经费,全仰盐息应办。比因全行客钞,遂或阙乏,欲自今本路州郡凡属屯驻兵马去处,许依客人买钞请盐,各就本州出卖,所得息钱,专充军费。"上曰:"法必有弊然后改。未见其弊,遽先改,非徒无益,必致为害。凡法皆然,不独盐也。"又建炎元年十月十二日,宰执诣御舟御榻前奏事讫,上曰:"昨日有内侍自京师赍到内府真珠等物一二囊,朕投之汴水矣。"黄潜善曰:"可惜! 有之不必弃,无之不必求。"上曰:"太古之世,椟玉毁珠,小盗不起。朕甚慕之,庶几求所以息盗尔。"四年三月七日,宰执进呈宣抚处置使奏:"大食国进奉珠玉宝贝等物,已至熙州。"上曰:"大观、宣和间,茶马司川茶不以博马,唯市珠玉,故马政废阙,武备不修,遂致胡虏乱华,危弱之甚。今若复捐数十万缗,贸易无用珠玉,曷若爱惜其财,以养战士? 不若以礼赠而谢遣之。"乃降旨宣司,并不得受,令量度支赐,以答远人之意。绍兴元年三月二十二日,荆湖南路马步军副总管孔彦舟言:"于潭州州城莲池内收得玉一片,堪篆刻御宝,乞差人宣取。"诏:"御宝已足备,兼自艰难以来,华靡之物,一无所用。令彦舟不须投进。"此与夫却千里马、还于阗玉,适相符合,诚帝王之盛德也。

8　《李和文遗事》云:"仁宗尝服美玉带,侍臣皆注目。上还宫,谓内侍曰:'侍臣目带不已,何耶?'对曰:'未尝见此奇异者。'上曰:

'当以遗虏主。'左右皆曰：'此天下至宝，赐外夷可惜。'上曰：'中国以人安为宝，此何足惜！'臣下皆呼万岁。"

9　《和文遗事》又云："其家书画最富。有吴道子《天王》，胡瓌《下程图》，唐净心《须菩提》，黄居寀《竹鹤》，孙知微《虎》，韩幹《早行图》、《梅鸡》，传古《龙》，江南画《佛》，唐希雅《竹》，李成《山水》，唐画《公子出猎图》，黄居寀《雕狐图》，黄筌《雨中牡丹》，李思训设色山水，周昉《按舞》、《折支杏花》，徐崇嗣《没骨芍药》，江南《草虫》、独幅山水，黄筌《金盆鹡鸰》、《大窠山茶》。书有怀仁真迹，集右军《圣教序》，贞观《兰亭诗叙》，右军《山阴帖》、《乐毅论》，颜鲁公书《刘太冲序》，皆冠世之宝。"

10　熙宁八年四月，岐王颢、嘉王頵言："蒙遣中使赐臣方团玉带各一条，准阁门告报，著为朝仪。臣等乞宝藏于家，不敢服用。"上命工琢玉带以赐二王，二王固辞，不听。请加佩金鱼以别嫌，诏并以玉鱼赐之。玉带为朝仪始于此。

11　北齐显祖高祥、晋阳公李元忠、南齐竟陵王萧子良、隋长孙览，俱谥文宣，孔子盖出四谥之后。大中祥符元年，始加"玄圣"二字，后避圣祖讳，易为"至圣"。熙宁中，欲加谥"至神元圣帝"，礼官李邦直以谓夫子周臣也，周室诸君止称王，执以为不可。卒从其议。

12　元魏献文欲置学官于郡国，高允表请制大郡立博士二人，助教四人，学生一百人；次郡立博士二人，助教二人，学生八十人；中郡立博士一人，助教二人，学生六十人；下郡立博士一人，助教一人，学生四十人。其博士取博关经典，履行忠清，堪为人师者，年限四十以上；助教亦与博士同年，限四十以上。若道业夙成，才任教授，不拘年齿。学生取郡中清望，人行修谨，堪循名教者，先尽高门，次及中第。帝从之。郡国立学自此始，事载允传。本朝高承纂《事物纪原》，自谓博极，而不取此，何耶？

13　唐高宗改门下省为东台，中书省为西台，尚书省为文昌台，故御史台呼为南台。赵璘《因话录》云："璘又云：武后朝，御史有左右肃政之号，当时亦谓之左台、右台。"则宪台未曾有东台、西台之称。明清尝记张鷟《朝野金载》对天后为戏语云"左台胡御史，右台御史胡”是也。本朝李建中为分司西京留司御史,世以西台目之。李栖筠为御史大夫,不乐者呼为"栖台",盖斥其名也。

14　明清五世祖拾遗,开宝八年以近臣荐,自布衣召对,讲《易》于崇政殿,然后命官。崇政殿说书之名肇建于此。行事具载《三朝国史》。

15　太祖皇帝以归德军节度使创业,升宋州为归德府,后为应天府。太宗以晋王即位,升并州为太原府。真宗以寿王建储,升寿州为寿春府。仁宗以升王建储,升建业为江宁府。英宗以齐州防御史入继,以齐州为兴德军。神宗自颖王升储,以汝阴为顺昌府。哲宗自延安郡王升储,升延州为延安府。徽宗以端王即位,升端州为肇庆府。钦宗自定王建储,前已升中山府。太上以康王中兴,升康州为德庆府。今上以建王建储,升建安为建宁府。宣和元年六月,邢州民董世多进状,以英宗尝为钜鹿郡公;又知岳州孙勰进言:英宗尝为岳州防御使。诏加讨论,时邢州已升安国军,遂以邢州为信德府,岳州为岳阳军。是岁十月,又诏以列圣潜邸所领地,再加讨论,以真宗尝为襄王,升襄州为襄阳府;仁宗尝为庆国公,以庆州为庆阳府;英宗尝为宜州刺史,以宜州为庆远军;神宗尝为安州观察使,以安州为德安府,又尝为光国公,以光州为光山军;哲宗尝为东平军节度使,以郓州为东平府,又尝为均国公,以均州为武当军;徽宗尝为宁国公,以宁州为兴宁军。其后又以徽宗尝为平江、镇江军节度使,并升为府;又以太宗昔尝为睦州防御使,升睦州为遂昌军。今上皇帝即位之初,升隆兴、宁国、常德、崇庆诸府,皆以潜藩拥戏之地也。

16　英宗在濮邸,与燕王宫族人世雄厚善。两家各生子,同年月日时。是生神宗,而世雄之子令铄也。神宗后即帝位,令铄进士及第,为本朝宗室登科第一。

17　国朝承五代抢攘之后,三馆有书仅万二千卷。乾德以后,平诸国所得浸广。太宗乡儒学,下诏搜访民间,以开元四部为目,馆中所阙及三百已上卷者,与一子出身。端拱元年,分三馆之书,别为书库,目曰"秘阁"。真宗咸平三年,诏中外臣庶家,有收得三馆所少书籍,每纳一卷给千钱。送判馆看详,委是所少书数,及卷秩别无差误,方许收纳。其所进书及三百卷以上，量才试问，与出身。又令三馆写四部书二本，一置禁中龙图阁，一置后苑之太清楼，以便观览。八年，荣王宫火，延爇三馆，焚爇殆遍。于是出禁中本，就馆阁传写，且命儒臣编类雠校。校勘、校理之官始于此也。嘉祐五年，又诏中外士庶，许上所阙书，每卷支绢一匹；及五百卷，特与文资。元丰中，建秘书省，三馆并归省中，书亦随徙。元祐中，重写御前书籍，又置校对黄本，以馆职资浅者为之。又置重修晋书局。不久皆罢去。宣和初，蔡攸提举秘书省，建言置补御前书籍所，再访天下异书，以资校对。以侍臣拾人为参详官，余为校勘。又以进士白衣充检阅者数人，及年皆命以官。未毕，而国家多故，靖康之变，诸书悉不存。太上警跸南渡，屡下搜访之诏，献书补官者凡数人。秦熺提举秘书省，奏请命天下专委守臣，又有旨录会稽陆氏所藏书上之。今中秘所藏之书，亦良备矣。

18　承平时，士大夫家如南都戚氏、历阳沈氏、庐山李氏、九江陈氏、番阳吴氏，俱有藏书之名，今皆散逸。近年所至郡府多刊文籍，且易得本传录，仕宦稍显者，家必有书数千卷，然多失于雠校也。吴明可帅会稽，百废具举，独不传书。明清尝启其故，云："此事当官极易办。但仆既簿书期会，宾客应接，无暇自校。子弟又方令为程文，不欲以此散其功。委之它人，孰肯尽心？漫盈箱箧，以误后人，不若已也。"

19　绍兴初，昭慈圣献皇后升遐，外祖曾公公卷以江东漕兼摄二浙应办，用元符末京西漕陈向故事也。朝论欲建山陵，外祖议以谓："帝后陵寝，今存伊、洛。不日复中原，即归祔矣。宜以攒宫为名。"金以为当，遂用之。陈向权漕事，见汪彦章所撰《徐丞相夫人陈氏墓志》。夫人，向之女也。

20　绍兴戊午，徽宗梓宫南归有日，秦丞相当国，请以永固为陵名。先人建言："北齐叱奴皇后实名矣，不可犯。且叱奴，夷狄也，尤当避。"秦大怒，几蹈不测。后数年，卒易曰永祐。

挥麈前录卷之二

21 祖宗朝重先代陵寝，每下诏申樵采之禁，至于再三。置守冢户，委逐处长吏及本县令佐常切检校，罢任有无废阙，书于历子。太昊葬宛丘，在陈州。炎帝葬长沙，在潭州。黄帝葬桥山，在上郡，今坊州界。高阳葬临河县故城东。高辛葬濮阳顿丘城南台阴城，唐尧葬城阳穀林，今郓州界。舜葬零陵郡九疑山，今永州界。女娲葬华州界。夏禹葬会稽山，今越州会稽县。商汤葬宝鼎县。周文王、武王并葬京兆府咸阳县界。汉高祖葬长陵，在耀州安北。后汉世祖葬原陵，在洛阳县界。唐高祖葬献陵，在耀州三原县东。太宗葬昭陵，在醴泉县北九嵕山。以上十六帝各置守陵五户，每岁春秋祠，御书名祝板，祭以太牢。诸处旧有祠庙者，亦别祭飨。商中宗帝太戊葬内黄县东南阳，武丁葬西华县北。周成王、康王皆葬毕，在咸阳县界。汉文帝葬霸陵，在长安东南。宣帝葬杜陵，在长安南。魏武帝葬高陵，在邺县西。晋武帝葬峻阳陵，在洛阳。后周太祖、文帝葬成陵，在耀州富平县。隋高祖、文帝葬太陵，在武功县。以上十帝，置三户，岁一飨以太牢。秦始皇帝葬昭应县。汉惠帝葬安陵，景帝葬阳陵，在长安东北。武帝葬茂陵，在长安西。后汉明帝葬显节陵，章帝葬敬陵，并在洛阳东南。魏文帝葬首阳陵，在偃师县。后魏孝文帝葬永宁陵，在富平县。唐明皇泰陵、宪宗景陵俱在奉天县。肃宗建陵，葬醴泉县。宣宗正陵，在云泉县。朱梁太祖葬兴极陵，在伊阙县。后唐庄宗，葬伊陵，在新安县。明宗葬徽陵，在洛阳东北。石晋高祖葬显陵，在寿安县。以上十五帝，各置守陵两户，三年一祭，以太牢。凡祭祀，皆令长吏行礼。所用太牢，以羊代之。陵户并以陵近小户充除，二税外，免诸杂差徭。周桓王葬渑池县东北。灵王葬河南县柏亭西周山上。景王葬洛阳城中西北隅。前汉元帝葬渭陵，在长安县。成帝葬延陵，在咸阳县。哀帝葬义陵，在扶风。平帝葬康陵，在长安县北。后汉和帝葬慎陵，茔中庚地。安帝葬恭陵，在长安西北。顺帝葬顺陵，冲帝葬怀陵，并在洛阳西。质帝葬静陵，桓帝葬宣陵，并在洛阳东。灵帝葬文陵，在洛阳西北。献帝葬禅陵，在渭城北。魏明帝葬高平陵，在河清县。高贵乡公葬洛阳瀍、涧之滨，陈留王葬王原陵，在邺西。晋惠帝葬太阳陵，在洛阳。魏文帝葬富平县东南。东魏孝静帝葬邺。唐高宗乾陵，睿宗桥陵，穆宗光陵，僖宗靖陵，并葬奉天县。中宗定陵，代宗元陵，顺宗丰陵，文宗章陵，懿宗简陵，并葬富平县。德宗崇陵，敬宗庄陵，武宗端陵，并葬三原县。昭宗和陵，葬河南缑氏县。梁末帝葬伊阙县。后唐□□□□□□□□□□□□□□□末帝□□□□□□葬明宗陵内。以上三十八帝，常禁樵采。此乾德四年十月诏也，著于甲令。其后又诏：曾经开发者，重制礼衣常服棺椁，重葬焉。东晋以降，六朝陵寝多在金陵、丹阳之间，皆可考识，而制书不载者，当时江左未平故耳。先子尝纂《历代陵名》，自汉高帝建名以来，虽后妃、追崇、僭霸，无有遗者，今行于世。

22　国朝百官致仕：庶僚守本官，以合迁一官回授；任子、侍从，仍转一官；宰执换东宫官。熙宁初，欧阳文忠公始以太子少师带观文殿学士致仕，示特恩也。故谢表云："道愧师儒，乃忝春宫之峻秩；身居畎亩，犹兼书殿之隆名。"自是以为例。

23　国朝侍从以上，自有寄禄官，如左右正言、二史、给谏、吏礼部郎中之类是也。若庶僚曾经饰擢，至于杂流，甄叙悉皆有别。一见刺字，便知泾渭。元丰官制既行，混而为一，故王荆公有"流品不分"之语。

24　旧制：如侍从致仕、转官、遗表赠四官，皆自其合迁官上加之。今则寄禄官至升朝转赠，仅止员郎而已。

25　蒲传正在翰林，因入对，神宗曰："学士职清地近，非它官比，而官仪未宠，自今宜加佩鱼。"遂著为令。见于《神宗实录》。东坡先生《谢入翰林表》曰："玉堂赐篆，仰淳化之弥文；宝带重金，佩元丰之新渥。"中书舍人系红鞓犀带，自叶少蕴始，见姚令威《丛语》，而石林自记却不及。旧假服色，不佩鱼，崇宁末，王照尚书详定敕令启请，许之，自是为例。仍许入衔，具载诏书。其后以除敕中不载，多不署"鱼袋"二字。

26　国朝凡登从班,无在外闲居者。有罪则落职。归班亦奉朝请,或黜守偏州,甚者乃分司安置,不然则告老挂冠。熙宁间,始置在外宫观,本王荆公意,以处异论者。而荆公首以观使闲居钟山者八年。

27　官制后,惟光禄大夫及中散、朝议二大夫分左右,增磨勘而已,初非以科第也。元祐间,范忠宣当国,始带左右,绍圣初罢去。事见常希古奏疏。大观二年,又置中奉、奉直二大夫,彻中散、朝议左右字。绍兴初,枢密院编修官杨愿启请,再分左右。自是以出身为重。

28　前宰相为枢密使者,宋元宪、富郑公、文潞公、陈秀公。宣和二年,郑华原以故相领院事。绍兴七年,秦师垣亦以前揆拜枢密使,未几复登庸。近岁张魏公亦然。李邦直、许冲元、曾令绰、韩师朴为二府,后皆再入为尚书,然不久复柄用。惟令绰竟止八座。

29　旧制:枢密使知枢密院,奏荐子弟,皆补班行。故富郑公之子绍京、文潞公之子贻庆,皆为阁门祗候。元丰后方授文资。

30　神宗朝诏枢密院编修《经武要略》,以都承旨张诚一提举。诚一,武臣也,乞差编修官二员。时王正仲、胡完夫为馆职,诏令兼之。是夕忽御批提举改作管勾。诘朝,执政启上所以,上云:"已差馆职编修,岂可令武臣提举?"而枢密院编修自此始也。

31　枢密院旧皆武臣,如都承旨亦然。国初二曹俱尝为之。熙宁中,王荆公怒李评,罢去,命曾令绰为都承旨,自是方文武互用矣。

32　仁宗以大中祥符七年由庆国公出阁。隆兴初,汤特进封庆国公,明清尝以故事启之,遂上章辞不敢受,改封荣国公。王将明、白蒙亨宣和间皆封庆公而不辞,岂一时忘之耶?

33　政和中,诏天下州县官皆带提举,管勾学事。时姚麟以节度使守蔡州,建言乞免系阶,朝廷许之。靖康初除去。绍兴中复增,但改庶官为主管。时孟信安仁仲来帅会稽。先人寓居,孟氏与家门契分甚厚,仁仲以兄事先人,入境语先人云:"忠厚与秦会之虽为僚婿,而每怀疑心。今省谒攒宫,先入朝然后开府,从兄求一不伤时忌对札。"先人举此,仁仲大喜,为援麟旧请草牍以上,奏入即可。寻又降旨。自此武臣帅守,并免入衔,行之至今。

34　国朝范鲁公质、王文献溥、魏宣懿仁浦秉钧史馆、昭文、集贤，三相俱全。太宗初即位，薛文惠居正、沈恭惠伦、卢大戎多逊，真宗咸平二年，李文靖沆、向文简敏中、吕文穆蒙正，仁宗至和二年，刘文忠沆、文潞公彦博、富韩公弼，元祐初，司马温公为左仆射，文潞公平章军国重事，吕正献平章军国事，皆三相也。至三年，温公薨，文、吕二公在位，而吕汲公大防、范忠宣纯仁为左右仆射，殆四相，然不久也。

35　本朝宰相兼公师者，范鲁公、王文献、赵韩王、薛文惠、王文贞、丁晋公、冯文懿、王文公、吕文靖、韩忠献、曾宣靖、富韩公、文潞公、吕正献、蔡师垣、秦师垣、陈鲁公而已。余皆罢政后方拜。近日惟张魏公自外以少傅再拜右揆。

36　本朝三入相者，赵韩王、吕文穆、文靖、张邓公、文潞公。蔡元长虽四入而不克有终。

37　国朝自外拜相者，文潞公、韩康公、章子厚。近年陈鲁公亦旷典也。

38　元符末，曾文肃自知枢拜相，公弟文昭为翰林，锁宿禁中，面对喻旨草麻，文昭力辞。上云："弟草兄麻，太平美事。禁中已检见韩绛故事矣，不须辞。"文昭始拜命。盖熙宁初，韩康公入相，实持国当制。国朝以来，两家而已。《金坡遗事》载钱希白为文僖草麻，虽云仪同钧衡，实未尝秉政也。是时，母氏年九岁，偶至东府门外观阅，归告文肃云："翁翁明日相矣。适见快行家宣叔翁入内甚急，以是逆料。"已而果然。

39　国朝宰相享耆寿者：宋惠安八十，张邓公八十六，陈文惠八十二，富文公八十一，杜祁公八十，宋元献七十九，李文定七十七，曾宣靖八十，庞颖公七十六，苏丞相八十二。文潞公虽至九十四而薨贬秩中。蔡师垣亦八十，晚节拘籍南迁，殂于中路，不得全有富贵考终。

40　本朝名公多厄于六十六。韩忠献、欧阳文忠、王荆公、苏翰林，而秦师垣复获预其数。吕正惠、吕文穆亦然。

41　本朝宰相登庸年少者，常山《春明退朝录》备见之，然无逾近岁范觉民丞相，廷告日方三十一，但寿止三十七。其后张魏公入相，亦未四十，且太夫人康健；罢相之后，迁谪居外几二十年，后虽入，竟不拜元宰。

42　国朝身为宰相，寿考康宁，再见其子入政府者，惟曾宣靖一人而已。

43　吕文穆相太宗。犹子文靖参真宗政事，相仁宗。文靖子惠穆为英宗副枢，为神宗枢使；次子正献为神宗知枢，相哲宗。正献孙舜徒为太上皇右丞。相继执七朝政，真盛事也。

44　本朝一家为宰执者，吕氏最盛，既列于前矣。父子兄弟者：韩忠宪亿，子康公绛、黄门维、庄敏缜。范文正仲淹，子忠宣纯仁、左辖纯礼。石元懿熙载，子文定中立。吕参政余庆，弟正惠端。陈参政恕，子恭公执中。曹武惠彬，子武穆玮。任安惠中师，弟康懿中正。张参政洎，孙左辖瑊。王惠献化基，子安简举正。陈文忠尧叟，弟文惠尧佐。王文献溥，孙康靖贻永。章文献得象，从孙壮恪粢、丞相惇。王枢密博文，子忠简畴。吴正肃育，弟正惠充。曾宣靖公亮，子枢密孝宽。韩魏公琦，子文定忠彦、曾孙枢密肖胄。胡文恭宿，侄左丞宗愈。张荣僖耆，曾孙忠文叔夜。梁懿肃适，孙中书子美。蔡忠怀确，子枢密懋。林文节希，从子中书摅。蔡太师京，子枢密攸。邓枢密洵武，弟左辖洵仁。近日如钱参政端礼之于文僖，史签书才、从子丞相浩，亦一家。而洪右相适、枢密遵为伯仲，数十年未尝见也。王文公安石、弟左辖安礼，富韩公弼、孙知枢直柔。

45　韩循之奉常治之妻鲁国太夫人文氏，潞公之孙，魏公之孙妇，仪公之冢妇，吕惠穆之外孙，鲁简肃之外曾孙，吕文靖之曾外孙。身见其子肖胄为枢密，婿郑亿年为资政殿大学士，仪同执政。他子与孙，俱被饰擢。寿隃八秩，妇人中罕有，唐张延赏、苗夫人可俪之也。

46　钱武肃镠自唐乾宁中尽有二浙之地，享国五世。至忠懿王俶以版图来归，改封邓国王，子弟皆换节旄。其后第十四子文僖惟演以文章进仕昭陵为枢密使。文僖子次对暄，次对子景臻尚秦鲁公主，位至少保，生子伯诚忱，亦至少师，它子悉建节。伯诚子处和端礼，今参知政事。忠懿兄废王倧之子希白易。希白子修懿明逸、子飞彦远兄弟，对掌内外制；父子又中大科。子飞子穆勰元祐中入禁林。穆子逊叔伯言至枢密直学士。他位显庸尚多。虽间有以肺腑进，然富贵文物，三百年相续，前代所未见也。

47　晏元献夫人王氏，国初勋臣超之女，枢密使德用之妹也。元献婿，富郑公也。郑公婿冯文简。文简孙婿蔡彦清、朱圣予。圣予女适滕子济。俱为执政。元献有古砚一，奇甚，王氏旧物也。诸女相授，号传婿砚，今藏滕氏。朱之孙女适洪景严，近又登二府，亦盛事也。又有古犀带一，亦元献旧物，今亦藏滕氏，明清尝于子济子琪处见之。

48　本朝居政府在具庆下者，王文献、卢大戎、包孝肃、张文孝、吴长文、吴正肃、吕吉父、章子后、安厚卿、冯彦为、曾令绰、王彦霖、李士美、王将明、蔡居安、林彦振、王元忠。

49　本朝状元登庸者，吕文穆、李文定、王文正、宋元宪。故诗人有云："皇朝四十三龙首，身到黄扉止四人。"王文安览之不悦。后数十年，李士美、何文缜亦以廷魁至鼎席。

50　唐朝世掌丝纶，以为美谈。而本朝以来，兄弟居禁林者：窦可象仪、弟望之俨。宋元宪、景文。王荆公、和父。韩康公、持国。苏翰林、子由。曾文肃、文昭。蔡元长、元度。邓子裳、子文。张康伯、宾老。宇文仲达、叔通。父子则李文正、昌武。晁文元、文庄。梁翰林固、懿肃适。蔡文忠、仲远延庆。钱希白、子飞。苏仪甫、子容。一家则张尚书泊、唐公瑰、邃明璪。范蜀公、子功、淳父、元长，而淳父、元长又父子也。钱氏又有纯老、穆父焉。叶道卿、少蕴。而蔡君谟之于元长兄弟，亦一族也。外制则前人俱尝掌之，惟曾南丰与文昭、文肃兄弟三人焉。孔经父、常父、刘邠父、赣父，与从子少冯又对掌内外制也。近日于洪忠宣父子间再见之。

51　雍孝闻，蜀士之秀也。元符末，有声太学，学者推重之。崇宁初，省试奏名第一。前此屡上封事剀切，九重固已默识其名。至是，殿策中力诋二蔡及时政未便者，徽宗大怒，减死窜海外。宣和末，上思其忠，亲批云："雍孝闻昨上书致罹刑辟，忠诚可嘉。特开落过犯，授修武郎阁门宣赞舍人。"命敕而孝闻死矣。于是录其子子纯为右选。绍兴初，从张魏公入蜀，魏公令属赵喆军中。喆诛，子纯坐编管。既死，魏公怜之，复致其子安行一官。绍兴间，以告讦流岭外，不知所终。三世俱以罪废，与前所纪诸家不侔，然亦不幸也。

52　唐朝崔、卢、李、郑及城南韦、杜二家，蝉联珪组，世为显著。至本朝绝无闻人。自祖宗以来，故家以真定韩氏为首，忠宪公家也。忠宪诸子，名连糸字，康公兄弟也。生宗字。宗生子，名从玉字。玉生子，从日字。日生元字。元生子，从水字，居京师，廷有桐木，都人以桐树目之，以别"相韩"焉。"相韩"则魏公家也。魏公生仪公兄弟，名连彦字。彦生子，名从口字。口生子，从胄字。胄之子，名连三画，或谓魏公之命，以其名琦字析焉。东莱吕氏，文穆家也。文穆诸子，文靖兄弟也，名连简字。简字生公字，公字生希字，希字生问字，问字生中字，中字生大字，大字生祖字。河内向氏，文简公家也。文简诸子，名连传字。传字生子，从糸字。糸字生，从宗字，钦圣宪肃兄弟也。宗字生子字，子字生水字，水字生土字，土字生公字。两浙钱氏，文僖兄弟名连惟字。惟字生日字，日字生景字，景字生心字，心字生之字，在长主孙则连端字，赐名也。曹武惠诸子，名连玉字。玉字生人字，慈圣光献昆季也。人字生言字，言字生日字，日字生水字，水字生糸字。高武烈诸子连遵字，遵字生土字，宣仁圣烈兄弟也。土字生公字，公字生世字，世字生之字。晁文元诸子名连宗字，文庄兄弟也。宗字生仲字，仲字生端字，端字生之字，之字生公字，公字生子字。李文定本甄城人，既徙京师，都人呼为"濮州李家"。李文和居永宁坊，有园亭之胜，筑高楼临道边，呼为"看楼李家"。李邯郸宅并念佛桥，以桥名目之。陈文惠居近金水门，以门名目之。王文贞手植三槐于廷，都人以"三槐"表之。王文正本北海人，以"青州王氏"别之。王景彝居太子巷，以巷名目之。王审琦太师九子，以"九院"呼之。张荣僖以位显名，以"侍中家"目之。贾文元居厢后，宋宣献居宣明坊，亦以巷名目之。宋元献兄弟，安陆人，以"安州"表。以上数家，派源既繁，名不尽连矣。在江南则两曾氏，宣靖与南丰是也。曾文清兄弟亦以儒学显，又二族矣。三苏氏：太简、仪父、明允。两范氏：蜀公与文正是也。若莆田之蔡，白沙之萧，毗陵之胡，会稽之石，番阳之陈，新安之汪，吴兴之沈，龙泉州之鲍，皆为今之望族。而都城专以戚里名家又数家，不能悉数也。

53　建州浦城，最为僻邑，而四甲族皆本县人。杨氏则起于文庄，章氏则肇自郇公，盖练夫人、孙夫人阴德，世多传焉。黄氏本于子思，陈氏本于秀公。轩裳极盛，今仕途所至有之。

54　浦城章氏，尽有诸元。子平为廷试魁，而表民_{望之}制科第一，子厚_惇开封府元，正夫_粢锁厅元，正夫子_綡为国学元，子厚子_援为省元，次子_持为别试元。其后自闽徙居吴中，族属既殷，簪裳益茂，至今放榜，必有居上列者。章氏自有登科题名石刻在建阳。

挥麈前录卷之三

55　太上皇帝中兴之初，蜀中有大族犯御名之嫌者，而游宦参差不齐，仓卒之间，各易其姓。仍其字而更其音者，勾涛是也。加金字者，钩光祖是也。加"糸"字者，绚纺是也。加草头者，苟谌是也。改为句者，句思是也。增而为句龙者，如渊是也。繇是析为数家。累世之后，昏姻将不复别。文潞公自云敬晖之后，以国初翼祖讳而改。今有苟氏子孙，与文氏所云相同。盖本一族，亦是杜于南北，失于相照，与此相类。

56　李昌武宗谔之子昭遘，十八岁锁厅及第。昭遘子杲卿，杲卿子士廉，皆不逾是岁登甲科。凡三世俱曾为探花郎，亦衣冠之盛事也。

57　吴越国忠献王钱佐薨，其弟倧袭位；未几，为其大将胡进思所废。时忠懿王俶为台州刺史，进思迎立之。元丰中，王之孙暄知台州，其子景臻自郡入都，选尚仁宗女，是为秦鲁长主。靖康末，胡骑犯阙，主避狄南来，因遂卜居。后数年，诏即州赐第。主享之二十年，寿八十六，薨于天台。其子伯诚居之又二十年，官至少师，年亦八十余。少师子，即处和也。处和之女又自台州被选为王妃。去岁处和既为执政，别营甲第，南北相望甚夥。一家盛事，常占此境。

58　官制行，置左右丞。二府中班最下，无有爰立者。元祐中，苏子容丞相自左辖登庸，时以为异恩。崇宁初，徽宗亟欲相蔡元长，遂用此故事。时有献诗者曰："磊落仪形真汉相，阔疏恩礼旧苏公。"绍兴初，吕元直自签书枢密院入相，前此所无也。

59　张垍乃张说之子，敬翔为敬晖之孙。本朝刘温叟以父名岳，终身不听乐。至其孙几，乃自度曲，预修《乐书》，可笑。近有吴铸者，乃国初功臣吴廷祚之后，祖元扆，复尚主，而失节于刘豫，仕伪庭至枢密使，为其用事。此一律吁可叹哉。李叔佐云。

60　本朝以来，以遗逸起达者，惟种明逸、常夷甫二人而已。徽宗朝,王易简、蔡崈、吕注自布衣拜崇政殿说书,然荐绅间多不与之也。王君仪、尹彦明后亦登禁从,距今亦三十年矣。虽屡下求贤之诏,州郡间有不应聘者,而羔雁不至于岩穴也。易简即寓之父,九江人,大观中家祖守郡,首荐之。其后改节,以媚权臣,官至资政殿大学士。寓仕靖康,骤拜二府,被命使虏,托梦寐以辞行,钦宗震怒,窜岭外。父子南下,中途为盗所害。寓字元忠。

61　国初每岁放榜,取士极少。如安德裕作魁日,九人而已。盖天下未混一也。至太宗朝浸多,所得率江南之秀。其后又别立分数,考校五路举子。以北人拙于词令,故优取。熙宁三年廷试,罢三题,专以策取士,非杂犯不复黜。然五路举人,尤为疏略。黄道夫榜传胪至第四甲党镈卷子,神宗大笑曰:"此人何由过省?"知举舒信道对以"五路人用分数取末名过省"。上命降作第五甲末。自后人益以广。宣和七年沈元用榜,正奏名殿试至八百五人。盖燕、云免省者既众,天下赴南宫试者万人,前后无逾此岁之盛。

62　崇宁中,以王荆公配宣圣亚兖公,而居邹公之上,故迁邹于兖之次。靖康初,诏黜荆公,但畀塑像,不复移邹公于旧位。至今天下庠序,悉兖、邹并列而虚右。虽后来重建者,举皆沿袭,而竟不能革也。沈文伯云。

63　刘器之晚居南京,马巨济涓作少尹。巨济廷试日,器之作详定官所取也,而巨济每见器之,未尝修门生之敬,器之不平,因以语客。客以讽巨济,巨济曰:"不然。凡省闱解送,则有主文,故所取士得以称门生。殿试盖天子自为座主,岂可复称门生于他人?幸此以谢刘公也。"客以告器之,器之叹服其说,自是甚欢。陆务观云。

64　亡友薛叔器家有"关外侯"印,甚奇古。后考之,魏建安二十三年尝置此名也。又友人家有"荡虏将军"章,及明清有"横武将军"印,皆不可考。伯氏有"新迁长"印,后考《前汉书》,乃新室尝以上蔡为新迁也。又友人家有"多睦子家丞"印。多睦,郡名,既亡,子之家丞秩甚卑,然篆文印样皆出诸印右。尝抚得之。或云亦王莽时印。毕少董家有"雍未央",姓名见于《急就章》。

65　明清少游外家。年十八九时,从舅氏曾宏父守台州。有笔吏杨涤者能诗,亦可观,言其外氏唐元相国之裔,一日持告身来,乃微之拜相纶轴也。销金云凤绫,新若手未触。白乐天行并书。后有毕文简、夏文庄、元章简诸公跋识甚多。寻闻为秦熺所取,恨当时不能入石,至今往来于中也。又丹阳吕城闸北委巷竹林中,有李格秀才者,自云唐宗室,系本大郑王房。出其远祖武德、贞观以来告命敕书凡百余,亦有薛少保、颜鲁公书者,奇甚。明清每语亲旧,经繇不惜一访而阅之,李生亦不靳人之观也。

66　文中子王通,隋末大儒。欧阳文忠公、宋景文修《唐书》,房、杜传中略不及其姓名。或云:“其书阮逸所撰,未必有其人。”然唐李习之尝有《读文中子》,而刘禹锡作《王华卿墓铭序》,载其家世行事甚详,云“门多伟人”,则与书所言合矣,何疑之有？又皮日休有《文中子碑》,见于《文粹》。

67　欧阳文忠公父名观,文多避之,如“《碧落碑》在绛州龙兴宫”之类。苏东坡祖名序,文多云“引”,或作“叙”。近为文者或仿此,不知两先生之意也。

68　赐生辰器币起于唐,以宠藩镇。五代至遣使命。周世宗眷遇魏宣懿,始以赐之,自是执政为例。

69　至和三年,宋元宪建言:“庆历郊祀敕书,许文武官立家庙,而有司终不能推述先典,明喻上指,因循顾望,遂逾十载,使王公荐绅,下同闾巷。昭穆杂用,家人缘媮习弊,甚可嗟也。臣近因进对,屡闻圣言,谓诸臣专殖第产,不立私庙,岂朝廷劝戒有所未孚,将风教颓龄,终不可复？反复至意,形于叹息。臣每求诸臣所以未即建立者,诚亦有由。盖古今异仪,封爵殊制,自疑成舛,遂格诏书。礼官既不讲求,私家何由擅立？且未信而望诚者,上难必责;从善而设教者,下或有违。若欲必如三代有家嫡世封之重,山川国邑之常,然后议之,则坠典无可复之期矣。夫建宗祏,序昭穆,别贵贱之等,所以为孝。虽有过差,是过为孝。殖产利,营居室,遗子孙之业,或与民争利,顾不以为耻。逮夫立庙,则曰不敢。宁所谓去小违古,而就大违古者。今诸儒之惑,不亦甚乎!”于是下两制与礼官详定制度,而王文安以下,定官一品平章事以上立四庙,知枢、参政、同知枢、签枢以上,前任见任宣徽、尚书、节度使、东宫三少以上皆立三庙，余官祭于寝。凡得立庙者，许嫡子袭爵以主祭。其袭爵世降，一世死则不得别立。袝庙别祭于寝。自当立庙者即袝其主，其子孙承代不许庙祭、寝祭，并以世数亲疏迁祧。始得立庙者不祧，以始封有不祧者通祭四庙五庙。庙因众子立，而长子在，则祭以嫡长子主之。嫡子死，则不传其子，而传立庙之长。凡立庙，听于京师，或所居州县。其在京师者，不得于里城及南郊御路之侧。既如奏，仍令别议袭爵之制。其后终以有庙之子孙，或官微不可以承祭，又朝廷难尽推袭恩之典，遂不果行。其略已见宋次道《退朝录》。至嘉祐中，文潞公为相，乃上章引礼官详定制度，平章事以上许立四庙，欲乞于河南府营创庙，诏从之。政和中，蔡元长赐宅京师，援潞公之请，既允所奏，且命礼制局铸造家庙祭器，并余丞相深以下二府皆赐之。绍兴中，秦会之表勋锡第，又举二例，诏令讨论，悉如政和之制云。

70　钱宣靖、吕文靖知制诰，衣绿。张益之友直，邓公子也，为天章阁待制勾当三班院，侍宴集英殿，犹衣绯。仁宗顾见，即赐金紫。吕文穆、李仲询及、许冲元为两制，衣绯。蔡元长、王子发官制行后，为中书舍人，皆衣绯。贾季华琰为枢密直学士正谏大夫，衣绿。

71　本朝父子状元及第：张去华，子师德；梁颢，子固。兄弟：孙何、孙仅，陈尧佐、尧咨四家而已。后来沈文通孙晦以祖孙相继。近年许克昌实许安世之亲侄孙，而王资深、子洋俱为榜眼。

72　旧制：监司虽官甚卑，遇前执政宰藩，亦肩舆升厅事。宣和初，薛肇明自两地出守淮南，有转运判官年少新进，轻脱之甚，肇明每不堪之。到官未几，肇明还旧厅，因与首台蔡元长语及之，且云："乘轿直抵脚踏子始下。呵舆之声惊耳，至今为之重听。其他可知也。"元长大不平。翌日降旨诸路监司，遇前宰执帅守处，即入客位通谒。自是为例。王孟玉云。

73　熙宁中，神宗命馆职张载往两浙，劾知明州苗振。吕正献与御史程伯淳俱言"载贤者，不当使鞠狱"。上曰："鞠狱岂贤者不可为之事邪？"弗许。

74　明清家有徐东湖所记太上皇帝圣语。其略曰："大宗正行司将至行在,南班宗子所居当作屋百间。上曰:'修营舍宇,固非今所急。然事有不得已者,故《春秋》于此事得其时制则不书。不书者,圣人之所许也。近时营造之制一下,百姓辄受弊,盖缘州县便行科配矣。'又尝语宰臣等曰:'为法不可过有轻重。惟是可以必行,则人不敢犯。太重则决不能行,太轻则不足禁奸。朕尝语徐俯:异时宫中有所禁,初令之日必行军法,而犯者不止。朕深推其理,但以常法处之,后更无犯者。乃知立法贵在中制,所以决可行也。'"

75　淳化三年,西夏李继捧遣使献鹘,号"海东青"。上赐诏曰:"朕久罢畋游,尽放鹰犬。卿地控边塞,时出捕猎,今还以赐,卿可领之也。"宣和末,耶律禧繇此失国。乌乎,太宗圣矣哉!

76　元祐名卿朱绂者,君子人也。尝登禁从。绍圣初,不幸坐党锢。崇宁间,亦有朱绂者,苏州人,初登第,欲希晋用,上疏自陈与奸人同姓名,恐天下后世以为疑,遂易名谔,字曰圣予。蔡元长果大喜,不次峻擢,位至右丞,未及正谢而卒,年方四十。薛叔器云。

77　熙宁中,御史言徐德占奉祠太庙,尝广坐云"仁宗有遗行"。诏问状坐客,客不敢对,以为无。德占云:"臣比行事至章懿太后室,因为客言,章懿实生仁宗而不及养,后以帝女降后之侄玮,主乃与玮不协,使仁宗有遗恨。臣实洪州人,声音之讹,遂至风闻。"上以其言有理,笑而薄罚之。

78　宣和中,蔡居安提举秘书省。夏日,会馆职于道山,食瓜。居安令坐上征瓜事,各疏所忆,每一条食一片。坐客不敢尽言,居安所征为优。欲毕,校书郎董彦远连征数事,皆所未闻,悉有据依,咸叹服之。识者谓彦远必不能安,后数日果补外。苏训直云。

79　曾文肃帅定,一日晨起,忽语诸子曰:"吾必为宰相,然须南迁。"启其所以,公曰:"吾昨夕梦衣十郎绿袍,北向谢恩,岂非它日贬司户之征乎?"后十年果登庸,既为蔡元长所挤,徙居衡阳,已而就降廉州司户参军,敕到,取幼子绂朝服以拜命,果符前梦。十郎,即绂排行也。

80　韩似夫与先子言:"顷使金国,见虏主所系犀带,倒透中正透,如圆镜状,光彩绚目。似夫注视久之。虏主云:'此石晋少主归献耶律氏者。唐世所宝日月带也。'又命取磁盆一枚示似夫云：'此亦石主所献。中有画双鲤存焉，水满则跳跃如生，覆之无它矣。'二物诚绝代之珍也。"盆盖见之范蜀公《记事》矣。

81　《建隆遗事》，世称王元之所述。其间帅多诬谤之词，至于称赵普、卢多逊受遗昌陵，尤为舛缪。案《国史》：韩王以开宝六年八月免相，至太平兴国六年九月始再秉衡钧。当太祖升遐时，政在外，何缘前一日与卢丞相同见于寝邪？称太祖长子德昭为南阳王，又误矣。初未尝有此封。元之当时近臣，又秉史笔，岂不详知？且载《秦王传》中云云，安有淳化三年而见《三朝国史・秦王传》邪？可谓乱道。此特人托名为之。又案：元之自有《小畜集序》及《三黜赋》，与《国史》本传俱云："淳化二年自知制诰舍人贬商州。至道二年，自翰林学士黜守滁上。咸平二年，守本官知齐安郡。"而此序年月次序，悉皆颠错，其伪也明矣。

82　张贤良咸，汉阳人。应制举，初出蜀，过夔州，郡将知名士也，一见，遇之甚厚。因问曰："四科优劣之差，见于何书？"张无以对。守曰："载《孟子注》中。"因检示之，且曰："不可不牢拢之也。"张道中漫思索，著论成篇。至都，阁试六论，以此为首题，张更不注思而就。主文钱穆父览之大喜，过阁第一。黄六丈叔愚能记守之姓名，尝以见告，今已忘之。张即魏公乃翁也。

83　唐文皇聚一时名流于册府，始有十八学士之号。后来凡居馆殿者皆称之。国朝以来，仕于外，非两制，则虽帅守监司，止呼寄禄官，惟通判多从馆中带职出补，如蔡君谟湖州、欧阳文忠公滑州、王荆公舒州、东坡先生杭州，如此之类甚多。刘赣父赴泰倅诗云："壁门金阙倚天开，五见宫花落早梅。明日扁舟沧海去，却寻云气望蓬莱。"盖在道山五载，然后得之。学士之称施于外者，緐通判而然。今外廷过呼，大可笑矣。

84　建炎己酉岁二月，金人举国南寇。时太上驻跸维扬，虏既次临淮郡，相距甚迩。有招信尉以所部弓手百余人拒敌。是日也，尘氛蔽日，虏初不测其多寡，遂相拒。逾半日，尉与众竟死不退，于是探骑得疾走上闻，乘舆百寮，仅得南度。傥非尉悉力以拒其锋，俾探骑得上闻,则殆矣。尉之姓名不传于世,可恨。友人王彦国献臣能道其详,他日当问之,为求大手笔作传。近见程可久云:"尉姓孙。亦尝以白国史汪圣锡矣。"后闻孙名荣。

85 《三朝史·钱俨传》云:"俨能饮酒,百卮不醉,尝患无敌。或言一军校差可伦拟,问其状,曰:'饮酒多手、益恭。'俨曰:'此亦变常,非善饮也。'"《东轩笔录》云:"冯文简在太原,以书妦王灵芝曰:'并门歌舞妙丽,吾闭目不窥,但日与和甫谈禅耳。'平父答曰:'所谓禅者,只恐明公未达耳。盖闭目不窥,已是一重公案。'冯深伏其言。"以二条观之,万事莫不安于自然也。

86 本朝及五代以来,吏部给初出身官付身,不惟著岁数,兼说形貌,如云"长身品,紫棠色,有髭髯,大眼,面有若干痕记";或云"短小,无髭,眼小,面癜痕"之类,以防伪冒。至元丰改官制,始除之。靖康之乱,衣冠南渡,承袭伪冒,盗名字者多矣,不可稽考,乃知旧制不为无意也。

87 靖康间,欲追襃司马温公,舆论以谓惟范忠宣在元祐间尤为厚德,可俪,而有司一时卤莽,乃误书文正之名,批旨行下,遂俱赠太师。盖不知文正以忠宣、德孺为宰执,已追赠至太师中书令兼尚书令魏国公久矣。适何文缜在中书,以乡曲之故,乃以张天觉厕名其间,亦赠太保。而天觉熙宁中自选人受章子厚知,引为察官。事见《邵氏辩诬》。为舒信道发其私书,贬斥流落于外。绍圣初,子厚秉钧,再荐登言路,攻击元祐诸贤,不遗余力,至欲发温公、吕正献公之墓,赖曾文肃公力启于泰陵,始免。其为惨酷甚矣。晚既免相,末年以校雠《道藏》复职,又有二苏狂率、三孔阔疏之表,诗有"每闻同列进,不觉寸心忙"之句。常希古亦力言其奸。后来闽中书坊间《骨鲠集》,辄刊靖康诏书于首,繇此天下翕然推尊之。事有侥幸乃如此者,可发一叹。张文老云。

88 建炎末,赠黄鲁直、秦少游及晁无咎、张文潜俱为直龙图阁。文潜生前,绍圣初自起居舍人出,带此职盖甚久,亦有司一时稽考之失也。

89 李成字咸熙,系出长安,唐之后裔。五代避地,徙家营丘。

弱而聪敏，长而高迈。性嗜杯酒，善琴弈，妙画山水，好为歌诗。琐屑细务，未尝经意。周世宗时，枢密使王朴与之友善，特器重之，尝召赴辇下。会朴之亡，因放诞酣饮，慷慨悲歌，遨游搢绅间。大府卿卫融守淮阳，遣币延请，客家于陈。日肆觞咏，病酒而卒，寿四十九。子觉，仕太宗，两历国子博士。其后以觉赠至光禄寺丞云。此宋白撰志文大略如此。王著书，徐铉篆。觉字仲明，列《三朝国史·儒学传》，叙其世家又同。觉子宥，仕至谏议大夫，知制诰，有传载《两朝史》。传云："祖成，五代末以诗酒游公卿间，善摹写山水，至得意处，殆非笔墨所成。人欲求者，先为置酒。酒酣落笔，烟云万状，世传以为宝。"欧阳文忠公《归田录》乃云"李成仕本朝尚书郎"，固已误矣；而米元章《画史》复云"赠银青光禄大夫"，又甚误也。

挥麈前录卷之四

90　王丝字敦素，越之萧山人。景祐初为县令，会岁歉，丝每家支钱一千以济之，期以明年夏输绢壹匹，邑人大受其惠，称为德政。繇此当路荐之。盖是时一缣售价，不逾其数尔。仕止郎曹典州而已。范文正公为作墓志，具载其事。王荆公当国，仿其法施之天下，号为和买。久之，本钱既不复俵，且有折帛之害。世误传始于王仪仲_素。仪仲，文正公之子，早即贵达，未尝为邑，官至八座没，谥懿敏，《国史》本传可考。其子巩，字定国，与东坡先生游。李定字仲求，洪州人，晏元献公之甥。文亦奇，欲预赛神会，而苏子美以其任子距之，致兴大狱，梅圣俞谓"一客不得食，覆鼎伤众宾"者也。其孙即商老_彭，以诗名列江西派中。又李定字资深，元丰御史中丞，其孙方叔_{正民}兄弟，皆显名一时，扬州人。又李定，嘉祐、治平以来，以风采闻，尝遍历天下诸路计度转运使。官制未行，老于正卿。乃敦老_{如冈}之祖，盖济南人也。同姓名者凡三人，世亦多指而为一，不可不辩。_{李豸，阳翟人，东坡先生门下士，亦字方叔。两方叔俱以文鸣，诗章又多，互传于世。}

91　郭稹字仲微，仕至龙图阁学士，权知开封府。幼孤，母边更嫁王氏。既而母亡，稹解官服丧。知礼院宋祁言稹服丧为过礼，请下有司博议，因冯元等奏，听解官。申心丧始此。

92　太祖皇帝立极之初，西蜀未下，益州三泉县令间道驰骑赍贺表，率先至阙下。上大喜。平蜀后，诏令三泉县不隶州郡，遇贺庆，许发表章直达榻前。至今甲令，每于诸州军监下注云"三泉县同"，是矣。元符末，龚言序为县尉，妇弟江端本子之薄游至邑。令簿素与龚不叶，相帅游山，经宿未回。龚摄县事，忽赦书至，徽宗登宝位，龚即宣诏称贺，偶未有子，亟令子之奉表诣都，令归已无及。铨曹以初品官无奏、异姓无服亲之文沮之。子之早负俊名，曾文肃当国，为将上取旨特补河南府助教，今之上州文学也。后子之官与职俱至正郎，一时以为异事。绍兴初，四川制司建言升县为军，失祖宗之指矣。

93　张逸，字天隐，郑州人。登进士。初尝以枢密直学士知益州。蜀人谊其民风，华阳县乡长杀人，诬道旁者，县吏受财，狱具，乃令杀人者守囚。逸曰："囚色冤，守者气不直。岂守者杀人乎？"囚始敢言，而守者果服，立诛之。蜀人以为神。岁饥，民多杀耕牛食之，犯者皆配关中。逸奏："民杀牛以活，将废稼事。今岁小稔，请一切放还，复其业。"报可。凡四守益州。逸子峋、嶙，亦有显名于世。嶙诸孙，即端明殿学士澄也。

94　《两朝史》章文宪得象传末云："初，闽人谣曰：'南台沙合出宰相。'至得象相时，沙涌可涉。"政和六年，沙复涌，已而余丞相深大拜。十余年前，外舅方公务德帅福唐，南台沙忽再涌，已而朱汉章、叶子昂相继登庸。

95　昔人最重契义。朋从年长，则以兄事之；齿少，以弟或友呼焉。父之交游，敬之为丈，见之必拜，执子侄之礼甚恭。丈人行者，命与其诸郎游。子又有孙，各崇辈行，略不紊乱，如分守之严。旧例书札止云启或止，稍尊之则再拜，虽行高而位崇者，不过曰"顿首"、"再拜"而已。非父兄不施覆字。宰辅以上方曰"台候"，余不敢也。前辈名卿尺牍中可考。今俱不然，诚可太息。

96　太平兴国六年五月，诏遣供奉官王延德、殿前承旨白勋使高昌。雍熙元年四月，延德等叙其行程来上云："初自夏州历玉亭镇，次历黄羊平，其地平而产黄羊。度砂碛，无水，行人皆载水。凡二日，次都啰啰族，汉使过者，遗以财货，谓之打当。次历茅家喝子族，临黄河，以羊皮为囊，吹气实之，浮于水，或以囊驰牵木筏而度。次历茅女王子开道族，行入六窠砂，砂深三尺，马不能行，行者皆乘橐驼。不育五谷，砂中生草，名'登相'，收之以食。次历楼子山，无居人，行砂碛中，以日为占，旦则背日，暮则向日，日下则止；又行望月，亦如之。次历卧羊梁劼特族地，有都督山，唐回鹘之地。次历太子大虫族，接契丹界，人衣尚锦绵，器用金银，马乳酿酒，饮之亦醉。次历屋地目族，盖达于于越王子之子。次至达于于越王子族。此九族，达靼中尤尊者。次历拽利王子族，有合罗川，唐回鹘公主所居之地，城基尚在，有汤泉池，传曰契丹旧为回纥牧羊，达靼旧为回纥牧牛，回纥徙甘州，契丹、达靼遂各争长攻战。次历阿墩族，经马鬃山望乡岭，岭上石庵，有李陵题字处。次历格啰美源，西方百川所会，极望无际，鸥鹭凫雁之类甚众。次至托边城，亦名李仆射城，城中首领号'通天王'。次历小石州。次历伊州，州将陈氏，其先自唐开元二年领州，凡数十世，唐时诏敕尚在。地有野蚕，生苦参上，可为绵帛。有羊，尾大而不能走，尾重者三斤，小者一斤，肉如熊，白而甚美。又有励石，剖之得宾铁，谓之吃铁石。又生胡桐树，经雨即生胡桐律。次历益都。次历纳职城，在大患鬼魅碛之东南，望玉门关甚近，地无水草，载粮以行，凡三日，至思谷，曰避风驿，本俗法试出诏押御风，御风乃息。凡八日，至泽田寺，高昌闻使至，遣人来迎。次历宝庄，又历六钟，乃至高昌。高昌即西州也，其地南距于阗，西南距大石波斯，西距西天、步露沙、雪山、葱岭，皆数千里地。无雨雪而极热，每盛暑，人皆穿池为穴以处。飞鸟群萃河滨，或起飞，即为日气所烁，坠而伤翼。屋室覆以白垩。开宝二年，雨及五寸，即庐舍多坏。有水出金岭，导之周绕国城，以溉田园，作水硙。地产五谷，惟无乔麦。贵人食马，余食牛及凫雁。乐多箜篌。出貂鼠、白氎、绣文花蕊布。俗多骑射。妇人戴油帽，谓之'苏幕遮'。用开元七年历，以三月九日为寒食，余二社、冬至亦然。以银或输为筒，贮水激以相射；或以水交泼为戏，谓之压阳气去病。好游赏，行者必抱乐器。佛寺五十余区，皆唐朝所赐额，寺中有《大藏经》、《唐韵》《玉篇》《经音》等。居民春月多游，群聚遨乐于其间，游者马上持弓矢射诸物，谓之禳灾。有敕书楼，藏唐太宗、明皇御札诏敕，缄锁甚谨。后有摩尼寺，波斯僧各持其法，佛经所谓外道者也。统有南突厥、北突厥、大众尉、小众尉、样磨割禄、黠戛司、末蛮、格哆族、预龙族之名甚众。国中无贫民，绝食者共振之。人多寿考，率百余岁，绝无夭死。时四月，狮子王避暑于北廷，以其舅阿多于越守国，先遣人致意于延德曰：'我王舅也，使者拜我乎？'延德曰：'持朝命而来，礼不当拜。'复问曰：'见王拜乎？'延德曰：'礼亦不当拜。'阿多于越复数日始出相见，然其礼颇恭。狮子王邀延德至其北廷。历交河州，凡六日，至金岭口，宝货所出。又两日，至汉家寨。又五日，上金岭、温岭，即多雨雪，上有《龙王刻石记》云：'小雪山也。'岭上有积雪，行人皆服毛罽。度岭一日，至北廷，憩高台寺。其王烹羊马以具膳，尤丰洁。地多马，王及王后、太子各养马，牧放于平川中，弥亘百余里，以毛色分别为群，莫知其数。北廷川长，广数千里，鹰鹞雕鹘之所生，多美草，下生花砂鼠，大如鼯，鸷禽捕食之。其王遣人来言，择日以见使者，愿无讶其淹久。至七日，见其王及王子、侍者，皆东向拜受赐。旁有持磬者，击以节拜，王闻磬声，乃拜。既而王之儿女亲属皆出罗拜以受赐。遂张乐饮燕，为优戏，至暮。明日，泛舟于池中，池四面作鼓乐。又明日，游佛寺，曰应运泰宁之寺，贞观十四年造。北廷北山中出硇砂，山中常有烟气涌起，而无云雾，且又光焰若炬，照见禽鼠皆赤。采硇砂者，著木底鞋，若皮为底者即焦。下有穴，生清泥，出穴外即变为砂石，土人取以治皮。城中多楼台草木。人白皙端正，惟工巧，善治金银铜铁为器及攻玉。善马直绢一匹，其驽马充食者，才直一丈。贫者皆食肉。西抵安西，即唐之西境。七月，令延德先还其国，其王始至。亦闻有契丹使来，唇缺，以银叶蔽之，谓其王曰：'闻汉遣使入达靼而道出王境，诱王窥边，宜早送至达靼，无使久留。'因云：'高敞本汉土，汉使来觇视封域，将有异图，王当察之。'延德侦知其语，因谓王曰：'犬戎素不顺中国，今乃反间，我欲杀之。'王固劝乃止。自六年五月离京师，七年四月至高昌，所历以诏赐诸蕃君长，袭衣金带赠帛。八年春，与其谢恩使凡百余人，复循旧路而还，雍熙元年四月至京师。延德初至达靼之境，颇见晋末陷虏者之子孙，咸相率遮迎，献饮食，问其乡里亲戚，意甚凄感，留旬日不得去。"延德之自叙云："此虽载于国史，而世莫熟知。用书于编，以俟通道九夷八蛮将使指者，或取诸此焉。"

97　绍兴丙辰，明清甫十岁，时朱三十五丈希真、徐五丈敦立俱为正字，来过先人。先人命明清出拜二公，询以国史中数事，随即应之无遗，繇是受二公非常之知于弱龄。希真之相，予多见其词翰中。后二十年，明清为方婿，敦立守滁阳，以书与外舅云："闻近纳某字之子为婿，岂非字仲言者乎？"具道畴昔时事，且过相溢美。又数年，敦立为贰卿，明清偶访之，坐间忽发问曰："度今此居号侍郎桥，何邪？"明清即应以仁宗朝郎简，杭州人，以工部侍郎致仕，居此里，人德之，遂以名桥。又问郎表德谓何？明清云：“《两朝国史》本传字简之。《王荆公集》中有《寄郎简之》诗，甚称其贤。”少焉，司马季思来，其去，复问明清云：“温公兄弟何以不连名？”明清答以“温公之父天章公生于秋浦，故名池。从子校理公生于乡中，名里。天章长子以三月一日生，名旦。后守宛陵，生仲子，名宣。晚守浮光，得温公，名光。承平时，光州学中有温公祠堂存焉”。敦立大喜，曰：“皆是也。”且顾坐客云：“卒然而酬，博闻如此，可谓俊人矣！”乌乎，敦立今墓木将拱，言之于邑。

98　郭熙画山水名盛，昭陵时尝为翰林院待诏。熙宁初，其子思登进士第，至龙图阁直学士，更帅三路。既贵，广以金帛收赎熙之遗笔，以藏于家，繇是熙之画人间绝少。思亦多材艺，有《笑谈》、《可用集》行于世。

99　元祐中，吕微仲当轴，其兄大忠自陕漕入朝，微仲虚正寝以待之，大忠辞以相第非便，微仲云：“界以中霤，即私家也。”卒从微仲之请。时安厚卿亦在政府，父日华尚康宁，且具庆焉，厚卿夫妇偃然居东序。时人以此别二公之贤否。

100　姚宽令威，明清先友也。著《西溪残语》，考古今事最为详备。其间一条云：“旧于会稽得一石碑，论海潮依附阴阳时刻，极有理，不知其谁氏，复恐遗失，故载之。‘观古今诸家海潮之说多矣，或谓天河激涌，葛洪《潮说》。亦云地机翕张，见《洞真正一经》。卢肇以日激水而潮生，封演云月周天而潮应。挺空入汉，山涌而涛随；施师谓僧隐之言。析木大梁，月行而水大。见窦叔蒙《涛志》。源殊派异，无所适从。索隐探微，宜伸确论。大中祥符九年冬，奉诏按察岭外，尝经合浦郡廉州，沿南溟而东过海康雷州，历陵水化州，涉恩平恩州，住南海广州，迤由龙川惠州，抵潮阳潮州，泊出守会稽越州，移莅句章明州。是以上诸郡，皆沿海滨，朝夕观望潮汐之候者有日矣，汐音夕，潮退也。得以求之刻漏，究之消息，消息进退。十年用心，颇有准的。大率元气嘘吸，天随气而涨敛，溟渤往来，潮顺天而进退者也。以日者重阳之母，阴生于阳，故潮附之于日也；月者太阴之精，水者阴，故潮依之于月也。是故随日而应月，依阴而附阳，盈于朔望，消于朏，敷尾切。魄于上下弦，息于辉朒，女六切。朔而日见东方。故潮有大小焉。今起月朔夜半子时，潮平于地之子位。四刻一十六分半，月离于日，在地之辰。次日移三刻七十二分，对月到之位，以日临之，次潮必应之。过月望，复东行，潮附日而又西应之，至后朔子时四刻一十六分半，日月潮水，亦俱复会于子位。于星知潮当附日而右旋。以月临子午，潮必平矣；月在卯酉，汐必尽矣。或迟速消息又小异，而进退盈虚，终不失于时期矣。或问曰：四海潮平，来皆有渐，唯浙江涛至，则亘如山岳，奋如雷霆，水岸横飞，雪崖傍射，澎腾奔激，吁可畏也。其可怒之理，可得闻乎？曰：或云夹岸有山，南曰龛，北曰赭，二山相对，谓之海门，岸狭势逼，涌而为涛耳。若言狭逼，则东溟自定海，县名，属四明郡。吞余姚、奉化二江，江以县为名，一属会稽，一隶四明。侔之浙江，尤甚狭逼，潮来不闻涛有声耳。今观浙江之口，起自篆风亭，地名，属会稽。北望嘉兴大山，属秀州。水阔二百余里，故海商舶船，怖于上潬，水中沙为潬，徒旱切。惟泛余姚小江易舟而浮运河，达于杭、越矣。盖以下有沙潬，南北亘乏隔碍，洪波蹙过潮势。夫月离震兑，他潮已生。惟浙江水未泊月径潮，巽潮来已半，浊浪推滞，后水益来，于是溢于沙潬，猛怒顿涌，声势激射，故起而为涛耳，非江山浅逼使之然也。'宜哉！"令威以该洽闻于时，恨不能知其人。明清心谓必机博之人。后以《真宗实录》考之，大中祥符九年，以燕肃为广东提点刑狱，遂取《两朝史》燕公传观之，果尝自知越州移明州。卷末又云："尝著《海潮论》、《海潮图》，并行于世。"则知为燕无疑。

　　明清乾道丙戌冬奉亲会稽，居多暇日，有亲朋来过，相与悟言，可纪者归考其实而笔录之。随手盈秩，不忍弃去，遂名之曰《挥麈录》，非所以为书也。长至日，明清识。

自　　跋

　　丘明、子长、班、范、陈寿之书，不经它手，故议论归一。自唐太宗修《晋书》，置局设官，虽房玄龄、褚遂良受诏，而许敬宗、李义府之徒厕迹其间，文字交错，约史自此失矣。刘煦之《唐书》，薛居正之《五代史》，号为二氏，而职长监修，未始措辞。嘉祐重命大儒再新《唐史》，欧阳文忠、宋景文各析纪传，故《直笔》、《纠缪》之书出。国朝《三朝史》，为大典之冠，而进呈于天圣垂帘之际，名臣大节，无所叙录居多；或有一事，见之数传，褒贬异同。自建隆抵于元符，信史屡更。先人于是辑《国朝史述》焉，直欲追仿迁、固，铺张扬厉，为无穷之观。虽前日宗工笔削，不敢更易，但益以遗落，损其重复。如一姓父子兄弟，附于本传之次；增以宗室、宰执、世系，与夫陟黜岁月三表，如《唐书》之制。绍兴戊午中，执法常公闻其事，诏奉祠中，视史官之秩，尚方给札。奏御及半，而一秦专柄，不尽以所著达于乙览，独存副本私室。先人弃世，野史之禁兴，告讦之风炽，荐绅重足而立。明清兄弟，居蓬衣白，亡所掩匿，手泽不复敢留，悉化为烟雾。又十五年，巨援没而公道开，再命会稽官以物办访遗书于家，但记忆残缺，以补册府之阙而已。故旧文居多。此举盖自先祖早授学于六一翁之门，命意本于六一，其后先人承之。故先人迁官制云："汝好古博雅，自其先世。属词比事，度越辈流。"痛哉！斯文虽不传于后代，而王言可训于万世也。明清弱龄过庭，前言往行，探寻旧事，亹夕剿聆。多历年所，忧苦摧挫，万事瓦解，不自意全，莫能髣铃以续先志。乾道之初，窃丛祠之禄，偏奉山阴，亲朋相过，抵掌剧谈，偶及昔闻，间有可记，随即考而笔之，曰《挥麈录》。故人程迥可久，知名士也，览而大喜，手录而识于后，繇是流传。又尝取司马文正公《百官公卿表》与夫陈龢叔及《绍兴拜罢录》，参考弼臣进退，次第年月，列为四图表，置之坐隅，以便观览，今镂板于闽、蜀、江、浙矣。丁酉春，觅官行都，获登太史李公仁甫之门，命与其子仲信游。春容间偶出二编，公一见称道再三，且以宣、政名卿出处下询，如：黄实，章子厚之甥，不丽其舅，而卒老于外。方轸，蔡元长之姻娅，引登言路，而首论其非，遂罹远窜。潘兑，朱勔里人，不登其门而摈斥。李森为中司，不肯观望。王黼穷邓之纲之狱而被逐。燕、云之役，盖成于陈尧臣。王寀之枉，繇盛章父子欲害刘炳兄弟，世皆亡其事迹。明清不量其愚，为冥搜伦类，凡二十余条，撮据依本末告之。公益喜，大加敬叹。又云："仆兼摄天官，睹铨榜有临安龙山监税见次，君可俯就，但食其禄，而相与讨论。徐请君于朝以助我。"明清力辞以名迹不正，且非其人而归。未几，公父子俱去国，明清饯别于秀州之杉青闸下，舟中相持怅然。后数年，仲信没于蜀。公后虽复召领史局，而明清适官远外，参辰一见。方欲造公，而公已下世。比焉试邑穷塞，公事无多，翻箧复见旧稿，怆念父祖以来，平生用心。嗟夫！师友之沦没，言犹在耳，孰令听之邪？投老残年，感叹之余，姑以胸中所存识左方。后之揽者，亦将太息于斯作。淳熙乙巳中元日，朝请大夫主管台州崇道观汝阴王明清书。

挥麈后录卷之一

1　古之尊称，曰皇、曰帝、曰王。自秦并天下，始兼皇帝之尊，穷宠极崇，度越前载，后虽有作，亦无加焉。汉哀帝建平二年，待诏夏贺良等言："赤精子之谶，汉家历运中衰，当再受命。宜改元易号。"诏大赦天下，以建平二年为太初元年，号曰陈圣刘太平皇帝。宇文周宣帝以大象元年禅位于皇太子衍，自称天元皇帝。唐高宗上元元年，帝自称曰天皇，皇后曰天后。武后垂拱三年五月，尊为圣母神圣皇帝；天授元年九月，尊为圣神皇帝；长寿二年九月，为金轮圣神皇帝；证圣元年正月，为慈氏越古金轮圣神皇帝；天册万岁元年九月，为天册金轮圣神皇帝。中宗反正后，神龙元年正月，尊为则天大圣皇帝。中宗神龙元年十一月，尊号应天皇帝；三年八月，尊号应天神龙皇帝。玄宗先天二年十二月，尊号开元神武皇帝；二十七年二月，开元圣文神武皇帝；天宝元年二月，开元天宝圣神武皇帝；七载五月，开元天宝圣文神武应道皇帝；十三载二月，上开元天地大宝圣文神武证道孝德皇帝；至德元载七月，传位后，肃宗上上皇天帝；三载正月，上太上至道圣皇天帝；乾元元年正月，改太上圣皇天帝。肃宗正德三载正月，尊号光天文武大圣孝感皇帝；乾元元年正月，上乾元光天孝感皇帝；二年正月，上乾元大圣光天文武孝感皇帝。代宗广德元年七月，尊号宝应元圣文武仁孝皇帝。德宗建中元年正月，尊号圣神文武皇帝；顺宗元和元年正月，传位后，宪宗上应乾圣寿太上皇。宪宗元和三年正月，尊号睿圣文武皇帝；十四年七月，加元和圣文神武法天应道皇帝。穆宗长庆元年七月，尊号文武孝德皇帝。敬宗宝历元年四月，尊号仁圣文武至神大孝皇帝；五年正月，加仁圣文武章天成功神德明道大孝皇帝。宣宗大中二年正月，尊号圣敬文思神武光孝皇帝。懿宗咸通三年正月，尊号睿文明圣孝德皇帝；十二年正月，加睿文英武明德至仁大圣广孝皇帝。僖宗乾符二年正月，尊号圣神聪睿仁哲明孝皇帝。昭宗大顺元年三月，尊号圣文睿德光武弘孝皇帝。梁太祖开平三年正月，尊号睿文圣武广孝皇帝。后唐庄宗同光二年四月，尊号昭文睿武至德光孝皇帝。明宗长兴元年四月，尊号圣明神武文德恭孝皇帝；四年八月，圣明神武广道法天文德恭孝皇帝。晋高祖天福三年，契丹遣使奉尊号英武明义皇帝。周太祖圣明文武仁德皇帝。国朝太祖乾德元年冬十一月，上尊号应天广运仁圣文武皇帝；开宝元年十一月，上应天广运圣文神武明道至德仁孝皇帝；四年九月，上应天广运兴化成功圣文神武明道至德仁孝皇帝；九年正月，上应天广运一统太平圣文神武明道至德仁孝皇帝，帝以汾、晋未平，不欲号“一统”，诏罢之；至三月，晋王群臣复上应天广运立极居尊圣文神武明道至德仁孝皇帝，卒不受。太宗太平兴国三年十一月，上尊号应运统天圣明文武皇帝；六年十一月，上应运统天睿文英武大圣至明广孝皇帝；九年八月，上应运统天睿文英武大圣至明仁德广孝皇帝。端拱二年十二月庚申，诏：“自前所上尊号，并宜省去。今后四方所上表，只称皇帝。”宰相吕蒙正等固以为不可。上曰：“皇帝二字，本难兼称。朕欲称王，但嫌与诸王同耳。”宰相又上表，请改上尊号为法天崇道文武皇帝，后诏省去“文武”二字。淳化元年三月，上法天崇道文武皇帝；三年九月，上法天崇道明圣仁孝文武皇帝；至道元年十二月，改法天崇道上圣至仁皇帝。真宗咸平二年十一月，上尊号崇文广武圣明仁孝皇帝；五年八月，上崇文广武应道章德圣明仁孝皇帝；景德二年九月，上崇文广武应乾尊道圣明仁孝皇帝；大中祥符元年十二月，上崇文广武仪天尊道宝应章感钦明仁孝皇帝；三年七月，上崇文广武仪天尊道宝应章感钦明上圣至德仁孝皇帝；天禧元年正月，上崇文广武感天尊道应真佑德上圣钦明仁孝皇帝；三年正月，上体元御极感天尊道应真宝运文德武功上圣钦明仁孝皇帝；乾兴元年二月，改应天尊道钦明仁孝皇帝。仁宗天圣二年十一月，上尊号圣文睿武仁明孝德皇帝；八年七月，上圣文睿武体天钦道仁明孝德皇帝；明道二年二月，上睿圣文武体天法道仁明孝德皇帝；景祐二年十一月，上景祐体天法道仁明孝德皇帝；宝元元年十一月，上宝元体天法道钦文聪武圣神英睿孝德皇帝；康定元年，帝以蝗雨之灾，诏省去“睿圣文武”四字。英宗治平四年正月，上尊号曰体乾膺历文武圣孝皇帝。神宗元丰三年七月十六日，诏曰：

"朕惟皇以道,帝以德,王以业,因时制名,用配其实,何必加崇称号,以自饰哉!秦、汉以来,尊天子曰皇帝,其亦至矣。朕承祖宗之休,托士民之上,凡虚文烦礼,尽已革去。而近者有司群辟,犹咸以号称见请,虽出于归美报上之忠,然非朕所以稽考先王之意。今后大礼,百官拜表上尊号,并罢。"先是,百官上尊号,翰林学士司马光当答诏,因言:"治平二年,先帝当郊,不受尊号,天下莫不称颂。末年有建言者,国家与契丹有往来书信,彼有尊号,而我独无,足为深耻,于是群臣复以非时上尊号。昔汉文帝时,单于自称天地所生日月所置匈奴大单于,不闻文帝复为大名以加之也。愿陛下追用先帝本意,不受此名。"上大悦,手诏光曰:"非卿,朕不闻此言。善为答词,使中外晓然,知朕至诚,非欺众邀名者。"自是终身不受尊号。徽宗大观元年季秋,将行明堂礼,大臣议检举皇祐故事,上为亲降御笔云:"粤在季秋,将行宗祀,辅臣有请愿举尊称。浮实之美,毋重辞费,不须上表。今后更不检举。"政和七年四月己未,群臣上表,尊为教主道君皇帝,诏止于教门章奏中称,不可令天下混用。宣和五年七月丁卯,太傅楚国公王黼等上皇帝尊号曰"继天兴道敷文成武睿明皇帝",御笔批答曰:"朕获承至尊,兼三王五帝,以临九有之师,无有远迩,罔不臣服。荷天之鉴,四序时若,祥瑞洊至。薄言兴师,燕、朔归附,大一统于天下。盖祖宗之灵,庙社之庆,惟我神考诒谋余烈,顾朕何德以堪之?而群公卿士,犹以炎、黄、唐、虞之号为未足称,循末世溢美之辞来上,朕甚愧焉。所请宜不允。"凡三上表,皆不允。自是内外群臣、皇子郓王楷以下、太学诸生耆老等上书以请者甚众,皆不从。宣和七年十二月二十九日,上尊号曰教主道君太上皇帝。钦宗建炎元年五月初二日,上尊号曰孝慈渊圣皇帝。高宗皇帝绍兴六年六月丁未,臣秦桧以太母回銮之久,和议已定,士民曹溥等一千三百人诣阙进表乞上尊号,上谦抑不受,令有司无得复收。二十一年三月戊寅,上谓宰执曰:"闻大金有诏上尊号。前此士庶,屡尝有请,既却而不受。"秦桧曰:"盛德之事,它国亦知师仰。"绍兴三十二年六月,上尊号曰光尧寿圣太上皇帝;乾道六年十二月,加号光尧寿圣宪天体道太上皇帝;淳熙二年十月,加号光尧寿圣宪天体道性仁诚德经武纬文太上皇帝;淳熙十二年十月，加号光尧寿圣宪天体道性仁诚德经武纬文绍业兴统明谟盛烈太上皇帝。孝宗皇帝淳熙十六年二月，上尊号曰至尊寿皇圣帝。今上庆元元年十一月，上尊号曰圣安寿仁太上皇帝。前代者见于宋元《宪尊号录》，明清更以他书详考之。国朝者以史册及前后诏旨续焉。

2　太祖皇帝草昧日，客游睢阳，醉卧阏伯庙。梦中觉有异，既醒，焚香殿上，取木杯珓以卜平生，自裨将至大帅皆不应，遂以九五占之，珓盘旋空中。已而大契，太祖益以自负。后以归德军节度使建国号大宋，升府曰应天。晏元献为留守，以诗题庙中云：“炎宋肇英祖，初九方潜鳞。尝用蓍蔡占，来决天地屯。庚契大横兆，謦咳如有闻。”东坡先生作《张文定碑》云：“熙宁中，公判应天府。新法既粥坊场河渡，又并祠庙粥之。官既得钱，听民为贾区，庙中慢侮秽践，无所不至。公建言：‘宋，王业所基也，而以火王。阏伯于商丘，以主大火；微子为宋始封。二祠独不免于粥乎？’裕陵震怒，批出曰：‘慢神辱国，无甚于斯。天下祠庙，皆得不粥。’”其后，高宗皇帝炎精复辉，中兴斯地。灼见天命，猗欤休哉。晏元献《五川集》载前段。

3　滁州清流关，昔在五季，太祖皇帝以五千之兵败江南李氏十五万众，执皇甫晖、姚凤以献周世宗，实为本朝建国之根本。明清昨仕彼郡，考之《图经》云：“皇祐五年十月，因通判州事王靖建言，始创端命殿宇于天庆观之西，奉安太祖御容。初以兵马都监一员兼管，至元丰六年，专差内侍一名，管勾香火。每月朔望，州官朝拜，知州事酌献。岁朝、寒食、冬旦至节，诏遣内侍酌献。”今焉洊罹兵革，殿宇焚荡之久，茂草荆棘，无片瓦尺椽存者，周视太息。还朝上言，以谓太祖皇帝历试于周，应天顺人，启运立极；功业自此而成，王基自此而创，故号端命，诚我宋之咸、镐、丰、沛，命名之意可见。乞再建殿宇，以永崇奉。得旨下礼部讨论，而有司以谓增置兵卫，重有浮费，遂寝所陈。盖明清亲尝至其地，恭睹太祖入滁之伟绩。当其始也，赵韩王教村童于山下，始与太祖交际，用其计画，俾为乡导，提孤军，乘月夜，指纵衔枚，取道于清流关侧芦子垳；浮西涧，入自北门，直捣郡治。皇甫晖方坐帐中，燕劳将士，养锐待战；仓黄闻变，初不测我师之多寡，跃其爱马号千里电奔东郊。太祖追及于河梁，以剑挥之，人马俱坠桥下，晖遂擒。姚凤即以其众解甲请降。自此兵威如破竹,尽取淮南之地。凤之投降,时正午刻,击诸寺钟以应之,至今不改。绍兴壬戌,郡守赵时上殿陈其事,诏付史馆。东渡犹有落马桥存焉。如是,则端命之殿,其可置而不问邪。

4　太祖尝令于瓦桥一带南北分界之所,专植榆柳,中通一径,仅能容一骑。后至真宗朝,以为使人每岁往来之路。岁月浸久,日益繁茂,合抱之木交络翳塞。宣和中,童贯为宣抚,统兵取燕、云,悉命剪剃之。逮胡马南骛,遂为坦途。使如前日有所蔽障,则未必能卷甲长驱如此,亦祖宗规抚宏远之一也。王嗣昌云。

5　承平时,扬州郡治之东庑,扃锁屋数间,上有建隆元年朱漆金书牌云:"非有缓急,不得辄开。"宣和元年,盗起浙西,诏以童贯提师讨之。道出淮南见之,焚香再拜启视之,乃弓弩各千,爱护甚至,俨然如新。贯命弦以试之,其力比之后来过倍,而制作精妙,不可跂及。士卒皆叹伏,施之于用,以致成功。此盖太祖皇帝亲征李重进时所留者。仰知经武之略,明见于二百年之前,圣哉帝也!辛仲由为先人言。

6　太祖既废藩镇,命士人典州,天下忻便。于是置公使库,使遇过客,必馆置供馈,欲使人无旅寓之叹。此盖古人传食诸侯之义。下至吏卒,批支口食之类,以济其乏食。承平时,士大夫造朝,不赍粮,节用者犹有余以还家。归途礼数如前,但少损。当时出京泛汴,有上下水船之讥。近人或以州郡饰厨传为非者,不解祖宗之所以命意矣。然贪污之吏倘有以公帑任私意如互送卷怀者,又不可不痛惩治之也。刘季高云。

7　太平兴国中,诸降王死,其旧臣或宣怨言。太宗尽收用之,置之馆阁,使修群书,如《册府元龟》、《文苑英华》、《太平广记》之类。广其卷帙,厚其廪禄赡给,以役其心。多卒老于文字之间云。朱希真先生云。

8　太宗既得吴越版籍,继下河东,天下一统,礼乐庶事,粲然大备。钱文僖惟演尝纂书名《逢辰录》,排日尽书其父子承恩荣遇及朝廷盛典,极为详尽。明清家有是书,为钱仲韶辈假去乾没。至今往来于中,安得再见,以补史之阙文。

9　仁宗即位，方十岁，章献明肃太后临朝。章献素多智谋，分命儒臣冯章靖_元、孙宣公_奭、宋宣献_绶等，采摭历代君臣事迹，为《观文览古》一书；祖宗故事为《三朝宝训》十卷，每卷十事；又纂郊祀仪仗为《卤簿图》三十卷，诏翰林待诏高克明等绘画之，极为精妙，叙事于左。令傅姆辈日夕侍上展玩之，解释诱进，镂板于禁中。元丰末，哲宗以九岁登极，或有以其事启于宣仁圣烈皇后者，亦命取板摹印，仿此为帝学之权舆，分锡近臣及馆殿。时大父亦预其赐，明清家因有之。绍兴中，为秦伯阳所取。_{先人云。}

10　天圣中，章献明肃太后临朝，诏修《三朝国史》。时巨珰罗崇勋、江德明用事，以为史院承受故官属，每遇进书，推恩特厚；下至书史庖宰，亦沾酺赏。后来因之。_{徐敦立云。}

11　章懿李后初在侧微，事章献明肃。章圣偶过阁中，欲盥手，后捧洗而前，上悦其肤色玉耀，与之言。后奏："昨夕忽梦一羽衣之士，跣足从空而下云：来为汝子。"时上未有嗣，闻之大喜，云："当为汝成之。"是夕召幸，有娠；明年，诞育昭陵。昭陵幼年，每穿履袜，即亟令脱去，常徒步禁掖，宫中皆呼为"赤脚仙人"。赤脚仙人，盖古之得道李君也。_{张昌诗嗣祖云：见其祖《邓公家录》。}

12　熙宁中，神宗问邓绾云："西汉张良如何？"绾以班、马所论对。上曰："体道。"绾以未喻圣训，请于上。上又曰："不唱。"绾退，因取《子房传》考之，自从沛公入秦宫阙，至召四皓侍太子，凡所运筹，未有一事自其唱之。始知天纵之学，非人所及。_{邓雍语先人云。}

13　神宗遵太祖遗意，聚积金帛成帑，自制四言诗一章云："五季失图，猃狁孔炽。艺祖造邦，思有惩艾。爰设内府，基以募士。曾孙保之，敢忘厥志。"每库以一字目之。又别置诗二十字分揭其上曰："每虔夕惕心，妄意遵遗业。顾予不武资，何以成戎捷？"后来所谓御前封桩库者是也。上意用此以为开拓西北境土之资。始命王韶克青唐，然后欲经理银、夏，复取燕、云。元丰五年，徐禧永洛衄师之后，帝心弛矣。_{林怘《裕陵遗事》云。}

14　神宗朝，诏修仁、英《两朝国史》。开局日，诏史院赐筵。时吴冲卿为首相，提举二府及修史官，就席上成诗赋。冲卿唱首云："兰台开史局，玉斝赐君余。宾友求三事，规摹本八书。汗青裁仿此，衰白盍归欤。诏许从容会，何妨醉上车。"王禹玉云："晓下金门路，君筵听召余。簪缨三寿客，笔削两朝书。身老虽逢此，恩深尽醉欤。传闻访余事，应走使臣车。"元厚之云："殿帷昕对罢，省户雨阴余。诏赐尧樽酒，人探禹穴书。夔龙方客右，班马盖徒欤。径醉俄归弁，云西见日车。"王君贶云："累圣千年统，编年四纪余。官归柱史笔，经约鲁麟书。班马才长矣，仁英道伟欤。恩招宴东观，酾酒荷盈车。"冯当世云："天密丛云晓，风清一雨余。三长太史笔，二典帝皇书。接武知何者，沾恩匪幸欤。吐茵平日事，何惮污公车。"曾令绰云："御府酚醇酿，君恩锡馂余。赐筵遵故事，绅史重新书。燕饮难偕此，风流不伟欤。素餐非所职，愧附相君车。"宋次道云："二圣垂鸿烈，天临四纪余。元台来率属，赐会宠刊书。世业叨荣甚，君恩可报欤。衮衣相照烂，归拥鹿鸣车。"王正仲云："上圣思论著，前言撷绪余。琼筵初赐醴，石室载绅书。徽范贻来者，成功念昔欤。欲知开局盛，门拥相君车。"黄安中云："礼放三事宴，史发两朝余。偶缀金闺彦，来绅石室书。法良司马否，辞措子游欤。盛事逢衰懒，重须读五车。"林子中云："调元台极贵，须宴帝恩余。昔副名山录，今裁史观书。天心忧作者，国论属谁欤。寂寞怀铅客，容瞻相府车。"可见一时人物之盛。真迹今藏禹玉孙晓处。尝出以示明清。晓云："史院赐燕唱和，国朝故事也。"

15　乾道辛卯岁，明清因观元符诏旨《钦圣献肃皇后传》载元丰末命，其所引犹存绍圣谤语，即以白于外舅方务德，云："今提衡史笔汪圣锡，吾所厚也，当录以似之。"继而以书及焉。旬日得汪报云："下喻昨日偶因奏事，即为敷陈。天语甚称所言为当，即诏史院删去，以明是非之实矣。"汪书之亲笔今存外舅家。

16　昭慈孟后，绍圣三年以使令为襕褨之法。九月二十日，诏徙处道宫。已见《泰陵实录》。曾文肃《奏对录》述其复位本末为备，今具载之。元符三年五月癸酉，同三省批旨，令同议复瑶华。先是，首相韩忠彦遣其子跂来相见云：因曲谢，上谕以复瑶华，令与布等议。若布以为可，即白李清臣。俟再留禀，乃白三省。且云恐有异议者。

布答之云：“此事固无前比。上亦尝问及，布但答以故事止有追策，未有生复位号者。况有元符，恐难并处。今圣意如此，自我作古，亦无可违之理。若于元符无所议，即但有将顺而已。三省自来凡有德音及御批，未闻有逆鳞者，此无足虑。但白邦直不妨。”跂云：“若此中议定，即须更于上前及帘前再禀定，乃敢宣言。”至四日，再留不易前议。师朴云：“已约三省。”因相率至都堂。行次，师朴云：“惇言从初议瑶华法时，公欲就重法，官不敢违。”及至都堂，惇又云：“当初是做厌法，断不得。唯造雷公式等，皆不如法，自是未成。”布云：“公既知如此，当初何以不言？今却如此议论！当时议法论罪，莫须是宰相否？布当时曾议依郭后故事，且以净妃处之。三省有人于上前犹以为不须如此。其后又欲贬董敦逸，布独力争得不贬。此事莫皆不虚否？今日公却以谓议法不当，是谁之罪？”惇默然。布云：“此事且置之。今日上及帘中欲复瑶华，正以元符建立不正。元符之立，用皇太后手诏。近因有旨，令蒋之奇进入所降手诏，乃云是刘友端书。外面有人进文字，皇太后并不知，亦不曾见，是如何？”惇遽云：“是惇进入。先帝云：已得两宫旨，令撰此手诏大意进入。”布云：“手诏云：‘非此人其谁可当！’皆公之语，莫不止大意否？”惇云：“是。”众莫不骇之。卞云：“且不知有此也。”布云：“颖叔以谓太后手诏中语，故著之麻词，乃不知出自公。”之奇亦云：“当时只道是太后语，故不敢不著。今进入文字，却看验得刘友端书，皇太后诚未尝见也。”惇顽然无怍色，众皆骇叹。是日，布又言：“此事只是师朴亲闻，布等皆未曾面禀，来日当共禀知，圣意无易，即当拟定圣旨进呈。”遂令师朴草定，云：“瑶华废后，近经登极大赦，及累降赦宥，其位号礼数，令三省、密院同详议闻奏。”遂退。晚见师朴等，皆云：“一勘便招，可怪可怪。”六日，遂以简白师朴云：“前日所批旨未安，当如今日所改定进拟。”师朴答云：“甚善。”然尚犹豫。七日，布云：“所拟批旨未安，有再改定文字在师朴所。”众皆称善。今所降旨，乃布所改定也。是日，上面谕帘中，欲废元符而复瑶华。布力陈以为不可，如此则彰先帝之短，而陛下以叔废嫂恐未顺。上亦深然之，令于帘前且坚执此议。众皆议两存之为便。上又丁宁，令固执。卞云：“韩忠彦乃帘中所信，须令忠彦开陈，必听纳。”

忠彦默然。及帘前，果云："自古一帝一后，此事盖万世议论。相公已下，读书不浅，须议论得稳当乃可行。兼是垂帘时事，不敢不审慎。"语甚多，不一一记省。众皆无以夺。惇却云："臣思之亦是未稳当。"众皆目之。师朴遂出所拟批旨进呈云："且乞依已降指挥，容臣等讲议同奏许之。"然殊未有定论。再对，布遂云："适论瑶华事，圣谕以谓一帝一后，此乃常理，固无可议。臣亦具晓圣意，盖以元符建立未正，故有所疑。然此事出于无可奈何，须两存之。乃使章惇误晓皇太后意旨，却以复瑶华为未稳当。此事本末惧先帝者，皆惇也。前者皇太后谕蒋之奇以立元符手诏，皇太后不知亦不曾见。及进入，乃是刘友端书写。臣两日对众诘惇云：'昨以皇太后手诏立元符为后，皇太后云不知亦不曾见。及令蒋之奇进入，乃是友端所书，莫是外面有人撰进此文字否？'惇遽云：'是惇撰造。先帝云：已得两宫许可，遂令草定大意。'臣云：'莫非止大意否？诏云：非斯人其谁可当。乃公语也。'之奇亦云：'当时将谓是太后语，故著之制词。'惇云：'是惇语。'众皆骇之。惇定策之罪固已大，此事亦不小。然不可暴扬者，以为先帝尔。今若以此废元符固有因，然上则彰先帝之短，次则在主上以叔废嫂未顺。故臣等议，皆以两存之为便。如此虽未尽典礼，然无可奈何须如此。"太母遂云："是无可奈何。兼以元符又目下别无罪过，如此甚便。"布云："望皇太后更坚持此论。若稍动着元符，则于理未便。"亦答云："只可如此。"上又尝谕密院云："欲于瑶华未复位号前，先宣召入禁中，却当日或次日降制，免张皇。"令以此谕三省，众亦称善。布云："如此极便。若已复位号，即须用皇后仪卫召入，诚似张皇。"上仍戒云："执元符之议及如此宣召，只作卿等意，勿云出自朕语。"及至帘前，三省以箚中语未定，亦不记陈此一节。布遂与颖叔陈之，太后亦称善。退以谕三省云："适敷陈如此，论已定矣。"遂赴都堂，同前定奏议，乃布与元度所同草定。师朴先以邦直草定文字示众人，众皆以为词繁不可用，遂已。师朴先封以示布，布答之云："瑶华之废，岂可云主上不知其端，太后不知其详？又下比于盗臣墨卒皆被恩，恐皆未安尔。"是日，太后闻自认造手诏事，乃叹云："当初将谓友端稍知文字，恐友端所为，却是他做。"布云："皇太后知古今，自古曾有似此宰相否?”之奇亦云:“惇更不成人,无可议者。”是日,瑶华以犊车四还禁中。至内东门,太母遣人以冠服令易去道衣乃入。中外闻者,莫不欢呼。是夕,锁院降制,但以中书熟状付学士院,不宣召。初,议复瑶华,布首白上:“不知处之何地?”上云:“西宫可处。”布云:“如此甚便。”外议初云:“东宫增创八十间,疑欲以处二后。”众以为未安。缘既复位,则于太母有妇姑之礼,岂可处之于外? 上亦云然。太母仍云:“须令元符先拜,元祐答拜乃顺。”又云:“将来须令元祐从灵驾,元符只令迎虞主可也。患无人迎虞主,今得此甚便。”又谕密院云:“先帝既立元符,寻便悔,但云:‘不直,不直!’”又云:“郝随尝取宣仁所衣后服以披元符,先帝见之甚骇,却笑云:‘不知称否?’”又云:“元祐本出士族,不同。”又称其母亦晓事。二府皆云:“王广渊之女也。神宗尝以为参知政事,命下而卒。”又云:“初聘纳时,常教他妇礼,以至倒行、侧行,皆亲指教。其他举措,非元符比也。”布云:“当日亦不得无过。”布云:“皇太后以为如何?”太母云:“自家左右人做不是事,自家却不能执定得,是不为无过也。”布云:“皇太后自正位号,更不曾生子。神宗嫔御非不多,未闻有争竞之意。在尊位,岂可与下争宠?”太母云:“自家那里更惹他烦恼? 然是他神宗亦会做得,于夫妇间极周旋,二十年夫妇不曾面赤。”布云:“以此较之,则诚不为无过。”颖叔亦云:“忧在进贤岂可与嫔御争宠。”太母又对二府云:“元符、元祐俱有性气,今犹恐其不相下。”布云:“皇太后更当训敕,使不至于有过,乃为尽善。皇太后在上,度亦不敢如此。”太母云:“亦深恐他更各有言语,兼下面人多,此辈尤不识好恶。”三省亦云:“若皇太后戒饬,必不敢尔。”太后又云:“他两人与今上叔嫂亦难数相见。今后除大礼圣节宴会可赴,余皆不须预。他又与今皇后不同也。”三省亦皆称善。其他语多,所记止此尔。已上皆曾《录》中语。制词略云:“惟东朝慈训,念久处于别宫。且永泰上宾,顾何嫌于并后。”至崇宁元年,蔡元长当国。十二月壬申,用御史中丞钱遹、殿中侍御史石豫、右司谏左肤疏,诏后复居瑶华,制有云:“台臣论奏,引义固争;宰辅全同,抗章继上。”逾二十年,靖康末,金人犯阙,六宫皆北,后独不预,逃匿于其家。张邦昌知之,遣人迎后垂帘,仪从忽突入第中,后惶恐不知所以,避之不免。及思陵中兴,尊为隆祐太后,盖后之祖名"元",易"元"为"隆"字。建炎间,皇舆小驻会稽,后微觉风疢,本阁有宫人,自言善用符水咒疾可瘳,或以启后。后吐舌曰:"又是此语,吾其敢复闻也! 此等人岂可留禁中邪!"立命出之。王嗣昌云。

17 徽宗初践祚,曾文肃公当国。禁中放纸鸢落人间,有以为公言者,公翌日奏其事。上曰:"初无之,传者之妄也。当令诘治所从来。"公从容进曰:"陛下即位之初,春秋方壮。罢朝余暇,偶以为戏,未为深失。然恐一从诘问,有司观望,使臣下诬服,则恐天下向风而靡实,将有损于圣德。"上深惮服,然失眷始于此也。舅氏曾纮父云。

18 徽宗居藩邸,已潜心词艺。即位之初,知南京曾肇上所奉敕撰《东岳碑》,得旨送京东立石。上称其文,且云:"兄弟皆有文名,又一人尤著。"左相韩师朴云:"巩也。"子宣云:"臣兄遭遇神宗,擢中书舍人,修《五朝史》,不幸早世。其文章与欧阳修、王安石皆名重一时。"上颔之。繇是而知上之好学问非一日也。

19 建中靖国,徽宗初郊,亦见曾文肃《奏事录》,言之甚详。在于当日,为一时之庆事。十一月戊寅凌晨,导驾官立班大庆殿前,导步辇至宣德门外,升玉辂,登马导至景灵宫,行礼毕,赴太庙。平旦雪意甚暴,既入太庙,即大雪。出巡仗至朱雀门,其势未已,卫士皆沾湿。上顾语云:"雪甚好,但不及时。"及赴太庙,雪益甚,二鼓未已。上遣御药黄经臣至二相所,传宣问:"雪不止,来日若大风雪,何以出郊?"布云:"今二十一日。郊礼尚在后日,无不晴之理。"经臣云:"只恐风雪难行。"布云:"雪虽大,有司扫除道路,必无妨阻。但稍冲冒,无如之何。兼雪势暴,必不久。况乘舆顺动,理无不晴。若更大雪,亦须出郊。必不可升坛,则须于端诚殿望祭。此不易之理。已降御札颁告天下,何可中辍?"经臣亦称善,乃云:"左相韩忠彦欲于大庆殿望祭。"布云:"必不可。但以此回奏。"经臣退,遂约执政会左相斋室,仍草一札子以往。左相犹有大庆之议。左辖陆佃云:"右相之言不可易,兼恐无不晴之理。若还就大庆,是日却晴霁,奈何?"布遂手写札子,与二府签书讫进入,议遂定。上闻之,甚喜。有识者亦云:"临大事当如此。"中夜,雪果止。五更,上朝享九室,布以礼仪使赞引就罍洗之际,已见月色。上喜云:"月色皎然。"布不敢对。再诣罍洗,上云:"已见月色。"布云:"无不晴之理。"上奠瓒至神宗室,流涕被面。至再入室酌酒,又泣不已。左右皆为之感泣。是日,闻上却常膳蔬食以祷。己卯黎明,自太庙斋殿步出庙门,升玉辂,然景色已开霁,时见日色。巳午间,至青城;晚遂晴,见日。五使巡仗至玉津园,夕阳满野,人情莫不欣悦。庚辰四鼓,赴郊坛幕次。少顷,乘舆至大次,布跪奏于帘前,请皇帝行礼,景灵、太庙皆然。遂导至小次前升坛奠币,再诣罍洗,又升坛酌献。天色晴明,星斗灿然,无复纤云。上屡顾云:"星斗灿然。"至小次前,又宣谕布云:"圣心诚敬,天意感格,固须如此。"又升坛饮福。行过半,蒋之奇屡仆于地。既而当中,妨上行,布以手约之,遂挽布衣不肯舍而力引之。行数级,复僵仆。上问为谁,布云:"蒋之奇。"上令礼生掖之登坛,坐于乐架下。至上行礼毕,还至其所,尚未能起。上令人扶掖出就外舍,先还府,又令遣医者往视之。及亚献升,有司请上就小次,而终不许,东向端立。至望燎,布跪奏礼毕,导还大次。故事,礼仪使立于帘外,俟礼部奏解严乃退。上谕都知阎守勤、阎安中,令照管布出墙门,恐马队至难出,恩非常也。众皆叹息,以为眷厚。五鼓,二府称贺于端诚殿。黎明,升辇还内。先是,礼毕,又遣中使传宣布以车驾还内,一行仪卫,并令傿行,不得壅阏。布遂关卤簿司及告报三帅,令依圣旨。及登辇,一行仪仗,无复阻滞。比未及巳时,已至端门。左相乃大礼使,传宣乃以属布,众皆怪之。少选,登楼肆赦。又明日,诣会圣宫。宫门之两庑下所画人马,皆有流汗之迹。云庆历西事时,一夕人马有声,至明观之,有汗流,至今不灭。又有一小女塑像,齿发爪甲皆真物,身长三尺许,云太祖微时所见,尝言太祖当有天下,然无文字可考。像龛于殿之侧坐殿内。盖殿门也。

20　又云:是月,奉职程若英乃文臣程博文之子,上书言:"皇子名亶,及御名皆犯唐明宗名,宜防夷狄之乱。"诏改皇子名。至是,又上书乞换文资,从之。时亦建中靖国元年,后来果验,亦异事也,因著之。

21　神宗更定官制,独选人官称未正。崇宁初,吏部侍郎邓洵武上疏曰:"神宗稽古创法,厘正官名,使省台寺监之官,实典职事。领空名者一切罢去,而易之以阶,因而制禄。命出之日,官号法制,鼎新于上,而彝伦庶政,攸叙于下。今吏部选人,自节、察、判官至簿、尉凡七等,先帝尝欲以阶寄禄而未暇,愿造为新名,因而寄禄,使一代条法粲然大备。"徽宗从其言,诏有司讨论。于是置选人七阶。蔡元道《官制旧典》乃失引之。

22 政和四年六月戊寅,御笔:"取会到入内内侍省所辖苑东门药库。见置库在皇城内北隅,拱宸门东。所藏鸩鸟、蛇头、葫蔓藤、钩吻草、毒汗之类,品数尚多,皆属川、广所贡。典掌官吏三十余人。契勘元无支遣,显属虚设。盖自五季乱离,纪纲颓靡,多用此物以剿不臣者。沿袭至于本朝,自艺祖以来,好生之德洽于人心。若干宪网,莫不明置典刑,诛殛市朝,何尝用此。自今可悉罢贡额,并行停进。仍废此库,放散官吏,比附安排。应毒药并盛贮器皿,并交付军器所,仰于新城门外旷阔迥野处焚弃。其灰烬于官地埋瘗,分明封堠摽识,无使人畜近犯。疾速措置施行。"仰见祐陵仁厚之心,德及豚鱼。敬录于编,以诏无极。

23 靖康元年正月戊辰,金贼犯濬州。徽考微服出通津门,御小舟,将次雍丘,命宦官邓善询召县令至津亭计事。善询乃以它事召之,令前驱至近岸,善询从稠人中跃出,呼令下马,厉声斥之。令曰:"某出宰畿邑,宜示威望,安有临民而行者乎!"善询曰:"太上皇帝幸亳社,聊此驻跸。"令大惊,舍车疾趋舟前,山呼拜蹈,自劾其罪。徽宗笑曰:"中官与卿戏耳。"遂召入舟中。是夕阻浅,船不得进,徽宗患之,夜出堤上,御骏骡名鹊鸽青,望睢阳而奔,闻鸡啼。滨河有小市,民皆酣寝,独一老姥家张灯,竹扉半掩。上排户而入,姬问上姓氏,曰:"姓赵,居东京。已致仕,举长子自代。"卫士皆笑,上徐顾卫士,亦笑。姬进酒,上起受姬酒,复传爵与卫士。姬延上至卧内拥炉,又爇劳薪,与上释袜烘趾。久之,上语卫士,令记姬家地名。及龙舟还京,姬没久矣,乃以白金赐其诸孙。蜀僧祖秀云。

24 元祐八年九月三日,崇庆撤帘,泰陵亲政。时事鼎新,首逐吕正愍、苏文定。明年,改元绍圣。四月,自外拜章子厚为左仆射。

时东坡先生已责英州。子厚既至,蔡元度、邓温伯迎合,以谓《神宗实录》诋诬之甚,乞行重修。繇是立元祐党籍,凡当时位于朝者,次第窜斥,初止七十三人,刘器之亦尝以语胡德辉珵,见之《元城道护录》。其间亦自相矛盾,如川、洛二党之类,未始同心也。徽宗登极,复皆召用,有意调一而平之。蔡元长相矣,使其徒再行编类党人,刊之于石,名之云“元祐奸党”,播告天下。但与元长异意者,人无贤否,官无大小,悉列其中;屏而弃之,殆三百余人。有前日力辟元祐之政者,亦饕厕名,愚智混淆,莫可分别。元长意欲连根固本牢甚,然而无益也,徒使其子孙有荣耀焉,识者恨之。如近日扬州重刻《元祐党人碑》,至以苏迥为苏过。叔党在元祐年犹未裹头,岂非字画之误乎?尤为无谓。迥字彦远,东坡先生之族子,登进士第,为泸川令。元符末,应日食上言,尤为切直。蔡元长既使其徒编类,上书邪等,彦远为邪上尤甚,又入元祐党籍之石,坐削籍编管华州,遇赦量移潼川,牵复为普州岳安尉,卒于官。绍兴初,特赠宣教郎。事见王望之赏所作彦远妻《史夫人墓志》及《重修泸川灵济庙碑》。

25　明清顷访徐五丈敦立于雪川,徐询以创置右府与捜路议政分合因革,明清即为考证以对,徐甚以击节,即手录于其所编,今列于后。案:唐代宗永泰中,始置内枢密使二员,以宦者为之。初不置司局,但以屋三楹贮文书,其职惟掌承受表奏于内进呈,若人主有所处分,则宣付中书、门下施行而已。昭宗光化二年九月,崔胤为宰相,与上密谋,欲尽诛宦官,中尉刘季述、王仲元,枢密使王彦范、薛齐偓阴谋废上,请太子监国。已而太子改名缜,即位。十二月,孙德昭、董彦弼、周承诲三人,除夜伏兵诛季述等。翌日,昭宗复位。三人赐姓李,除使相,加号三功臣,宠遇无比。崔胤与陆扆乞尽除宦者,上与三人谋之,皆曰:“臣等累世在军中,未闻书生为军主者。若属南司,必多更变,不若仍归之北司为便。”上喻胤等曰:“将士意不欲属文臣,卿等勿坚求。”于是复以袁易简、周敬容为枢密使。然唐自此乱矣。朱梁建国,深革唐世宦官之弊,乃改为崇政院,而更用士人敬翔、李振为使。二人官虽崇,然止于承进文书、宣传命令,如唐宦者之职。今士大夫家犹有《梁宣底》四卷,其间所载,大抵中书奏请,则具记事,与崇政使令于内中进呈；所得进止，却宜付中书施行。其任止于如此。至后唐庄宗入汴，复改为枢密院，以郭崇韬为使，始分掌朝政，与中书抗衡。宰相豆卢革为弘文馆学士，以崇韬父名弘正，请改弘文为昭文，其畏之如此。明宗即位，以安重海、范延先为枢密使，二人尤为跋扈。晋高祖即位，思有以惩戒，遂废之，至开运元年复置。末帝以其后之兄冯玉为之。自是相承不改。国朝因之，首命赵韩王普焉。号称二府，礼遇无间。每朝奏事，与中书先后上，所言两不相知，以故多成疑贰。祖宗亦赖此以闻异同，用分宰相之权。端拱三年，置签书院事，以资浅者为之，张逊是也。官制旧典，误以为邓公。庆历二年，二边用兵，富文忠公为知制诰，建言："边事系国安危，不当专委枢密院。周宰相魏仁浦兼枢密使，国初范质、王溥以宰相兼参知枢密事。今兵兴，宜使宰相兼领。"仁宗然之，即降旨令中书同议枢密院事，且书其检。吕许公时为首相，以内降纳上前曰："恐枢密院谓臣夺权。"富公方力争，会西夏首领乞砂等称伪将相来降，各补借职，羁置湖南。富公复言："二人之降，其家已族矣，当厚赏以劝来者。"仁宗命以所言送中书，而宰相初不知也。富公曰："此岂小事，而宰相不知邪？"更极论之。时张文定为谏官，亦论中书宜知兵事。遂降制以宰相吕夷简兼判枢密院事，章得象兼枢密院事。未几，或曰："二府体例，判字太重。"于是复改吕公亦为枢密使。五年，贾文元、陈恭公同为宰相，乞罢兼枢密使，以边事宁故也。有旨从之。仍诏枢密院："凡军国机要，依旧同议施行。"而枢密院亦自请进退管军臣僚、极边长吏、路分、钤辖以上，并与宰臣同议。从之。张文定复言："宰相既罢兼枢密院，则更不聚厅。万一边界忽有小虞，两地即须聚厅，每事同议。"自是，常事则密院专行；至涉边事而后聚议，谓之开南厅。然二府行遣，终不相照。熙宁初，滕达道为御史中丞，上言："中书、密院议边事多不合。赵明与西人战，中书赏功，而密院降约束。郭逵修保栅，密院方诘之，而中书已下褒诏矣。夫战守，大事也，安危所寄，今中书欲战，密院欲守，何以令天下！愿敕大臣，凡战守、除帅，议同而后下。"神宗善之。其后竟使枢密院事之大者，与中书同奏，禀讫先下，俟中书退后，进呈本院。常程公事，凡称三省、密院同奉圣旨者是也。建炎初，置御营使,本以车驾行幸,总齐军中之政,而以宰相兼领之,故遂专兵柄,枢密院几无所干预。吕元直在相位,自以谓有复辟之功,专恣尤甚。台谏以为言,元直既罢政,遂废御营司。而宰相复兼知枢密院事,自范觉民为始,尔后悉兼右府矣。秦会之独相十五年,带枢密使。至绍兴乙亥,会之殂。次年,沈守约、万俟元忠拜相,遂除去兼带,中书与枢府又始分矣。

26 徐敦立语明清云:"凡史官记事,所因者有四:一曰时政记,则宰、执朝夕议政,君臣之间奏对之语也;二曰起居注,则左右史所记言动也;三曰日历,则因时政记、起居注润色而为之者也,旧属史馆,元丰官制属秘书省国史案,著作郎、佐主之;四曰臣僚墓碑行状,则其家之所上也。四者惟时政、执政之所日录,于一时政事最为详备。左右史虽二员,然轮日侍立,榻前之语,既远不可闻,所赖者臣僚所申,而又多务省事。凡经上殿,止称别无所得圣语,则可得而记录者,百司关报而已。日历非二者所有,不敢有所附益。臣僚行状,于士大夫行事为详,而人多以其出于门生子弟之类,以为虚辞溢美,不足取信。虽然,其所泛称德行功业,不以为信可也;所载事迹以同时之人考之,自不可诬,亦何可尽废云。度在馆中时,见《重修哲宗实录》。其旧书崇宁间帅多贵游子弟以预讨论,于一时名臣行事,既多所略,而新书复因之。于时急于成书,不复广加搜访,有一传而仅载历官先后者。且据逐人碑志,有传中合书名,犹云'公'者,读之使人不能无恨。《新唐书》载事,倍于《旧书》,皆取小说。本朝小说尤少,士夫纵有私家所记,多不肯轻出之。度谓史官欲广异闻者,当择人叙录所闻见,如《段太尉逸事状》、《邠侯家传》之类,上之史官,则庶几无所遗矣。欧阳公《归田录》初成未出,而序先传,神宗见之,遽命中使宣取。时公已致仕在颍州,以其间所记述有未欲广者,因尽删去之。又恶其太少,则杂记戏笑不急之事,以充满其卷秩。既缮写进入,而旧本亦不敢存。今世之所有皆进本,而元书盖未尝出之也。"

27 敦立又语明清云:自高宗建炎航海之后,如日历、起居注、时政记之类,初甚完备。秦会之再相,继登维垣,始任意自专。取其绍兴壬子岁,初罢右相,凡一时施行,如训诰诏旨与夫斥逐其门人臣僚章疏奏对之语，稍及于己者，悉皆更易焚弃。繇是亡失极多，不复可以稽考。逮其擅政以来，十五年间，凡所纪录，莫非其党奸谀谄佞之词，不足以传信天下后世。度比在朝中，尝取观之，太息而已。

28　明清尝谓本朝法令宽明，臣下所犯，轻重有等，未尝妄加诛戮。恭闻太祖有约，藏之太庙，誓不杀大臣、言官，违者不祥。此诚前代不可跂及。虽卢多逊、丁谓罪大如此，仅止流窜，亦复北归。自晋公之后数十年，蔡持正始以吴处厚讦其诗有讥讪语贬新州。又数年，章子厚党论乃兴，一时贤者，皆投炎荒，而子厚迄不能自免，爰其再启此门。元祐间治持正事，二三公不无千虑之一失。使如前代，则奸臣借口，当渫血无穷也。明清尝以此说语朱三十五丈希真，大以为然。太祖誓言，得之曹勋，云从徽宗在燕山面喻云尔。勋南归，奏知思陵。

29　明清尝得英宗批可进状一纸于梁才甫家，治平元年，宰执书臣而不姓，且花押而不书名，以岁月考之，则韩魏公、曾鲁公、欧阳文忠公、赵康靖作相、参时也，但不晓不名之义。后阅沈存中《笔谈》云："本朝要事对稟，常事拟进入，画可然后施行，谓之'熟状'；事速不及待报，则先行下，具制草奏知，谓之'进草'。熟状白纸书，宰相押字。"始悟其理。不知今又如何耳。

挥麈后录卷之二

30　宣和中，燕诸王于禁中。高宗以困于酒，倦甚，小憩幄次。徽宗忽询："康王何往乎？"左右告以故，徽宗幸其所视之；甫入即返，惊鄂默然。内侍请于上，上云："适揭帘之次，但见金龙丈余，蜿蜒榻上。不欲呼之，所以亟出。"叹息久之，云："此天命也。"繇是异待焉。赵士篯彭老云。

31　高宗尝语吕颐浩云："朕在宫中，每天下奏案至，莫不熟阅再三，求其生路，有至夜分。卿可以此意戒刑寺官，凡于治狱，切当留心，勿草草。"颐浩再拜赞，即以上旨喻之。姜安礼处恭云。

32　曹功显勋语明清云："昨从徽宗北狩至燕山逃归，显仁令奏高宗曰：上为康王，再使虏中，欲就鞍时，二后泊宫人送至厅前。有小婢招儿者，见四金甲人，状貌雄伟，各执弓剑，拥卫上体，婢指示众，虽不见，然莫不畏肃。后即悟曰：我事四圣，香火甚谨，必其阴助。今陷虏中，愈当虔事。自后夜深必四十拜止。更令奏上，宜严崇奉，以答景贶。高宗后跸跸临安，即诏于西湖建观，像设以祀，甚为壮丽。"又云："后未知上即位，尝用象戏局子裹以黄罗，书康王字，贴于将上，焚香祷曰：'今三十二子俱掷于局，若康王字入九宫者，必得天位。'一掷，其将子果入九宫，他子皆不近。后以手加额，喜甚，即具奏徽庙。大喜，复谓后曰：'瑞卜昭应异常，可无虑矣。'"

33　元符末，掖廷讹言崇出。有茅山道士刘混康者，以法箓符水为人祈禳，且善捕逐鬼物。上闻，得出入禁中，颇有验。崇恩尤敬事之，宠遇无比。至于即其乡里建置道宫，甲于宇内。祐陵登极之初，皇嗣未广，混康言京城东北隅地叶堪舆，倘形势加以少高，当有多男之祥。始命为数仞岗阜，已而后宫占熊不绝。上甚以为喜，繇是崇信道教，土木之工兴矣。一时佞幸因而逢迎，遂竭国力而经营之，是为艮岳。宣和壬寅岁始告成，御制为记云："京师天下之本。昔之王者，申画畿疆，相方视址，考山川之所会，占阴阳之所和，据天下之上游，以会同六合，临观八极。故周人胥宇于岐山之阳，而又卜涧水之西。秦临函谷、二殽之关，有百二之嶮。汉人因之，又表以太华、终南之山，带以黄河、清渭之川，宰制四海。然周以龙兴，卜年八百；秦以虎视，失于二世；汉德弗嗣，中分二京。何则？在德不在嶮也。昔我艺祖，拨乱造邦，削平五季。方是时，周京市邑，千门万肆不改，弃之而弗顾。汉室提封五方，阻山浮渭，屹然尚在也，舍之而弗都。于胥斯原，在浚之郊，通达大川，平皋千里，此维与宅。故今都邑广野平陆，当八达之冲，无崇山峻岭襟带于左右，又无洪流巨浸浩荡汹涌经纬于四疆。因旧贯之居，不以袭嶮为屏。且使后世子孙世世修德，为万世不拔之基。垂二百年于兹，祖功宗德，民心固于泰、华；社稷流长，过于三江五湖之远，足以跨周轶汉。盖所恃者德，而非嶮也。然文王之囿，方七十里；其作灵台，则庶民子来；其作灵沼，则于牣鱼跃。高上金阙，则玉京之山，神霄大帝，亦下游广爱。而海上有蓬莱三岛，则帝王所都，仙圣所宅，非形胜不居也。传曰：‘为山九牣，功亏一篑。’是山可为，功不可书。于是太尉梁师成董其事。师成博雅忠荩，思精志巧，多才可属。乃分官列职，曰雍、曰琼、曰琳，各任其事，遂以图材付之。按图度地，庀徒僝工，累土积石，畚插之役不劳，斧斤之声不鸣。设洞庭、湖口、丝溪、仇池之深渊，与泗滨、林虑、灵壁、芙蓉之诸山，取瑰奇特异瑶琨之石。即姑苏、武林、明越之壤，荆、楚、江、湘、南粤之野，移枇杷、橙柚、橘柑、椰栝、荔枝之木，金蛾、玉羞、虎耳、凤尾、素馨、渠郍、末利、含笑之草，不以土地之殊，风气之异，悉生成长，养于雕栏曲槛。而穿石出罅，岗连阜属，东西相望，前后相续，左山而右水，后溪而旁陇，连绵弥满，吞山怀谷。其东则高峰峙立，其下则植梅以万数，绿萼承跗，芬芳馥郁。结构山根，号萼绿华堂。又旁有承岚、昆云之亭。有屋外方内圆如半月，是名书馆。又有八仙馆，屋圆如规。又有紫石之岩，析真之嶝，揽秀之轩，龙吟之堂。清林秀出其南，则寿山嵯峨，两峰并峙，列嶂如屏。瀑布下入雁池，池水清泚涟漪，凫雁浮泳水面，栖息石间，不可胜计。其上亭曰噰噰。北直绛霄楼，峰峦崛起，千叠万复，不知其几千里，而方广无数十里。其西则参、木、杞、菊、黄精、芎劳，被山弥坞，中号药寮。又禾、麻、菽、麦、黍、豆、秔、

秭,筑室若农家,故名西庄。上有亭曰巢云,高出峰岫,下视群岭,若
在掌上。自南徂北,行岗脊两石间,绵亘数里,与东山相望。水出石
口,喷薄飞注,如兽面,名之曰白龙沜,濯龙峡、蟠秀、练光、跨云亭,罗
汉岩。又西,半山间楼曰倚翠。青松蔽密,布于前后,号万松岭。上
下设两关。出关,下平地,有大方沼,中有两洲:东为芦渚,亭曰浮阳;
西为梅渚,亭曰云浪。沼水西流,为凤池;东出为研池。中分二馆:东
曰流碧,西曰环山。馆有阁,曰巢凤;堂曰三秀,以奉九华玉真安妃圣
像。东池后,结栋山下,曰挥云厅。复由嶝道,盘行萦曲,扪石而上。
既而山绝路隔,继之以木栈。木倚石排空,周环曲折,有蜀道之难,跻
攀至介亭。最高诸山,前列巨石,凡三丈许,号排衙,巧怪嵤岩,藤萝
蔓衍,若龙若凤,不可弹穷。爩云半山居右,极目萧森居左。北俯景
龙江,长波远岸,弥十余里。其上流注山间,西行潺湲,为漱玉轩。又
行石间,为炼丹亭、凝观、圜山亭。下视水际,见高阳酒肆、清斯阁。
北岸万竹苍翠翁郁,仰不见明。有胜筠庵、蹑云台、萧闲馆、飞岑亭。
无杂花异木,四面皆竹也。又支流为山庄,为回溪。自山蹊石罅搴条
下平陆,中立而四顾,则岩峡洞穴,亭阁楼观,乔木茂草,或高或下,或
远或近,一出一入,一荣一雕,四向周匝;徘徊而仰顾,若在重山大壑,
幽谷深岩之底,而不知京邑空旷,坦荡而平夷也;又不知郛郭寰会,纷
华而填委也。真天造地设,神谋化力,非人所能为者。此举其梗概
焉。及夫时序之景物,朝昏之变态也。若夫土膏起脉,农祥晨正,万
类胥动,和风在条,宿冻分沾,泳渌水之新波,被石际之宿草。红苞翠
萼,争笑并开于烟暝;新莺归燕,呢喃百转于木末。攀柯弄蕊,藉石临
流,使人情舒体堕,而忘料峭之味。及云峰四起,列日照耀,红桃绿
李,半垂间出于密叶;芙蕖菡萏,荇蓼芳苓,摇茎弄芳,倚靡于川湄。
蒲菰荇藻,菱菱苇芦,沿岸而溯流;青苔绿藓,落英坠实,飘岩而铺砌。
披清风之广莫,荫繁木之余阴。清虚爽垲,使人有物外之兴,而忘扇
箑之劳。及一叶初惊,蓐收调辛,燕翩翩而辞巢,蝉寂寞而无声。白
露既下,草木摇落;天高气清,霞散云薄;逍遥徜徉,坐堂伏槛,旷然自
怡,无萧瑟沉寥之悲。及朔风凛冽,寒云暗幕;万物调疏,禽鸟缩漂;
层冰峨峨,飞雪飘舞;而青松独秀于高巅,香梅含华于冻雾;离榭拥

幕,体道复命,无岁律云暮之叹。此四时朝昏之景殊,而所乐之趣无穷也。朕万机之余,徐步一到,不知崇高贵富之荣,而腾山赴壑,穷深探崄,绿叶朱苞,华阁飞升,玩心惬志,与神合契,遂忘尘俗之缤纷,而飘然有凌云之志,终可乐也。及陈清夜之醮,奏梵呗之音,而烟云起于岩窦,火炬焕于半空。环珮杂遝,下临于修涂狭径;迅雷掣电,震动于庭轩户牖。既而车舆冠冕,往来交错,尝甘味酸,览香酌醴,而遗沥坠核,纷积床下。俄顷挥霍,腾飞乘云,沉然无声。夫天不人不因,人不天不成,信矣!朕履万乘之尊,居九重之奥,而有山间林下之逸,澡溉肺腑,发明耳目,恍然如见玉京、广爱之旧。而东南万里,天台、雁荡、凤凰、庐阜之奇伟,二川、三峡、云梦之旷荡,四方之远且异,徒各擅其一美,未若此山并包罗列,又兼其绝胜,飒爽溟滓,参诸造化,若开辟之素有,虽人为之山,顾岂小哉!山在国之艮,故名之曰艮岳。则是山与泰、华、嵩、衡等同,固作配无极。壬寅岁正月朔日记。"又命睿思殿应制李质、曹组各为赋以进。质云:"宣和四年,岁在壬寅,夏五月朔,艮岳告成,命小臣质恭诣作古赋以进。臣俯伏惴栗,惧学术荒陋,不足以奉诏,正衣冠,屏息窃诵宸制,如日月照映。至于经营终始,与其命名之意义,备载奎文。使执笔之臣徒震汗缩伏,辞其不能。虽然,臣之荣遇,千载一时,敢不祗若休命。于是虚心涤虑,再拜稽首而献赋焉。其词曰:伟兹岳之宏厚兮,固磐基于坤轴。跨穹隆之高标兮,俯万象于林麓。一气肇其吐吞兮,割阴阳于晦昱。信天造而地设兮,行圣心之神欲。相美利于艮维兮,膺亿载之假福。允定命以匹休兮,同涧、瀍之乃卜。惟重熙兮累洽,固帝祚之无疆。繄浚都之是宅,陋周原之匪臧。诚体国之有制,拟形势而辨方。伊冈联与阜属,翼庆瑞兮绵长。仰黄屋之非心,融至道以垂裳。即崇山之奥区,翳荟郁其苍苍。纷川泽之沮洳,限江湖之渺茫。类曾城与丹丘,仍飚驭之求翔。鸣辽鹤于昼寂,啸巴猿于夜决。霭烟霞之超绝,殆未邈乎康庄。时万机之余暇,顿六辔以高骧。逸天步之辙迹,怡圣情而弗忘。俾飞云以川泳,均草木之有光。轩重闉之敞敞,植梅桃以时岗。挺八仙之桂桧,涨润气以疏香。屹舞手之奇石,导风袂以前郭。仰奎文之圣述,如震栗乎春雷。兼虞、商之浑灏,类云汉之昭回。虮虱之臣不敢久以伏读兮,一再诵而心开。灿八龙之神藻,觉虎卧之煤埃。惟明光之绚练,永作镇于钓台。俄北行而少进,惊泛雪之虚辟。屏分翠绿以双抗兮,沃泉中湛而凝碧。伊留云与宿雾,佐清致于瑶席。饮瓯面之琼腴,贮风生于两腋。登和容于射圃,懪弧矢之神威。流芳馨于素华,且舒笑而忘归。抚跨云之栏楯,惊倚翠之翚飞。陟半山而前瞩,虚庑亘其绳直。耸凝观而北列,视鉴湖之湜湜。忽峥嵘而环合,想圌山之嘉色。敞玉霄之闳洞,仙真过而寓息。冀炼丹以服饵,生身体之羽翼。辟琼津与清斯,望龙江而西东。何茂修之夹植,中演漾而溶溶。觌山庄之派别,引回溪而曲通。挹飞岑于秀发,倚蹑云之崇崇。虚萧闲之邃宇,贮毫楮于厥中。延胜筮之宿润,发五盖之游蒙。无杂卉以周布,端此君之迎逢。委桧阴之修径,出高阳之酒亭。奉千钟之湛露,倾葵藿于尧龄。欲洗练其神宅,耳漱琼之泠泠。度金霞而矫首,介亭屹其上征。险羊肠于九折,升云栈而心惊。有排衙之巨石,间珍木之敷荣。为巉妙之绝巘,类箫台之玉京。宜帝真之下堕,后电掣而雷鸣。继神光之烛坛,响环珮之琼琤。何天人之无间,本皇上之精诚。路逶迤而东转,经极目之萧森。下来禽之茂岭,披合欢之华林。始祈真于磴杪,终揽秀于轩阴。启龙吟之虚堂,面紫石之高壁。分竹斋于向背,沸不老之泉液。爰挥云之翔鳞,若腾跃于天地。逾万松之峻岭,设两关而嵚崎。垂濯龙之瀑布,与蟠秀而东驰。憩练光以容与,仰奇峰而登跻。刿梅、芦之二渚,结云浪与浮阳。俄就夷而绝崄,复渊澄而沼方。池名凤以号砚,乃余波之洋洋。既流碧之霞错,又环山之翼张。严宏堂之三秀,奉九华之玉真。怅白云之已远,追音徽之尚存。壮阿阁以巢凤,拥万木之岩春。何涟漪之飒爽,仰拱霄之是邻。觌书馆之幽致,擅著古之佳名。极惊蛇而走虺,知草圣之纵横。临清流而喜赋,鄙秋风之淫声。揭昆云兮承岚,相岧峣而抗衡。彼会真之高馆,总群玉之邃清。俨疏梅之盈万,常沐雨而披烟。俪冰姿于萼绿,非取媚而争妍。骇白龙之喷激,落银汉于九天。方巢云之入望,亘黄果之绵连。登绛霄以游目,耸万寿之南山。泻乌龙之垂霤,注雁池于石间。企嶰嶰之峻亭,琼绝尘而可攀。欣药寮之西僻,蕴丹华之秀岩。罗玉芝与云桂,产南烛之非凡。下丁香之密径,有间

植之松杉。嗟禾麻兮菽麦，艺黍稷兮惟艰。开西庄以务本，信农事之
匪闲。俯明秀之杰阁，晞梅岩及春华。偃霜风之老桧，跂凤翼之欹
斜。荫檀栾之芸馆，豁凝思之雅堂。备上台之珍文，若星灿而霞章。
臣盖闻赤县神州之说，方壶员峤之言，既不周之具载，亦同纪于昆仑。
定洪荒之无考，宜姑置而勿论。穷山川于畴昔，效子长之飞骞。登岱
宗而伫眙，尝历井于天门。瞻巍然之日观，视凫绎之骏奔。维祝融之
巨镇，郁紫盖之奇峰。摽赤城而霞起，滴九疑之翠浓。观罗浮与雁
荡，望庐阜之横空。陟嵩高之峻极，有二室之重峦。森峨峨之太华，
若秀色之可餐。耸天平于林虑，睇王屋之仙坛。何诸山之环异，均赋
美于一端。岂若兹岳，神模圣作，总众德而大备，富千岩兮万壑。何
小臣之荣观，忽承诏而骇愕。舍荜门之圭窦，诣钧天之广乐。惊蓬心
与蒿目，荡胸次之烦浊。欲粗穷其胜概，徒喙息乎林薄。蜂房栉比，
视间阎也。垤蚁往来，观市人也。紫纤如线，贯汲流也。布筹纵横，
俯阡陌也。累块积苏，罗层台也。翾飞蚊聚，听轮迹也。其体穹崇，
旁日月也。其用浩博，行变化也。尘翳翳以电扫兮，云溶溶而承宇。
既崛起以嵳峉兮，又盘玄而深阻。远而望之，则或抗戾以分暌，或附
从而党伍，或企然而仰，或偃然而俯，或相蹲踞，或相旁午。迫而视
之，则或如跃龙，或如虓虎，或若会同之冠冕，或若隐翳之环堵，或引
援而维持，或参差而龃龉，或名三奇，或号太古，万形千状，不可得而
备举也。而又瑕石诡晖，嶙峋巉岩。灵璧之秀，发于淮之北；太湖之
异，来自江之南。伏犀抱犊，紫金之峰；凌云透月，琼玉之岩。遂根拏
而固结，成耸翠之烟岚。植湘水之丹橘，列洞庭之黄柑。盈待凤之椅
梧，耸负霜之梗楠。篔筜篁簜，椅櫄以森萃；青纶紫荧，晔晔而髶髿。
遂凌岑而跨谷，仰缔构于其间。虹梁并亘，旅楹有闲。嘉玉舄之辉
润，睇云楯之烂班。临飞陛之揭孽，森平波之汪湾。舣青翰，投丈竿，
却龙舟而弗御，规就桥而处安。得玄珠于赤水，仰神圣之在宥。推无
为于象先，扩尧仁之天覆。且帝泽之旁流，复上昭而下漏。宜乎绝珠
殊祥，骈至迭臻。潜生沼之丹鱼，萃育薮之皓兽。神爵栖其林，麒麟
臻其囿。屈轶茂而蓂荚滋，紫脱华而朱英秀。何动植之休嘉，表自天
之多祐。臣又闻积水成渊而蛟龙生，积土成山而风雨兴，皆物理之自

然，岂人力之所能！盖尝观云气之霭霭，时出没而相仍。作寰区之润泽，肇五谷之丰登。需为霖而复敛，抱虚壁之层层。举兹山之尽美，渠可得而诵称？尔乃或退瞩以寄情，或周览以托兴。众彩迭耀，臣目迷而不能得视；群籁互鸣，臣耳惑而不能得听。何神用之莫测，使凡气之无定？品物流形，各正厥命。如文王之在灵台，民乐其有德；武王之居镐京，物不失其性。岂若左太华而右褒斜，为《长杨》之夸；南丹水而北紫渊，为《上林》之盛而已哉。夫昔唐尧访四子于藐姑射之山，周穆宾西王母于瑶池之上，是皆笃要妙而有轻天下之心，务逸举而有和云谣之唱。盖翠华之远游，徒赤子之在望。惟吾皇之至神，扩广爱之遐想，曾何远于九重，迈蓬瀛之清赏，得忠嘉之信臣，协规制于明两。馨丹款以爱谋，念贤劳之鞅掌。迄成功于九仞，说见知于天奖。凡经营于六载之间，而为万世无穷之休，岂不广哉！"曹组云："臣伏蒙圣慈宣示李质所进《艮岳赋》，特命臣继作。顾臣才短学疏，岂能仰副睿旨？进退皇惧，不知所裁。谨斋心百拜以赋，其辞曰：客有游辇毂之下，以问京师之主人曰：'东北之隅，地势绵连，冈岭秀深，气象万千，不知何所而乃如此焉？'主人曰：'国家寿山，子孙福地，名曰艮岳。'客曰：'盖闻五星在天，五岳在地。东有泰山，甲于区宇，下临沧溟，旁跨齐鲁。南有衡山，祝融紫盖，湘潭为址，九向九背。西有太华，三峰插天，枕瞰函谷，横斜渭川。北则常山，以限天骄，太河朔汉，仰其岩峣。中则嵩高，与天峻极，襟带河、洛，屏翰京国。复见兹于中都，何前此而未识？且山岳之大，天造地设，开辟之初，元气凝结，是岂人为？愿闻其说。'主人曰：'清浊既分，爰其阴阳，播之大钧，孰为主张？是必造物，区处维纲。今以一人之尊，大统华夏，宰制万物，而役使群众，阜成兆民，而道济天下。夫惟不为动心，侔于造化，则兹岳之兴，固其所也。而况水浮陆走，天助神相，凡动之沓来，万物之享上，故适再闰而岁六周星，万壑千岩，芳菲丹青之写图障也。'客曰：'岳有五焉，今益其一，在于五行，数则差失。'主人曰：'客不闻五行在天乃六气，君火以名，相火以位，寒暑运行，曾无越次。矧此有形，创于神智，生生不穷，悠远之义。然则五岳视三公之官，艮岳为多男之地，乃其宜也。夫何拟议？'客首肯久之曰：'吾见乎岳之外矣，吾闻乎岳之说矣。独有未详，孰知其中。盖禁钥十二，皇居九重，深严秘奥，内外莫通，愿子陈其次弟，庶几因以形容。'主人唯唯曰：'其大则可以概举，其细则莫能缕数。唯乘舆有时临幸，虽山岳亦类于庭庑。请先陈其岩谷冈峦之体势，后状其楼观池台之处所。皆圣作而神述，尽宏规而杰矩。夫艮者，八卦之列位；岳者，众山之总名。高为峰则秀拔，拱为岫则峥嵘。霁色晚静，风光晓凝。陟崔嵬而直上，俯蹬道以宽平。杂花异香，莫知其名；佳木繁阴，欣欣其荣。唯特立于诸峰之右者，乃主乎寿，照之以南极之星。所谓山者如此。浅若龙龛，深若云窦，锁烟霞于杳冥，留风雨于昏昼。或秉炬而可入，或扪肩而可叩。石磊磊以巉岩，木森森而耸秀。间则流润云蒸，可卜以阴晴之候。所谓洞者如此。为山之屏，为洞之扃，承乎上则安若樼桷，芘于下则覆若檐楹。珍丛幽芳，古木长藤，茏络蔽亏，高低相层。鸟啼花发，则春容淡荡；霜降木脱，则石角崚嶒。所谓岩者如此。两山之间，气聚其中，众木斯茂，泉流暗通。或重罗以瞑昼，或偃草而进风。袅长春之翠茎，挺坚节之霜松。每晨曦之照耀，霭朝雾以空濛。所谓谷者如此。又有冈则隐然而起，势连山谷，殊萃屼之峰峦，类萦纡之林麓。白雪照夜，则寒梅盛开；红云娇春，则仙桃极目。恍如望千亩之锐，非岩之秀。横石壁垒，亘若冈阜。既草木以敷荣，复地形之延袤。迢迢大庾隔绝遐荒；落落万松，得名钱塘。今移根于南北，亦不限于炎凉。至若溶溶大波，潴为巨派，其流则小，其合则大。莹上下之天光，溉浅深之湍濑。有巨鱼以潜波，扈龙舟而夹载。岸容万柳，春风柔柯。飞花满空，长条拂波。或趁景而移棹，或鸣根而笑歌。此谓之江者。回环山根，萦带奇石，浅以荡谷，深以凝碧，潺湲不穷，流衍漱激。泛桃花之露红，浮洞天之春色。轻鸥文禽，栖息其侧；荷花不断，云锦舒张。或聚而为曲沼，或涨而为横塘。烟梢露荄，交翠低昂。此之谓溪者。夫山洞岩谷，冈岭江溪，既略陈矣。子独不见楼有绛霄，朱栏倚空，跨晴云之缥缈，挂瑞日之瞳昽。绮疏凝雾，天香散风。觉星辰之逼近，如霄汉之穹隆。招飞仙于蓬壶，揖素娥于蟾宫。霓旌鹤驭，税驾其中。又不见阁有巢凤，异乎高岗，岂丹穴之瑞应，无雄构以翱翔。即其轩楹，架以杰阁。芘五彩之鸳雏，下九霄之鸑鷟。因太平之象，会廊庙之人，置酒大嚼，归美逢辰，续夏日之句，颂南风之薰。其北也，诸山之上，众木之杪，俯云壑之沉沉，视烟霄之杳杳。西瞻太行于晴霁，东望海霞于清晓。山岧岚，石嶙峋。挹长风之回玉宇，导明月之涌冰轮。斋心尝比于崆峒，精祷每延乎上真。见飘飘之仙驭，随袅袅之青芬。视其榜曰介亭。有排衙，苍碧之前陈者也。因山高下，周以回廊，如璧月之环坐，复晴曦之腾光。玩牙签之甲乙，发宝书之秘藏。徐绕砌而散步，间挟策而寓兴。花虽芳而昼寂，鸟虽啼而人静。效隐士之山堂，取逸人之三径。其榜曰书馆，岂蓬户陈编之可并者也？亭有胜筠，周以美竹。何禁籞之宝槛，迸蓝田之丛玉。已交夏而近砌，复扶疏而出屋。分月影之琐碎，听风声之断续。游尘不到，清意自生。目苍云之翳翳，面霜节之亭亭。挺然不屈，四时长青。宸襟对爽，固以贶名。且馆曰萧闲，深庭邃宇。来万籁之清风，无九夏之剧暑。栖寓怀之宝玩，备宸章之毫楮。前横江练，傍列山庄，或遣乘槎而上汉，或笑喝石而为羊。超然燕处，真逍遥自适之乡。杂花争妍，红紫相鲜。或引绳而为径，或弥望而成川。锦绣照空而明焕，风露散晓而香传。肃然行列，若羽林之万骑；粲然艳妆，如宫女之三千。四时之候，参差不齐。异尘埃之桃李，杂纷蹂以成蹊。斯号林华之苑，见镂玉之珍题。至若山庄竹篱，萝蔓蓊郁。睨绿筠之共茂，夹修径而高出。俯以爱苍苔之承步，仰以见云梢之蔽日。轩亭栏槛，各相方而榜名。故扶晨散绮，洞焕秀澜，随所寓而不一。晴波融怡，是为雁池。望风中之飞练，接云际之虹霓。南山巍然而苍翠，北渚湛若而涟漪。听雍雍之下集，观肃肃以高飞。朝离乎雪霜之野，暮宿乎葭苇之湄。唯恩波之可泳，岂堕阳之恨迟？练以幽芳，萼绿华堂。何玉颜之澹伫，见奇姿之异常。鄙江梅之尚红，陋腊梅之太黄。得天上碧桃之露，掩薰炉清远之香。恍圣情而异禀，蒙天笑以增光。故赐神仙之号，阖珠户而敞文窗。然而如此之类，安能悉纪？若梦游仙，仿佛而已。'客曰：'子之所陈，心存意识。或欲周知，何从皆得？'主人曰：'人间天下，飞潜动植，率在其中，不可殚极。姑陈述乎二三而已，傒累言于千百。非若《子虚》、《上林》之夸大，《两京》、《三都》之缘饰。顾难状于言辞，徒充塞于胸臆。'客曰：'姑置是事，请质所疑。何一隅之形势，若千里之封圻？'主人笑曰：'嘻！夫耳目之不际，何可以意测？思虑不至，孰可以强知？望壶中者，初不察其天地。游武陵者，亦岂意其有桃溪？矧都邑纷华之地，藏十洲、三岱之奇。'客又曰：'盖闻橘不逾淮，貉不逾汶。今兹草木，来自四方，原莫知夫远近。物理地宜，请得而论。'主人曰：'天子神圣，明堂颁制，视四海为一家，通天下为一气。考其迹则车书混同，究其理则南北无异。故草木之至微，不变根荄于易地，是岂资于人力，盖已默然运于天意。故五岳之设也，天临宇宙；五岳之望也，列于百神。兹岳之崇也，作配万寿。彼以滋庶物之蕃昌，此以壮天支之擢秀。是知真人膺运，非特役巨灵而驱五丁。自生民以来，盖未之有。'客恍然闻所未闻，于是鼓舞欢忻，颂咏太平，等乾坤之永久。"又诏二臣共作《艮岳百咏诗》以进。《艮岳》："势连坤轴近乾岗，地首东维镇八方。江不风波山不险，子孙千亿寿无疆。"《介亭》："云栈横空入翠烟，跻攀端可蹑飞仙。介然独出诸山上，磊磊排衙石满前。"《极目亭》："千里飞鸿坐上看，山川风月在凭栏。不知地占最高处，但觉恢恢天宇宽。"《圖山亭》："轩槛正在翠微中，欲雪云生四面峰。璀璨地铺红玛瑙，嶙峋山耸碧芙蓉。"《跨云亭》："地高天近怯凭栏，下视浮云咫尺间。只怪轻雷起岩际，不知飞雨过山前。"《半山亭》："凭高玉辇每从容，中路尝闻憩六龙。尘外有人如到此，便须行彻最高峰。"《萧森亭》："晓日玲珑宿雾开，四檐时有好风来。不应班竹林中见，却似松根琥珀堆。"《麓云亭》："山下深林起白云，白云飞处断红尘。伴行直到高峰上，舒卷纵横不碍人。"《清赋亭》："四海熙熙万物和，太平廊庙只赓歌。欲追林下骚人意，却是临流得句多。"《散绮亭》："断虹飞雨过天涯，碧落浮云不复遮。明日阴晴真可卜，倚栏来此看余霞。"《清斯亭》："天波万斛泻镕银，跨水横桥丽构新。但取真堪濯缨意，玉阶金阙本无尘。"《炼丹亭》："药炉龙虎正交驰，五色云生固济泥。凡骨欲逃三万日，君王曾赐一刀圭。"《璿波亭》："水影摇晖动碧虚，日华凌乱上金铺。安知不是鲛人宝，往往渊中得美珠。"《小隐亭》："古木回环石路横，居山初不在峥嵘。圣人天下藏天下，小隐聊为戏事名。"《飞岑亭》："微云将雨洗层峦，石磴莓苔路屈盘。正是江南最佳处，仰看苍翠俯澄澜。"《草圣亭》："落笔纵横走电光，近臣时得赐云章。龙盘凤翥皆天纵，渴骥惊蛇不足方。"《书隐亭》："吾皇圣学自天衷，载籍源流一一通。宵旰万机营四海，更将心醉六经中。"《高阳亭》："仙舟时倚碧溪湾，花外青旗映浅山。不醉阆风缘底事，要看豪饮似人间。"《嗈嗈亭》："圣主从来不射生，池边群雁恣飞鸣。成行却入云霄去，全似人间好弟兄。"《忘归亭》："玉景金霞长不夜，松篁泉石更留人。广寒宫殿秋偏好，待看林梢月色新。"《八仙馆》："蟠桃初熟玉京春，圆屋如规户牖新。尽是瑶池高会客，岂容尘世饮中人。"《环山馆》："峰峦回合耸云屏，岩霭溪光面面横。开户忽惊千仞翠，凭高方见九重城。"《芸馆》："玉堂金马尽名儒，黄本牙签付石渠。向此别藏三万卷，不忧中有蠹书鱼。"《书馆》："莲烛词臣在外庭，青钱学士已登瀛。回廊屈曲随岩阜，挟策何妨取次行。"《萧闲馆》："书草吹来种种香，好风移韵入松篁。丹台紫府无尘事，倚觉壶中日月长。"《漱琼轩》："浅碧分江入众山，山深无处不潺潺。开轩最近寒溪口，喷薄松风向珮环。"《书林轩》："甲乙森然尽宝书，校雠曾授鲁中儒。万机多暇时来此，玉轴牙签自卷舒。"《云岫轩》："山上飞云片片轻，云山相似倚空明。从龙本合封中去，触石光从望处生。"《梅池》："玉钿匀点鉴新磨，香逐风来水上多。应为横斜诗句好，故教疏影泻平波。"《雁池》："暮天飞下一行行，浅渚平沙足稻粱。有此恩波好游泳，何须辛苦去衡阳？"《砚池》："黑云凌乱晓光凝，气接昆仑冷不冰。龙饼麝元皆御墨，游鱼吞却化鲲鹏。"《林华苑》："连云复道映楼台，茂苑奇花日日开。但得如春天一笑，芳菲何必晓风吹？"《绛霄楼》："翼瓦飞甍跨阆风，卷帘沧海日曈昽。佳时自有群仙到，笑语云霞缥缈中。"《倚翠楼》："梯空窗户半山间，滴滴岚光照画栏。六月火云挥汗日，云来唯觉石屏寒。"《奎文楼》："龙蟠鳌负出风云，镂玉填金圣制新。自与六经垂日月，更令群目仰星辰。"《巢凤阁》："朝阳鸣处有亭梧，争似珠帘映绮疏。丹穴来仪听九奏，不妨于此长鹓鸰。"《竹岗》："苍云蒙密竹森森，无数新篁出妩林。已有凤山调玉律，正随天籁作龙吟。"《梅岗》："阔连峰岭玉崔嵬，春逐阳和动地来。不似前村深雪里，夜寒唯有一枝开。"《万松岭》："苍苍森列万株松，终日无风亦自风。白鹤来时清露下，月明天籁满秋空。"《蟠桃岭》："不到瑶台白玉京，海中仙果但闻名。何人为报西王母？岭上如今种已成。"《梅岭》："雪林横夜月交光，万壑风来处处香。圣主乾坤为度量，包藏曾不限遐荒。"《三秀堂》："窗户深沉昼不开，凤凰时下九层台。月明夜静闻环珮，知有霓旌羽扇来。"《萼绿华堂》："绿萼承跌玉蕊轻，清香续续度檐楹。天教不杂开桃李，赐与神仙物外名。"《岩春堂》："桂影亭亭漾碧溪，寻芳曾被暗香迷。碧桃开后晴风暖，花外幽禽自在啼。"《蹑云台》："万本琅玕密不开，林深明碧琐高台。更无一点游尘到，但觉云随步步来。"《玉霄洞》："披香寻径百花中，蝶引蜂随路不穷。但见凌霄缠古木，洞天应与碧虚通。"《清虚洞天》："玉关金锁一重重，只见桃源路暗通。行到水云空洞处，恍如身世在壶中。"《和容厅》："白羽流星一点明，上林飞雁几回惊。弓开月到天心满，风外唯闻中的声。"《泉石厅》："萦迂流碧与环山，月地云阶在两间。有此清泠居物外，方知尘土属人环。"《挥云亭》："天风吹作海涛声，挥斥浮云日更明。波上石鲸时吼雨，只知楼阁是蓬瀛。"《泛雪厅》："月团携下九重天，来试人间第一泉。正在水声山色里，六花浮动紫瓯圆。"《虚妙斋》："武王屈己尊箕子，黄帝斋心问广成。惟道集虚观众妙，超然将见不能名。"《寿山》："惇大崇高秀气连，清风不老月长圆。春游玉座时相对，花发莺啼亿万年。"《杏岫》："山上晴霞兴彩云，芳菲时节避花繁。分明自有神仙种，不是青旗卖酒村。"《景龙江》："润通河汉碧涵空，影倒光山晓翠重。闻说巨鱼时骇浪，只应风雨是神龙。"《鉴湖》："水天澄澈莹寒光，一片平波六月凉。移得会稽三百里，不教全属贺知章。"《桃溪》："霏霏红雨落清浔，流出山中直至今。休道仙源在平地，空教人向武陵寻。"《回溪》："穿云透石落潺潺，恋浦余波尚绕山。只怪岚光迷向背，不知流水正回环。"《滴滴岩》："苍苔青润石嶙皴，泉脉涓涓湿白云。疑有天仙深夜过，丁当环珮月中闻。"《榴花岩》："绝域移根上苑栽，又分红绿向岩隈。累累子已枝间满，灼灼花犹叶底开。"《枇杷岩》："结根常得近林峦，晚翠谁怜却岁寒。不见龙文横杆面，方知垂实作金丸。"《日观岩》："朝阳初上海霞红，五色云生碧洞中。回首烂柯人自老，棋声犹在石门东。"《雨花岩》："纷纷泊泊弄晴晖，曾逐春风上绣衣。不为胡僧翻贝叶，仙家长有碧桃飞。"《芦渚》："万叶梢梢秋意初，斜风细雨忆江湖。谁知雪压波澄后，更与宫中作画图。"《梅渚》："只借晴波为晓鉴，不随花岛作江云。未须吹笛风中去，多得清香水际闻。"《槟查谷》："折花宜与酒相薰，结子难随酒入唇。一阵暗香无处觅，不知幽谷巧藏春。"《秋香谷》："玉屑花繁淡淡黄，碧岩曾伴紫栏芳。月明露洗三秋叶，山迥风传七里香。"《松谷》："云藏烟锁昼苍苍，得地何须作栋梁。闻道九龙扶辇过，一山风又作笙簧。"《长春谷》："洞天风物几人知，暗得阴阳造化机。不似寒乡待邹律，四时岩际有芳菲。"《桐径》："不嫌春老花飞湿，要听秋来雨打声。一自移根来禁籞，朝阳常有凤凰鸣。"《松径》："夹路成行一样清，吟风筛月自亭亭。云章正写人间瑞，坐待云根长茯苓。"《百花径》："红紫交加一径通，翠条柔蔓浴玲珑。日晴烟暖微风度，百和香薰锦绣中。"《合欢径》："彩丝拂拂机中锦，绣缕茸茸马项缨。却似汉宫三十六，黄昏时节掩罗屏。"《竹径》："翠叶吟风长渐沥，寒梢擎露忽高低。有时杳杳穿云去，碧玉交加四望迷。"《雪香径》："夹径梨花玉作英，年年寒食半阴晴。要看雪色无边际，十二楼前月正明。"《海棠屏》："清明微雨欲开时，收什狂香付整齐。但得浣花春在眼，不须枝上杜鹃啼。"《百花屏》："众香芬馥著人衣，云母光寒露未晞。围得春风胜绣幕，纷纷红紫斗芳菲。"《蜡梅屏》："冶叶倡条不受羁，翠筠轻束最繁枝。未能隔绝蜂相见，一一花房似蜜脾。"《飞来峰》："突兀初惊倚碧空，翠岚仍与瑞烟重。吴侬莫作西来认，真是蓬莱第一峰。"《留云石》："白云何事苦留连，中有嵌空小洞天。却恐商岩要霖雨，因风时到日华边。"《宿雾石》："飞烟自绕龙楼驻，瑞气长随海日开。独有春风花上露，夜深多伴月明来。"《辛夷坞》："山中常压早梅开，不待暄风暖景催。似与东君书造化，笔头春色最先来。"《橙坞》："磊磊金丸画不如，空濛香雾几千株。应怜绿橘秋江上，却被人间唤木奴。"《海棠川》："清明时候暖风吹，叶暗花明满目开。石在剑门犹北向，锦江春色亦须来。"《仙李园》："亳社灵踪亘古存，混元龙蜕出风尘。移根更接蟠桃岭，结子开花万万春。"《紫石璧》："没水攀萝琢马肝，赍持坚润出风湍。潜藩每恨端溪远，叠作山中峭绝看。"《椒崖》："团枝红实见秋成，曾按方书合五行。不遣汉宫涂屋璧，此间吞饵得长生。"《濯龙峡》："山束苍烟细路通,喷泉飞雨洒晴空。真龙岂许寻常见,故作云间饮涧虹。"《不老泉》:"来从云窦不知远,涌出碧岩无暂停。花落莺啼春自晚,潺潺长得坐中听。"《柳岸》:"牵风拂水弄春柔,三月花飞满御楼。不似津亭供怅望,一生长得系龙舟。"《栈路》:"六丁开处只通秦,此地天临万国春。驻跸有时思叱驭,服劳王事爱忠臣。"《药寮》:"已闻颁朔向明堂,百草犹思一一尝。天意应怜民疾苦,欲跻仁寿佐平康。"《太素庵》:"结草铺茅不用华,白云深处列仙家。萧骚风玉千竿竹,翠叶浓阴衬碧霞。"《祈真磴》:"台上炉香袅翠烟,云间风驭已翩翩。吾皇奉道明灵降,惟德从来可动天。"《踯躅岎》:"春风晓日乱晴霞,艳艳初开一岎花。疑是仙琴红玉轸,醉归遗在紫皇家。"《山庄》:"重崖置屋亦常关,下法龙眠小隐山。纵有青牛不耕稼,但闻犬吠白云间。"《西庄》:"低作柴扉短作篱,日晴鸡犬自熙熙。躬耕每以农为本,稼穑艰难旧亦知。"《东西关》:"天上人间自不同,故留关钥限西东。姓名若在黄金籍,日日朝元路自通。"《敷春门》:"帝力无私万国通,尚思寒谷待春风。欲将和气均天下,都在熙熙造化中。"又诏翰林学士王安中,令登丰乐楼望而赋诗云:"日边高拥瑞云深,万井喧阗正下临。金碧楼台虽禁籞,烟霞岩洞却山林。巍然适构千龄运,仰止常倾四海心。此地去天真尺五,九霄岐路不容寻。"质字文伯,熙陵时参知政事昌龄之曾孙。组字元宠,颍昌阳翟人。俱有才思,晚始际遇,悉授右列,侍祐陵。时宠臣皆内侍梁师成所引,遂得爱幸。质少不检,文其身,赐号锦体谪仙。后随从北狩。组逢辰未久而没,官止副使。有子即勋也,颇能文,祐陵即以其父官补之,后获幸高宗,位至使相。录之于秩,以纪当时之盛。近王称作《东都事略》,载蜀僧祖秀所述《游华阳宫记》,不若是之备也。是时独有太学生邓肃上十诗,备述花石之扰,其末句云:"但愿君王安万姓,圃中何日不东风。"诏屏逐之。靖康初,李伯纪启其事,荐其才,召对,赐进士出身,后为右正言,著亮直之名于当日。肃字志宏,南剑人,有文集号《栟榈遗文》,三十卷,诗印集中。

34 祖宗以来除拜二府,必迁六曹侍郎或谏大夫,当时为寄禄官,在今皆太中大夫以上,是以从官入参机务也。登两制,必左右正言前行郎中为之,今承议郎以上,是以朝臣而论思献纳也。元丰官制行,裕陵考《唐六典》太宗用魏郑公为秘书监参知机务故事,易执政为中大夫,王和父、蒲傅正是矣。而从臣易为通直郎,犹曰朝官,舒亶、徐禧是也。已为杀矣。近日钱师魏登政府,坐谬举降三官,明清即以启之,以谓自昔以来,未有朝请大夫而参知政事者;且大臣有过,当去位,不当降罚。不报。

35 明清尝观欧阳文忠与刘邠父书问,答入阁仪词甚谆,复见两贤文集中。近阅田宣简《儒林公议》,语简而详,今载于左:"国家承五代大乱之余,每朔望起居及常朝,并无仗卫,或数年始一立冬正仗,当世人士或不识朝廷容卫,迄至缺然。太宗朝,常诏史馆修撰杨徽之等校定《入阁旧图》,时江南张洎献状,述朝会之制得失明著且要,云:'今之乾元殿,即唐之含元殿也,在周为外朝,在唐为大朝,冬至、元日,立全仗,朝百国,在此殿也。今之文德殿,即唐之宣政殿,在周为中朝,在汉为前殿,在唐为正衙,凡朔望起居,册拜后妃、皇太子、王公大臣,对四夷君长,试制策科举人,在此殿也。昔东晋太极殿有东西阁,唐置紫宸上阁,法此制也。且人君恭己南面,向明而理,紫微黄屋,至尊至重,故巡幸则有大驾法从之盛,御殿则有勾陈羽卫之严,故虽只日常朝,亦犹立仗。前代谓之入阁仪者,盖只日御紫宸上阁之时,先于宣政殿前立黄麾金吾仗,候勘契毕,唤仗即自东西阁门入,故谓之入阁。今朝廷且以文德正衙权宜为上阁,甚非宪度。况国家继百王之后,天下隆平,凡曰宪章,咸从损益,惟视朝之礼,尚自因循。窃见长春殿正与文德殿南北相对,殿前地位,连横街亦甚广博,伏请改创此殿作上阁,为只日立仗视朝之所。其崇政殿,即唐之延英是也,为双日常时听断之所。庶乎临御之式,允协前经。今论以入阁仪注为朝廷非常之礼,甚无谓也。臣窃按旧史,中书、门下、御史台谓之三署,为侍从供奉之官。今常朝之日,侍从官先次入殿庭东西立定,俟正班入,一时起居,其侍从官则东西对拜,甚失北面朝谒之礼。今请准旧仪,侍从官先次入,起居毕,在左右分行侍立于丹墀之下,故谓之蛾眉班。然后宰相率执政班入起居,庶免侍从官有东西对拜之文,得遵正礼。'至庆历三年,予知制诰时,始诏台省侍从官随宰相正班北面起居,其他则无所更焉。"

36 嘉祐中,诏宋景文、欧阳文忠诸公重修《唐书》。时有蜀人吴缜者,初登第,因范景仁而请于文忠,愿预官属之末,上书文忠,言甚恳切,文忠以其年少轻佻距之,缜鞅鞅而去。逮夫新书之成,乃从其间指摘瑕疵,为《纠缪》一书。至元祐中,缜游官蹉跎,老为郡守,与《五代史纂误》俱刊行之。绍兴中,福唐吴仲实元美为湖州教授,复刻于郡庠,且作后序,以谓针膏肓、起废疾,杜预实为《左氏》之忠臣,然不知缜著书之本意也。张仲宗云。

37 明清家有《续皇王宝运录》一书,凡十卷,王景彝家所藏,印识存焉。多叙唐中叶以后事,至于诏令文檄悉备。《唐史》新、旧二书之阙文也。但殊乏文华,所恨宋景文、欧阳文忠诸公未曾见之。其载黄巢王气一事,尽存旧词,姑缀于编:"中和三年夏,太白先生自号太白山人,不拘礼则。又云姓王,竟不知何许人也。金州耆宿云:'每三年见入州市一度。自见此先生卖药,已仅三四十年,颜貌不改不老。'其年夏六月三日,太白山人修谒金州刺史检校尚书左仆射兼御史大夫崔尧封云:'本州直北有牛山,傍有黄巢谷、金桶水。且大寇之帅黄巢凌劫州县,盗据上京近已六年。又伪国大齐,年号金统。必虑王气在北牛山。伏请闻奏蜀京,掘破牛山,则此贼自败散。'尧封听之大喜,且具茶果与之言话。移时,太白山人礼揖而去。尧封遂与州官商量,点诸县义丁男,日使万工掘牛山。一个月余,其山后崖崩十丈以来,有一石桶,桶深三尺,径三尺。桶中有一头黄腰兽。桶上有一剑,长三尺。黄腰见之,乃呦然数声,自扑而死。尧封遂封剑及画所掘地图所见石桶事件闻奏。僖宗大悦,寻加尧封检校司徒,封博陵侯。黄巢至秋果衰,是岁中原克平。"如昭洗王涯等七家之诏,亦见是书也。

38 旧制,京官造朝不许步行。每自外任代还,朝参日,步军司即差兵士三人、马一匹随从,得差遣。朝辞毕,所属径关排岸司应副回纲船乘座以归,如在苏、杭间居止,即差浙西纲船。选人改官,授告有日,阁门关步军司差人马;如五人改官,即五骑、十五人伺候。内前授告了,各乘马。以故一时戏语云:"宜徐行,照管踏了选人。"

39 祖宗开国以来,西北兵革既定,故宽其赋役,民间生业,每三亩之地止收一亩之税,缘此公私富庶,人不思乱。政和间,谋利之臣建议，以为彼处减匿税赋，乃创置一司，号"西城所"，命内侍李彦主治之，尽行根刷拘催，专供御前支用。州县官吏，无却顾之心，竭泽而渔，急如星火。其推行为尤者，京东漕臣王　、刘寄是也。人不堪命，遂皆去而为盗。胡马未南牧，河北蜂起，游宦商贾已不可行。至靖康初，智勇俱困。有启于钦宗者，命斩彦，窜斥　、寄，以徇下宽恤之诏，然无乡从之心矣。其后散为巨寇于江、淮间，如张遇、曹成、钟相、李成之徒，皆其人也。外舅云。

40　沈义伦、卢多逊为相，其子起家即授水部员外郎，后遂以为常，今之朝奉郎也。吕文穆为相，当任子，奏曰："臣忝甲科及第释褐，止授九品京官。况天下才能老于岩穴，不能沾寸禄者多矣。今臣男始离襁褓，膺此宠命，恐罹谴责。乞以臣释褐时所授官补之。"自是止授九品京秩，因以为定制，以至今日。

41　太平兴国五年，诏通判得举选人充京官。运判所举人数，与提刑等。至熙宁三年，置诸路提举常平广惠仓，各添举员。有旨：今后通判更不举选人充京官，运判比提刑减人数之半。

42　唐制，郊祀行庆，止进勋阶。五代肆赦，例迁官秩。本朝因之，未暇革也。章圣时，左司谏孙何与起居郎耿望言其非制，上嘉纳之，遂定三年磨勘进秩之法。《孙邻几家传》云。

43　官制未改时，知制诰今之中书舍人，但演词而已。不闻缴驳也。康定二年，富文忠为知制诰。先是，昭陵聘后蜀中，有王氏女姿色冠世，入京备选。章献一见，以为妖艳太甚，恐不利于少主，乃以嫁其侄从德，而择郭后位中宫。上终不乐之。王氏之父蒙正由刘氏姻党，屡典名藩。未几，从德卒。至是，中批王氏封遂国夫人，许入禁中。文忠适当草制，封还，抗章甚力，遂并寝其旨。外制缴词头，盖自此始。崇、观奸佞用事，贿赂关节，干祈恩泽，多以御笔行下，朱书其旁，云："稽留时刻者以大不恭论，流三千里。"三省无所干预，大启幸门，为宦途之捷径。宣和五年，有黄冠丁希元者，得幸为侍晨道录。自云晋公之孙。忽降御笔："丁谓辅相真宗。逮仁宗即位，有定策之功。未经褒赠，可特赠少保。官其后五人。"时卢襄赞元为吏部尚书，袖其牍请对，启于上云："使谓过可湔洗，则累朝叙恤久矣，独至今乎？

倘罪恶显然，一旦褒录，岂不骇四方之听？”于是命格不下。自是御笔遂有执奏不行者矣。二者皆甚盛之举也。

44　张唐英，字次功，西蜀人，与天觉为同包兄也。熙宁中，仕至殿中侍御史。尝述《仁宗政要》上于朝，又尽作昭陵朝宰执近臣知名之贤诸传于其中，今世所谓《嘉祐名臣传》者是也。特《政要》中一门耳，然印本亦未尽焉。明清家有《政要》全书可考。次功父文蔚，范蜀公作墓碑。

45　韩魏公嘉祐末以翊戴功辅英宗。既为永昭山陵使，使事毕而上不豫矣，不敢辞位。四载而永厚鼎成，以元宰复护葬于洛。魏公先自上疏云：“自有唐至于五代，山陵使事讫求去。今先帝已祔庙，而臣两为山陵使，恬然不能援故事去位，则是不知典故，何以胜天下之责？虽陛下欲以私恩留臣，顾中外公议且谓臣何？”神宗再三留之，卧家不出。遂以司徒两镇节度使判乡郡相州。元符末，章子厚为永泰山陵使。子厚专权之久，人情郁陶。有曾诞敷文者作词，略云：“草草山陵职事，厌厌罢相情怀。”谓故事也。绍兴间，会稽因山，秦会之为固位之计，乃除孟仁仲为枢密使，以代其行。仁仲不悟其机，事竣犹入国门。会之怒，讽言路引以论列，出典金陵。

46　熙宁初，韩魏公力辞机政，以司徒侍中判相州。已命未辞，忽报西边有警，曾宣靖乞召公同议廷中，神宗从之。公辞云：“已去相位，今帅臣也。但当奉行诏书，岂敢预闻国论？”时人以为得体。元丰末，吕吉父以前两地守延安过阙，乞与枢密院同奏事。上亲批云：“弼臣议政，自请造前。轻躁矫诬，深骇朕听。免朝辞，疾速之任。”已而落职，知单州。其后吉父贬建州安置，东坡先生行制，辞云“轻躁矫诬，德音犹在”，谓此也。

47　孙叔易近为先人言：“大观中，自南京教授差作试官，回次朱仙镇，阅邸报，吴伴兄弟以左道伏诛。坐中监镇使臣云：‘某少日作吴冲卿丞相直省官，亲见元丰中交趾李乾德陷邕、廉州，诏郭逵讨之。神宗问所以平交趾者，逵曰：兵难预度，愿驰至邕管上方略。师往，遂复邕州。进次富良江，又破之，获贼将洪真太子者。于是乾德议降。而逵以重兵压富良江，与交人止一水之隔。冲卿忌其成功，堂帖令班师。逡逗遛不进，交人大入，全军皆覆。逡坐贬秩。俛、储，冲卿孙也。此盖天报之云。'当时诗人陈传作《佐郎将》云：'林中生致左郎将，名王头颅十四五。乾德可禽嗟不谋，同恶相济能包羞？降书冉冉过中洲，中军传呼笑点头。蛮首算成勿药喜，君臣称觞弄多垒。元戎凯旋隔天水，夜经桄榔趋决里。驱将十万人性命，换得交州数张纸。'"

48 明清《前录》载和买起于王丝。后阅范蜀公《东斋记事》云："太宗时，马元方为三司判官，建言方春民乏绝时，预给官钱贷之，至夏秋令输绢于官。和买绸绢，盖始于此。"然在昔止是一时权宜，措置于一岁之间，或行于一郡邑而已。至熙宁新法，乃施之天下，示为准则。是时，越州会稽县民繁而贫，所贷最多，旧额不除，至今为害而不能革。惟婺州永康县有一桀黠老农，鼓帅乡民，不令称贷，且云："官中岂可打交道邪？"众不敢请。独此一邑，遂无是患。闻今不然。

49 绍圣初，孟后废，处道宫。偶辽国遣使来，诏命邢和叔馆之。邢白时宰章子厚曰："北使万一问及瑶华事，何以为词？"子厚曰："当云罪如诏书。"已而北人不及之，忽问曰："南朝近日行遣元祐人，何邪？"邢即以子厚语答之。归奏，泰陵大喜，以谓善于专对。刘季高云。

50 五代时有姓吕为侍郎者三人，皆各族，俱有后，仕本朝为相。吕琦，晋天福为兵部侍郎，曾孙文惠端相太宗。吕梦奇，后唐长兴中为兵部侍郎，孙文穆蒙正相太宗，曾孙文靖夷简相仁宗，衣冠最盛，已具《前录》。吕咸休，周显德中为户部侍郎，七世孙正愍大防，相哲宗。异哉！

51 富郑公晚居西都，尝会客于第中，邵康节与焉。因食羊肉，郑公顾康节云："煮羊惟堂中为胜，尧夫所未知也。"康节云："野人岂识堂食之味。但林下蔬笋，则常吃耳。"郑公赧然曰："弼失言。"邵公济云。

52 治平初，诏改诸路马步军部署为总管，避厚陵名也。考之前史，總字皆从手，合作摠字，非从丝无疑。出于一时稽考不审，沿袭至今，不可更矣。

53 李成季昭玘，元祐左史，自号乐静居士，五代宰相李涛五世孙。涛至本朝，以兵部尚书莒国公致仕。尚书，当时阶官也。其家自洛徙齐。成季犹子，汉老郍也，中兴初，位政府，一时大诏令多出其手。秦少游作《李公择常行状》云："远祖涛，五代时号称名臣，仕皇朝为兵部尚书，封莒国公。莒公少时仕于湖南，有一子留江南，公其裔孙也。所以今为南康建昌人，世号山房李氏。"成季与公择，乡里虽各南北，要是本出一族，子孙皆鼎盛，不知后来两家曾叙昭穆否耳。

54　侬贼犯交、广，毒流数州，诸将久无成功。狄武襄既受命颛征，首责崇仪使陈曙，斩之。余襄公皇恐，降阶祈求。武襄慰藉遣之。于是军声大振，竟破贼。而桂人为崇仪建庙貌，祀事至今唯谨。东坡先生以书抵广西宪曹子方云："闲居偶念一事，非吾子方莫可告者。故崇仪陈侯，忠勇绝世，死非其罪。庙食西路，威灵肃然。愿公与程之邵议，或同一削，乞载祀典，使此侯英魄少信眉于地中。如何如何。"武襄必无滥诛，而广人奉事之益严，又有东坡之说如此，不可晓也。隆兴初，帅臣张维奏，诏赐其庙额曰忠愍。曙，高邮人，进士及第，后换右列，灵芝王平甫撰其碑志甚详。其婿许光疑，始以布衣自岭外护其丧以归，人皆多之。后登第，终吏部尚书。

55　《唐书》特立《宗室宰相传》，赞乃云："宰相以宗室进者九人。林甫奸谀，几亡天下。程、知柔在位，无所发明。"林甫在《奸臣传》。知柔相昭宗，附《宣惠太子业传》后第五卷。止叙七人。适之、岘、勉、夷简、程、石、回。然李麟乃懿祖后，李逢吉、李蔚俱陇西同系，李宗闵出郑王房，李揆亦出陇西。宰相共十三人也，不同作一传，何耶？

挥麈后录卷之三

56　宋兴已来,宰辅封国公者,已见宋次道《春明退朝录》。自熙宁以后者,今列于后:

陈丞相秀　王文公舒、荆　王文恭郇、岐　韩献肃康　章子厚申　韩文定仪　蔡元长嘉、卫、魏、楚、陈、鲁　童贯泾、成、益、楚、徐、豫　何正宪荣　郑文正崇、宿、燕　余源仲豊、卫　刘文宪康　邓子常莘　王黼崇、庆、楚　蔡攸英、燕　白丞相崇　吕忠穆成　张忠献和、魏　秦忠献莘、庆、冀、秦、魏、益　张循王济、广、益　韩蕲王英、福、潭　秦熺嘉　陈文恭信、福、鲁　汤进之荣、庆、岐　虞忠肃济、华、雍　史文惠永、卫、鲁、魏　陈正献申、福、魏　梁文靖仪、郑　赵丞相沂　王丞相信、福、冀、鲁　周丞相济、益　留丞相　京丞相魏　谢丞相申、岐、鲁

57　蔡元道作《官制旧典》,极其用心,甚为详缜。但事有抵牾,或出于穿凿者,有所未免。明清尝略引旧文以证数项于印本上,金贴呈似遂初尤丈延之,深以叹赏。其帙尚存尤丈处,不复悉纪,姑以一条言之:"熙宁三年,许将以磨勘当迁,宰相王安石方欲抑三人之进取,遂转太常博士。初下笔,方成大字,堂后官以手约定,具陈祖宗旧制,当迁右正言,安石乃改大字右笔作口字。因知前辈堂后官犹能执祖宗之法耳。时先公掌外制,乃见而知之者。"明清以谓磨勘吏部成法,非宰相所得而专纵。使有之,王荆公之文过执拗,世所共知,当新法之行,虽韩、富、欧、范、司马诸公与之争,悉不能回其意,岂一堂吏能转其笔耶?元道云先公,即延庆。王荆公荐李资深时,苏子容、李才元、宋次道缴其改官除监察御史之命,荆公改授延庆,即为书行。延庆字仲远,文忠齐之子也。别命书读始此。

58　方通,兴化人,与蔡元长乡曲姻娅之旧,元长荐之以登要路。其子轸,宏放有文采,元长复欲用之。轸闻之,即上书讼元长之过。既达乙览,元长取其疏自辩云:"大观元年九月十九日,敕中书省送到

司空左仆射兼门下侍郎魏国公蔡京札子。奏伏蒙宣示方轸章疏一项，论列臣睥睨社稷，内怀不道，效王莽自立为司空，效曹操自立为魏国公，视祖宗神灵为无物，玩陛下不啻若婴儿，专以绍述熙、丰之说，为自媒之计，上以不孝劫持人主，下以谤讪诋诬恐赫天下。威震人主，祸移生灵，风声气焰，中外畏之。大臣保家族不敢议，小臣保寸禄不敢言。颠倒纪纲，肆意妄作，自古为臣之奸，未有如京今日为甚。爰自崇宁已来，交通阉寺，通谒宫禁，蠹国用则若粪土，轻名器以市私恩。内自执政侍从，外至帅臣监司，无非京之亲戚门人。政事上不合于天心，下悉结于民怨。若设九鼎，铸大钱，置三卫，兴三舍，祭天地于西郊，如此之类，非独无益，又且无补，其意安在？京凡妄作，必持说劫持上下曰‘此先帝之法也’、‘此三代之法也’，或曰‘熙、丰遗意，未及施行’。仰惟神考十九年间，典章文物，粲然大备，岂蔡京不得驰骋于当年，必欲妄施于今日，以罔在天之神灵？凡欲奏请，尽乞作御笔指挥行出，语士大夫曰：‘此上意也。’明日，或降指挥更不施行，则又语人曰：‘京实启之也。’善则称己，过则称君，必欲陛下敛天下怨而后已，是岂宗社之福乎？天下之事无常是，亦无常非，可则因之，否则革之。惟其当之为贵，何必三代之为哉！李唐三百年间，所传者二十一君，所可称者太宗一人而已。当时如房、杜、王、魏，智虑才识必不在蔡京之下。窃观贞观间，未尝一言以及三代。后世论太宗之治者，则曰除隋之乱，比迹汤、武；致治之美，庶几成、康。自古功德兼隆，由汉以来，未之有也。京不学无术，妄以三代之说欺陛下，岂不为有识者之所笑也！元丰三年，废殿前廨宇二千四百六十间，造尚书省，分六曹，设二十四司，以总天下机务。落成之日，车驾亲幸，命有司立法：诸门墙窗壁，辄增修改易者，徒贰年。京恶白虎地不利宰相，尽命毁坼，收置禁中，是欲利陛下乎？是谓之绍述乎？括地数千里，屯兵数十万，建置四辅郡，遣亲信门人为四辅州总管，又以宋乔年为京畿转运使。密讽兖州父老诣阙下，请车驾登封，意在为东京留守，是欲乘舆一动，投间窃发，呼吸群助。不知宗庙社稷何所依倚？陛下将措圣躬于何地？臣尝中夜思之，不觉涕泗横流也。臣闻京建议立方田法，欲扰安业百姓。借使行之，岂不召乱乎？又况数年间行盐钞法，朝行夕改，昔是今非，以此脱赚客旅财物。道途行旅谓朝廷法令，信如寒暑，未行旬浃，又报盐法变矣。钞为故纸，为弃物，家财荡尽，赴水自缢，客死异乡，孤儿寡妇，号泣吁天者，不知其几千万人！闻者为之伤心，见者为之流涕。生灵怨叹，皆归咎于陛下。然京自谓暴虐无伤，奈皇天后土之有灵乎？所幸者祖宗不驰一骑以得天下，仁厚之德涵养生灵几二百年矣，四方之民，不忍生事。万一有垄上之耕夫、等死之亭长，啸聚亡命于一方，天下响应，不约而从，陛下何以枝梧其祸乎？内外臣僚皆京亲戚门人，将谁为陛下使乎？京乘此时，谈笑可得陛下之天下也。元符末年，陛下嗣服之初，忠臣义士明目张胆，思见太平，投匦以陈己见者，无日无之。京钳天下之口，欲塞陛下耳目，分为邪等，贼虐忠良。天下之士，皆以忠义为羞，方且全身远害之不暇，何暇救陛下之失乎？奈何陛下以京为忠贯星日，以忠臣义士为谤讪诋诬，或流配远方，或除名编置，或不许齿仕籍。以言得罪者，无虑万人矣，谁肯为陛下言哉！蔡攸者，垂髫一顽童耳，京遣攸日与陛下游从嬉戏，必无文、武、尧、舜之道，启沃陛下，惟以花栽怪石、笼禽槛兽，舟车相衔，不绝道路。今日所献者，则曰臣攸上进；明日所献者，则又曰臣攸上进。故欲愚陛下使之不知天下治乱也。久虚谏院不差人，自除门人为御史。京有反状，陛下何从而知？臣是以知京必反也。臣与京皆壶山人也。案谶云：水绕壶公山，此时方好看。京讽部使者凿渠以绕山。日者星文谪见西方，日蚀正阳之月，天意所以启陛下聪明者，可谓极也。奈何陛下略不省悔，默悟帝意。止于肆恩赦，开寺观，避正殿，减常膳，举常仪，以答天戒而已。然国贼尚全首领，未闻枭首以谢天下百姓，此则神民共愤，祖宗含怒在天之日久矣。陛下勿谓雉鸣乎鼎，谷生于朝，不害高宗、太戊之德；九年之水，七年之旱，不害尧、汤之圣。古人之事，出于适然；今日之事，祸发不测。天象人情，危栗如是。伏惟陛下留神听览，念艺祖创业之难，思履霜坚冰之戒。今日冰已坚矣，非独履霜之渐。愿陛下早图之，后悔之何及！臣批肝为纸，沥血书辞，忘万死，叩天阍。区区为陛下力言者，非慕陛下爵禄而言也，所可重者，祖宗之庙社；所可惜者，天下之生灵，而自忘其言之迫切。陛下杀之可也，赦之可也，窜之可也。臣一死生，不系于重轻,陛下上体天戒,下顾人言,安可爱一国贼而忘庙社生灵之重乎！冒渎天威,无任战栗之至。谨备录如后。臣读之,骇汗若无所容。臣以愚陋备位宰司,不能镇伏纪纲,讫无毫发报称,徒致奸言,干浼圣听。且人臣有将必诛之刑,告言不实,有反坐之法。臣若有是事,死不敢辞。臣若无是事,方轸之言不可不辩。伏望圣慈,付之有司,推究事实,不可不问。取进止。"诏轸削籍流岭外,后竟殂于贬所。元长犹用其兄会为待制。家间偶存此疏,录以呈太史李公仁甫,载之《长编》。当是时也,元长领天下事,谁敢言者？轸独能奋不顾身、无所回避如此。使九重信其言,逐元长;元长悟其说,急流勇退,则国家无后来之患;元长与轸得祸俱轻,三者备矣。

59 宣和元年八月丁丑,皇帝诏大晟作景钟。是月二十五日,钟成,皇帝以身为度,以度起律;以律审声,以声制钟;以钟出乐,而乐宗焉。于以祀天地,享鬼神,朝万国,罔不用乂。在廷之臣,再拜稽首上颂:"明明天子,以身为度。有景者钟,众乐所怙。于昭于天,乃眷斯顾。扬于大庭,罔不时序。亿万斯年,受天之祜。"此翰林学士承旨强渊明之文也。偶获斯本,谨录于右。

60 王宷辅道,枢密韶之子。少豪迈有父风,早中甲科,善议论,工词翰,曾文肃、蔡元长荐入馆为郎,后以直秘阁知汝州,考满守陕。年未三十,轻财喜士,宾客多归之。坐不觉察盗铸免官,自负其材,受辱不羞。是时羽流林灵素以善役鬼神得幸,而辅道之客冀其复用,乘时所好,昌言辅道有术,可致天神,出灵素上,扼不得施。盖其客亦能请紫姑作诗词,而已非林之比。辅道固所不解,然实不知客有此语也。辅道尝对别客谓:"灵素太诞妄,安得为上言之？"其言适与前客语偶合。工部尚书刘炳子蒙者,辅道母夫人之侄孙也,及其弟焕子宣,俱长从班,歆艳一时。时开封尹盛章新用事,忌炳兄弟,进思有以害其宠,未得也。初,炳视辅道虽中表,然炳性谨厚,每以辅道择交不慎疏之。会炳姑适王氏,于辅道为嫂。一日,辅道语其嫂曰:"某久欲谒子蒙兄弟奉从容,然不得其门而入,奈何？"嫂曰:"俟我至其家,可往候之。"辅道于是如其教,候炳于宾舍,久之始得通。炳逡巡犹不欲见,迫于其姑,勉强接之。既就坐,谈论风生,亹亹不倦,炳大叹服,入告其姑曰："久不与王叔言，其进乃尔，自恨不及也！"因遣持马人归，止宿其家，自是始相亲洽。殆至兴狱，未及岁也。前客语既达灵素，灵素忿怒，泣请于上，且增加以白之曰："臣以羁旅，荷陛下宠灵，而奸人造言，累及君父，乞放还山以避之。不然，愿置对与之理。"上令逮捕辅道与所言客姚坦之、王大年，以其事下开封。使者至，辅道自谓无它，亦不以介意，语家人曰："辩数乃置，无以为念也。"至狱中，刻木皆出纸求书，且谓辅道曰："昔苏学士坐系乌台时，卫狱吏实某等之父祖。苏学士既出后，每恨不从其乞翰墨也。"辅道喜，作歌行以赠之，处之甚怡然。而盛章以炳之故，得以甘心矣。因上言词语有连及炳者，乞并治之。上曰："炳从臣也，有罪未宜草草。"炳既闻上语，不疑其他。一日，上幸宝箓，驻跸斋宫，从官皆在焉。炳越班面奏帘外曰："臣猥以无状，待罪迩列。适有中伤者，非陛下保全，已齑粉矣。"再拜而退。炳既谢已，举首始见章在侧注目瞪视，惶骇失措，深以为悔。翌日，章以急速请对，因言："寀与炳腹心。诽谤事验明白，今对众越次，上以欺罔陛下，下以营惑群臣，祸将有不胜言者。幸陛下裁之。"上始怒，是日有旨，内侍省不得收接刘炳文字。炳犹未知之，以谓事平矣，故不复闲防。章既归，遣开封府司录孟彦弼携捕吏窦鉴等数人，即讯炳于家。炳因服出见，分宾主而坐，词气慷慨，无服辞。彦弼既见其不屈，欲归，而窦鉴者语彦弼曰："尚书几间得寀一纸字，足以成案矣。"遂乱抽架上书，适有炳著撰稿草，翻之至底，见炳和辅道诗，尚未成，首云："白水之年大道盛，扫除荆棘奉高真。"诗意谓辅道尝有嫉恶之意。时尚道，目上为高真尔。鉴得之，以为奇货，归以授章。章命其子并释以进云："白水谓来年庚子寀举事之时。炳指寀为高真，不知以何人为荆棘？将置陛下于何地？岂非所谓大逆不道乎！"但以此坐辅道与客，皆极刑。炳以官高，得弗诛，削籍窜海外。焕责授团练副使，黄州安置。凡王、刘亲属等，第斥谪之。并擢为秘书省正字，数日而死，出现其父，已为蛇矣。华阳张德远文老，子蒙之婿也，又并娶德远之妹，目睹其事。且当时亦以有连坐，送吏部与监当，故知之为详。尝谓明清曰："德远死，无人言之者矣。子其因笔无惜识之。"文老尝为四川茶马。东坡先生赋《张熙明万卷堂》诗，即其父也。文老博极群书，尤长史学，发言可孚，故尽列其语。又益知世所传辅道遇宿冤之事为不然云。

61　王景彝故弟在京师太子巷。初，开宝间，江南李后主遣其弟从善入贡，留不遣，建宅以赐，故都人犹以太子目之也。从善死，后归王氏。宣和初，崔贵妃者得幸祐陵，未育子。有刘康孙者，卜祝之流，以术蒙恩甚厚，为遥郡观察使，言之于崔之兄曰："王氏所居，巷名既佳，而宅中有福气，宜请于上。"崔遣人告于妃，妃以致恳上，上喻京尹王革，令善图之。革即呼王氏子弟，导指意。王诸子愚呆不知时变，迟迟未许。崔欲速得之，会舍旁有造磬者，时都下初行当十钱，崔訹人诬告王诸子与邻人盗铸，革即为掩捕，锻炼黥窜，而没其宅，遂以赐崔。崔氏既得之，上幸其居，设醮三日，荣冠一时。未几，崔命康孙祷于宅中树下，适有争宠者潜于上及中宫云："崔氏姊弟夜祠祭，与巫觋祝诅叵测。"会上尝梦明节刘妃泣诉，以为人厌胜致死，上因以语妃。妃抗上语，颇不逊。上怒，付有司，捕康孙等穷治。康孙款承，实尝以上及崔妃所生年月祷神求嗣，且祈固宠，咒诅则无之。犹坐指斥，诏脔康孙于宅前，国医曹孝忠并坐流窜。孝忠亦幸进，为廉车，二子济、涣俱冒馆职，至是皆斥之。孝忠尝侍明节药故也。仍命悬康孙首于所祝树上。制云："贵妃崔氏，乏柔顺进贤之志，溺奸淫罔上之私。惑于奇邪，阴行媚道。散资产以掠众誉，招术者以彰虚声。祝诅同列，以及于死生；指斥中宫，而刑于切害。谈命术以徼后福，挟厌胜以及乘舆。可降充庶人，移居别院。崔兄除名，嫂姊妹并远外编管。"距王氏之籍，不及一岁云。陈成季迪云："时任大理卿，亲鞫其事。"

62　承平时，宰相入省，必先以秤秤印匣而后开。蔡元长秉政，一日，秤匣颇轻，疑之，摇撼无声。吏以白元长，元长曰："不须启封，今日不用印。"复携以归私第。翌日入省，秤之如常日，开匣则印在焉。或以询元长，元长曰："是必省吏有私用者，偶仓猝不能入。倘失措急索，则不可复得，徒张皇耳。"

63　蔡元长晚年语其犹子耕道曰："吾欲得一好士人以教诸孙，汝为我访之。"耕道云："有新进士张霶者，其人游太学，有声，学问正当，有立作，可备其选。"元长颔之，涓辰延致入馆。数日之后，忽语蔡诸孙云:"可且学走,其他不必。"诸生请其故。云:"君家父祖奸悖以败天下,指日丧乱。惟有奔窜,或可脱死,它何必解耶?"诸孙泣以诉于元长,元长愀然不乐,命置酒以谢之,且询以救弊之策。觹曰:"事势到此,无可言者。目下姑且收拾人材,改往修来,以补万一。然无及矣。"元长为之垂涕。所以叙刘元城之官,召张才叔、杨中立之徒用之,盖繇此也。耕道名佃,君谟之孙。觹字柔直,南剑人,后亦显名于时。已上二事,尤丈延之云。

64　靖康中,有解习者,东州人。为郎于朝,未尝与人接谈。虏骑南寇,择西北帅守,时相以其谨厚不泄,谓沈鸷有谋,遂除直龙图,知河中府。习别时相云:"某实以讷于言,故寻常不敢妄措辞于朝列。今一旦付委也如此,习之一死,固不足惜,切恐朝廷以此择人,庙谋误矣。"解竟没于难。世人以饶舌掇祸者多,而习乃以箝口丧躯,昔所未闻也。外舅云。

65　薛绍彭既易定武《兰亭》石归于家。政和中,祐陵取入禁中,龛置睿思东阁。靖康之乱,金人尽取御府珍玩以北,而此刻非虏所识,独得留焉。宋汝霖为留守,见之,并取内帑所掠不尽之物,驰进于高宗。时驻跸维扬,上每置左右。逾月之后,虏骑忽至,大驾仓猝渡江,竟复失之。向叔坚子固为扬帅,高宗尝密令冥搜之,竟不获。向端叔云。

66　靖康初,童贯既以误国窜海外,已而下诏诛之。钦宗喻宰执云:"贯素奸狡,须得熟识其面目者衔命追路,即所在而行刑,庶免差误。"唐钦叟时为首相,云:"朝臣中有张澂字达明者,与贯往还。宜令其往。"诏除澂监察御史以行。澂字达明,有一小女十余岁,玉雪可怜,素所爱。时天寒,欲卯饮,忽闻有此役,骇愕战掉,袖拂汤酒碗,沃其女,立死。达明号恸引道,怨钦叟切骨。至南雄州而贯就戮。明年,钦叟免相留京,二圣北迁,虏人立张邦昌为主,且驱廷臣连衔列状,钦叟金名毕,仰药而殂。建炎中,达明为中司,适钦叟家陈乞恤典,达明言钦叟不能抗虏之命,虽死不足褒赠。繇是恩数尽寝,至今不能理也。俞彦时云。

67　冯楫济川、雷观公达,靖康中俱为学官于京师,皆蜀士也。

而观以上书得之,楫实先达焉。一日,楫出策题问诸生经旨,观摘其疵讦之于稠人中曰:"自王安石曲学邪说之行,蔡京挟之以济其奸,遂乱天下。今日岂可尚习其余论耶!"楫曰:"子去岁为学生,尝以书属我求为蔡氏馆客,岂忘之耶?前牍尚存,诬张为幻乃尔,是鬷同浴而讥裸裎也!"二人大忿,坐是论列,皆绌为监当。邵公济云。

68　贺子忱允中,靖康中为郎。或有荐其持节河北者,子忱微闻之,忽就省户作中风状,颠仆于地,呼之不醒。同舍郎急命舁之以归,即牒开封府乞致仕,得敕买舟南下,初无所苦也。李邈彦思以武官为枢密都承旨,朝论亦将有所委任,亦效子忱之举。时聂山尹都,以谓此风不可长,翌日启上,以谓邈诈疾退避,后来何以使人?诏邈降两官,除河北提点刑狱,兼摄真定府。日下出门,竟死于难。子忱绍兴初以李泰发荐落致仕,又三十年为参知政事。晚节末路,持禄固位而已。向荆父云。

69　秦会之尝对外舅自言:"靖康末,与莫俦俱在虏寨。粘罕二太子者谓:'搜寻宗室,有所未尽。'俦陈计于二贼,乞下宗正寺取玉牒,其中有名者尽行根刷,无能逃矣。会之在傍曰:'尚书之言误矣。譬如吾曹人家宗族,不少有服属虽近而情好极疏者;有虽号同姓,而恩义反不及异姓者多矣。平时富贵,既不与共,一旦祸患,乃欲与之均,以人情揆之,恐无此理。'粘罕者曰:'中丞之言是。'由此异待之。"

70　王、刘既诛窜,适郑达夫与蔡元长交恶,郑知蔡之尝荐二人也,忽降旨应刘炳所荐并令吏部具姓名以闻,当议降黜。宰执既对,左丞薛昂进曰:"刘炳,臣尝荐之矣。今炳所荐尚当坐,而臣荐炳何以逃罪?"京即进曰:"刘炳、王寀,臣俱曾荐之。今大臣造为此谋,实欲倾臣。臣当时所荐者,材也,固不保其往。今在庭之臣,如郑居中等皆臣所引,以至于此。今悉叛臣矣,臣亦不保其往。愿陛下深察。"上笑而止,由是不直达夫,即再降旨:"刘炳所荐并不问。"亦文老云。

71　明清《前录》记靖康中赠范"文正",恐是误书。近日李文授孟传云:"当时乃是进拟'忠宣',钦宗改'文正'之名,付出身。仍于其矜其旁批云:'不欲专崇元祐。'"文授云得之于曾文清。文清。吴元中妻兄,宜知其详。

72　温益,字禹弼。徽考以端邸旧僚,即位未久,擢尹开府。钦圣因山,曾文肃为山陵使,益为顿递使。梓宫次板桥,以人众柱折几陷。时外祖空青公侍文肃为山陵所主管文字,偶问左右曰:"顿递使何在?"不虞益之在旁,忽应曰:"益在斯。"由是怨外祖入骨髓。时蔡元长已有中禁之授,使运力为引重,至于斥文肃于上前。元长大感之,遂以为中书侍郎。兴大狱,欲挤文肃父子于死地,赖上保全之,得免。未几,益卒于位。后元长复用其子万石为阁学士以报之。_{曾玉隆云}

73　东坡先生平生为人碑志绝少,盖不妄语可故也。其作陈公弼希亮传,叙其刚方明敏之业,殆数千言,至比之□长孺,非有以心,未易得之。然其后无闻,心窃疑焉。比阅孙叔易《外制集》,载其所行陈简斋去非为参知政事封赠三代告词,始知乃公弼之孙。取张巨山所作去非墓碑视之,又知为公弼仲子忱之孙焉。简斋出处气节、翰墨文章,为中兴大臣之冠。善恶之报,时有后先,其可谓无乎!

挥麈后录卷之四

74　徽宗宣和七年十二月二十一日，就睿谟殿张灯预赏元宵，曲燕近臣。命左丞王安中、中书侍郎冯熙载为诗以进。安中云：“上帝通明阙，神霄广爱天。九光环日月，五色丽云烟。紫袖开三极，琼璈列万仙。希夷尘境断，仿佛玉经传。妙道逢昌运，真王抚契贤。龟图规大壮，龙位正纯乾。昊昊亲无间，皇居掇自然。刚风同变化，祥气共陶甄。层观星潢上，重闉斗柄边。摩空七雉峻，冠峤六鳌连。梦想何尝到，阶升信有缘。昕朝初放仗，密宴忽闻宣。清禁来鸣珮，修廊入并肩。兽铺金半阖，鸾障绣微褰。霁景留庭砌，雷文绘楄梃。宫帘波锦漾，殿榜字金填。花拥巍巍座，香浮秩秩筵。高呼称万亿，韶奏侍三千。华岁推尧历，元珰候舜璇。冰霜知腊后，梅柳认春前。造化应呈巧，芳菲已斗妍。樛枝雕槛小，多叶露桃鲜。错落飞杯斝，锵洋杂管弦。承云歌历历，回雪舞翩翩。黼帷祥氛合，铜壶永漏延。镐京方置醴，羲驭自停鞭。乃圣情深渥，诸臣意更虔。宗藩亲鲁卫，相帯拱闵颠。侧弁恩光浃，中筋诏趻旋。宝薰携满袖，御果得加笾。要赏嬉游盛，俄追步武遄。腾身复道表，送日夹城晛。仰揖苍龙象，旁临艮岳巅。讴歌纷广陌，箫鼓乐丰年。赫奕攒轻幰，珍奇集市廛。博卢多袒跣，饮肆竞蹁跹。蕃衍开朱邸，崔嵬照彩椽。桥虹弯矗矗，江练泮溅溅。击柝周庐晚，张灯别院先。余霞摇绮晕，列宿舍珠躔。浩荡三山岛，棱层十丈莲。再趋天北极，却立榻东偏。既用家人礼，仍占圣制篇。兄觥从酩酊，蟾魄待婵娟。转盼随亲指，环观得纵穿。曲屏江浪蹙，巨柱赤虬缠。光透垂枝井，晶衔带璧钱。萧台千级峻，重屋八窗全。就席花墩匝，行樽紫袖揎。交辉方烁烁，起立复阗阗。邃宇会宁过，中宵胜赏专。铺陈尤有韵，清雅不相沿。户箔明珠串，栏钉水碧棬。规模商甒铸，款识鲁壶镌。秦曲移筝柱，唐妆俨鬓蝉。窄襟珠缀领，高朵翠为钿。喜气排寒沍，轻飔洗静便。层琳藉玑组，方鼎爇龙涎。玛瑙供盘大，玻璃琢盏圆。暖金倾小榼，屑玉酿新泉。帝予天才昇，英姿棣萼联。频看挥斗碗，端是吸鲸川。推食俱均逮，攘餐及坠捐。海鳌初破壳，江柱乍离渊。宁数披绵雀，休论缩颈鳊。南珍夸饤饾，北馔厌烹煎。赐橘怀颁卵，酡颜酢宝船。言归荷慈惠，末节笑拘挛。放钥严扃启，笼纱逸足牵。冰轮挂银汉，夜色映华韉。人识重熙象，功参独断权。五辰今不忒，六气永无愆。天纪承三古，时雍变八埏。比闾增板籍，疆场罢戈铤。文轨包夷夏，弦歌遍幅员。恢儒荣藻荐，作士极鱼鸢。庆胄贻谋显，多男景福绵。迓衡常穆穆，遵路益平平。亭障今逾陇，耕耘久际燕。信通鹏海涨，威窜犬戎膻。东拟封云岱，西将款涧滽。琳科宣蕊笈，玉府下云轩。帝籍勤初播，宫蚕长自眠。茧丝登六寝，秬米秀中田。庙鹤垂昭格，坛光监吉蠲。灵芝滋菌蠢，甘醴涌潺湲。合教龙风革，颁经众疾痊。雨随亲祷降，河避上流迁。执契皇猷洽，披图福物骈。太和输橐籥，妙用绝蹄筌。此际君臣悦，应先简册编。《雅》称鱼罩罩，《颂》述鼓咽咽。讵比千龄遇，犹闻四始笺。羁臣起韦布，陋质愧驽铅。骤俾陪机政，由来出眷怜。恩方拜纶绂，报未效尘涓。密席叨临劝，凡踪穿曲拳。虽无三峡水，曾步八花砖。渝望知难称，才悭合勉旃。钧天思尽赋，賸续白云笺。"熙载云："化工欲放阳春到，先教元冥戮衰草。疑冰封地万木僵，谁向雪中探天巧。璇玑星回斗指寅，群芳未知时已春。人心荡漾趁佳节，灯夕独冠年华新。升平万里同文轨，井邑相连通四裔。兰膏竞吐夜烘春，和叔回车避羲辔。巍巍九禁倚天开，温风更觉先春来。试灯不用雨花俗，迎阳为却寒崔嵬。宣和初载元冬尾，瑞白才消尘不起。穆清光赏属钦邻，锦绣云龙颁宴喜。初闻传诏开睿谟，步障几里承金铺。调音度曲三千女，正似广乐陈清都。遏云妙唱韩娥侣，回雪飞花称独步。千春蟠木效红英，献寿当筵岂金母。上林晚色烟霭轻，景龙游人欢笑声。霞裾月珮拥仙仗，翠凤挟辇趁平成。铜华金掌散晶彩，翠碧重重簇珠琲。先从前殿望修廊，日出绮霞红满海。神光通透云母屏，骊龙出舞波涛惊。煌煌黼座承天命，座下错浴如明星。榻前玉案真核旅，兽炭银炉夜初鼓。宪天重屋讶云屯，崇道箫台疑蜃吐。前楹火柱回万牛，蔺卿璧碎色光浮。周围照耀眼界彻，冰壶漾月生珠流。点点金钱尽衔璧，豹髓腾辉粲银砾。丝篁人籁有机缄，缴绎清音

传屋壁。须臾随跸登会宁，如骖鸾鹤游紫清。彩蟾倒影上浮空，纤云
不点惟光明。四壁垂帘玉非玉，银釭吐艳相连属。棼楣横带碧玻璃，
一朵翠云承日毂。万光闪烁争吐吞，�龙衔耀辉四昆。又如电母神
鞭驰，金蛇着壁不可扪。端信奇工通造化，岂比胡人能幻假。丹青漫
数顾虎头，盘礴解衣未容写。此时帝御钧天台，紫垣两两明三台。尚
方饮器万金宝，古玉未足夸云雷。帝傍侍女云华品，玉立仙标及时
韵。四音促柱泛笙箫，应有翔鸾落千仞。龙瓶泻酒如流泉，御厨络绎
纷珍鲜。榻边争欲供天笑，快倒颇类虹吸川。厌厌夜饮方欢浃，玉漏
频催鼓三叠。金门初下醉归时，正见冰轮上城堞。微臣去岁陪清班，
恶诗误辱重瞳观。小才易穷真鼠技，再赋愈觉相如悭。"履道、彦为二
集中，今不复印行，故录于此。

　　75　宣和初，徽宗有意征辽，蔡元长、郑达夫不以为然；童贯初亦
不敢领略，惟王黼、蔡攸将顺赞成之。有谍者云："天祚貌有亡国之
相。"班列中或言陈尧臣者，婺州人，善丹青，精人伦，登科为画学正。
黼闻之甚喜，荐其人于上，令衔命以视之，擢水部员外郎，假尚书，以
将使事。尧臣即挟画学生二员俱行，尽以道中所历形势向背，同绘天
祚像以归。入对即云："虏主望之不似人君，臣谨写其容以进。若以
相法言之，亡在旦夕。幸速进兵。兼弱攻昧，此其时也。"并图其山川
崄易以上。上大喜，即擢尧臣右司谏，赐予巨万，燕、云之役遂决。时
尧臣方三十三岁，迁至侍御史。会蔡元长复将起预政事，黼讽尧臣望
风上疏以元长前日不合人情状攻之。初榜朝堂，然上犹眷元长，黜尧
臣为万州监税。而元长竟不告廷，尧臣继寝是行。黼败，尧臣亦遭
斥。建炎中，监察御史李寀疏其为黼鹰犬，误国之罪，始诏除。其初，
秦会之主泮高密，尧臣以沧州掾曹同为京东漕同试官，因以厚甚。会
之擅国，遂尽复故官。虽不敢用，招至武林，每延致相府，款密叙旧。
尧臣以前所锡万金，筑园亭于西湖之上，极其雄丽，今所谓陈侍御花
园是也。会之姐，汤致远为御史，欲露台评，而周为高方崇，尧臣之妻
兄，致远之腹心，力回护之，遂免，先以寿终。李仁父《长编》载胡交修
缴其祠命之章，尤摘其奸。其嗣恳为高作行状，以盖前迹，为高后亦
悔之。会之炎炎时，前御史敢于国门外建第，以此可见。为高之子乐云。

76 靖康之变,士大夫纪录,排日编缀者多矣。其间盖亦有逸事焉。近从亲旧家得是时进士黄时偁、徐揆、段光远三人所上虏酋书云:"大宋进士黄时偁谨斋沐裁书于大金二帅曰:尝谓良药苦口利于病,忠言逆耳利于行。若夫乐软熟而憎鲠切,取谀美而舍忠良,虽尧、舜无以致治。时偁淮右寒生,家袭儒业,老父每训曰:不在其位,不谋其政。阋可轻言,自取戮辱。由是钳口结舌,守分固穷,未曾敢以片言辩时是非。方今国家艰难,苟有见闻,宁忍甘蹈盲聋之域!非不知身为宋民,不当以狂妄之辞,干冒元帅聪德也。非不知一言忤意,死未塞责也。直欲内报吾君之德,外光二元帅之名。一身九死,又何憾焉!时偁切观我宋自崇宁以来,奸臣误国、窃升威柄者有之,妨公害民者有之,大启幸门、壅遏言路者有之,所以元帅因之遂有此举。道君太上皇帝亲降诏书,反己痛责,断出宸心,乃传大宝。今皇帝即位未久,适丁国难,以孝行凤彰,天人咸服。今元帅敛城不下,盖为此也。时偁伏睹去年十二月二十三日国书,正为催督金银表段。有云须索之外,必不重取;礼数优异,保无它虞。奈何都民朝夕思念,燃顶炼臂,延颈跂踵,以望御车之尘也。元帅岂不念天生万民,而立之君,以主治之。乃复须索他物,络绎不绝,参酌以情,虽不足以报再生之万一,然方册所载,自古及今,未闻有大事既决,反缘细故而延万乘之君者。证以国书,似非初意,愚切惑之。念我国家曩昔伤财害民之事,结怨连祸之人,尚可目也。曰内侍、伶伦、美女是已,曰宫室、衣服、声乐是已。今军前一一须索,唯复谓此悉皆国害,坚欲为我痛锄其根株耶?亦欲驱挈归境以为自奉之乐耶?军机深密,非愚陋可得而知也。法曰:'上贤下不肖。取诚信,去诈伪,禁暴乱,止奢侈。'又曰:'为雕文刻镂技巧华饰而伤农事者,必禁之。'愿元帅详览此章,熟思正论。杀人以梃与刃,无以异也。傥使宿奸复被新宠,是犹禾莠相杂,而耕者未耘;膏肓之疾,而医者未悟,则将日渐月稽,习以成风,不害此而害彼,何时已矣?时偁憒不知书,愚不练事。言切而其意甚忠,事虽小而所系甚大。方议修书铺陈管见,未及形言,众乃自祸。呜呼,天网恢恢,疏而不漏;老蠹巨恶,难于逃覆载之中也。且如内侍蓝诉、医官周道隆、乐官孟子书,俱为平昔侥滥渠魁。今取过军前,坐席未暖,乃忘我宋日前恩宠之优,不思两国修讲和好之始,尚循故态,妄兴间谍,称有金银在本家窖藏,遂烦元帅怪问。考诸人用心,虽粉骨碎躯,难塞滔天之罪,请试陈之。今焉明降御笔,根括金银,以报大金活生灵之恩,切须尽力,不可惜人情。苟可以报大金者,虽发肤不惜。只是要有,尽取于是。有司累行劝谕,及指为禁物,稍有隐藏,以军法从事。其措置根括,非不尽心。上至宗庙器皿,下至细民首饰,罄其所有,欲酬再造。而天子且曰:‘朕可以报金国者,虽发肤不惜。’凡为臣子,固当体国爱君,匹两以上,尽合送纳。蓝诉等不务济朝廷之急,报元帅之仁,辄抵冒典宪,埋窖金银,悭吝庸逆,无如此之甚者。若使未过军前,则人人蓄为私宝,论当时根括指挥,已合诛戮,切恐逐人。昨缘有司根取犒赏,亦尝囚禁,挟此为仇,意要生事,厥罪尤不可赦。愚谓正当扰攘之际,犹敢怀奸罔上,取佞一时,异日安居,为国患也必矣。亮元帅智周万物,不待斯言,察见罪状。文王问太公主听如何,太公答曰:‘勿妄而许,勿逆而拒。’圣人垂教,良有以也。伏望元帅扩乾坤之度,垂日月之明。毋纳谀情,以玷大德。将蓝诉等先赐行遣,徇首京城。不惟扫荡宿孽,又可以惩戒后人。仍愿元帅务全两国之欢,以慰生灵之心。请我銮舆,早还禁御。军前或有所阙,朝廷亦必不违。书之青史,传为盛事,岂不韪欤!’”太学生徐揆等谨献书于大金国相元帅太子元帅。揆等闻昔春秋鲁宣公十一年伐陈,欲以为县,申叔时谏曰:‘诸侯之从者,曰讨有罪也。今县陈,是贪其富。以讨召诸侯,而以贪归之,无乃不可乎?’王曰:‘善哉,吾未之闻也。’乃复封陈。后之君子莫不多申叔时之善谏、楚子之从谏。千百岁之下,犹且想其风采为不可及。昔上皇任用非人,政失厥中,背盟致讨,元帅之职也。大肆纵兵,都城失守,社稷几亡而复存,元帅之德也。兵不血刃,市不易廛,生灵几死而幸免,元帅之仁也。虽楚子入陈之功,未能远过。我宋皇帝以万乘之尊,两造辕门,议赏军之资,加徽号之请。越在草莽,信宿逾迈。国中嗗嗗企望,属车尘者屡矣。今生民无主,境内骚然,忠义之士,食不下噎。又闻道路之言,以金银未足,天子未还。揆等切惑之。盖金银之产不在中国,而在深山穷谷之间,四方职贡,岁有常赋。邦财既尽,海内萧然,帑藏为之一空,此元帅之所明知也。重以去岁之役,增请和之币,献犒赏之资。官吏征求,及于编户。都城之内,虽一妾妇之饰,一器用之微,无不输之于上,以酬退师之恩也。又自兵兴以来,邦国未宁,道路不通,富商大贾绝迹而不造境。京师豪民,蓄积素厚者,悉散而之四方矣。间有从宦王畿,仰给于俸禄者,饘粥之外,储无长资,岂复有金银之多乎?今虽天子为质,犹无益于事也。元帅体大金皇帝好生之德,每以赤子涂炭为念,大兵长驱,直抵中原,未尝以屠戮为事,所以爱民者至矣。凡元帅有存社稷之德,活生灵之仁,而乃以金银之故质君,是犹爱人子弟,而辱及其父祖,与不爱奚择?元帅必不为也。昔楚子围郑,三月克之,郑公肉袒牵羊以迎。左右曰:'不可许。'王曰:'其君能下人,必能信用其民矣。'退三十里而许之平。《春秋》书之,后世以为美谈。揆等愿元帅推恻隐之心,存终始之惠,反其君父,损其元数,班师振旅,缓以时月,使求之四方,然后遣使人献,则楚子封陈之功,不足道也。国中之人,德元帅之仁,岂敢弭忘?《传》曰:'主忧臣辱,主辱臣死。'揆等虽卑贱,辄敢浼死以纾君父之难,唯元帅矜之。""大宋进士段光远谨斋沐裁书,百拜献于大金元帅军前。仆尝读《春秋左传》有曰:'亲仁善邻,国之宝也。'又尝读《礼记·聘义》有曰:'轻财重礼,则民逊矣。'读至于斯,未尝不三复斯言,掩卷长叹。切谓非贤圣之人,畴能如此!仰而思之,在昔太祖皇帝,膺天明命,以揖逊受禅,奄有神器,为天下君,创业垂统,重熙累洽,垂二百年。东渐西被,南洎北畅,薄海内外,悉为郡县,殊方绝域,悉为邻国,聘问交通,络绎道路。其间义重礼隆,恩深德渥,方之他国,唯大金皇帝为然。比年以来,本朝不幸奸臣用事,宦官桡权,罔知陈善闭邪而格其非,罔知献可替否而引之当道。欺君误上,蠹国害民,靡所不至。奸臣可罪,庶民可吊,事一至此。则吊民问罪之师,有不得已而举也。共惟大金元帅举问罪之师,施好生之德,念今圣之有道,悯斯民之无辜,敛兵不下,崇社再安,生灵获全。深厚之惠,若海涵而春育;生成之赐,若天覆而地载。两国永和,万姓悦服。夫如是,则亲仁善邻,曷以加于此哉!特枉銮舆,为民请命;重蒙金诺,与国通和。帝谓:'发肤亦所不惜,况于金帛,岂复有辞!'宵旰焦劳,不遑寝食,官户根括,急于星火,竭帑藏之所积,罄贫下之所有，甘心献纳，莫或敢违。虽旷荡之恩，难以论报，而有限之财，恐或不敷。久留圣驾，痛切民心。夙夜匪懈，而事君之礼废于朝；号泣旻天，痛君之民满于道。仰望恩慈，再垂矜念，冀圣驾之早还，慰下民之痛切。夫如是，则轻财重礼，曷以加于此哉！伏念光远草茅寒士，沐浴膏泽，涵泳圣涯，阴受其赐，于兹有年，才疏命薄，报德无阶。今兹圣驾蒙尘于外，仆虽至愚，噫呜泣涕，疾首痛心，其于庶民，尚幸仰赖元帅再生之恩，若天地无不覆载，于人无所不容。仆是以敢输忠义激切之诚，干冒威严，仰祈垂听，俯赐矜怜，无任战惧皇恐哀恳之至。不宣。"俶扰之际，排难解纷，伏节死谊，有如此者。嘉其忠义慨慷，岁久虑不复传，所以录之。

77　张邦昌为虏人所立，反正之功，盖出于吕舜徒。吕氏自叙甚详，不复重纪。启其端者，堂吏张思聪也。应天中兴，思聪已死，诏特赠宣教郎。思聪字谋道，知书能文，尝从先人学，今其子孙尚有事刀笔于省中者，然亦不振。虏人立张伪诏，与其谢牍，并录于后。"维天会五年岁次丁未二月辛亥朔二十一日辛巳。皇帝若曰：先皇帝肇造区夏，务安元元。肆朕纂承，不敢荒怠。夙夜兢兢，思与方国，措于治平。粤惟有宋，爰乃通邻。贡岁币以交欢，驰星轺而讲好。斯于万世，永保无穷。盖我大造于宋也。指斥不录。今者国既乏主，民宜混同。然念厥功，诚非贪土，遂致帅府，与众推贤，佥曰太宰张邦昌天毓疏通，神咨睿哲；在位著忠良之誉，居家闻孝友之名；实天命之有归，乃人情之所徯。择其贤者，非子其谁？是用遣使诸部宫都署尚书左仆射权签书枢密事韩昉，持节备礼仪，以玺绶册命尔为皇帝，以授斯民。国号大楚，都于金陵。自黄河以外，除西夏对新疆场。仍世辅王室，永作藩臣，贡礼时修，汝勿疲于述职；聘问岁致，汝无缓于忱诚。於戏！天生蒸民，不能自治，故立君而临之。君不能独理，故树官以教之。乃知民非后不治，非贤不守。其于有位，可不慎欤！予懋乃德，嘉乃丕休。日慎一日，虽休勿休。钦哉，其听朕命。""天会五年三月日，大楚皇帝邦昌谨致书于国相元帅皇子元帅。今月初七日，依奉圣旨，特降枢臣俯加封册。退省庸陋之资，何堪对扬之赐。寻因还使，附致感悚。愿亟拜于光仪，庶少伸于谢礼。未闻台令，殊震危衷。遂遣从官，具敷诚恳。重蒙敦谕，仰戴眷存。然而掩目未前，抚躬无措。恐浸成于稽缓，实深积于兢惶。伏望恩慈，早容趋诣，俟取报示，径伏军门。拳拳之诚，并留面叙。不宣。谨白。"建炎元年诏云："九月二十五日，三省同奉圣旨：张邦昌初闻以权宜摄国事，嘉其用心，宠以高位。虽知建号肆赦，度越常格，支优赏赐钱数百万缗，犹以迫于金人之势，其示外者或不得已。比因鞫治他狱，始知在内中衣赭衣，履黄袎，宿福宁殿，使宫人侍寝。心迹如此，甚负国家，遂将盗有神器。虽欲容贷，惧祖宗在天之灵。尚加恻隐，不忍显肆市朝。今遣奉议郎试殿中侍御史马伸问状，止令自裁。全其家属，仍令潭州日给口券，常切拘管。"先是，祐陵在端邸，有妾彭者，稍惠黠，上怜之。小故出嫁为都人聂氏妇。上即位，颇思焉，复召入禁中，以其尝为民妻，无所称，但以彭婆目之，或呼为聂婆婆，其实未有年也。恩幸一时，举无与比。父党夫族，颇招权，顾金钱。士大夫亦有登其门而进者。逮二圣北狩，彭以无名位，独得留内庭。虏人强立邦昌僭位之后，虽窃处宸居，多不敢当至尊之仪。服御之属，未始易也；寝殿之邃，不敢履也。一夕，偶置酒，彭生乘邦昌之醉，拥之曰："官家事已至此，它复何言。"即衣之赭色半臂，邦昌醉中犹能却。彭呼二三宫人，力挽而穿之，益之以酒，掖邦昌入福宁殿，使宫人之有色者侍邦昌寝。邦昌既醒，皇恐而趋就它室，急解其衣，固已无及矣。邦昌卒坐此以死，盖诏中及之者也。姑叙邦昌初终于秩焉。乌乎！彭生者诚可诛矣，然当时在庭之臣，被二圣宠荣者尚奉贼称臣，卖降恐后。彼小人也，又何足道哉！_{彭事，陆务观云。}

78　粘罕相金国，取大辽，继扰我朝。既归，乃欲伐夏国。夏人阴为之备久矣。忽求衅于夏，言欲马万匹。夏人从其请，先以所练精兵，每一马以二人御之，绐言于金人曰："万马虽有，然本国乏人牵拢。今以五千人押送，请遣人交之。"粘罕遣人往取，皆善骑射者，其实欲以窥之也。至境，未及交马，夏人群起，金国之兵悉毙。夏人复持马归国，粘罕气沮，自此不敢西向发一矢。_{玉隆外祖云。}

挥麈后录卷之五

79　谥以节惠。《孟子》谓："名之幽、厉，孝子慈孙，百世不能易。"三代以来，君臣务取美称，遂至失实。国朝诸谥，宋常山《退朝录》备载之，止于熙宁三年。明清谨续之于后。然闻见未广，姑存所记忆。遗落尚多，当嗣益之。

后谥

慈圣光献

宣仁圣烈

昭慈圣献　昭怀

钦圣献肃　钦成　钦慈

显恭　显肃　显仁　明节

宪节　宪圣慈烈

成穆　成恭

妃谥

昭静沈贵妃　明达懿文后追册为明达皇后

明节和文后追册为明节皇后　靖淑王贤妃

太子谥

冲宪茂　元懿敷　庄文惸

诸王谥

端献吴王颢　端懿益王頵　冲僖柽　悼敏楫　冲穆材

哀献俊　冲厚佣　惠价　冲惠偁

公主谥

贤惠蜀国公主王晋卿室　贤穆韩嘉彦室　贤德懿行王师约室

贤穆明懿钱景臻室　贤惠张端礼室　贤静柔志公主

淑和端福公主　冲懿贤福公主　悼穆徽福公主　顺穆介福公主

宗室谥

恭宪世雄　恭孝宣旦、仲漫、士缄、克宽　荣穆宗晖　僖简宗景

康孝仲御　僖靖承裕　僖安仲汾　恭僖宗博

僖穆宗璞　和恭承显　康僖克戒　勤孝宗惠

敦和克和　僖惠宗隐、宗勉　修安克敦　孝靖宗绰

简献仲忽　安宪宗悌、士□　孝恪仲芮　敦恪仲操

良僖仲婴、世恩、叔峤　孝僖宗衮、仲癸　僖惠仲陒　荣思宗谔

孝良仲皋、令𬋩　修简仲葩　和僖仲防　钦修仲硕

荣孝仲嗟、仲革　孝穆世畟　惠孝仲佺　孝修世奖、令穆

孝恪世膺、全稼　安恪仲䢸　孝简世辉　顺思仲恫

孝恪仲掺　孝恭世恪、世恬　敦孝仲越　孝敦仲仆

恭惠叔统　纯僖仲丽　惠和检之　忠孝世表、叔武、叔充

荣惠世设　良恪克章、叔琬、令瓘　安良世括　容孝叔亚

惠恭世采　荣恪叔雅、叔黔　恭宜世鸣　荣敏叔纵　良恭世亨

良宪叔敫　益世逢　孝敏士会　思裕叔安　庄靖叔苗

庄节叔炤　温献令图　良裕士空　忠敏令穰　孝荣令铎

良懿令珪　安惠世顕　安僖秀王　温靖士栈　恭靖士儇、不微、士樽

襄靖令廛　文献令祉　忠靖士珸　康宗且

宰相谥

宣靖曾鲁公公亮　忠献韩魏王琦　文忠富韩公弼、张天觉商英

忠烈文潞公彦博　正献吕申公公著　忠肃刘同老挚、虞并武允文

正愍吕汲公大防　忠宣范尧夫纯仁　忠怀蔡持正确　文恭王

禹王珪　正宪吴冲卿充　庄敏韩玉汝缜　文定韩仪公忠彦

文王荆公安石　献肃陈秀公升之　文宪刘德初正夫、何清源执中

文正司马温公、郑达夫居中　清宪赵正夫挺之　文肃曾鲁公布

忠穆吕成公颐浩　文和李士美邦彦　忠定李伯纪纲、汪廷俊彦伯

文恭陈鲁公康伯　正献陈福公俊卿　文惠洪景伯适、史直翁浩

文靖梁叔于克家　文忠京丞相镗

执政谥

文宪苏公易简　文定张太保方平、许公将　文忠欧阳太师修

清献赵少保抃　康靖赵叔平概　章简元厚之绛、苏黄门辙、张于公焘　简

翼张公璪　修简胡公宗愈　庄定王正仲存　恭敏蒲传正宗孟　定简温虞

弼益　忠定孙传　忠穆郭公逵、张公懿　安简邵公元　襄敏王公韶　康懿何中正　康节张公昪　忠肃陈公过庭　文敏吕吉父惠卿、李汉老郴　恭愍聂昌　恭敏薛公向　献简傅公尧俞　敏肃蔡公挺　懿简赵天观瞻　温靖孙公固　庄敏章公粢　文节林子中希　文简张康国、邓洵武　文正蔡元度卞　忠宪种公师道　忠肃刘立道大中　忠文张嵇仲叔夜、李彦颖　文懿管归善师仁　安惠邓圣求温伯　忠武韩蕲王世忠　忠烈张循王俊　忠献胡成公世将　敏肃魏道弼良臣　武穆岳公飞　敏节王子尚庶　章简张彦正纲、程元吁克俊　忠敏沈必克与求　庄定刘共父珙　庄简李泰发光　简穆辛超季次膺　简惠周敦义葵　庄敏汪明远彻　文安洪景严遵　安简王公刚中　荣敏谢开之廓然　愍节王正道伦

文臣谥

文穆范成大　忠文范蜀公镇、宋尹乔年　文恪王中丞陶　章敏滕元发甫　懿恪王宣徽拱辰　文宪强翰林渊明、洪尚书拟　文简蔡儵、程大昌　宣简李浦邦彦父　忠愍徐给事禧、李侍郎若水　忠宪耿传　忠毅向子韶　忠简张克戬、赵令几、胡邦衡铨、张大猷阐　忠显刘公韐　文昭曾翰林肇　庄节王复　恭愍钱归善、唐重　定愍胡唐老　威愍郑骧、宗汝霖泽　刚愍曾逢原孝序　文靖杨侍郎时　文定胡待制安国　忠襄杨邦乂　勇节郭永　庄敏蔺中谨、韩彦直子温、林栗黄中　忠壮章且叟谊　康节邵先生雍　节孝徐仲车积　忠定刘元城安世　文康葛银青胜仲　文惠蔡君谟襄　文忠东坡先生　忠宣洪光弼皓　献简陈邦彦良翰　献肃胡周伯沂、张大经彦文　康肃吴明可芾　文清曾吉父几　忠肃陈莹中瓘、傅公晦察　忠介王子飞云　清敏丰相之稷　清孝葛君书思　僖敏张如莹澄　贤节王庠　忠邹志完浩　忠确张公克戬　僖简庄公徽　肃愍宇文虚中　节肃龚彦和夫　文惠韩公粹彦　文僖姚祐寿祖　忠敏任德翁伯雨　惠懿杨子宽偰

武臣谥

忠愍高永年　武庄郝质　武恪贾逵　忠敏姚麟　武愍刘法　忠节李彦仙　忠壮徐徽言、李邈、马彦博　穆武高继勋　恭勇杨惟忠　勤惠王德恭　勤毅宋守约　康理杨应询　康简高敦复　威肃刘仲武　勇节郭永　忠勇苏缄　武安吴玠　武顺吴璘　庄愍种师中　毅肃刘公昌祚　忠介杨宗闵　恭毅杨震　武恭杨存中　刚烈刘位　忠朱冲　勤威冯守

信　武僖刘光世　武穆刘锜　忠烈赵立　义节王忠植　庄敏王厚
毅勇关师古　壮愍曲端　襄毅杨政

外戚谥

恭敏李端悫、王师约　壮恪刘永年　惠节向传范　康懿向经　良僖刘安
民　荣穆刘从愿　良显王宪　荣纵向宗回　荣僖高公绘　荣穆陈守
贵　荣毅张绲　荣安王说　端节韩嘉彦　僖靖郑绅　恭荣郑翼之
恭简邢焕　安毅郭崇义　忠节高世则　荣怀高公纪　忠定曹诱　恭
靖韩同卿　端靖郭帅禹

内臣谥

忠靖刘有方　忠良贾详　忠简刘瑗　僖俭张茂则　忠愍李舜举　僖
敏宋用臣　忠敏李宪　安恪卢守勤　忠宪梁和　荣恪郝随　恭僖王中
正　恭敏裴泷　恭节冯世宁　勤惠王仲　荣节康履

80　大中祥符间，章圣祀汾阴。至泰山下，聚观者几数万人，阗
拥道路，警跸不能进。上以询左右，或云："村民所畏者尉曹也。俾弹
压之。"即命亟召之。少焉，一绿衣少年跃马疾驰而前，群氓大呼："官
人来矣！"奔走辟易而散。上笑云："我不是官人邪？"王岨季夷云。

81　樊若水夜钓采石，世多知之。宋咸《笑谈录》云："李煜有国
日，樊若水与江氏子共谋。江年少而黠。时李主重佛法，即削发投法
眼禅师为弟子，随逐出入禁苑，因遂得幸。佛眼示寂，代其住持建康
清凉寺，号曰小长老，眷渥无间。凡国中虚实尽得之，先令若水走阙
下，献下江南之策，江为内应。其后李主既俘，各命以官。江后累典
名州，家于安陆，子孙亦无闻。"郑毅夫《江氏书目记》，载文集中，
云："旧藏江氏书数百卷，缺落不甚完。予凡三归安陆，大为搜访残秩
坠编，往往得之，间巷间无遗矣，仅获五百十卷。通旧藏凡千一百卷，
江氏遗书具此矣。江氏名正，字元叔，江南人。太祖时，同樊若水献
策取李氏，仕至比部郎中。尝为越州刺史。越有钱氏时书，正借本誊
写，遂并其本有之。及破江南，又得其逸书。兼吴、越所得，殆数万
卷。老为安陆刺史，遂家焉。尽辇其书，筑室贮之。正既殁，子孙不
能守，悉散落于民间，火燔水溺，鼠虫啮弃，并奴仆盗去市人，裂之以
藉物。有张氏者所购最多。其贫，乃用以为爨，凡一箧书为一炊饭。

江氏书至此穷矣。然余家之所有，幸而仅存者，盖自吾祖田曹始畜之，至予三世矣。于余则固能保有之，于其后则非余所知也。然物亦有数，或存或亡，安知异日终不亡哉！故记盛衰之迹，俾子孙知其所自，则庶乎或有能保之者矣。书多用油拳纸，方册如笏头，青缣为褾，字体工拙不一。《史记》、《晋书》，或为行书，笔墨尤劲。其末用越州观察使印，亦有江氏所题。余在杭州命善书者补其缺，未具也。"明清案：马令作《南唐书》，及龙衮作《江南野史》云："北朝闻李后主崇奉释氏，阴选少年有经业口辩者往化之，谓之一佛出世，号为小长老。朝夕与论六根四谛、天堂地狱、循环果报，又说令广施梵刹，营造塔像，身被红罗销金三事。后主因让其太奢，乃曰：'陛下不读《华严经》，争知佛富贵？'自是襟怀纵恍，兵机守御之谋慌然而弛，帑廪渐虚，财用且竭。又使后主于牛头山大起兰若千间，聚徒千众，旦暮设斋食，无非异方珍馔。一日食之不尽，明旦再具，谓之折倒。时议谓'折倒'为煜之谶。及大兵至，获为营署。北朝又俾僧于采石矶下卓庵，自云少而草衣木食，后主遣使赍供献以往，佯为不受。乃阴作通穴，及累石为塔，阔数围，高迫数丈，而夜量水面。及王师克池州，而浮梁遂至，系于塔穴，以渡南北，不差毫厘，师徒合围。召小长老议其拒守，对曰：'臣僧当揖退之。'于是登城大呼而旨麾，兵乃小却。后主喜，令僧俗兵士诵救苦观音菩萨，满城沸涌。未几，四面矢石雨下，士民伤死者众。后主复使呼之，托疾不起。及诛皇甫继勋之后，方疑无验，乃鸩而杀之。"观宋、郑所记，则知李氏国破之际，所鸩者非真。又以计免而归本朝，遂饔岳牧之任也。

82　《三朝史·孟昶传》云：其在蜀日，改元广政。周世宗既取秦、凤，昶惧，致书世宗，自称大蜀皇帝。世宗怒其抗礼，不答。其书真迹今藏楼大防所，用录于左："七月一日，大蜀皇帝谨致书于大周皇帝阁下。窃念自承先训，恭守旧邦，匪敢荒宁，于兹二纪。顷者晋朝覆灭，何建来归。不因背水之战争，遂有仇池之土地。泊审辽君归北，中国且空，暂兴敝邑之师，更复武都之境。下阙数字。实为下国之边陲。其后汉主径自并、汾，来都汴、浚。闻征车之未息，寻神器之有归。伏审贵朝先皇帝，应天顺人，继统即位。奉玉帛而未克，承弓剑之空遗。

但伤嘉运之难谐，适叹新欢之且隔。以至前载，忽劳睿德，远举全师。土疆寻隶于大朝，将卒亦拘于贵国。幸蒙皇帝惠其首领，颁以衣裘；偏裨尽补其职员，士伍遍加于粮赐，则在彼无殊于在此，敝都宁比于雄都。方怀全活之恩，非有放还之望。今则指挥使萧知远、冯从说等押领将士子弟共计八百九十三人，已到当国。具审皇帝迥开仁愍，深念支离，厚给衣装，兼加巾屦，给沿程之驿料，散逐分之缗钱。仍以员僚之回还，安知所报。此则皇帝念疆场则已经革几代，举干戈则不在盛朝，特轸优容，曲全情好。永怀厚义，常贮微衷。载念前在凤州，支敌虎旅，偶于行阵，曾有拘擒，其排阵使胡立已下，寻在诸州安排，及令军幕收管，自来各支廪食，并给衣装。却缘比者不测宸襟，未敢放还乡国。今既先蒙开释，已认冲融，归朝虽愧于后时，报德未稽于此日。其胡立已下，今各给鞍马、衣装、钱帛等，专差御衣库使李彦昭部领送至贵境，望垂宣旨收管。矧以昶昔在龆龀，即离并都，亦承皇帝凤起晋阳，龙兴汾水，合叙乡关之分，以陈玉帛之欢。傥蒙惠以嘉音，即仁专驰信使。谨因胡立行次，聊陈感谢。词莫披述，伏惟仁明洞垂鉴念。不宣。"明清尝跋其后云："欧阳文忠公《五代史·世家序》云：'蜀崄而富，故其典章粲然。'此书文亦奇。尤先生所谓'岂非出于世修降表李昊'，斯言信欤？"顷岁姚令威注《五代史》，惜乎不见是卷也。

83　国朝以来，父子、兄弟、叔侄以名望显著荐绅间，称之于一时者，如二吕：正献端、左丞余庆；二窦：可象仪、望之俨；二孙：次公何、邻几仪；二宋：元宪庠、景文祁；二钱：子高彦远、子飞明逸；二苏：才翁舜元、子美舜钦；二吴：正肃育、正宪充；二程：明道先生颢、伊川先生颐；二章：庄敏綦、申公惇；二张：横渠先生载、天祺戬；二邵：安简亢、不疑必；二蔡：元长京、元度卞；二郑：德夫久中、达夫居中；二邓：子能洵仁、子常洵武；三陈：文忠尧叟、文惠尧佐、康肃尧咨；三苏：文安先生洵、文忠轼、文定辙；三沈：存中括、文通遘、睿达辽；三王：荆公安石、平父安国、和父安礼；三孔：经父文仲、常甫武仲、毅甫平仲；三曾：南丰先生巩、文肃布、文昭肇；三韩：康肃绛、持国维、庄敏缜；三范：蜀公镇、子功百禄、淳夫祖禹；三刘：原父敞、贡父攽、仲冯奉世是也。

84　《太宗实录》："淳化五年五月，李顺之平，带御器械张舜卿奏事言：'臣闻顺已遁去，诸将所获非也。'太宗云：'平贼才数日，汝何从知之？徒欲害人功尔！'上怒叱出，将斩之，徐曰：'前代帝王暴怒杀人，正为此辈。然其父戍边以死。'遂赏之，但罢近职。舜卿父训为定远军节度使，卒于镇，故上念之。"明清后观沈存中《笔谈》云："蜀中剧贼李顺陷剑南，两川、关右震动，朝廷以为忧。后王师破贼，枭李顺，收复两川，书功行赏，了无间言。至景祐中，有人告李顺尚在广州，巡检使臣陈文琏捕得之，乃真李顺也，年已七十余。推验明白，因赴阙，覆按皆实。朝廷以平蜀将士，功赏已行，不欲暴其事，但斩顺，赏文琏二官，仍除阁门祗候。文琏家有《李顺案款》，本末甚详。顺本蜀江王小波之妻弟。始王小波反于蜀中，不能抚其徒众，乃共推顺为主。顺初起，悉召乡里富人大姓，令具其家所有财粟，据其生齿足用之外，一切调发，大赈贫乏，录用材能，存抚良善，号令严明，所至一无所犯。时两蜀大饥，旬日之间，归之者数万人。所向州县，开门延纳。传檄所至，无复完垒。及败，人常怀之，故顺得脱去。三十余年，乃始就戮。"如此，则当平蜀时逃去，无可疑矣。信知盗亦有道焉。然舜卿非太宗之全宥，则刑归于滥矣。顷见王仁裕《洛城漫录》云："张全义为西京留守，识黄巢于群僧中。"而陶谷《五代乱纪》云："巢既遁免，祝发为浮屠。有诗云：'三十年前草上飞，铁衣着尽着僧衣。天津桥上无人问，独倚危栏看落晖。'"又《僧史》言："巢有塔在西京龙门，号翠微禅师。"而世传巢后住雪窦，所谓雪窦禅师，即巢也。然明州雪窦山有黄巢墓，岁时邑官遣人祀之至今。而《太平广记》载："则天时，宋之问谪官，过杭州，遇骆宾王于灵隐寺，披缁在大众中，与之问诗有'楼观沧海日，门枕浙江潮'之句。"唐《夷坚集》言："南岳寺僧见姚泓。"《五季泛闻录》云："太祖仕周，受命北伐，以杜太后而下寄于封禅寺。抵陈桥，推戴。韩通闻乱，亟走寺中访寻，欲加害焉。主僧守能者，以身蔽之，遂免。太祖德之，即位后极眷宠之。年八十余，临终，语其弟子曰：'吾即泽州明马儿也。'马儿，五代之巨寇也。"赞宁续传载云："开宝末，江州圆通寺旦过寮中，有客僧将寂灭，袒其背以示其徒，有雕青'李重进'三字，云：'我即其人，脱身烟焰，至于今日。'"而近日陆务观《清尊录》言："老内侍见林灵素于蜀道。"季次仲季自云：尝遇姚平仲于庐山，授其八段锦之术。未知果否。要是桀黠之徒，多能逃命于一时，皆此类。文琏，洪进之子也。

85　《真宗实录》："召试神童，蔡伯俙授官。"之后寂无所传。明
清因于故书中得其奏状一纸，今录于此："司农少卿管勾江州太平观
蔡伯俙奏：臣辄陈愚悃，仰渎睿聪。退省愆尤，甘俟窜殛。臣见系知
州资任，乞管勾宫观，奉敕授前件差遣于舒州居住，自熙宁八年八月
三日到任。伏念臣先于大中祥符八年真宗皇帝遣内臣毛昌达宣召赐
对，试诵真宗皇帝御制歌诗，即日蒙恩，释褐授守秘书省正字。臣遭
遇之年，方始三岁。及赐臣御诗云：'七闽山水多才俊，三岁奇童出盛
时。'终篇后批：'闰六月十五日敕赐。'见刊刻在本家收秘。续蒙宣赴
东宫，侍仁宗皇帝读书，朝夕亲近，颇历岁年。以臣父龟从进士及第，
臣幼小难以住京，因乞将带出外，又蒙恩赉优渥。其后臣年一十七
岁，以家贫陈乞差遣。仁宗皇帝圣念矜怜，特依所乞，仍有旨余人不
得援例。自兹累历任使。今来本任，至来年二月当满。切念臣幼稚
幸会，效官从事，勉励愚拙，今已白首。重念臣生事萧条，累族重大，
又无得力儿男可以供侍，一日舍禄，无以为生。幸遇皇帝陛下至仁至
治，无一物失所，其于老者惠恤尤深。臣以祥符八年三岁，甲子庚申
节，未至衰老。欲望圣慈特赐，许臣再任管勾江州太平观一任，觊仍
廪，稍得养单贫。祗饬闺门，相传忠孝，庶几补报，以尽余龄。候敕
旨。"盖元丰初，计其年尚未七十。司农少卿，今之朝议大夫也。碌碌
无所闻，岂非聪明不及于前时邪？御诗明清偶记其全篇："七闽山水
多才俊，三岁奇童出盛时。家世应传清白训，婴儿自得老成姿。初当
移步来朝谒，方及能言便诵诗。更励孜孜图进益，青云千里看前期。"
后阅朱兴仲《续归田录》云："伯俙字景蕃，与晏元献俱五六岁以神童
侍仁宗于东宫。元献自初梗介，蔡最柔媚。每太子过门阃高者，蔡伏
地令太子履其背而登。既践祚，元献被知遇，至宰相。蔡竟不大用，
以旧恩常领郡，颇不循法令，或被劾取旨，上识其姓名，必曰'藩邸旧
臣，且令转官'。凡更四朝，元符初致仕，已八十岁矣。监司荐之，乞
落致仕，与宫祠，其辞略云：'蔡伯俙年八十岁，食禄七十五年。'余谓
人生名位固可得，罕得绵长如此者。"以上朱《录》中语，因并载之。

86　张耆既贵显，尝启章圣，欲私第置酒，以邀禁从诸公，上许

之。既昼集尽欢，曰："更愿毕今夕之乐，幸毋辞也。"于是罗帏翠幕，稠叠围绕，继之以烛。列屋蛾眉，极其殷勤，豪侈不可状。每数杯则宾主各少憩。如是者凡三数。诸公但讶夜漏如是之永，暨至彻席出户询之，则云已再昼夜矣。朱新仲言。

87　韩忠宪亿景祐中参仁宗政事，天下称为长者。四子：仲文综、子华绛、持国维、玉汝缜，俱礼部奏名。忠宪启上曰："臣子叨陛下科第，虽非有司观望，然臣既备位政府，岂当受而有之？天下将以谓由臣故致此，臣虽不足道，使圣明之政，人或以议之，非臣所安也。臣教子既已有成，又何必昭示四方，以为荣观哉！乞尽免殿试唱第，幸甚。"诚恳再三，上嘉叹而允所请。忠宪既薨，仲文、子华、玉汝相继再中科甲。独持国曰："吾前已奏名矣，当遵家君之言，何必布之远方耶！"不复更就有司之求。故文潞荐持国疏云："曾预南宫高荐，从不出仕宦。"其后仲文知制诰，子华、玉汝皆登宰席；持国赐出身，至门下侍郎，为本朝之甲族云。玉隆外祖云："韩元吉著《桐阴旧话》，却不及此。"

挥麈后录卷之六

88　韩持国既以忠宪任为将作监主簿，少年清修，不复以轩冕为意。将四十矣，犹未出仕。宋元宪欲荐孔宁极，偶观其诗卷，乃得持国所和篇，诵之大喜，遂舍宁极而荐持国，繇是赐第入馆。嘉祐中，与司马文正、吕正献、王荆公号为四友。元祐初，登政府。后坐弃地，入党籍，谪居均州。遇赦复官，以朝议大夫致仕，年八十四以卒。尝语其婿王仲弓实曰："以昔日受命覃恩上课，计以岁月寄禄，恰及是官，复何憾邪！"元龙、元吉，即其后也。杨如晦云。

89　仁宗朝侍御史王平，字保衡，侯官人。章圣时，初为许州司理参军。里中女乘驴单行，盗杀诸田间，褫其衣而去。驴逸，田旁家收系之。吏捕得驴，指为杀女子者，讯之四旬。田旁家认收系其驴，实不杀女子。保衡意疑甚，以状白府。州将老吏，素强了，不之听，趣令具狱。保衡持益坚，老守怒曰："掾懦耶？"保衡曰："坐懦而奏，不过一免耳。与其阿旨以杀无辜，又陷公于不义，校其轻重，孰为愈邪？"州将因不能夺。后数日，河南移逃卒至许，劾之，乃实杀女子者，田旁家得活。后因众见，州将谢曰："微司理，向几误杀平人。"此与夫钱淡成何异，位虽不显，保衡娶曾氏宣靖之妹，生三子：回字深父，同字于直，向字容季，俱列《两朝史·儒学传》。所著书传于荐绅为多。深父子汶，字道原，诗文尤奇。有集，先人作序行于世。阴德之报，有从来矣。

90　李邯郸命诸子名，世人难晓，后见孙长文云："邯郸之长子寿朋，取'三寿作朋'之义；次子复圭，本'三复白圭'；幼子德刍，以'三德苤刍'。"其指如此，宜乎人所不解也。

91　司马温公元丰末来京师，都人叠足聚观，即以相公目之，马至于不能行。谒时相于私第，市人登树骑屋窥瞰，人或止之，曰："吾非望而君，所愿识者，司马相公之风采耳。"呵叱不退，屋瓦为之碎，树枝为之折，一时得人之心如此。晁武于云。

92 温公在相位，韩持国为门下侍郎，二公旧交相厚。温公避父之讳，每呼持国为秉国。有武人陈状省中，词色颇厉，持国叱之曰："大臣在此，不得无礼！"温公作皇恐状，曰："吾曹叨居重位，覆悚是虞，讵可以大臣自居邪！秉国此言失矣，非所望也。"持国愧叹久之。于此亦见公之不自矜也。李粹伯云。

93 王荆公在金陵，有僧清晓于钟山道上，见有童子数人，持幡幢羽盖之属。僧问之，曰："往迎王相公。"幡上书云："中含法性，外习尘氛。"到寺未久，闻荆公薨。薛大受叔器云："其妇翁蔡文饶目睹。"

94 晏元献父名固。在相位，有朝士乃固始人，往谒元献。问其乡里，朝士曰："本贯固县。"元献怒曰："岂有人而讳始字乎！"盖其始欲避之，生狞误以应也。前人亦尝记之。又元厚之作参知政事日，有下状陈乞恩例者启曰："为部中不肯依元降旨挥。"厚之亦怒曰："止为汝不依元降旨挥耳。"粹伯云。

95 治平中，有时君卿者，郑州人，与王才叔广渊为中表，游学郡庠，坐法被笞，以善笔札，去为颍邸书史。裕陵以其有士风，每与之言。时王荆公贤誉翕然，君卿数称道于上前，宸心缊是注意。践祚之后，骤加信任。然初非荆公结之，而才叔是时亦光显矣。君卿后至正任团练使，卒于元祐间，《哲宗实录》有传存焉。其子希孟，以医学及第，南渡后康志升允之帅浙西，辟为机幕。明受之变，楼上乃有从逆之言，为章宜叟谊斥退者。复辟之初，流于岭外。宜叟缊此大用。

96 蔡持正之父黄裳任陈州录事参军，年逾七十。陈恭公自元台出为郡守，见其老不任职，挥之令去。黄裳犹豫间，恭公云："倘不自列，当具奏牍审斥。"黄裳即上挂冠之请，以太子右赞善大夫致仕，今之通直郎也。卜居于陈，力教二子持正与硕，苦贫困，馈粥不继。久之持正登第。黄裳临终，戒以必报陈氏。其后持正登政路。恭公之子世儒，以群婢杀其所生坐狱，而世儒知而不发，持正请并坐。神宗云："执中止一子，留以存祭祀，如何？"持正云："五刑之赎三千，其罪莫大于不孝，其可赦邪！"竟置极典。世儒子后以娶宗女补武官。或云，大将陈思恭即其孙。思恭子龟年，尝为东宫春坊。孙长文云。

97 熙宁中，王和父尹开封，忽内降付下文字一纸，云："武德卒获之于宫墙上,陈首有欲谋乱者姓名凡数十人。"和父令密究其徒,皆无踪迹,独有一薛六郎者,居甜水巷,以典库为业。和父令以礼呼来,至廷下,问之云:"汝平日与何人为冤?"薛云:"老矣,未尝妄出门,初无仇怨。"再三询之,云:"有族妹之子,沦落在外。旬日前,忽来见投,贷贷不从,怒骂而去,初亦无他。"和父云:"即此是也。"令释薛,而追其甥,方在瓦市观傀儡戏,才十八九矣。捕吏以手从后拽其衣带,回头失声曰:"岂非那事疏脱邪!"既至,不讯而服。和父曰:"小鬼头,没三思至此!何必穷治。"杖而遣之。一府叹伏。刘季高云。

98　汪辅之,宣州人,少年有俊声。皇祐中,觅举开封,以"周以宗强"为赋题,场中大得意。既出,宣言于众,必为解魁。偶与数客饮于都城所谓寿州王氏酒楼,闻邻阁有吴音士人,亦同场试者,诵其所作。辅之方举酒,失措坠杯,即就约共坐,询其姓氏。乃云:"湖州进士沈初也。"辅之云:"适闻公程文,必夺我首荐。然我亦须作第二人。"后数日,榜出,果然是汪辅之登第。熙宁中,为职方郎中广南转运使。蔡持正为御史知杂,摭其谢上表有"清时有味,白首无能",以谓言涉讥讪,坐降知虔州以卒。有文集三十卷行于世。后数年,兴东坡之狱,盖始于此。而持正竟以诗遣死岭外。韩德全云。

99　元丰中,先祖访滕章敏公元发于池阳。时杨元素过郡,二公同年生,款留甚欢。一日,元素忽问公曰:"令弟贼汉在否?"先祖坐间甚讶其语,伺小间因启公。公曰:"熙宁初,甫与元素俱受主上柬知非常,并居台谏。偶同上殿,陈于上曰:'曾公亮久在相位,有妨贤路。'上曰:'然。卿等何故都未有文字来?'明日相约再对。草疏已毕,舍弟申见之,夜驰密以告曾。暨至榻前,未出奏牍,上怒曰:'岂非欲言某人耶!其中事悉先来辩析文字,见留此。卿等为朕耳目之官,不慎密乃尔!'言遂不行。吾二人缘此失眷。元素所以深恨之。"东坡先生作滕公挽诗云:"先帝知公早,虚怀第一人。"谓受裕陵眷简最先也。又云:"高平风烈在,威敏典刑存。"滕盖范文正之外孙,而授兵法于孙元规。滕公奋身寒苦,兄弟三人,誓不异居。而有象傲之弟,即申焉,恃其爱,无所不至,公一切置之。元祐中,公自高阳易镇维扬,道卒。丧次国门,先祖自陈留来会哭。朝士皆集舟次。秦少游时在馆中,少游辱公之知最早,吊毕来见先祖于舟,因为少游言其弟凌蔑诸孤状,少游不平,策马而去。翌日,方欲解维,开封府遣人寻滕光禄舟甚急,乃御史中丞苏辙札子,言元发昔事先帝,早蒙知遇,有弟申,从来无行,今元发既死,或恐从此凌暴诸孤,不得安居。缘元发出自孤贫,兄弟别无合分财产,欲乞特降旨挥,在京及沿路至苏州已来官司,不得申干预家事及奏荐恩泽,仍常觉察。奉圣旨,令开封府备坐榜舟次。询之,乃少游昨日径往见子由,为言其事,所以然耳。昔人笃于风谊乃尔。今苏黄门章疏中,备载其札子。

100 先祖从滕章敏幕府逾十年,每语先祖曰:"公不但仆之交游,实师友焉。"平日代公表启,世多传诵,今载东坡公文集中者,实先祖之文也。章敏死,先祖为作行状。东坡公取以为铭诗,其序中易去旧语裁十数字而已。章敏初名甫,字元发,元祐初以避高鲁王讳,以字为名。

101 曾密公讳易占,字不疑。欧阳文忠识其碑曰:"少有大志,知名江南。"为文忠所称如此,则其人固可想矣。既以豪侠自任,□信州玉山令,有过客杨南仲,文采可喜,气概颇相投,公厚赆其行。会与郡将钱仙芝不叶,捃摭公以客所受为贿,公引伏受垢,不复自辩,竟除名,徙英州。以赦自便,将诉其事于朝,行次南都而卒。时公子南丰先生子固,已名重于世,适留京师,而杜祁公以故相居宋,自来逆旅,为辨后事。公既不偶以卒,再娶朱夫人,年未三十,无以自存,领诸孤归里中。南丰昆弟六人,久益潦落,与长弟晔应举,每不利于春官。里人有不相悦者,为诗以嘲之曰:"三年一度举场开,落杀曾家两秀才。有似檐间双燕子,一双飞去一双来。"南丰不以介意,力教诸弟不怠。嘉祐初,与长弟及次弟牟、文肃公、妹婿王补之无咎、王彦深凡一门六人,俱列乡荐。既将入都赴省试,子婿拜别朱夫人于堂下。夫人叹曰:"是中得一人登名,吾无憾矣。"榜出唱第,皆在上列,无有遗者。楚俗:遇元夕第三夜,多以更阑时微行听人语言,以卜一岁之通塞。子固兄弟被荐时,有乡士黄其姓者,亦预同升。黄面有瘢,俚人呼为黄痘子。诸曾俱往赴省试,朱夫人亦以收灯夕往闾巷听之,闻妇人酬酢造酱法云:"都得,都得。黄豆子也得。"已而捷音至,果然入两榜,文昭中第。兄弟三人，数年之间并跻华贯，曾氏繇此遂兴。公永外祖云。

102　张芸叟治平初以英宗谅暗榜赴春试，时冯当世主文柄。以"公生明"为赋题，芸叟误叠压明字。试罢，自分黜矣，及榜出，乃居第四。芸叟每窃自念，省场中卤莽乃尔，然未尝辄以语人也。当世后不相闻。至元祐中，芸叟以秘书监使契丹，当世留守北门，经由，始修门生之敬，置酒甚欢。酒半，当世谓芸叟曰："京顷作知举时，秘监赋中重叠用韵，以论策甚佳，因自为改去，擢置优等，尚记忆否？"芸叟方饮，不觉杯覆怀中，于是再三愧谢而去。前辈成人之美有如此者。然得人材如芸叟者，虽重叠用韵，亦何愧哉！朱希真先生云。

103　曾文肃为相，王明清祖王兵部作郎。一日，文肃曰："主上令荐台谏，当以公应诏。"先祖辞曰："某辱知非常，一旦使居言路，傥庙堂有所不当，言之则有负恩地，不言则实辜任使。愿受始终之赐，幸甚。"文肃叹息而寝其议。故外祖祭先祖文曰："昔我先公，知公最久。引公谏垣，公辞不就。进退之际，益坚素守。"谓此也。

104　曾文肃元符末以定策功爰立作相，壹意信任，建言改元建中靖国，收召元祐诸贤而用之，首逐二蔡。而元长先已交结中禁，胶固久矣，虽云去国，而眷柬方浓，自是屡欲召用，而文肃辄尼之。一日，徽宗忽顾首相韩文定云："北方帅藩有阙人处否？"文定对以大名府未除人。少刻，批出蔡京除端明殿学士，知大名府，仍过阙朝见。文肃在朝堂，一览愕然，忽字呼文定云："师朴可谓鬼劈口矣。"翌日白上，以为不可。上干笑曰："朕尝梦见蔡京作宰相，卿焉能遏邪！"数日后，台谏王能甫、吴材希旨攻文肃，上为罢二人，文肃自恃以安。然元长来意甚锐，如蔡泽之欲代范睢也。甫次国门，除尚书右丞。逾月之后，文肃拟陈祐甫守南都，元长以谓祐甫文肃姻家，讦之于上前，因遂忿争。次日，入都堂，方下马，则一顶帽之卒，晵于庭云：钱殿院有状申。启视之，乃殿中侍御史钱遹论文肃章疏副本。文肃即上马，径出城外观音院，盖承平时执政丐外待罪之地也。是晚锁院，宣翰林学士郭知章草免文肃相制，知章启上，未审词意褒贬如何。上云："当用美词，以全体貌。"诘旦告廷，以观文殿学士知润州，寻即元长为相，时崇宁元年六月也。陛辞之际，慰藉甚渥，云秋晚相见。抵润未久，而诏狱兴矣。台谏纳副本，始于此。竑父舅云。

105　钱穆父与蔡元度俱在禁林，二公雅相好。元祐末，穆父先坐命词，以本官知池州。元度送之郊外，促膝剧谈，恋恋不忍舍。忽群吏来谒元度云："已降旨，内翰除右丞。中使将来宣押矣。"穆父起庆之，元度喜甚，卒然而应曰："卜也何人，不谓礼绝之敬，生于坐上。"虽穆父亦为色动。蔡子因云。

106　范德孺帅庆州日，忽夏人入寇，围城甚急。郡人惶骇，未知为计。畴诸将士，无有以应敌其锋者。麾下有老指挥使，独来前曰："愿勒军令状，保无它。"范信之。已而师果退去。德孺大喜，厚赐以赏之，且询其逆料之策。老卒曰："实无它术，吾但大言，以安众耳。傥城破，各自逃窜，何暇更寻一老兵行军法邪！"晁武子云。

107　赵正夫丞相元祐中与黄太史鲁直俱在馆阁，鲁直以其鲁人，意常轻之。每庖吏来问食次，正夫必曰："来日吃蒸饼。"一日，聚饭行令，鲁直云："欲五字从首至尾各一字，复合成一字。"正夫沈吟久之，曰："禾女委鬼魏。"鲁直应声曰："来力敕正整。"叶正夫之音，阖坐大笑。正夫又尝曰："乡中最重润笔，每一志文成，则太平车中载以赠之。"鲁直曰："想俱是萝卜与瓜虀尔。"正夫衔之切骨。其后排挤不遗余力，卒致宜州之贬。一时戏剧，贻祸如此，可不戒哉！陆务观云。

108　林仲平概，仁宗朝耆儒也。二子希旦、邵颜，早擅克家之业。仲平没，有二幼子尚在襁褓，未名。既长，两兄乃析其名，示不忘父训，曰希、曰旦、曰邵、曰颜。后皆为闻人，衣冠指为名族。陈齐之云。

109　范景仁尝为司马文正作墓志，其中有曰："在昔熙宁，阳九数终。谓天不足畏，谓民不足从，谓祖宗不足法。乃衰顽鞠凶。"托东坡先生书之，公曰："二丈之文，轼不当辞。但恐一写之后，三家俱受祸耳。"卒不为之书。东坡可谓先见明矣。当时刊之，绍圣之间，治党求疵，其罪可胜道哉！陆务观云。

110　"欧阳观，本庐陵人。家世冠冕，一祖兄弟，自江南至今，凡擢进士第者六七人。观少有辞学，应数举，屡阶魁荐。咸平三年登第，授道州军州推官。考满，以前官迁于泗州，当淮、汴之口，天下舟航漕运鳞萃之所。因运使至，观傲睨不即见；郡守设食，召之不赴，因为所弹奏殆于职务，遂移西渠州，迨成资而卒于任所。观有目疾，不能远视，苟瞩读行句，去牍不远寸。其为人义行颇腆。先出其妇，有子随母所育。及登科，其子诣之，待以庶人，常致之于外。寒燠之服，每苦于单弊，而亲信仆隶，至死曾不得侍宴语。然其骨殖卒赖其子而收葬焉。"右龙衮字君章所著《江南野录》载欧阳观传。观乃文忠父。文忠自识其父墓云："太仆府君长子讳观，字仲宾，咸平三年进士及第，以文行称于乡里。少孤，事母至孝。丁潘原太君忧时，尚贫，其后终身非宾客食不重肉，岁时祭祀，涕泗呜咽，至老犹如平生。喜待士，戒家人俸勿留余，而居官以廉恕为本。官至泰州军州判官，卒年五十九，大中祥符三年三月二十四日终于官。葬吉水县沙溪保之泷岗，累赠兵部郎中。夫人彭城郡太君郑氏，年二十九而公卒，居贫子幼，守节自誓，家无纸笔，以荻画地，教其子修学书。卒年七十二，皇祐四年三月十七日卒于南京留守廨舍。祔葬泷岗。墓志起居舍人知制诰吕臻撰，工部郎中知制诰王洙篆盖，大理平事陆经书石。有子曰□，早卒；曰修。"观文忠所述，则观初无出妇之玷。文忠又叙其考姚之贤如此。衮，螺江人，与文忠为乡曲。岂非平时有宿憾，与夫祈望不至云尔？信夫毁誉不可深信，不独《碧云騢》一书而已，不可不为之辩。文忠公亲笔，今藏其孙伋家，明清亲见之。

　　111　元丰中，太原府推官郭时亮首教授余行之有文字结连外界。神宗语宰相王岐公曰："小人妄作，固不足虑。行之士人，为此恐有谋非便。"时陆农师为学官，岐公素不相知，欲乘此挤之，奏曰："学官陆佃，与之厚善，乞召问之。"翌日，上令以佗事召直讲陆佃对事，未宣也。上徐问曰："卿识余行之否？"佃曰："臣与之有故，初亦甚厚。臣昨归乡里越州，行之来作山阴尉，携其妻而舍其母，臣以此少之，自是往来甚疏。"上曰："傥如此，不足以成事矣。"然农师由此遂受知神宗，不次拔擢。乃知穷达有命，虽当国者，不能巧抑其进焉。行之既腰斩，时亮改京秩，辞不受。时人有诗云："行之三截断，时亮一生休。"行之，靖之族孙也。陆务观云。

　　112　李端叔之仪，赵郡人，以才学闻于世。弟之纯，亦以政事显名，为中司八座，终以老龙帅成都。兄弟颉颃于元祐间。端叔于尺牍尤工，东坡先生称之，以为得发遣三昧。东坡帅定武，辟为签判以从，朝夕酬唱，宾主甚欢。建中靖国初，为枢密院编修官。曾文肃荐于祐陵，拟赐出身，擢右史。成命未颁，而为御史钱遹论列报罢。去国之后，暂泊颍昌。值范忠宣公疾笃，口授其指，令作遗表。上读之，悲怆之余，称赏不已，欲召用之。而蔡元长入相，时事大变。祐陵裂去御书世济忠直之碑，及降旨御书院，书碑旨挥，更不施行。且兴狱治遗表中语，端叔坐除名，编管太平州。会赦复官，因卜居当涂，奉祠著书，不复出仕。适郭功父祥正亦寓郡下，文人相轻，遂成仇敌。郡娼杨姝者，色艺见称于黄山谷诗词中。端叔丧偶无嗣，老益无惮，因遂畜杨于家，已而生子，遇郊禋受延赏。会蔡元长再相，功父知元长之恶端叔也，乃讦豪民吉生者讼于朝，谓冒以其子受荫，置鞫受诬，又坐削籍。亦略见《徽宗实录》。杨姝者亦被决。功父作俚语以快之云：“七十余岁老朝郎，曾向元祐说文章。如今白首归田后，却与杨姝洗杖疮。”其不乐可知也。初，端叔尝为郡人罗朝议作墓志，首云：“姑熟之溪，其流有二，一清而一濯。”清者，谓罗公也，盖指濯者为功父。功父益以怨深刺骨焉。久之，其甥林彦振摅执政，门人吴可思道用事。于时相予讼其冤，方获昭雪，尽还其官与子。端叔终朝议大夫，年八十而卒。代忠宣之表，今载于此：“生则有涯，难逃定数；死之将至，愿毕余忠。辄将垂尽之期，仰渎盖高之听。臣中谢。伏念臣赋性拙直，禀生艰危，忠义虽得之家传，利害率同于人欲。未始苟作以干誉，不敢患失以营私。盖常先天下而忧，期不负圣人之学。此先臣所以教子，而微臣资以事君。粤自治平，擢为御史，继逢神考，进列谏垣，荏苒五十二年，首尾四十六任，分符拥节，持橐守边。晚叨宥密之司，再席钧衡之任。遇事辄发，更不顾身；因时有为，止欲及物。故知盈满之当戒，弗思祸衅之阴乘。万里风涛，仅脱江鱼之葬；四年瘴疠，几从山鬼之游。忽遭眷圣之临朝，首图纤介之旧物。复官易地，遣使宣恩。而臣目已不明，无复仰瞻于舜日；身犹可勉，或能亲奉尧言。岂事理之能谐，冀神明之见畲。未复九重之入觐，卒然四体之不随。空惭田亩之还，上负乾坤之造。犹且强亲药石，贪恋岁时。觊粗释于沉迷，或稍纾于报效。今则膏肓已逼，气息仅存，泉路非遥，圣时永隔。恐叩阍之靡及，虽结草以何为。是以假漏偷生，刿心沥恳，庶皇慈之俯览，亮愚意之无他。臣若不言，死有余恨。伏望皇帝陛下，仁心寡欲，约己便民。达孝道于精微，扩仁心于广远。深绝朋党之论，详察邪正之归。搜抉幽隐，以尽人材；屏斥奇巧，以厚风俗。爱惜生灵，而无轻议边事；包容狂直，而无遽逐言官。若宣仁之诬谤未明，致保祐之忧勤不显。本权臣务快其私忿，非泰陵实谓之当然。以至未究流人之往愆，悉以圣恩而特叙。尚使存殁犹污，瑕疵又复。未解疆埸之严，几空帑藏之积。有城必守，得地难耕。凡此数端，愿留圣念，无令后患，常轸渊衷。臣所重者，陛下上圣之资；臣所爱者，宗社无疆之业。苟斯言之可采，则虽死而犹生。泪尽词穷，形留神逝。"绍兴中，赵元镇作相，提举重修《泰陵实录》，书成加恩，吕居仁在玉堂，取其中一对云"惟宣仁之诬谤未明，致哲庙之阴灵不显"于麻制中，时人以为用语亲切，不以蹈袭为非也。端叔自号姑溪老农，文有集六十卷。与先人往还者为多，今尚有其亲笔藏于家。杨生之子名尧光，坠其家风，止于选调。家今犹在宛陵、姑熟之间村落中。明清前年在宣幕，亦尝令访问，则狼狈之甚，至有不可言者。盖繇端叔正始之失，使人惋叹。王偁《东都事略》云"端叔姑熟人"，非也。

113　姚舜明庭辉知杭州，有老姥自言故娼也，及事东坡先生。云公春时每遇休暇，必约客湖上。早食于山水佳处，饭毕，每客一舟，令队长一人，各领数妓，任其所适。晡后鸣锣以集之，复会望湖楼或竹阁之类，极欢而罢。至一二鼓，夜市犹未散，列烛以归。城中士女云集，夹道以观千骑之还，实一时之胜事也。姚令云。

114　"昭灵侯南阳张公，讳路斯。隋之初，家颍上县百社村。年十六，中明经第。唐景龙中，为宣城令，以才能称。夫人石氏，生九子。自宣城罢归，常钓于焦氏台之阴。一日，顾见钓处有宫室楼殿，遂入居之。自是夜出旦归，归辄体寒而湿。夫人惊问之，公曰：'我，龙也。蓼人郑祥远者，亦龙也。与我争此居，明日当战，使九子助我。领有绛绡者，我也；青绡者，郑也。'明日，九子以弓矢射青绡者，中之，怒而去。公亦逐之，所过为溪谷，以达于淮。而青绡者投于合淝之西山以死，为龙穴山。九子皆化为龙，而石氏葬关洲。公之兄为马步使者，子孙散居颍上，其墓皆存焉。事见于唐布衣赵耕之文，而传于淮、颍间父老之口,载于欧阳文忠之《集古录》云。"以上东坡先生所撰《颍州昭灵侯广碑》。米元章作《辩名志》刻于后,云:"岂有人而名路斯者乎?盖苏翰林凭旧碑,'公名路'当是句断。'斯颍上人也',唐人文赘多如此。"米刻略云尔。明清比仕宁国,因民讼,度地四至,有宣城令张路斯祠堂基者。坡碑言侯尝任宣城令,则知名"路斯"无疑,元章辩之误矣。明清向入寿春幕,尝以职事走沿淮,有昭灵行祠,而六安县有郑公山,山下有龙穴,今涸矣,乃与公所战者郑祥远也。因并记之。

115 曾文肃自高阳帅易青社,道出相台,冯文简作守,相见云:"本郡有一寄居王大卿,名尚恭,年高不出仕,有乡曲之誉。愿一见公,露少恳款。使其自言,相予共饭可乎?"文肃颔之。翌日,俾之同坐,即之甚温。请间云:"某有一子,颇知宦学趣向,不幸早死。启手足际,自云初任荆南掾曹,秩满,赁舟泛江而下。偶与一媵妇共载,因而野合,有娠。既抵京师,分首。闻妇人免身得雄,后售与曾尚书家作妾。今计其子亦十余岁矣,不知果否?"文肃云:"某向任三司使日,置一获,云本贵种,失身自售,携一小儿来见,俱随行,某以儿子畜之。"坐上因令呼来。大卿公一见,抱持大恸云:"面貌与亡儿无少异者,今愿以见予。"文肃云:"虽如此,然事不可料。闻公今岁当任子,愿为内举毕,赍补牒来,当遣人送归。"王且悲且喜。彼此后皆如文约。文肃诸子兄弟,名连丝字,表德上以公字,此子取名约,字公详,示不忘曾氏。而公详之异母弟,亦连名绹,字公敏,后易敏功。公详仕至郡守,终奉直大夫。敏功子炎,以公详荫入仕,尝为枢密使。媵妇在文肃家生二子。至今两族如一家焉,妇亦姓王,果名族。从弟乃信孺革,与其子鼎相继尹京云。外祖手记。

挥麈后录卷之七

116　国朝以来，自执政径登元台，不历次摗而升者：薛文惠、吕正惠、毕文简、丁晋公、王文惠、庞庄敏、韩献肃、司马文正、吕正愍、章申公、何清源、郑华原、白蒙亨、徐择之、沈守约、叶子昂。独相而久者，章子厚是也。故其罢相制云："为之不置次辅，所以责其成功。"后来秦师垣岂止倍其数邪？前此如王文公、蔡师垣，虽信任之笃，古今所无，见之训词，然中书、右府各皆官备，而未始专持柄权，岁月之深如是。秦得志之后，有名望士大夫，悉屏之远方；凡龌龊委靡不振之徒，一言契合，自小官一二年即登政府，仍止除一厅，循故事伴拜之制，伴食充位而已。盖循旧制，二府一员伴拜，不可阙也。稍出一语，斥而去之，不异奴隶。皆褫其职名，恩数奏荐俱不放行，犹庶官云。

117　御书碑额，其始见之宋次道《退朝录》。御书阁名，或传蔡元度为请祐陵书以赐王荆公家，未详也。次道所纪碑名之后，韩忠献曰"两朝顾命定策元勋"，曾宣靖曰"两朝顾命定策亚勋"，富文忠曰"显忠尚德"，司马文正曰"清忠粹德"，赵清献曰"爱直"，高武烈曰"决策定难显基庆"，高康王曰"克勤敏功钟庆"，韩献肃曰"忠弼"，孙温靖曰"纯亮"，范忠宣曰"世济忠直"，韩文定曰"世济厚德"，姚兕曰"世济忠武"，赵隆曰"旌忠"，冯文简曰"吉德"，王文恭曰"元丰治定弼亮功成"，蔡持正曰"元丰受遗定策勋臣"，折可适曰"旌武"，刘仲偃曰"旌忠褒节"，陈长卿曰"褒功显德"，秦敏学曰"清德启庆"。御书阁名，王文公曰"文谟丕承"，蔡元长曰"君臣庆会"，元度曰"元儒亨会"，吴敦老曰"勋贤"，梁才父曰"耆英"，刘德初曰"儒贤亨会"，杨正父曰"安民定功□运兴德"，史直翁曰"清忠亮直"，秦会之曰"决策和戎精忠全德"，郑达夫云"勋贤承训"，何伯通云"嘉会成功"，蔡攸曰"济美象贤"，余源仲曰"贤弼亮功"，邓子常曰"世济忠嘉"、曰"蒙亨"、曰"醇儒"，王黼曰"得贤治定"，蔡持正曰"褒忠显功"，蔡攸曰"缁衣美庆"，朱勔曰"显忠"，童贯曰"褒功"，高俅曰"风云庆会"，秦会之曰"一德格天", 杨正父曰"风云庆会", 史直翁曰"明良亨会"。其它尚多, 未能尽纪, 当俟续考。

118　元丰中, 先祖同滕章敏、王荆公于钟山, 临别赠言云: "立德、广量、行惠, 非特为两公别后之戒, 安石亦终身所行之者也。"先祖云: "以某所见, 前二语则相公诚允蹈之。但末后之言, 相公在位时, 行青苗免役之法于天下, 未审如何?"公默然不应。

119　东坡先生为韩魏公作《醉白堂记》, 王荆公读之云: "此韩、白优劣论尔。"元祐中, 东坡知贡举, 以《光武何如高帝》为论题, 张文潜作参详官, 以一卷子携呈东坡云: "此文甚佳, 盖以先生《醉白堂记》为法。"东坡一览, 喜曰: "诚哉是言。"擢置魁等。后拆封, 乃刘焘无言也。

120　"东坡先生为兵部尚书时, 为说之言黄州时陈慥相戏曰: '公只不能作佛经。'曰: '何以知我不能?'曰: '佛经是三昧流出, 公未免思虑出耳。'曰: '君知子不出思虑者, 胡不以一物试之。'陈不肯, 曰: '公何物不曾作题目, 今何可相烦者。'复强之, 乃指其首鱼枕冠曰: '颂之。'曰: '假君子手为予书焉可也。'陈于是笔不及并墨, 茶且笑曰: '便作佛经语耶!'说之请公书是颂曰: '不揆辄欲著其作颂始初本末如此, 以视后之学者。'而留落颓堕, 负其初志三十有三年矣。今年以其颂归谢甥伋, 伋闻而有请, 所不得辞, 遂亟识之, 并以当时所书李潭《马赞》归伋。宣和七年乙巳二月十六日丁巳, 朝请大夫致仕晁说之题。"右晁四丈以道跋东坡书, 著之于编, 欲使后人知作文之所因。真迹今藏谢景思家。

121　李撰字子约, 毗陵人。曾文肃在真定, 李为教授。家素穷约。夫人尝招其母妻燕集, 时有武官提刑宋者, 妻亦预席。宋妻盛饰而至, 珠翠耀目; 李之姑妇所服浣衣不洁清。各携其子俱来; 宋之子眉目如画, 衣装华焕; 李之子蠢甚, 然悉皆弦诵如流。左右共哂之。夫人笑曰: "教授今虽贫, 诸郎俱令器, 它时未易量。提刑之子虽楚楚其服, 但趋走之才耳。"子约五子, 四登科, 三人至侍从, 二人为郎, 弥纶、弥大、弥性、弥逊、弥正也。宋之子浚, 止于阁门祗候, 果如夫人之言。老亲云。

122　陈珹虚中，莹中之弟也。以名家典郡。知吉州日，徐师川通判郡事。师川恃才傲世，不肯居人下。尝取虚中所判抹而改之，然非所长也。虚中语师川曰："足下涂抹珹之批判，虽不足道，然公所改抹未当，奈何？况夫佐官妄改长官已判，于法不轻。"即呼通判厅人吏，将坐以罪。师川知己之屈也，祈原之。虚中曰："此亦甚易，君可使珹之前判如故，即便释吏矣。"师川于是以粉笔涂去己之改字，以呈虚中，虚中遂贳之。虚中能以理服，师川不复饰非，皆可喜也。

123　蔡元度为枢密，与其兄内相抟，力祈解政，迁出于郊外观音院，去留未定也。平时门下士悉集焉，是时所厚客已有叛元度者，元度心不能平。饭已，与诸君步廊庑，观壁间所画炽盛光佛降九曜变相，方群神逞威之际，而其下趋走，有稽首默敬者。元度笑以指示群公曰："此小鬼最叵耐。上面胜负未分，他底下早已合掌矣。"客有惭者。

124　元祐初，扬康功使高丽，别禁从诸公，问以所委，皆不答，独蔡元度曰："高丽磬甚佳，归日烦为置一口。"不久，康功言还，遂以磬及外国奇巧之物，遗元度甚丰，它人不及也。或有问之者，康功笑曰："当仆之度海也，诸公悉以谓没于巨浸，不复以见属；独元度之心犹冀我之生还，吾聊以报其意耳。"韩简伯云。

125　汴水湍急，失足者随流而下，不可复活。旧有短垣以限往来，久而倾圮，民佃以为浮屋。元祐中，方达源为御史，建言乞重修短垣，护其堤岸。疏入报可，遂免淄溺之患。达源名蒙，桐庐人，陈述古婿，多与苏、黄游。奏疏见其家集中，用载于此："臣闻为治先务，在于求民疾苦，与之防患去害。至于一夫不获，若己推而纳于沟中。昔者子产用车以济涉，未若大禹思溺者之由己溺之心如此，故能有仁民之实，形于政令。而下被上施，欣戴无致。今汴堤修筑坚全，且无车牛汀淖，故途人乐行于其上。然而汴流迅急，坠者不救。顷年并流筑短墙为之限隔，以防行人足跌、乘马惊逸之患，每数丈辄开小缺，以通舟人维缆之便，然后无殒溺之虞。比来短墙多隳，而依岸民庐皆盖浮棚，月侵岁展，岸路益狭，固已疑防患之具不周矣。近军巡院禁囚有驰马逼坠河者，果于短墙隳圮之处也。又闻城内续有殒溺者，盖由短墙但系河清兵士依例修筑，而未有著令，故官司不常举行。欲望降指挥，京城沿汴南北两岸，下至泗州，应系人马所行汴岸，令河清兵士并流修墙，以防人跌马惊之患。每数丈听小留缺，不得过二尺。或有圮毁，即时循补。其因装卸官物权暂拆动者，候毕即日完筑。或有浮棚侵路，亦令彻去。委都水监及提举河岸官司常切检察，令天下皆知朝廷惜一民之命，若保赤子，圣时之仁术也。"达源生三子：元修字时敏，元若允迪，元榘道纵，皆有才名于宣、政间。允迪尝为少蓬。世以为阴德之感。时敏之子即务德也。

126　东坡先生自黄州移汝州，中道起守文登，舟次泗上，偶作词云："何人无事，燕坐空山。望长桥上，灯火闹，使君还。"太守刘士彦，本出法家，山东木强人也。闻之，亟谒东坡云："知有新词，学士名满天下，京师便传。在法，泗州夜过长桥者，徒二年。况知州邪！切告收起，勿以示人。"东坡笑曰："轼一生罪过，开口常是，不在徒二年以下。"张唐佐云。

127　建中初，曾文肃秉轴，与蔡元长兄弟为敌。有当时文士与文肃启，略云："扁舟去国，颂声惟在于曾门；策杖还朝，足迹不登于蔡氏。"明年，文肃南迁，元度当国，即更其语以献曰："幅巾还朝，舆颂咸归于蔡氏，扁舟去国，片言不及于曾门。"士大夫不足养如此。老亲云米元章。

128　绍兴中，章子厚在相位，曾文肃居西府。文肃忽苦腹疾，子厚来视病，坐间，文肃忽思腾沙粥，时外祖空青先生曾公卷在侍侧，咄嗟而办。文肃食之，甚美。子厚犹未去也，询其速致之术。空青云："适令于市中货腾沙馅槝中买来，取其穰入粥中，故耳。"子厚赏叹云："它日转运使才也。"其后空青仕宦，果数历输辁。

129　石豫者，宁陵人，外蠢而中狡。崇宁初，以交通阉寺，姓名遂达于崇恩，繇是至位中司。首言邹志完，再窜昭州。昭慈复从瑶华降复，元祐人立党籍碑，皆其疏也。当时士大夫莫不愤其奸凶。后五十年，其子敦义为广东提刑，坐赃黥隶柳州。

130　毛泽民受知曾文肃，擢置馆阁。文肃南迁，坐党与得罪，流落久之。蔡元度镇润州，与泽民俱临川王氏婿。泽民倾心事之惟谨。

一日家集，观池中鸳鸯，元度席上赋诗，末句云："莫学饥鹰饱便飞。"泽民即席和以呈元度曰："贪恋恩波未肯飞。"元度夫人笑曰："岂非适从曾相公池中飞过来者邪？"泽民渐，不能举首。吴傅朋云。

131　钱昂治郡有声，以材能称于崇、观间。尝帅秦州，时童贯初得幸，为熙、河措置边事，恃宠骄倨。将迎不暇，独昂未尝加礼。昂短小精悍，老而矍铄。一日，赴天宁开启，待贯之来。久之方至，昂问之曰："太尉何来暮邪？"贯曰："偶以所乘骡小而难骑，动必跳跃；适方欲据鞍，忽盘旋庭中甚久，以此迟迟。"昂曰："太尉之骡，雄也雌耶？"贯对曰："雄者也。"昂曰："既尔难，奈何不若阉之！"贯虽一时愧怒，而莫能报。其后贯大用事，卒致迁责。陆务观云。

132　崇宁三年，黄太史鲁直窜宜州，携家南行，泊于零陵，独赴贬所。是时，外祖曾空青坐钩党，先徙是郡。太史留连逾月，极其欢洽，相予酬唱，如《江樾书事》之类是也。帅游浯溪，观《中兴碑》。太史赋诗，书姓名于诗左。外祖急止之云："公诗文一出，即日传播。某方为流人，岂可出郊？公又远徙，蔡元长当轴，岂可不过为之防邪？"太史从之。但诗中云："亦有文士相追随。"盖为外祖而设。

133　元祐中，有郭概者，东平人，法家者流，遍历诸路提点刑狱，善于择婿。赵清宪、陈无己、高昌庸、谢良弼名位皆优，而谢独不甚显。其子乃任伯，后为参知政事，无己集中首篇《送外舅郭大夫》诗是也。赵、高子孙甥婿皆声华籍甚，数十年间，为荐绅之荣耀焉。良弼，显道之弟也。

134　曾国老弼，崇宁中为湖北提举学事。时王庆曾作学事司干当公事，按行诸郡，与之偕行。次汉阳，欲绝江之鄂渚，国老约庆曾晨炊，相与同渡，庆曾辞以茹素，自于客馆饭毕，而后追路。国老怏怏，亟登舟。庆曾食未竟，忽闻国老中流不济，舡中无一人免者。庆曾后四十年为参知政事。国老弟即文清，用其恤典补官，身贵而后有闻。仲躬云。

135　钱忱伯诚妻瀛国夫人唐氏，正肃公介之孙。既归钱氏，随其姑长公主入谢钦圣向后于禁中，时绍圣初也。先有戚里妇数人在焉，俱从后步过受釐殿。同行者皆仰视，读釐为离。夫人笑于旁曰：

"受禧也。盖取'宣室受釐'之义耳。"后喜，回顾主曰："好人家男女，终是别。"盖后亦以自谓也。<small>陆子逸云。</small>

136　明清于王岐公孙晓浚明处，见岐公在翰苑时令门生辈供经史对偶全句十余册。恨当时不曾传之也。

137　先祖初任安州应城尉，有村民为人所杀，往验其尸，而未得贼。先祖注观之次，有弓手持盖于后，先祖即令缚之，云："此人两日前差出是处，面有爪痕，而尸手爪有血，以是验之，当尔。"讯治果然。

138　米元章崇宁初为江、淮制置发运司勾当直达纲运，置司真州。大漕张劢深道见其滑稽玩世，不能俯仰顺时，深不乐之，每加形迹，元章甚不能堪。会蔡元长拜相，元章知已也，走私仆诉于元长，乞于衔位中削去所带制置发运司五字，仍降旨请给序位人从，并同监司。元长悉从之，遣仆持人敕命以来。元章既得之，闭户自书新刺，凌晨拜命毕，呵殿径入谒，直抵张之厅事。张惊愕莫测。及展刺，即讲钧敌之礼，始知所以。既退，愤然语坐客云："米元章一生证候，今日乃使着矣。"后元章以能书得幸祐陵，擢列星曹。国朝以任子为南宫舍人者，惟庞懋贤元英与元章二人。元章晚益豪放，不拘绳检。故蔡天启作其墓碑云："君与西蜀刘泾巨济、长安薛绍彭道祖友善。三公风神萧散，盖一流人也。"又云："冠服用唐规制，所至人聚观之，视其眉宇轩然，进趋襜如，音吐鸿畅，虽不识者，知其为米元章也。"

139　李良辅者，憸人也。元符末，在永州主歧阳簿。有教授李师晦祖道，蜀中老儒，黄太史鲁直之姻家，善士也。范忠宣迁是郡，祖道作诗庆其生初，有"江边闲舣济川舟"之句。良辅与之有隙，遂上其本，祖道坐此削籍，流九江。良辅用赏改秩，浸至郡守。建炎初，吕元直当轴，良辅造朝求差遣，元直旧知其事，询所以然。良辅犹以为绩效，历历具陈之。元直笑曰："初未知本末之详，正欲公自言之尔。"即命直省吏拘于客次，奏于上除其名。人皆快之。<small>余晋仲云。</small>

140　邹志完元符三年自右正言上疏论中宫事，除名窜新州。钟正甫将漕广东。次年上元，广帅朱行中约正甫观灯。已就坐矣，忽得密旨，令往新州制勘公事。正甫不待杯行，连夜星驰以往。抵新兴，追逮志完赴司理院，荷校因之。正甫即院中治事，极其暴虐。志完甘为机上肉矣。诘旦，忽令推吏去其桎梏，请至帘下，劳问甚勤，云："初无其它。正言可安心置虑，归休愒处。某亦便还司矣。"志完出，正甫果去。且遣骑致馈极腆，志完惘然不知所以。又明日，郡中宣徽宗登极赦书，盖正甫先已知矣。未几，志完被召，遂登禁路。绍兴二年，秦会之罢右仆射制略云："自诡得权而举事，当耸动于四方；逮兹居位以陈谋，首建明于二策。冈烛厥理，殊乖素期。"又云："予夺在我，岂云去朋党之难；终始待卿，斯无负君臣之义。"此綦叔厚之文。褫职告词云："耸动四方之听，朕志为移；建明二策之谋，尔材可见。"谢任伯之文。綦谢姻家也。秦大憾之。先是，高宗有亲批云："秦桧不知治体，信任非人，人心大摇，怨讟载路。"丁卯岁，启上诏毁《宰执拜罢录》，谓载训词也。至乙亥岁，秦复知御札在任伯之子伋景思处，作札子自陈大概云："陛下是时尚未深知臣，所以有此。乞行抽取。"得旨，下台州从伋所追索得之。是秋，又令其姻党曹泳为择酷吏刘景者，擢守天台，专欲鞫勘。景思寓居外邑黄岩山间。景视事之次日，遣捕吏追逮景思，直以姓名传檄县令，差人防护甚峻。景思自分必死，将抵郡城外，渡舟中望见景备郊迎之仪，一见执礼甚恭。至馆舍，则美其帷帐，厚其饮食。景思叵测。是晚，置酒延伫，座间笑语，极欢而罢。始闻早已得会之讣音矣。又逾旬，景思拜处牧之命。二事绝相类，然终不知所兴之狱谓何也。

141　先祖早岁登科，游宦四方，留心典籍，经营收拾，所藏书逮数万卷，皆手自校雠，贮之于乡里，汝阴士大夫多从而借传。元符末，坐党籍谪官湖外，乃于安陆卜筑，为久居计，辇置其半于新居。建炎初，寇盗蜂起，惟德安以邑令陈规元则帅众坚守，秋豪无犯。事闻，擢守本郡。先祖之遗书，留空宅中，悉为元则载之而去。后十年，元则以阁学士来守顺昌，亦保城无虞，先祖汝阴旧藏书犹存，又为元则所掩有。二处之书，悉归陈氏。先人每以太息，然无理从而索之。先人南渡后，所至穷力抄录，亦有书几万卷。明清忧患之初，年幼力弱，秦伯阳遣浙漕吴彦猷渡江，攘取太半。丁卯岁，秦会之擅国，言者论会稽士大夫家藏野史以谤时政，初未知为李泰发家设也。是时，明清从舅氏曾宏父守京口，老母惧焉，凡前人所记本朝典故与夫先人所述史稿杂记之类,悉付之回禄。每一思之,痛心疾首。后来明清多寓浙西妇家,煨烬之余,所存不多。诸侄辈不能谨守,又为亲戚盗去,或它人久假不归。今遗书十不一存,每一归展省旧箧,不忍复启,但流涕而已。

142　唐著作郎杜宝《大业幸江都记》云:"隋炀帝聚书至三十七万卷,皆焚于广陵。其目中盖无一帙传于后代。"靖康傥扰,中秘所藏与士大夫家者,悉为乌有。南渡以来,惟叶少蕴少年贵盛,平生好收书逾十万卷,置之雪川弁山山居,建书楼以贮之,极为华焕。丁卯冬,其宅与书俱荡一燎。李泰发家旧有万余卷,亦以是岁火于秦。岂厄会自有时邪?

143　徐得之君猷,阳翟人,韩康公婿也。知黄州日,东坡先生迁谪于郡,君猷周旋之不遗余力。其后君猷死于黄,东坡作祭文挽词甚哀。又与其弟书云:"轼始谪黄州,举眼无亲,君猷一见,相待如骨肉,此意岂可忘哉!"君猷后房甚盛,东坡常闻堂上丝竹,词中谓"表德元来字胜之"者,所最宠也。东坡北归,过南都,则其人已归张乐全之子厚之恕矣。厚之开燕,东坡复见之,不觉掩面号恸,妾乃顾其徒而大笑。东坡每以语人,为蓄婢之戒。君猷子端益,字辅之,娶燕王元俨孙女,为右阶,粗有文采。建炎中,富季申登枢府,以其故家,处以永嘉路分都监。时曾觌为双穗盐场官,与其子本中厚善。曾既用事,荐本中于孝宗,遂得密侍禁中。韩氏子弟亦有攀缘而进者。本中娶赵氏从圣野之孙,即磻老家女也。苏训直云。

144　故事,两制以上方乘狨座,余不预也。大观中,童贯新得幸,以泰宁军承宣使副礼部尚书郑久中使辽国,遂俱乘狨座,繇是为例。韩勉夫云。

145　隆兴改元岁,明清在会稽,因为友人言:"先人初为曾氏婿,尝于外家手节《曾文肃公日录》。有庚辰岁在相位日一帙真迹,外家后来失去,见于外祖曾空青《三朝正论后序》矣。先人节本偶存焉,其中一则记赵谂事:谂弟谳,于渝州所居柱上题云:'隆兴二年,天章阁待制荆湖南北等路安抚使。'再题云:'隆兴三年,随军机宜李时雍从行。'谂不轨事发,凿取其柱,赴制勘所,并具奏其所题之意,谳坐此亦死。如此，则隆兴之号岂可犯耶！"友人云："愿借一观。"遂以假之。亟驰元本送似当轴者，继即开陈，遂改乾道之号。友人繇此乃晋用。然先人手泽，不可复取，而此书不传于世矣。友人后登从班，交往既厚，不欲书其姓名。初，谂以甲科为太常博士，谒告省其父庭臣于蜀道中，梦神人授以诗云："天锡雄材孰与戡，征西才罢又征南。冕旒端拱披龙衮，天子今年二十三。"繇此有猖狂之志。伏诛时适及岁。刑部郎中王吉甫独引律中文，以谓"口陈欲反之言，心无真实之状。"吉甫坐绌。诏改渝州为恭州。谂初登第时，太常少卿李积中女有国色，即以妻之。成婚未久而败。或云：冯时可者，谂遗腹子也。

146　高俅者，本东坡先生小史，笔札颇工。东坡自翰苑出帅中山，留以予曾文肃，文肃以史令已多，辞之；东坡以属王晋卿。元符末，晋卿为枢密都承旨时，祐陵为端王，在潜邸日，已自好文，故与晋卿善。在殿庐待班，邂逅。王云："今日偶忘记带篦刀子来，欲假以掠鬓，可乎？"晋卿从腰间取之。王云："此样甚新可爱。"晋卿言："近创造二副，一犹未用，少刻当以驰内。"至晚，遣俅赍往。值王在园中蹴鞠，俅候报之际，睥睨不已。王呼来前，询曰："汝亦解此技邪？"俅曰："能之。"漫令对蹴，遂惬王之意，大喜，呼隶辈云："可往传语都尉：既谢篦刀之况，并所送人皆辍留矣。"由是日见亲信。逾月，王登宝位，上优宠之，眷渥甚厚，不次迁拜。其侪类援以祈恩，上云："汝曹争如彼好脚迹邪！"数年间建节，循至使相，遍历三衙者二十年，领殿前司职事，自俅始也。父敦复复，为节度使；兄伸，自言业进士，直赴殿试，后登八坐；子侄皆为郎。潜延阁恩幸无比，极其富贵。然不忘苏氏，每其子弟入都，则给养问恤甚勤。靖康初，祐陵南下，俅从驾至临淮，以疾为解，辞归京师。当时侍行如童贯、梁师成辈皆坐诛，而俅独死于牖下。胡元功云。

挥麈后录卷之八

147　黄太史鲁直本传及文集序云:"太史罢守当涂,奉玉隆之词,寓居江夏,尝作《荆南承天寺塔记》。湖北转运判官陈举承风指,采摘其间数语,以为幸灾谤国,遂除名,编隶宜州,时崇宁三年正月也。"明清后阅徽宗诏旨云:"大观二年二月壬午,淮南转运副使陈举奏:'臣巡按至泗州临淮县东门外,忽见一小蛇,长八寸许,在臣船上。寻以烛照之,已长四尺有余,知是龙神,以箱复金纸迎之,遂入箱中,并箱复送至庙中。知县黄巩差人报称:所有箱内揭起金纸钱,已失小蛇,止有开通元宝钱一文,小青虫一个。次日早,差人赍送臣船。臣切思之,神龙之示人以事,必以其类。以臣承乏漕事,实主财赋。不示以别物,而示以钱者,以其如泉之流,行于天下而无穷也。不示以别钱,而示以开通元宝,以其有开必有通而无壅也。示之以青虫一者,其虫至微,背首皆青,腹与足皆金色。青,东方色也,示其有生意;金,西方物也,示其有成意也。臣切以谓神龙伏见陛下复修神考漕运与盐法,使内外财赋丰羡流通,不滞一方而无有壅塞,公私通行,靡有穷竭,故见斯异。臣不敢隐默,谨述事由,并开通元宝钱一文及小青虫一个,盛以涂金银合子,谨专人诣阙进呈。'奉圣旨:'陈举特罚铜二十斤。其进开通钱并青虫儿、涂金银合封全,并于东水门外投之河中,以戒诡诞。'敬缀于编,仰见祐陵圣聪,明察奸欺。"繇是而知所谓陈举者,诚无忌惮之小人,所为若是,不独宜州之一事也。遗臭千载,可不戒哉!

148　伯祖彦辅以文学政事扬历中外甚久。元符中,为司农卿,哲宗欲擢贰版曹,已有定论。有卖卜瞽者过门,呼而问之云:"何日可以有喜?"术者云:"目下当动,殊不如意,寿数却未艾。更五年后,作村里从官。"是时,伯祖已为朝议大夫,偶白事相府,言忤章子厚,遂挂冠去国。明年徽庙登极,已而遇八宝恩转中大夫,又以其子升朝迁太中大夫。又数年,年八十一乃终。伯祖名得臣,自号凤台子,有注和杜少陵诗:《麈史》行于世。

149 大观中,有妖人张怀素以左道游公卿家。其说以谓金陵有王气,欲谋非常,分遣其徒游说士大夫之负名望者。有范寥信中,成都人,蜀公之族孙,始名祖石,能诗,避事出川,以从怀素。怀素令寥入广,以䜣黄太史鲁直。时鲁直在宜州危疑中,闻其说,亟掩耳而走。已而鲁直死,寥益困,遂诣阙陈其事,朝廷兴大狱,坐死者十数人。寥以无学籍,授左藏库副使,赐予甚厚。寥又言润州进士汤东野德广实资助其垂橐,而趣其行。德广自布衣授宣义郎司农寺簿,赐绯衣。寥每对客言其告变,实鲁直纵臾之。使鲁直在,奈何。舅氏曾宏父云。

150 张怀素,本舒州僧也。元丰末,客畿邑之陈留,常插花满头,佯狂县中,自称"戴花和尚"。言人休咎颇验,群小从之如市。知县事毕仲游怒其惑众,禽至廷下,索其度牒,江南李氏所给也。仲游不问,抹之,从杖一百,断治还俗,递逐出境。自是长发,从衣冠游,号"落托野人"。初以占风水为生,又以淫巧之术走士大夫门,因遂猖獗。既败,捕获于真州城西仪真观,室中有美妇人十余。狱中供出踪迹本末。时仲游死已久,诏特赠太中大夫,官其二孙。史册不载,毕氏干照存焉。

151 蔡文饶薿帅维扬,郡庠有士子李者,不拘细行,以豪自任。文饶闻其名,呼与之言,遂延致书室,以教诸子,且不责以课程。已而文饶易镇青社,携与俱行。邦人疑之。经岁辞归,文饶赠遗甚厚,又惠槐简一云:"此薿释褐所赐。足下不晚亦当魁天下,官职寿数,与薿悉相埒。"后皆如其言。李即顺之易,建炎龙飞第一人也。廉宣仲云。

152 五代李涛与弟瀚俱负才望。瀚仕晋为内相,耶律德光犯京师,虏之以归,仕契丹,亦显。有《应历集》十卷。涛后相汉,犹及见本朝,有传载《三朝史》中。涛五世孙,即汉老邴也。汉老之弟唐老郱,建炎初守越州,随虏北去,亦为之用。事有可笑如此者。

153 道家者流,谓蟾蜍万岁,背生芝草,出为世之嘉祥。政和初,黄冠用事,符瑞翔集。李譓以待制守河南,有民以为献者,譓即以上进。祐陵大喜,布告天下,百官称贺于廷,上表云:"九天睿泽,溥及含灵。万岁蟾蜍,聿生神草。本实二物,名各一芝。或善辟兵,或能延寿。乃合为于一体，允特异于百祥。"命以金盆储水，养之殿中。浸渍数日，漆絮败溃，雁迹尽露。上怒，黜谞为单州团练副使。谢表云："芹献以为美，野人之爱则深；舆乘而可欺，子产之志焉在？"谞，至之孙也。

154　政和中，将作监贾说明仲奉诏为童贯治赐第于都城。既落成，贾往谢之，贯云："久劳神观，而匆匆竟未能小款。翌早朝退无它，幸见过点心而已。"明仲领其意。诘朝既见，宾主不交一谈。顷之，一卒持二物，若宝盖璎珞状，张于贯及己之上；视之，皆真珠也。各命二双鬟捧卓子一只至所座前，又令庖人持银镣灶，即厅之侧燎火造包子。以酒食行，凡三，每一行易一卓。凡果楪、酒杯之属，初以银，次金，又次以玉。其制作奇绝，目所未睹。三杯即彻。贾亦辞出，暂至局中，然后归舍。见数人立于门云："太傅致意，适来大监坐间受用一分器皿及双鬟，悉令持纳。"计其直逾数万缗，贾繇此雄豪，至今以富闻湘中。说，逵之孙也。贾虞仲云。

155　宣和庚子，蔡元长当轴，外祖曾空青守山阳。时方腊据二浙，甚炽。初，元长怨陈莹中，以陈尝上书诋文肃，编置郡中，欲外祖甘心焉。既至，外祖极力照瞩之。适莹中告病，外祖即令医者朝夕诊视，具疾之进退，与夫所俱药饵申官。已而不起，亦令作佛事，僧众下至凶肆之徒，悉入状用印系案。僚吏以为何至是，外祖曰："数日之后当知之。"已而朝廷遣淮南转运使陆长民体究云："盗贼方作，未审陈瓘之死虚实。"外祖即以案牍缴奏以闻，人始服先见之明。中父舅。

156　刘斯立跂，忠肃同老之子，克家能文。自号"学易老人"，有集行于世。政和中，以忠肃在党籍，屏居东平，杜门却扫，息交绝游，人罕识其面。有戚里子王宣赞者，来为州钤辖，家饶财，多声妓，重义好客。廨舍适同里巷，闻斯立之贤，有愿交之意，托人寄声，欲致一饭之款。斯立从之。且并招斯立所厚善者预席，从郡中假侑觞之人，极其欢洽。有李延年者，尝坐法失官，亦居是邦，愿厕其间，王君距之，延年大不平。适往京师理雪，时王黼为中司，延年与之有旧，因往谒之。黼问东平近有何事？延年即以王君开燕为言。黼又询席间有何说？延年云："广坐中及宫闱二月九日之事。"客退，黼遣吏以纸授延年,令笔其语。延年出于不虞,宛转其词。黼见之,怒云:"当先送大理寺。"延年皇恐,迎合以迁就之,且引坐客李禔为证。黼即以上闻,诏付廷尉鞫治,遣吏捕斯立于郓。方以忠肃讳日,饭僧佛寺,就斋所禽赴天狱,锻炼讯掠,极其苦楚,惟禔抵谰不承。方欲移理间,斯立之犹子长言,闻斯立之困辱,年少气锐,遂自陈言从己出。狱具,长言真刑,窜海岛;斯立编管寿春府。席间主宾,既皆坐罪,下至奔走执事倡优侍姬,悉皆决杖。延年诏复元官。此亦一客不得食而然。然比之奏邸狱冤,则尤为酷焉。禔,清臣子。斯立,王定国婿也。赵子通及忠肃孙董云。

157　王伦字正道,三槐王氏之裔。祖端,父毅,俱以材显。母晁氏,昭德族女。家贫无行,不能治生,为商贾,好椎牛酤酒,往来京、洛,放意自恣,浮沉俗间,亦以侠自任,赒人之急。数犯法,幸免。闻士大夫之贤者,倾心事之。先人在京师,正道间亦款门。先人以其倜傥,待颇加礼。一日,从先人乞诗送行,云天下将乱,欲入庐山为道士。宣和末,先人去国,不复相闻。正道少与孙仲益有布衣旧,仲益官中都,每周旋之。靖康末,李士美罢相就第,正道忽直造拜于堂下,士美问其所以,自言"愿随相公一至禁中,有欲白于上"。士美曰:"方退闲,荐士非所预也。"正道自此日扫其门。会有旨,令前宰执赴殿廷议事。正道又拜而恳曰:"此伦效鸣之时也。"士美不得已,因携之而入。伦自陈于殿下曰:"臣真宗故相王旦之孙也。有致君泽民之术,无路而不得进。宣和中,尝上书言大辽不可灭,女真不可盟,果如臣言。今围城既急,它无计策。臣谨当募死士数万,愿陛下侍上皇,挟诸王夺万胜门,决围南幸。"钦宗忠之,慰劳甚厚,解所佩夏国宝剑以赐,且以片纸批曰:"王伦事成日,可除尚书兵部侍郎。"伦既拜赐,翌日再对,自言:"已得豪侠万余,悉愿效死,幸陛下勿疑即行。"时宰相何文缜已主和议,正道怒发上冲冠。文缜斥曰:"若何人,敢至此耶!"正道曰:"尔何人,乃至此耶!"又曰:"万一天子蒙尘,虽诛相公数百辈何益!"文缜怒,以谓狂生,言既不用,恐为乱,请上诛之,且乞就令卫士执之。上意未决。正道惧无以自脱。时仲益在禁中,因求计仲益。仲益曰:"昨日所拜小戎文字在否?"正道腰间取御批以示之。仲益曰:"得此足矣。子但立于从班中,谁敢呵子?岂有无故就殿上擒一侍郎之理乎?"伦从其言,入厕侍臣之列,人果不敢前。翌日,文缜始画旨送御史府,伦已得间出都矣。二圣北去,高宗即位于宋,伦走行在所,上书自伸前志,乞使沙漠,问二圣起居。自布衣拜五品,借侍从以往。制词略云:"胄出公侯,资兼智勇。朕方俯同晋国,命魏绛以和戎;汝其远慕侯生,御太公而归汉。"经年始还,不用。久之,徽宗凶问至,起拜龙图阁学士,为梓宫奉迎使,浸登二府。凡三四往返,竟留虏中。伦虽无大过人,然胆大敢为。既贵之后,凡往日故旧与夫屠贩之友,悉以自随,而任以官。既拘于虏,虏人欲用为留守,不从而杀之。褒恤甚厚。李平仲、孙长文互言如此。先人为之作《御剑铭》,今载家集中。

158　靖康中,东坡先生追复元职。时汪彦章在掖垣,偶不当制。舍人不学而思涩,彦章戏曰:"公无草,草渠家焚黄三字。"渐而怨之。又一日,当草一制,将毕矣,偶思结尾不来,省中来催促,不容缓,愈牵窘。搜思甚久,院吏仓猝启曰:"第云'服我休命,往其钦哉',可矣。"舍人然而用之。

159　宣和中,有郑良者,本茶商,交结阉寺以进,至秘阁修撰、广南转运使。恃恩自恣。部内有巨室,蓄一玛瑙盆,每盛水,则有二鱼跃其中。良闻之,厚酬其价不售,乃为一番舶曾讷者所得。良遣人经营,云已进御矣,初未尝也。良即奏以谓讷厚藏宝货,服用僭拟乘舆。得旨令究实,良即以兵围其家,捕其妻孥,械系而搜索之。讷之弟谊方醉卧,初不知其繇,仗剑而出,遂与纷敌。良即以谊拒命杀人闻奏。奏下,谊伏诛,讷配沙门岛。靖康初元,讷以赦得自便,至京师,知时事之变,击鼓讼冤。初,蔡攸窜海外,继遣监察御史陈述明作追路诛之。述度岭而攸授首,就以述为广漕代良;并往鞫治之。述入境,良往迓之,就坐擒下枷讯,施以惨酷,良即承罪。锢押往英州听敕。敕未下而良死,旅殡僧寺。述复奸利不法,为人所讼,制勘得情,诏述除名,英州编管。至郡,寓僧舍,纵步廊间,睹良旅槚在焉,惊悸得疾而卒。槚室相并,至今犹在。贪暴吞噬,何异酷吏之索铁笼耶!赵子通潘云。

160　江子我端友知经明道，驰誉中外，后尽弃旧业，鳏居孑然。年亦迟暮，惟留心内典，苦身自约，不复有世间之意。结庐都城之外，惟先人时时过之，每春容毕景也。乙巳岁春，与之俱至相蓝，访卜肆。子我云："吾既无功名之心，何所问也？"先人强之。瞽者布八字毕曰："官人来年状元及第矣。"子我顾先人云："术者之妄，有如此者。"相予一笑而去。次年值钦宗登极，下诏搜访遗逸，吴元中作上台，以子我名闻，赐对便殿，有言动听，自布衣拜承事郎尚书兵部员外郎。可谓奇中矣。子我，休复孙也。

161　朱新仲，少仕江宁，在王彦昭幕中。有代彦昭《春日留客》致语云："寒食止数日间，才晴又雨；牡丹盖十数种，欲拆又芳。"皆《鲁公帖》与《牡丹谱》中全语也。彦昭好令人歌柳三变乐府新声。又尝作乐语曰："正好欢娱，歌叶树数声啼鸟；不妨沉醉，拼画堂一枕春醒。"又皆柳词中语。

162　苏过字叔党，东坡先生季子也。翰墨文章，能世其家。士大夫以小坡目之。靖康中，得倅真定。赴官次，河北道遇绿林，胁使相从，叔党曰："若曹知世有苏内翰乎？吾即其子，肯随尔辈求活草间邪？"通夕痛饮。翌日视之，卒矣。惜乎世不知其此节也。赵表之云。

163　苏叔党以党禁屏处颍昌，极无憀。有泗州招信士人李稹元秀者，乡风慕义，岁一过之，必迟徊以师资焉，且致馈饷甚腆。叔党怀之。宣和末，向伯恭出为淮漕，自京师枉道以访叔党，留连请委，叔党道李之义风，而属其左顾之。伯恭入境，首令访问，加礼以待。未几，金虏南寇，高宗以元帅在河北，伯恭即命李赍金帛往，访问行府犒师，并上表劝进。行数程而与前驱遇。已而飞龙御天，补承务郎，繇是遂被眷知。后来官职俱至列卿。王献臣云。

164　蔡元长既南迁，中路有旨，取所宠姬慕容、邢、武者三人，以金人指名来索也。元长作诗以别云："为爱桃花三树红，年年岁岁惹东风。如今去逐它人手，谁复尊前念老翁？"初，元长之窜也，道中市食饮之类，问知蔡氏，皆不肯售。至于诟骂，无所不道；州县吏为驱逐之。稍息，元长轿中独叹曰："京失人心，一至于此。"至潭州，作词曰："八十一年住世，四千里外无家。如今流落向天涯，梦到瑶池阙下。　　玉殿五回命相，彤庭几度宣麻。止因贪此恋荣华，便有如今事也。"后数日卒。门人吕川卞老醵钱葬之，为作墓志，乃曰"天宝之末，姚宋何罪"云。冯于容云。

165　明清尝于吕元直丞相家睹高宗御札一幅云："朕比观黄庭坚集，见称道其甥徐俯师川者。闻其人在靖康中立节可嘉，今致仕已久，想不复存。可赠左谏议大夫。或尚在，即以此官召之。"其后乃知师川避地广中，即落致仕，以右奉直大夫试左谏议大夫赴行在所。门荫者以为荣观。师川既至阙，入对，益契上意，赐出身，入禁林，不旋踵遂登政府。初，师川仕钦宗为郎。二圣北去，张邦昌僭位，师川独不拜庭下，持其用事之臣，大呼号恸，卒不自污，挂冠以去，故上有"立节可嘉"之语。围城中，尝置一婢子，名之曰昌奴，遇朝士来，即呼至前驱使之。既登宥密，颇骄傲自满。朱藏一、赵元镇并居中书，师川蔑视之。每除一登第者，则曰："又一经义之士。"尝与元镇论兵，视元镇曰："公何足以知此！"元镇曰："鼎固不足以知之，岂若师川之读父书邪！"师川大不堪，而无以酬之。卒不安位而去。后终于知信州。师川，德占禧之子也。德占以吉甫荐命官，后为给事中，计议边事。永洛之败，死之。事具国史。东坡先生行吉甫谪词，有云"力引狂生之谋，驯致永洛之祸"，是也。德占一子，裕陵怜之，襁褓中补通直郎，后来一向以诗酒自娱，放浪江南山川间，食祠禄者四十年，始调通判吉州。平生厘务者三，数考，宣和末方入朝，后来登用甚骤焉。既没而眷宠终不少衰。其子瑀尝出示高宗所赐御书《光武纪》后复亲批云："卿近进言，使朕熟看《世祖纪》，以益中兴之治。因思读之十过，未若书一编之为愈也。先以一卷赐卿。虽字札恶甚，无足观者。但欲知朕不废卿言耳。"师川没后十年，瑀贫不能家，上表缴进此书，乞任使，托明清为表。既干乙览，上为之怆然，面谕执政，令即日除瑀官云。

166　建炎初，高宗驻跸维扬，虏骑忽至，六飞即日南渡。百僚窜身扬子江津，舟人乘时射利，停桡水中，每渡一人，必须金一两，然后登船。是时，叶宗谔为将作监，逃难至江浒，而实不携一钱，彷徨无措。忽睹妇人于其侧，美而艳，语叶云："事有适可者。妾亦欲凌江，有金钗二只,各重一两,宜济二人。而涉水非女子所习,公幸负我以趋。"叶从之,且举二钗以示。篙师肯首令前。妇人伏于叶之背而行。甫扣船舷,失手,妇人坠水而没。叶独得逃生,怅然以登南岸。叶后以直龙图阁帅建康,其家影堂中设位,云"扬子江头无姓名妇人"。岂鬼神托此以全其命乎?许彦周云。

167　李釜字元量,淮水人。家世业儒。其母怀娠诞弥之日,晨起,庖下釜鸣,甚可畏,声绝免身育男,其父即名之曰釜。既长,乃负才名于未第时。建中靖国龙飞,遂魁天下。政和末,自省郎出牧真州。向伯恭为判官,忤漕意,对移六合尉,伯恭但书旧衔。时蔡元长之甥陈求道为通判郡事,釜席间戏语云:"此所谓终不去帝号者也。"是时语禁正严,求道告讦于朝,兴大狱,釜坐免官,就擢求道守仪真。"死则死矣,终不去帝号。"事见《晋书·载记》,小寇王始之语。向仲德云。

挥麈后录卷之九

168　王廷秀字颖彦，四明人。靖康初，以李泰荐为台属。高宗即位，擢登言路。著书号《阅世录》，其中一条载明受之变甚备，盖其所目击。是时宰辅，如朱、吕、二张，俱有记录，矜夸复辟之功，悉皆不同，有如聚讼，不若颖彦之明白无偏。今录于左：建炎己酉三月一日宣麻，以朱胜非为相，罢叶梦得。左丞王渊自平江来，上殿对毕，除签书枢密院。既受命之次日，有旨只依两府恩例，不预省事。四日，廷秀入对，以初除察官，未经上殿故也。五日，入起居毕，复宣麻殿门。即闻外变，宫门已闭。廷秀与察官林之平同宿，留于翰林院前。翰林院以临安府使院为之。久之，入学士直舍。李邴为内翰从官，王绹、孙觌、都司叶份亦在。少次，闻宣宰执云："苗、刘兵杀内侍，且欲必得康履、曾择、蓝珪。"有一阉走入学士院，自刭不死，卧前厕。闻驾御楼，军士山呼。康履走入内中，步军太尉吴湛寻捕，得于小亭仰尘上，擒以付苗、刘，即时斩首摽之。宣谕以"内侍有过，当为治之。二将与转官"。其下对"我等若欲转官，祗用牵两匹马与内官，何必来此？"已而复召侍从百官。廷秀从诸公上楼，见上座金漆椅子，宰执从官并三衙卫士百官，皆侍立左右。楼下兵几千数，苗、刘与数人甲胄居前，出不逊语，谓上不当即大位，将来渊圣皇帝归来，不知何以处？此语乃陈东应天上书中有之，故二凶挟以胁制，欲上为内禅之事。宰相从百官出门下，委曲喻之使退，不从。左右请言太后出处分，于是上遣人请太后。久之，太后乘黑竹舆，从四老宫监至楼上，命仪鸾司设帷幄，垂帘置坐，不能具，止坐舆中传旨下谕，亦不肯从。又肩舆至门下，太后在舆中亲宣谕，且以上仁孝，晓夕思念二圣，励兵选将，欲复雠雪耻，太尉等皆名家，不须如此。二凶抗言，必欲太后辅太子听政。太后曰："以太平时，此事犹不易。况今强敌在外，太子幼小，决不可行。不得已，当与皇帝同听政。"委喻久之，坚不从。太后复上楼。上白事于竹舆前，言事无可奈何，须禅位。太后未允。又令与百官同议。自朱胜非以下,皆不敢出言。独有一着绯官员进前曰:"陛下当从三军之言。"众甚骇之。时有杭州通判章谊面折之曰:"如何从三军之言!"其人逡巡无语。上亦怪而问其姓名,自陈云:"朝散郎主管浙西安抚司机宜文字时希孟。"上顾翰林学士李邴,令草诏。邴乞上御札,取纸笔就椅子上写诏,以金人强横,当退避云云。写毕,令持诏下,宣示二凶,兵退。上亦徒步归内中,时已未刻。百官方出,见道傍卧尸枕籍,皆内侍也。是日,凡宦者非入直在内,皆为其所杀,而财物尽劫取。明日,太后垂帘,朱胜非辞疾不出,太后使人宣召,又命执政亲往府中召致之。太后复遣老宫监宣喻,乃出。自是二凶更至朝堂,道间传呼都统太尉,从以强虏凶焰可畏,行者开道避之。迫胁要索,惟意所欲。初一札子凡十事,如改元,请上徙外宫之类。宰执委曲调护,其中有甚不可行者。八日,遂改元明受。张浚自平江遣士人冯辐来议,欲以上为元帅领兵,移书痛责二凶。二凶讽朝廷以尚书召张浚,不从。又拜韩世忠节度使,除张俊秦凤路总管,使领兵归,不从。复降麻建节度,使知秦州,遣人赍麻制授二人。二人械其使送平江狱。又欲起两浙新旧弓手之半赴行在,廷秀入疏止之。时吕颐浩、张浚、韩世忠、刘光世、张俊同议引兵问罪复辟。又加康允之待制,刘蒙直阁,吴说金部郎中兼提举市舶,小人鼓动,乘时求差遣,而得之者甚多。有范仲熊者,转运判官冲之子,祖禹之孙也,尝陷虏逃归,日与二凶交游,其宾客王世修、张遂、王钧甫、马柔吉皆缔昵。五日之事,仲熊实与闻。至是,二凶讽颜岐荐上殿,除省郎,言凡台谏章疏,乞露姓名行下。其意盖欲言者惧二凶,不敢斥言其罪。十六日,上出睿圣宫,以显忠寺为之也。内人六十四人,肩舆过。二凶遣人侦伺,恐匿内侍故也。擒到内官曾择,太后降旨贬岭外。既行一程,复追回,斩之,亦二凶意也。又欲以其亲兵代禁卫守睿圣宫,挟天子幸徽、宣并浙东,宰相曲折谕以祸福,且以忠义归之,以安其反侧。颐浩等领兵次嘉禾。二十五日,召百官听诏书,大意云:狄人以睿圣不当即位,兵祸连年,今当降位为皇太弟兵马大元师,嗣君为皇太侄,皇太后临朝听政,退避大位,务在息兵。在庭愕然。廷秀与中司欲留班论列,以台谏唯廷秀与郑毅二人,遂不果。就退睿圣宫,立班久之。上御坐,起居罢,宰执上殿

奏事，议论几数刻，传宣令百官先退，仍云"已会得。"复闻上语宰执
云："若此传之后世，岂不贻笑哉！"次日早，郑毅入对，且言："既降位
号，则乘舆服御，亦皆降杀，岂将易赭服紫耶！"当夜归，亦作奏状，令
吏写，亭午方毕，即进入。未后，太后宣召，同中丞对帘前，宰执皆在，
郑毅对乞，次召廷秀。太后云："今日之事，且因臣下有文字。宰执商
量，且欲睿圣皇帝总领兵马耳。"廷秀对曰："臣不知其佗。但人君位
号，岂容降改？闻之天下，孰不怀疑？虽前世衰乱分裂之时，固未有
旬日之间易二君，一朝降两朝位号也。"太后乃云："必是殿院不曾见
诸人文字，相公可同殿院往都堂看前后文字，便见本末。"既退，即随
两府至都堂，朱胜非、颜岐、王孝迪、路允迪、张澂皆在坐。朱相自青
囊取文字数纸，次第以示，最上乃持服人奉议郎宋邥书，次即张浚奏
言睿圣皇帝当为天下兵马大元帅，下数纸不暇详观。其间亦有士人
上书者，意皆略同。廷秀语朱相云："此事朝廷当有善后计。但天子
位号欲降，于理未安。廷秀既当言责，不敢嘿嘿。章疏言语狂直。"朱
曰："公为言官，自当言责。盖章疏中有及大臣者。"复语诸公曰："昨
日之诏不可布于外，必召变。"而张澂云："若以五日时事势，岂争此名
位耶！"张欲行诏出，廷秀请少缓。明日，郑毅入章，引舜禅禹而亲征
有苗，唐睿宗上畏天戒禅位太子而大事自决。用其议，遂寝二十五日
诏书。郑毅遂迁西枢，以中书舍人张守为中丞。颐浩等会兵，克日将
至，凶徒气挫，乃使王世修与宰执议天子复正。往来数日。四月一日
辰时，降旨召百官睿圣宫起居。门外侍班次，见宰执遣吏来问户部尚
书孙觌借金带。至立班次，忽有戎装紫衫带子也。官员缀从官班，问之，
乃是王世修，方除工部侍郎，赐袍带未至，先令缀班，方悟假带之缪。
盖自渡江后，宰执从官并系犀带，今此异数，用安反侧。世修，王能甫
之侄，前此选人，知郑州荥泽县，虏兵偶不曾到，而是邑全，李纲特与
改官，遂为苗傅幕宾。午后，上出，百官起居毕，即上马。百官掩班先
行，迎于内东门外，杭州太守常视事，在大厅之北。至是世修具袍带。明日，
有旨正朝。以苗傅为淮西制置使，刘正彦副之，使其避张、韩之兵，别
路而往。又颁制赐铁券带砺之誓。三日，闻韩将前军至临平，为二凶
设伏掩杀。四日夜，二凶拔寨，道余杭门出，转龙山，缭富阳而去。明

日，韩将、刘兵皆入，以张浚签书枢密，颐浩右仆射，朱胜非知洪州，张澄知江州。韩将遣人擒王世修，鞫始谋，并拘其妻子。有旨令刘光世处断。晚有文字至台，申差察官就审实，朝廷亦恐诸将锻炼非实情也。是时，察官唯陈戬，独员将台吏并司狱至光世寨，取王世修实款。其初，王世修尝与二凶语阉宦恣横，而刘尤嫉之。上自扬州奔播过浙西，道吴江，左右宦者以射鸭为乐。至杭州日，群阉游湖山。世修以札子具陈其事，张澄不纳，世修憯恦而退。以其札子示正彦，愤然曰："公甚忠义，要须与公协力，同去此辈。"俄又闻王渊为枢密，愈不平。苗、刘乃与世修等谋，先斩王渊，然后杀内侍。议已定，初四日，部分兵马，且使人语渊云："临安县界有强盗，欲出擒捕。"五日早，令世修伏兵于城西桥下，俟渊过，即捽下马斩之。继遣人围康履家，分兵捕内官，凡无须者皆杀。然后领兵伏阙请罪，胁天子禅位。此皆始谋实情。依所招具奏，明日戮之于市。吴湛以辅二凶领中军寨于宫门前申请除宰执侍从，余人悉于中军寨门下马使悍卒持挺谁何，至欧击从人，损坏舆轿，廷秀两章引皇城司格令并律文阑入法理会，仅以章行，而悍将复匿之而不出，廷秀以台中被受榜于皇城司前，军士方少戢。至是湛亦戮焉。并贬王元、左言，皆殿帅，以当日坐视二凶之悖，不略谁何故也。六日，廷秀对疏，言钱塘非可居，当图建康为暂都计。上亦知此非处。一章言王世修等及康允之、刘蒙、吴说、范仲熊。读至论仲熊事，上甚怪之，乃曰："范仲熊莫不如是？"对曰："臣不知其它。但在宣和末进用，实出梁师成门下。"又入文字言希孟，上初怒甚，便欲枭首。宰执言此当自有论列，故廷秀章上，乃贷希孟死，流岭南。而赏谊两官。

169　颍彦又记高宗六龙幸海事云："己酉十一月，驾幸会稽。觇者报虏人分兵渡江，一自采石入建康，一自黄州过兴国军。度采石者，杜充兵要击于中流，小捷，奏乞上亲征。二十五日，驾起会稽，至钱清，闻虏人十九日已度大江。二十六日，驾自钱清回明州避虏。十二月七日，至明，侍从百官皆散，唯宰执从行。留张俊军于越。辛企宗领中军、李质领禁卫护从，士卒不满数千。泉、福州海船皆至，庙堂即为航海计。卫兵不欲行，九日遂群噪，欲狙击宰执。十一日，以张思正兵索城中，捕乱者，戮其为首数人，余分隶五军。以御营使司参议官刘洪道知明州，与张汝舟两易。十六日早，上自府衙出东渡门登舟。十八日，御舟泊定海县。二十日，参政范宗尹入城探报，十六日已陷杭州，大肆焚戮。宗尹即回从驾。张俊以所领军自越来明。知越州李邺遣兵邀虏于浙江，三捷，既而众寡不敌，邺遂遣人赍书投拜虏人，按兵入越。俊兵在明，乘贼先而恣掠卤。时城中人家少，遂出城，以清野为名，环城三十里居民皆遭其焚劫。或以金帛牛酒饷之，幸免；与纷争，杀之。有城南汤家子，先欧其卒，走啸众来痛击垂死，积稻秆蔽之。兵去，人或救之者，尚活，而肤体已焦裂，少刻而死。二十七日，虏引兵自余姚道蓝溪入黄郯车厩，直抵湖塘，分屯于湖中田舍。二十八日，俊引兵御之，小却。于是虏人自城下呼请遣人来寨中议事。明日，俊遣姓徐人抵虏寨，虏因释甲与语，欲如越。官吏投拜拒之。自后相持不敢动。正月二日午间，西风，虏兵乘之叩西门。时俊与刘洪道坐城楼上，遣兵掩击，擒毙二酋。虏奔北，堕田间，或坠水。势当追而麈败之，而俊亟令收兵。要之，得失略相当，仅能却之而已。且张皇奏恺，而策勋其后。肆眚文云：‘鄞水剿绝其大半。’盖谓是也。其夜，虏兵拔寨西去。俊遣人候伺，知虏人驻余姚治攻具，请于临安之大酋，益兵将复来。俊托以上旨，召扈从，八日尽起其众，入台，行甚速，而李质亦以班直继行。思正千余徒屯江东。而质、思正、洪道犹过从，夜饮城中。居民出者，已十七八。有士人率众叩洪道马首，愿留以御贼。洪道绐曰：‘予当数克敌而胜，若等事无虑。’复下令民迁城外者，得取其家之什物储峙。于是舟入城者数千只。洪道择其大者，留使官属取公使高丽两库金银器皿轹压之，而实于篮舆帑藏储粮，载之海舶。而洪道所将精卒仅千人，横肆乘乱剽掠，州人怨之。十三夜，洪道微服出城，既过东岸，恐人追袭，乃使尽揭浮桥之版。居人扶携，沿组索而渡。卒复邀夺其所赍，拥排遏抑，坠水者数千，哀号震天地，城中惟崇节作院厢军与无赖恶少仅千人，以监甲仗使臣并监酒务李木者将之。凡此皆欲侥幸贼不至掠取公私之物者。十四日，虏果复至营广德湖旧寨前，遣老弱妇女运瓦砾填堙。十五夜，植炮架十余，对西门。十六日，以数炮碎城楼，守者奔散，奏东南缒城而出，或浮木渡江，生死相半。而奔逃村落者，与贼遇。由是遍州之境，深山穷谷，平时人迹不到处皆房人。搜剔丛榛，如探巢取卵，杀掠不可胜数。既而破定海，以舟绝洋，劫昌国县，复欲攻象山县。至碕头，风雹大作，俗谓转碕。海道最险处也。遂回。大率自正月十六日陷明州，至二月三日方去。其酋长请于临安之大酋，大酋乃四太子。云搜山检海已毕。其明州取指挥报云：依扬州例。故自二月初遣人四面放火，城中惟东南角数佛寺与僻巷居民偶得存者。房人既去，城外群小以船盗取公私钱物，而村落凶顽，杀人攘劫，毒甚于房。州县官逃避未还。有蒋安义、张鼐者受房人伪命，蒋为安抚，张为通判，且授安义以两浙运司印一纽，安义遂领州事，系衔出榜，自命其子知鄞县，嘯不逞以攘取。十二日，慈溪县令林叔豹领乡兵入城，见安义，夺其印。遗房人十二人在开元寺病不前者，叔豹诛之。十六日，通判蒋赓自象山归，郡官稍稍继至。洪道亦自台回至奉化县，言已受命制置浙东，且椿粮料兵。遂之越，不知傅崧卿前此已收复也。洪道留奉化县，比向日诛求益甚，而所将精卒，暴横市肆。邑人蒋瑄，凶悍人也，前此群聚防守，幸房兵不至，自以为功，方肆强梁，会洪道卒有驱其党者，一夕，嘯引数千人围岳林寺，欲纵火而杀洪道，县丞白彦奎哀祈泣恳以和解之，必使洪道杀驱人之卒，不得已取其卒杖流之，乃定。洪道既入城，与张思正纵其麾下劚民居窖藏。逃遁之家，偶脱死，馁饿甚矣，归故址取所藏给朝夕，则群卒强夺之。虽焚余椽楹藩篱可为薪者，人不得有。公遣数百辈持长竿大钩，捞摝河陂池井间，谓之阑遗钱物，输公十不一二。洪道复苛配强敛，并得四万缗，献之行朝，欲蒙失守之罪。三月十二日，乘舆自温航海至明，时井邑已焚。荡舟由城外径之越。因言者罢洪道，以向子忞知明州。"颖彦家居四明之海滨，宜知其详。

170　建炎庚戌，先人任枢密院编修。十月，淮南宣抚司奏楚州城陷，镇抚使赵立死之，高宗命先人撰其传以进乙览，嘉叹久之。今载于后："赵立，徐州张益村人。政和初，隶州之武卫军中，出戍江南。值方腊乱，从军往。立习知山川人情向背，累历战功，声名隐然。又戍大名府，以捕贼功，补本军都虞候。资政殿学士王复守徐州，立在帐下。是时,金贼已尽得河北,兵势弥炽。转战京东,所至官吏望风避去。建炎三年三月,犯徐州,重围既合,复率军民登城力战,命立专往来守御。外援不至,孤城益危。立六中飞矢,三中兵刃,犹拔矢裹疮,洒血以战。复忠之,自持卮酒,挥涕以赏立。贼帅粘罕在城下,愤其难拔,大益攻具。城破,复坚坐厅事,不肯逃,遣人谓贼曰:'死守者,我也。监郡而次,无预焉。愿杀我而舍僚吏与百姓。'贼犹喻复投降,复不从,骂贼求死,由是与尽室百口俱被害。立巷战,夺门以出,为贼所得。夜杀守者,入城潜求复尸,抚之恸哭,亲为掩藏。立知贼兵乘胜贪得,城中弛备,鼓率残兵,邀击于外,断贼归路,尽焚营垒,夺舟船、金帛数千计,扰击纷散四出,军声复振。尽团乡民为兵,歃血相誓,戮力平贼,退者必斩。立之叔宸后期而至,立谓曰:'叔以我故乱法,何以临众?'促命斩之,威震诸军,一鼓破贼。遁去,追蹑,杀获甚多。遂推立为长。乘疮痍之后,拊循其民,恩意户至,召使复业,井邑一新。朝廷授忠翊郎,权知徐州事。立奏为复置庙城中,赐名'忠烈'。每出师与遇岁时,必率众泣祷曰:'公为朝廷守节以死,必能阴佑遗民也。'齐人闻之,归心焉。杜充守建康军兼淮南、京东宣抚使,命会兵楚州,立提忠义山寨乡兵数万人赴。是时,贼号托落郎君者围楚益急,往来艰梗,立斩刈道路,乃能行。至淮阴,与贼遇,自昕至夕,且行且战,出没贼中,凡七破贼,无有当其锋者,遂抵城下。楚人被围久,闻立来,欢迎鼓舞。是时,立中箭镞,入舌下,坚不可取,命医以铁箝破齿,凿骨钮去,移时乃出,流血盈襟。左右毛发皆耸,而立颜色屹然不变。建康失守,就命立权楚州事,时四年正月也。然贼骑未退,益兵不已。用鹅车对楼飞炮架数百事攻州南门,半月间,登城者数十,立皆率兵捍战。后分四门出师掩杀,贼大败解围,驱残兵去。渡淮六十里,驻孙村浦,立又败之。至五月,贼号四太子军者,自二浙归,又寨于州之九里泾,欲断楚粮道,立又大破之。会朝廷分置诸镇,嘉立殊勋,超转徐州观察使,承、楚州涟水军镇抚使,兼知楚州。初,刘豫窃据郓州,闻立在徐州,遣立故人葛进等三人赍书,诱令供税赋。立大怒,不撤封,斩之。至是,又遣沂州进士刘偲自郓挟两黥兵持旗榜诱立降,且言金人大兵将临,必屠一城生聚。立令拽出就戮。偲呼曰：'我非公故人乎？愿公闻一言而就死。'立曰：'吾知忠义为国，岂恤故人耶！'速令缠以油布，焚死市中。且表其旗榜于朝廷。于是立忠义之声倾天下，远迩向风下之。贼又益以太子兵。留天长诸兵，皆会孙村浦。立念敌以众抗孤军，非鏖战不能成功，提师袭之，贼大败，夺器甲数千计，诸小寨皆溃。立私谓僚属曰：'今贼自山东济师不已，城中粮且尽，则无以善其后。将先取京东已陷没诸郡，窒贼路及求粮旁邑，则吾事济矣。且京东诸州本吾民也，闻我之来，必解甲相迎。'是时，盐城县水贼张荣者乘乱鸱张，立亲往禽之，并是粮食。将经营京东，行至宝应县，而承州报贼复聚扬州。立遂归，而贼再傅城。立慨然曰：'贼终不舍去，惟有竭节死守此州而已。'出北门，临城濠外誓众曰：'不进而退者，必遭溺死，我且并族尔家矣！'于是又大捷，生致首领三百人。贼以数十艘循潮河观城，立取火箭射船，贼趣往救，则出兵劫之，焚溺死者净尽无余，擒渤海千户李药师等五十人。立每劫贼寨，必杀获不貲。或命伪于城头张乐宴饮，贼疑立在座，立乃缒城潜入贼寨杀戮矣。立念贼倾国而至，愤懑激烈，致三书于贼酋龙虎大王等曰：'尔拥金帛万艘，我以楚州全师，能各见大阵较胜负，亦英雄也！'贼不答。至九月初，城守百余日矣，贼并兵列大寨城下。立拥六骑出呼曰：'我镇抚也！首领骁贼，其来接战！'南寨有二骑袭其背，立跋马回顾左右，手奋两枪，贼俱坠地，夺双骑将还，俄北寨中发五十余骑追立，立怒目大呼，人马俱辟易。明日，列三阵邀战，立以三队应之。贼旁铁骑数百，横分其阵而围之。又中飞矢，立奋身突出重围，持挺左右大呼，贼落马者不知数。是月十六日，贼大进攻，具鹅车洞炮架以千计，薄东门。又明日，填濠将进。立率进备木寨卧龙，穿火濠，筑月城，靡不备。忽报贼将分布兵马近城矣，立笑曰：'将士不用相随，吾将观其诡计浅深，且令此贼匹马只轮不返。'上城东门，未半，忽自外飞炮中其首，左右驰救之，犹曰：'我终不能与国灭贼矣！'令舆致三圣庙中，声言疾病祈祷，使贼不悟，言绝而终。然人闻其死，知城必陷，失声巷哭不可止。众以参议官程括权镇抚使，犹守旬日。至二十九日，贼闻哭声，知立死，百计攻城，烈火亘天，然抑痛扶伤巷战；虽妇人女子，亦挽贼俱溺于水。事闻，天子震悼。御史谓立之功，近世一人，虽张巡、许远不能过。诏辍朝一日，特赠奉国节度使、开府仪同三司，赐谥忠烈，与十资恩泽。俟复楚，用监护葬事。建立庙宇，以旌其忠。时驻跸越州，令寺观作仙佛斋醮，为立及战没将士资冥福。所以致厚于其终者，靡有不及。观立自起小校，至为将帅，忠义之气挺然，铁石其心，虽手揽虎兕，足蹈河海，不少变渝。与士卒同甘苦，一饭必上下均济，故人固其志以死。每拚奏，必言‘贼行灭矣，无足忧者，愿上宽宵旰之念’。方主上以文武之略，启中兴之运，擢立于卑晦隐微，授以淮南一道，其知之深矣。右仆射兼知枢密院范宗尹当轴处中，与廊庙大臣皆嘉立忠义，每于劝赏应酬于内者，惟恐后也。而立亦不负君相之知又如此。是时，王复之子㑤为枢府官属，朝廷命专主楚州奏报。闻立被围，又命浙西安抚大使刘光世、大将陈思恭会诸道兵，水陆并进，质责将帅，促令渡江，以援楚州。故贼闻救兵且至，乘之益急。使立而无死，将尽殄群丑，少刷人神之愤。然观其所建立，足以震耀于世。虽未能酬其灭贼之心，而气亦伸矣。赞曰：身与义不两立，义存而身可亡，此古烈丈夫专于报国忠孝之心，托以死而无悔也。观立天挺英勇，风节凛烈，岂彭城从昔名将帅所出，其山川气俗，性习所钟然耶！先是，诏州县遇寇至，许携其民退保山谷，而立不为也。意其不忍与城俱亡，使少假之，肯与贼俱存哉。所以立死至城破，天为沉阴昼晦，而褒赠隐恤，照烂竹帛。其心明著，天与圣主知之矣。智力虽踬于一时，而名誉懽动万世也。张巡、许远，皆出缙绅卿相之族，闻见习熟，临难行其所知，易矣。立起自行伍，奋不谋身，较其时与势，比巡、远为尤难也。列其终始大节，与攻战百数特详焉，庶几为后世忠臣义士之劝。”

挥麈后录卷之十

171　吴傅朋说知信州，朝辞上殿。高宗云："朕有一事，每以自慊。卿书九里松牌，甚佳。向来朕自书易之，终不逮卿所书，当令仍旧。"说皇恐称谢。是日降旨，令根寻旧牌，尚在天竺寺库堂中，即复令张挂，取宸奎榜入禁中。说所书至今揭于松门。仰见圣德谦仁之不伐也。傅朋自云。

172　靖康末，驸马都尉王师约之子𤩅为龙德宫都监。祐陵北狩，御府器玩服御不能尽从者，悉为其掩有，携以南渡。事露，下廷尉伏罪，高宗欲戮之，时叔祖子裳为棘卿，启于上曰："𤩅诚可杀。但倘非其隐匿，则诸物悉为虏得，无从复归天上矣。"上于是贷而不诛。先人摹得其古□玉印数十，今假于杨伯虎文昴未归。

173　建炎己酉，高宗暂驻跸于建康。闽中禽苗傅、刘正彦，献俘于朝，槛车几百两。先付之大理狱，将尽尸诸市。子裳请对以陈云："在律俱当诛死。然其中妇女有雇买及卤掠以从者，倘杀之，未免无辜。愿赐哀矜。"上矍然曰："卿言极是。朕思虑之所不到。"即诏除二凶妻子之外，余皆释放，欢呼而出。

174　周望字仲弼，蔡州人。有口材，好谈兵。尝为康邸记室。建炎初，吕元直从而引用之，骤拜二府。高宗幸明、越，命其经略淮、浙，付委甚重。而昧于戎机，驾驭无术，遂至纷乱。平江一城，最为荼毒。责昭化军节度副使，连州安置以死。绍兴己卯，其家自理，诏复故官，泽及其子。时凌明甫哲为右正言。明甫，平江人也。亲见其乡里被害之酷，遂上疏疏其罪，命乃寝。吴越钱穆作《收复平江记》，悉从纪实，不能采其文华之要。虽有浮冗之词，不欲易之："建炎四年庚戌春二月，金人首领四太子者，自明、越还师，由临安府袭秀州，二十五日犯平江府，午漏未尽四刻，兵自盘门入，劫践官府民居，焚廪积聚，虏掠子女、金帛，乃纵火延烧，烟焰见二百里，凡五昼夜。三月初一日，出阊西，寇常、润，于是平江府烧之既尽。士民前后迁避得脱者十之二三,迁避不及或杀者十之六七。谨按靖康之乱,金人再犯阙,太上皇帝、渊圣皇帝北狩,今上皇帝即位于睢阳,改元建炎。是年秋,移幸江都。三年己酉春,金人南牧淮甸。二月初三日,大驾渡扬子江,幸杭州。金人叩江而不济,已乃归国。四月,大驾西还,驻跸于金陵,宠其府号,易江宁为建康。议者谓金陵六朝建国,襟带大江,岗岭回合,北贯淮、汴,西引川、峡,南洞襄、汉,东压吴、越、瓯、闽、荆、广之区,四达之国也。资其富饶,基本王业,以经理中原,收复京、洛,实为胜算。开封尹杜充久司留钥,天下属望,至是召赴行在,命为淮南、京东、西宣抚处置使,俾提重兵,保诸路。又请隆祐太后领皇太子,帅六宫及宗室近属,前往江表。百司庶府,非与军兴之事者,悉从焉。上独与宰相吕颐浩暨三数大臣以次侍从官留金陵治兵。诏书有‘誓坚一死,以保群生’之语,士民读诏,感泣奋厉,以为中兴之期可指日而庆矣。杜公既有成命,淹回未遣,人心稍惑之。闰八月一日,诏云:‘朕嗣位累年,寅奉基绪,爱育生灵,凡可以和戎息兵者,卑辞降礼,无所不至,而敌人猖獗迫逐,凌犯未有休息之期,朕甚悼之。比命杜充提兵防淮,然大江之北,左右应接,我所守者一,由荆、襄至通、泰,敌之可来者五六,兵家胜负,难可预言,所议众多,未易偏废。轸念旬月,莫适决择。朕将定居建业,不复移跸。与夫右趣鄂、岳,左驻吴、越,山川形势,地利人情,孰安孰危,孰利孰害,以至彼我之所长,步骑之所宜,何隘可守,何地可战,甚地之钱物可运,甚郡之粟谷可漕,其各悉心致思,以告于朕。昔汉高帝谋臣良将多矣,都雒之计已定,及闻娄钦一言,而用之之意立决。吾士大夫之确论,朕岂不能虚怀而乐从哉!三省可示行在职事官,共条具以闻。’于是群臣争进避敌之计,拜杜公尚书右仆射,留镇金陵,不复北渡矣。二十五日,大驾乃复南巡。九月初四日,驻跸于平江府。二十五日,诏休兵已兼旬,可涓日进发。词臣引《孟子》巡狩补助为说。始,平江人犹幸于驻跸,倚以为安。至是惶遽失望。盖前此驾后诸军,多阻乱不静,人既畏之;又虑胡骑乘冬深入。于是远有散之浙东、闽部者,而近者亦自匿于山巅水涯之际。诏以工部侍郎汤东野为守臣,又命同知枢密院周望为淮、浙宣抚使,宿兵府城,将官陈思恭、巨师古、张俊、鲁珏、李贵俗号李阎罗者。

等悉隶望节制。又诏驾后诸军，尽命先启行，独以禁卫请班扈跸。九月初四日，驾兴，平江幸无衃，其民复稍稍安集。周望遣诸将各部署所隶兵，分护境内。河内降贼郭仲威领其下万众，至自通州，屯泊于虎丘山。时大驾驻会稽。十一月，有旨，金人于和州欲渡采石，及自黄州渡兵，已至兴国军界，取二十五日移跸前去浙西，为迎敌之计。吴人复引领望。幸未几建康府报，是月十八日，硐砂渡将官张超失守，贼登岸，杜丞相遣都统制官陈淬、提领岳飞、刘刚等二万人，分阵头迎战，又命王瓒全军一万三千人相继往来策应。二十日，陈淬与贼遇于马家渡，凡十余合，日暮战酣，胜负略相若。会王瓒领西兵畔敌，檄镇江府韩世忠、江州刘光世应援，皆不赴。世忠已望风循海道潜去。于是陈淬孤军力弱不能当，贼进逼建康城下，守臣陈邦光降之，通判杨邦义死焉。杜丞相奔仪真，收拾溃亡，移保淮甸。大驾顿于越州之萧山县，群臣复劝南避，乃幸四明。于是平江大震恐，周望、汤东野集者艾士夫僧道，访问所以为计者。且曰：‘今战守皆已无策矣。’盖其意在迎降，而欲众发其端。士民不答而罢。望敛诸将兵归城中，惧其抗贼取怒也。已而金人自建康取捷径，劫广德军，掠湖州南境，破属邑长兴、武康、安吉，遂犯临安府之余杭县，急趋临安府。守臣康允之去之，民自为守。六日而陷，渡钱塘江，降越州守臣李邺，遂犯四明，以窥行在。有诏周望、汤东野等固守平江等。望自谓虏不敢犯境而过，始少安，遂倚郭仲威为腹心，俾尽护诸将，与张俊、鲁珏居城中，遣巨师古控扼吴江，陈思恭屯楞伽山，李阎罗屯常熟县。思恭兵无纪律，村落五十里间，皆被其害，周望诘责之，斩队将武节郎张振，乃戢。而郭仲威居城府外，为忠勇之论，望委任之不疑，士民亦顾望，信以为重，晏然按堵如平日。而郊居迁避之家，往往而复。平江城堞完壮，而地下聚水，四围渠堑深广。周望又竭取民财钱谷，以巨万计，库廪充牣，兵器犀利，沛然有余力，以是人益安之。过明年春正月，而来传言者多云贼自越州蹑来路返金陵，或又谓自临安府昌化县道宣歙趋当涂渡江而归，杭无匹马只轮矣。望等素不严斥堠，而四境无尉，野无烽火，但以传言为信。乃遣张俊、陈思恭等统兵，规入杭州，以邀收复之功。俊等行涉旬，才及秀州，陈思恭侦知传言者非实，走间道潜军于湖州乌墩镇以观变。二月十八日,张俊驰报,金人犯秀州崇德县,俊统兵迎击于宣店,走之。平江之人且喜且惧,以俟后捷。十九日,征乡兵,发太湖洞庭东西山千艘命用,头巡捡汤举总之,前赴吴江,阵于简村。二十一日,金人犯吴江县,巨师古兵不战而溃,更以太湖民舟为向导,归于西山。二十二日,郭仲威遣千兵拒守于尹山,已而退师。二十三日,府中令民逐便出城,留少壮者登埤以守。是日,金人游骑掠城东,郭仲威兵未合而返。守臣汤东野出奔,周望以郡印付仲威。二十四日,仲威会诸将饮城上,士民老幼数万,叩头出血,请加守御之备。仲威奋髯语众曰:'即发遣骑兵。虏行破矣,民慎无扰。'人犹信之。日欲晡,金人大集于城下。仲威及鲁珏兵火广化寺,又火医官李世康宅,望、仲威等皆宵遁。其下自城南转劫居民,北出齐门而去。民之得出郭者,多为所害。明日,金人遂据城。诸将奔遁,潜伏外邑,觇胡人之行也,竟以兵还。三月初二日,张俊至自昆山。初三日,巨师古至自洞庭,李阎罗、鲁珏、郭仲威等至自常熟。初五日,陈思恭至自乌墩。各以力胜,惟仲威窃据之,揭榜于市曰:'本军已逐退金人,收复府城。'或闻亦用此奏上。周望自遁所良久乃出,领兵之吴兴。十五日,始有诏周望等平江失守,可发遣诸将兵往常州以北冲袭金人,以功赎过云。初,金人烧劫之余,金帛钱谷尚多,仲威即据城纵兵掠取,昼夜搜抉不已。遗民间访旧居,即执之,笞责苦楚,穷问瘗藏之物,民益冤愤。故自金人南渡硔砂,破金陵、广德、杭、秀、常、润、明、越,惟平江被害最深。盖以兵多将庸,民始倚之而不去,既堕虏计,则又再遭官军之毒。是夏疾疫大作,米斗钱五百。有自贼中逃归者,多困饿僵仆,或骤得食而死,横尸枕籍,道路泾港为实,哭声振天地,自古丧乱之邦,未有如是之酷也。穆目睹其事,幸以身免。因迹阶乱之由,与夫败亡次叙记之,以备后世史官采择。目之曰《收复平江府记》者,本郭仲威揭示之文,具为吴人讳于不复云。建炎四年四月二十日记。"仲威出于寇盗,号"郭大刀"。明年,除扬、真二州镇抚使。在郡长恶不悛。刘平叔光世为淮、浙宣抚,置司京口,遣其将王德禽仲威至麾下杀之。

175 　绍兴戊午,秦会之再入相,遣王正道为计议使,以修和盟。

十一月，枢密院编修官胡铨邦衡上书曰：“王伦本一狎邪小人，市井无赖，顷缘宰相无识，遂举以使虏，专用诈诞，欺罔天听。骤得美官，天下之人切齿唾骂。今日无故诱致虏使，以诏谕江南为名，是欲臣妾我也，是欲刘豫我也。且豫臣事丑虏，南面称王，以为子孙帝王万世之业，牢不可拔，一旦豺狼改虑，捽而缚之，父子为虏，商鉴不远。而伦乃欲陛下效之。夫天下者，祖宗之天下也；陛下之位，祖宗之位也。奈何以祖宗之天下，为犬戎之天下；祖宗之位，为犬戎藩臣之位！陛下一屈膝虏人，则祖宗社稷之灵，尽污夷狄；祖宗数百年之赤子，尽为左衽；朝廷之宰辅，尽为陪臣；天下士大夫皆当裂冠毁冕，变为胡服。异时豺狼无厌之求，安知不加我以无礼，如刘豫也哉！夫三尺童子，至无知也，指犬豕而使之拜，则怫然怒！堂堂天朝，相率而拜犬豕，曾童稚之所羞，而陛下忍为之耶！伦之议乃曰：‘我一屈膝，则梓宫可还，太后可复，渊圣可归，中原可得。’呜呼！自变故以来，主和议者谁不以此说咱陛下，然而卒无一验，则虏之情伪，已可见矣。而陛下尚不觉悟，竭民膏血而不恤，忘国大仇而不报，含垢忍耻，举天下而臣之甘心焉。就令虏决可和，尽如伦议，天下后世以陛下为何如主也？况丑虏变诈百出，而伦又以奸邪济之，则梓宫决不可还，太后决不可复，渊圣决不可归，中原决不可得，而此膝一屈，不可复伸，国势陵夷，不可复振，可不为恸哭流涕，长太息哉！向者陛下间关海道，危如累卵，尚未肯臣虏，况今国势既张，诸将尽锐，士卒思奋。如顷者丑虏陆梁，伪豫入寇，固尝败之于襄阳，败之于淮上，败之于涡口，败之于淮阴，较之往时踏海之危，固已万万不侔。傥不得已而至于用兵，则我岂遽出虏人下哉！今无故欲臣之，屈万乘之尊，下穹庐之拜，三军之士不战而气已索，此鲁仲连所以义不帝秦，非惜夫帝之虚名，惜天下大势有所不可也！今内而百官，外而军民，万口一谈，皆欲食伦之肉！谤议汹汹，陛下不闻，正恐一旦变作，祸且不测。臣故谓不斩王伦，国之存亡未可知也！虽然伦固不足道也，秦桧为心腹大臣，而不为之计。陛下有尧舜之资，桧不能致陛下于唐虞，而欲导陛下为石晋。顷者礼部侍郎曾开以古议折之，桧乃厉声责之曰：‘侍郎知故事，我独不知。’则桧之遂非愎谏，已自可知。而乃建议日令台省侍臣金议可否，盖畏天下议已,令台省侍臣共分谤耳。有识者皆以谓朝廷无人,吁可惜也。孔子曰:'微管仲,吾其被发左衽矣。'夫管仲伯者之佐,尚能变左衽之躯,而为衣裳之会。秦桧,大国之相也,反驱衣裳之俗,而为左衽之乡,则桧也,不惟陛下之罪人,实管仲之罪人也!孙近傅会桧议,遂得参知政事。天下望治,有如饥渴,而近伴食中书,漫不知可否?桧曰虏可讲和,近亦曰可和;桧曰天子当拜,近亦曰当拜。臣尝至政事堂,三发问而近三不答,但云已令台谏侍臣议之矣。呜呼!身为执政,不能参赞大政,徒取容充位如此,若虏骑长驱,近还能折冲御侮耶?窃谓秦桧、孙近,皆可斩也。臣备员枢属,义不与桧等共戴天!区区之心,愿斩三人头,竿之藁街,然后羁留虏使,责以无礼,徐兴问罪之师,则三军之士不战而气自倍。不然,臣有赴东海而死耳,宁能处小朝廷求活耶!"疏入,责为昭州盐仓,而改送吏部,与合入差遣,注福州签判,盖上初无深怒之意也。至壬戌岁,慈宁归养,秦讽台臣论其前言弗效,诏除名勒停,送新州编管。张仲宗元干寓居三山,以长短句送其行云:"梦绕神州路。怅秋风连营画角,故宫离黍。底事昆仑倾砥柱,九陌黄流乱注。聚万落千村狐兔。天意从来高难问,况人生易老悲如许。更南浦,送君去。 凉生岸,柳销残暑。耿斜河疏星淡月,断云微度。万里江山知何处,回首对床夜语。雁不到,书成谁与?目断青天怀今古,肯儿曹恩怨相尔汝。举大白,唱《金缕》。"邦衡在新兴,尝赋词云:"富贵本无心,何事故乡轻别。空使猿惊鹤怨,误薜萝风月。 囊锥刚要出头来,不道甚时节。欲驾巾车归去,有豺狼当辙。"郡守张棣缴上之,以谓讥讪,秦愈怒,移送吉阳军编管。棣乃择使臣之刻核者名游崇,管押封小项筒过海。邦衡与其骨肉徒步以涉瘴疠,路人莫不怜之。至雷州,太守王彦恭趯虽不学而有识,适使臣者行囊中有私茶,彦恭遣人捕获,送狱奏治,别差使臣护送,仍厚饷以济其渡海之费,邦衡赖以少苏。彦恭缘此,贤士大夫推重之。棣讦邦衡后,即就除湖北提举常平,乘轺一日而殂。又数年,秦始闻仲宗之词。仲宗挂冠已久,以它事追赴大理削籍焉。邦衡囚朱崖几一纪,方北归。至端明殿学士、通奉大夫,八十余而终,谥忠简。此天力也。此一段皆邦衡之子澥手为删定。

挥麈后录卷之十一

176　孙仲益每为人作墓碑，得润笔甚富，所以家益丰。有为晋陵主簿者，父死，欲仲益作志铭，先遣人达意于孙云："文成，缣帛良粟，各当以千濡毫也。"仲益忻然落笔，且溢美之。既刻就，遂寒前盟，以纸笔、龙涎、建茗代其数，且作启以谢之。仲益极不堪，即以骈骊之词报之，略云："米五斗而作传，绢千匹以成碑，古或有之，今未见也。立道旁碣，虽无愧词；诔墓中人，遂成虚语。"翟无逸云。

177　韩璜叔夏为司谏，奉使江外回，赴堂白事。徐康国为两浙漕，亦以职事入谒中书。康国自谓践扬之久，率多傲忽。既诣省，候于廊庑，以待朝退，一绿衣少年已先在焉。天尚未辨明，康国初不知为叔夏也，貌慢之，偃然坐胡床，双展两足于火踏子之上，目视云霄。久之，始问曰："足下前任何处？"绿衣曰："乍脱州县。"时方事之殷，外方多以献利害得审察之命，因以求任使者。康国疑为此等，易之曰"朝廷多事之际，随材授官，乍脱州县者，未易遽干要除。"有堂吏过与之揖，康国且诧于绿衣曰："此某中奉也。某在此，傥非诸公调护，亦焉能久安耶？"语未终，丞相下马，遣直省吏致意康国曰："适以韩司谏奉使回，得旨有所问，未及接见。"吏引绿衣以登，回首揖康国而趋。康国始知为谏官，惊怅恐怖，脚蹙踏子翻空，灰火满地，皇灼而退。是时有流言刘刚据金陵叛，刚知之，束身星驰，诣阙自明。适康国翌日再造，有黪袍后生武士复在焉。康国反前日之辙，先揖而问之曰："适从何来？"武士曰："来自建康。"康国遽问曰："闻刘刚已反，公来时如何？"武士作色曰："吾即刘刚！吾岂反者，想公欲反耳。"康国又惭而去。越数日，竟为叔夏弹其"交结堂吏，臣所目睹"而罢。外舅云。

178　傅崧卿子骏以都司奉使二浙，回行在所，时王唐翁、张全真为参政，子骏既至堂中，诸公问以部使者郡太守治状，子骏曰："浙东提点刑狱王翱殊不职。"次欲启知明州张汝舟，始悟适犯唐公讳矣，思所以避之，卒然曰："明州张守尤无状。"顷刻之间，二执政姓名俱及

之。_{钱德载云。}

179　范择善同宣和中登第，得江西教官，自当涂奉双亲之官，其父至上饶而殂，寓于道旁之萧寺中，进退彷徨。主僧怜之云："寺后山半，适有一穴，不若就葬之，不但免般挈之劳，而老僧平日留心风水，此地朝揖绝胜，诚为吉壤。"择善从之，即其地而殡之。其后择善骤贵，登政府，乃谋归祔于其祖兆，请朝假以往改卜。时老僧尚在，力劝不从。才徙之后，择善以飞语得罪于秦会之，未还阙，言者希指攻之云："同以迁葬为名，谒告于外，搔扰州县。"迁谪而死。_{赵宣明云。}

180　季汉老与秦会之《贺进维垣启》云："推赤心于腹中，君既同于光武；有大勋于天下，相自比于姬公。"秦答之云："君既同于光武，仰归美报上之诚；相自比于姬公，其敢犯贪天之戒？"汉老得之，皇恐者累月。

181　建炎末，范觉民当轴，下讨论之制，论崇、观以来，泛滥受赏迁擢，与夫入仕之人，官曹淆乱，宜从镌汰。自此侥幸之徒，屏迹不敢出。绍兴辛酉，御史乃言以谓方事之殷，从军之人，多有受前日之滥赏者，愿亟罢此文，以安反侧。诏从之，盖是时秦会之初用事也。先是，宣和初，郑达夫为相，达夫与会之俱华阳王氏婿。会之以其兄楚材梓嘱于达夫，会傅墨卿使高丽，达夫俾楚材以廉从墨卿，补下班，祗应泊回，即以献颂，直赴殿试。《祐陵实录》亦略载之。又王显道晚以达夫婿冒宠，位中大夫秘阁修撰，且会之夫人同包也。金彦行安节为谏官，尝陈其事于会之疏中。二人摈迹累年。至是御史希会之之旨，以为之地。繇此二人俱彼峻用，不及一岁，皆登从班。

182　建炎末，先人为枢密院编修官，被旨专一纂集《祖宗兵制》，书成进呈，高宗皇帝览之称善，谕宰臣范觉民宗尹云："王某所进《兵制》甚佳。朕连夕观之，为目痛。可改官与陞擢差遣。赐其书名曰《枢庭备检》。"时秦会之为参知政事，素与先人议论不同。虽更秩，然自此去国矣。王铚字承可，会之舅氏，王本观复之子。会之心欲用之，荐于上，谓有史才，名适与先人偏旁相似。上忽问云："岂非修兵制者乎？"会之即应之云"是也"。诏再除枢属。徐献之琛，亦王氏甥，与会之为中表，而师川之族弟。会之知高宗眷念师川不替，一日奏事,启上云:"徐俯身后伶俜可怜,有弟琛,能承兄之业,愿陛下录用之。"上从其请。其后承可、献之皆为贰卿。会之并缘罔上,率皆类此。

183　绍兴己未,周敦义葵为侍御史,梁仲谟汝嘉为户部尚书。敦义欲论之,甫属稿而泄其事于仲谟。时秦会之秉钧,仲谟致恳款于会之,会之领略之。是夕,敦义牒阁门,明朝有封事求对。翌日,会之奏事,即拟除敦义为左史,天意未允。敦义方侍引,会之下殿,即喻阁门云:"周葵已得旨除起居郎,隔下。"又明日,敦义立螭直前诉之,高宗喻会之云:"周葵遽易之,何也?"会之云:"周葵位长言路,碌碌无所建明。且进退百官,臣之职也。傥以臣黜陟不公,愿先去位。"上云:"不须如此。"是日,批出周葵与郡,遂出守雪川。秦含怒未已,思多方误之。未几,易守平江。会李仲永椿年为浙漕,应办北使。会之喻意仲永,使为之所。仲永之回,即入奏敦义在郡,锡燕房使,饮食臭腐,致行人有词。讲和之初,不宜如此。敦义落职罢郡,谢表云:"虽宰夫是供,各司其职耳。然王事有阙,是谁之过欤?"自是投闲十五年。

184　绍兴庚申秋,虏人败约,复取河南故地。秦会之在相位,踪迹颇危。时冯济川楫为贰卿,一日相见,告之云:"金人背盟,我之去就未可卜。如前此元老大臣,皆不足虑,独君乡衮,未测渊衷如何,公其为我探之。"翌日,济川求对,启上云:"金冠长驱犯淮,势须兴师,如张某者,当且以戎机付之。"高宗正色曰:"宁至覆国,不用此人。"济川亟以告秦,秦且喜且感。济川云:"适观天意,楫必被逐。愿乞泸川,以为昼绣。"至晚,批出冯楫令与外任。遂以楫为待制,帅泸南,在任凡十二年。张文老云。

185　方公美庭实,兴化人。其父宣和中尝为广南提学以卒。公美后登科,至绍兴间,自省郎为广东提刑,以母忧去官,服阕,复除是职,公美辞以不忍往,秦会之不乐,降旨趣行。公美强勉之官,谢上表云:"三舍教育,先臣之遗爱尚存;一笑平反,慈母之音容未远。"读者哀之。已而竟没于岭外。苏少连云。

186　马子约纯绍兴中为江西漕时,梁企道扬祖为帅,每强盗敕下贷命,必配潮州,喻部吏至郊外即投之江中,如此者屡矣。子约云:

"使其合死,则自正刑典。以其罪止于流,故赦其生,犹或自新。既断之后,即平人尔。倘如此,与杀无罪之人何以异乎?"二公由此不咸。后以它事交诉于朝,俱罢去。初,熙宁中,子约父处厚默知登州,建言乞减放沙门岛罪人。处厚时未有嗣,梦天锡一子,当寿八十,仕至谏议大夫,前人已记之矣。子约隆兴初,以太中大夫致仕,寿八十一而终。太中,盖官制前谏议大夫也。

187 绍兴丁卯岁,明清从朱三十五丈希真乞先人文集序,引文既成矣,出以相示,其中有云:"公受今维垣益公深知,倚用而不及。"明清读至此,启云:"窃有疑焉。"朱丈云:"敦儒与先丈皆秦会之所不喜。此文传播,达其闻听,无此等语,至掇祸。"明清云:"欧阳文忠《与王深父书》云:'吾徒作事,岂为一时? 当要之后世,为如何也。'"朱丈叹伏,除去之。

188 近有名家子知邵州时,辛永宗为湖南总管,驻扎郡下。永宗兄弟早侍上有眷,秦会之方自虏中来归,与富季申争宠,指诸辛为党,会之深嫉之。及会之登师垣,既窜其兄企宗、道宗,邵守迎合,按永宗冒请全俸,合计以赃,会之得所申,大喜,下本郡阅实焉。永宗实以尝立军功许给,有御札非伪,守先以计取得之,以送秦矣。秦既当路,无从辩白,竟准以盗论,流端州,尽籍其家以责欠。选郡僚之苛酷者使录橐,一簪不得与。偿既及数,犹谓所遣官云:"前赴其家燕集,以某器劝酒,今乃不见,岂隐之邪?"残刻有如是者。吕稽中。

189 绍兴壬戌,罢三大帅兵柄。时韩王世忠为枢密使,语马帅解潜曰:"虽云讲和,虏性难测,不若姑留大军之半于江之北观其衅。公其为我草奏,以陈此事。"解用其指为札子,韩上之。已而付出,秦会之语韩云:"何不素告我而遽为是邪?"韩觉秦词色稍异,仓卒皇恐,即云:"世忠不识字。此乃解潜为之,使某上耳。"秦大怒,翌日贬潜单州团练副使,南安军安置,竟死岭外。张子韶云。

190 荣茂世巚为湖北漕,置司鄂州。有都统司统制官王俊,以其旧主帅岳飞父子不世状诣茂世陈首,茂云:"我职掌漕计,它无所预。"却之。俊遂从总领汪叔詹陈其事,汪即日上闻。秦会之得之,藉以兴罗织之狱,杀岳父子。知茂世不受理,深怨之。而高宗于茂世有霸府之旧，秦屡加害而不从。秦死，荣竟登从班。汪讦岳之后，狱方竟而殂。岂非命欤！荣次新云。

191　舅氏曾宏父，生长绮纨而风流酝藉，闻于荐绅。长于歌诗，脍炙人口。绍兴中，守黄州，有双鬟小鬟者颇慧黠，宏父令诵东坡先生《赤壁》前后二赋，客至代讴，人多称之，见于谢景思所叙刊行词策。后归上饶时，郑顾道、吕居仁、晁恭道俱为寓客，日夕往来，杯酒流行，顾道教其小获亦为此技，宏父顾郑笑曰："此真所谓效颦也。"后来士大夫家与夫尊俎之间，悉转而为郑、卫之音，不独二赋而已。明清兄弟儿时，先姚制道服，先人云："须异于俗人者乃佳。旧见黄太史鲁直所服绝胜。"时在临安，呼匠者教令染之，久之始就，名之曰"山谷褐"。数十年来，则人人效之，几遍国中矣。

192　秦会之为相，高宗忽问："陈桷好士人，今何在？可惜闲却，当与一差遣。"会之乃缪以元承为对，云："今从韩世忠，辟为宣司参议官。"元承、季任，适同姓名。上笑云："非也。好士人岂肯从军耶？"因此遂召用。仲舅云。

193　姚宏字令声，越人也。父舜明廷晖，尝任户侍。令声少有才名，吕元直为相，荐为删定官，以忧去。秦会之当国，屡求官，不报。张如莹澄与令声为中表，令声托为扣之，秦云："廷晖与某，靖康末俱位柏台。上书粘罕，乞存赵氏，拉其连衔，持牍去，经夕复见归，竟不金名。此老纯直，非狡狯者，闻皆宏之谋也，繇是薄其为人。"如莹以告令声，令声曰："不然。先人当日固书名矣，今世所传秦所上书，与当来者大不同，更易其语，以掠美名，用此诳人。以仆尝见之，所以见忌。"已而言达于秦，秦大怒，思有以害之。会令声更秩，调知衢州江山县，适当亢旱，有巡检者自言能以法致雷雨，试之果然，而邑民讼其以妖术惑众，追赴大理，竟死狱中。初，令声宣和中在上庠，有僧妙应者，能知人休咎，语令声云："君不得以令终。候端午日伍子胥庙中见石榴花开，则奇祸至矣。"令声初任监杭州税任三载，足迹不敢登吴山。将赴江山也，自其诸暨所居趋越来访帅宪。既归，出城数里，值大风雨，亟愒路旁一小庙中，见庭下榴花盛开，妍甚可爱，询祝史，云："此伍子胥庙。"其日乃五月五日。令声惨然登车，未几遂罹其酷。弟宽,字令威,问学详博,注《史记》行于世,三乘九流无所不通。绍兴辛巳岁,完颜亮举国寇淮,江、浙震恐。令威云:"木德所照,当必无它。"故诏书云"岁星临于吴分"者是也。高宗幸金陵,以其言验,令除郎,召对奏事之际,得疾仆于榻前。徐五丈敦立戏云:"太史当奏客星犯帝座甚急。"上念之,亟用其弟宪于朝。宪无它材能,不逮二兄,后登政府,命也。

194 熊叔雅彦诗,伯通之孙,早有文名。绍兴初,入馆权郎。秦会之秉钧,指为赵元镇客,摈不用者十年。慈宁回銮,会之以功升维垣,叔雅以启贺之云:"大风动地,不移存赵之心;白刃在前,独奋安刘之略。"会之大喜,起知永州,已而擢漕湖北。其后王日严晔为少蓬,权直禁林,会之加恩,取其联入制词中,翌日即除礼部侍郎。甲戌岁,策士于庭,有引此以对大问者,遂魁天下。薛仲藏云。

195 外舅方务德有《闻见手记》近事凡六条,今悉录之:钱遹为侍御史,有长子之丧,闻曾文肃失眷,亟上弹章,既施行,然后谒告,寻迁中执法。吴伯举天用当制,其词云:"思塞塞以匪躬,遂呱呱而弗子。"未几,击吴罢去。郑亨仲云:"腊寇犯浦江境上,遹具衣冠迎拜道左,对渠魁痛毁时政,以幸苟免。寇谓遹受朝廷爵秩之厚如此,乃敢首为讪上之言,亟命其徒杀之。"亨仲居浦江,目睹其事。汪彦章诏旨中作遹传,亦甚诋之。

196 李孝广崇宁间为成都漕,以点检邛州士人费乂、韦直方私试,试卷词理谤讪;庞汝翼课册系元祐学术,讥诋元丰政事上闻。三人并窜广南,孝广迁官。后绍兴庚戌,孝广之子倞属疾于婺州,谓有妖孽,招路时中治之。时中始不肯言,倞托亲旧扣问其详,时中云:"有一费乂者独不肯。但已且莫知其故。"寻以告倞,倞云:"若尔某疾不复起矣。"因自道向来费乂等事实。倞以告其父。后乂辈俱客死于路。

197 政和初,方允迪将就廷试,前期闻御注《老子》新颁赐宰执,欲得之以备对。会允迪与薛肇明有连,亟从问之,乃云无有也。一日,入薛书室,试启书箧,忽见之,尽能记忆。洎廷试,果发问。毛达可友得对策,大喜,即欲置魁选。而强隐季渊明为参详官,力争,谓其间赞圣德处有一二语病，必欲置十名之后，达可尤力辨。既而中夜思之，时中人络绎于诸公间，万一转而上闻，非徒无益，乃议置十二名，犹在甲科。是时陈彦方以术得幸，又令使预占今岁甲科几人，彦云七人，而中人辈欲神其说，密喻主司仅取此数。既而傅崧卿以上舍，薛尚友、盛并以执政子皆置甲科，卒取十人，允迪乃在乙科第四。允迪即外舅之仲父也。

198　绍兴初，经从严陵邢钤辖招饭，时老珰赵舜、辅在焉。坐间，邢、赵相语云："颇记吾曹同在延福宫时事否？"赵唯唯。因叩其事，邢云："一日，梁师成、谭稹坐于延福宫门下，二人实从。主管西城所李彦者过门，下马致礼于谭、梁甚恭。既去，谭谓梁：'早来闻玉音否？可畏哉！'赵问梁何言，答云：'适见李彦于榻前纳西城所羡余三百万缗，上顾彦云：李彦李彦，莫教做弄。一火大贼来，斫却你头后怎奈何！'"不数年，彦果以横敛被诛。

199　孟富文庾为户部侍郎，绍兴辛亥之岁，边遽少宁，庙堂与一二从官共议，以谓不若乘时间隙，分遣诸将削平诸路盗贼。其方张不易擒者，莫如闽之范汝为，乃以命韩世忠。而世忠在诸将虽号勇锐，然病其难制，或为州县之害，当选从官中有风力者一人置宣抚使，世忠副之以行。而在廷实难其选。众乃谓孟人物既庞厚，且尝为韩所荐，首迁本部尚书遣之。又以为韩官已高，亦非尚书所能令，乃欲以为同签书。上意已定。时洪成季拟为礼部尚书，吕丞相以孟除与成季参预之命同进。上留拟状，值连数日假告，而已甚播。初，沈必先为侍御史时，尝击去成季，至是沈召还旧列，成季亦复为宗伯，以吕丞相初拜，未欲论也，至是闻将大用，亟奏成季罢去。上意以谓二相初拜，荐二执政，其一已先击去，其一万一又有议之者，二相俱不安矣。遂亟批出：富文除参知政事。盖适记前日除富文，误当成季所拟官。二相亦恐纷纷，不复申前说也。然亦议定，俟闽中使还，即罢之。而会逢多事，在位独久，凡三年然后去国。

200　绍兴壬戌夏，显仁皇后自虏中南归，诏遣参知政事王庆曾次翁与后弟韦渊迓于境上。时虏主亦遣其近臣与内侍凡五辈护后行。既次燕山，虏人惮于暑行，后察其意，虞有他变，称疾请于虏，少须秋凉进发，虏许之。因称贷于虏之副使，得黄金三百星，且约至对境倍息以还。后既得金，营办佛事之余，尽以犒从者，悉皆欢然。途中无间言，由此力也。既将抵境上，虏必欲先得所负，然后以后归我。后遣人喻指于韦渊，渊辞曰："朝廷遣大臣在焉，可征索之。"遂询于王。初，王之行也，事之纤粟，悉受颐指于秦丞相，独此偶出不料。虏人趣金甚急，王虽所赍甚厚，然心惧秦，疑其私相结纳，归欲攘其位，必贻秦怒，坚执不肯偿，相持界上者凡三日。九重初不知曲折，但与先报后渡淮之日。既愆期，张俊为枢密使，请备边。忧虑百出，人情汹汹，谓虏已背盟中变矣。秦适以疾在告，朝廷遂为备边计，中外大恐。时王晚以江东转运副使为奉迎提举一行事务，从王知事急，力为王言之，不从。晚乃自衰其随行所有，仅及其数以与之，虏人喜。后即日南度，疑惧释然，而王不预也。王归白秦，以谓所以然者，以未始禀命，故不敢专。秦以王为畏己，果大喜。已而后泣诉于上："王某大臣，不顾国家利害如此。万一虏生它计，于数日间，则使我母子不相见矣。"上震怒，欲暴其罪而诛之。初，楼熠仲辉自枢府以母忧去位，终制，起帅浙东，储之欲命谢于虏廷。至是，秦为王营救回护，谓宜遣柄臣往谢之，于是辍仲辉之行，以为报谢使，以避上怒。逮归，上怒稍霁，然终恶之。秦喻使辞位，遂以职名奉祠，已而引年，安居于四明。秦终怜之，馈问不绝。秦之擅国，凡居政府者，莫不以微过忤其指，例以罪行。独王以此，情好不替。王卒，特为开陈，赠恤加厚；诸子与婿，亲戚族人，添差浙东者又数人，以便其私。议者谓秦居政府二十年间，终始不贰者，独见王一人而已。

201　曾文清吉父，孔毅父之甥也，早从学于毅父。文清以荫入仕，大观初以铨试合格，五百人为魁，用故事赐进士出身。绍兴中，明清以启贽见云："传经外氏，早侍仲尼之间居；提笔文场，曾宠平津之为首。"文清读之，喜曰："可谓着题矣！"后与明清诗云："吾宗择婿得羲之，令子传家又绝奇。甥舅从来多酷似，弟兄如此信难为。"徐敦立览之笑云："此乃用前日之启为体修报耳。"

202　孙立者，寿春人。少为盗，败露，窜伏泚河中。觉有物隐然，抱持而出，乃木匣一；启视之，铜印一颗，云"寿州兵马钤辖之印"，印背云"太平兴国八年铸"。后三十年,以从军之劳,差充安丰军钤辖。安丰即昔日寿州也,遂用此。明清为判官日,亲见之。

203　杨原仲愿,秦会之腹心,为之鹰犬,凡与会之异论者,驱除殆尽,以此致位二府,出守宣城。王公明与原仲为中表,原仲为之经营,举削改官得知蕲水县。往谢原仲款集,醉中戏语原仲云:"昔尝于吕丞相处得公顷岁所与渠书,其间颇及秦之短,尚记忆否?"公明初出无心也,原仲闻之,色如死灰,即索之,云:"偶已焚之。"原仲自此疑公明,虑其以告秦。出入起居跬步略不暂舍,夜则多以人阴加防守。公明屡求归而不从,深以为苦,如此者几岁。原仲移帅建业,途中亦如是焉。既抵金陵,馆于玉麟堂后宇。诸司大合乐开燕,守卒辈往观优戏,稍怠。公明忽睹客船缆于隔岸,亟与其亲仆挈囊,唤而登之,遁去。会散,原仲呼之,则已远矣。即遣人四散往访之,邈不可得。原仲忧挠成疾而毙。苏训直云。

204　魏道弼良臣与秦会之有乡曲共学之旧。秦既得志,引登禁路。道弼恃其久要,一日启于秦曰:"某昨夕不寐,偶思量得一事。非晚郊祀,如迁客之久在遐方者,可因赦内徙,以召和气。"秦曰:"足下今作何官?"道弼云:"备员吏部侍郎。"秦复曰:"且管了铨曹职事,不须胡思乱量。"翌日降旨,魏良臣与郡,出守池州,已而罢去。世言秦有度量,恐未必然也。

205　建中靖国初,陆农师执政。时天下奏案,率不贷命。农师语时相云:"罪疑惟轻。所以谳上,一门引领以望其生。今一切从死,所伤多矣。"时相然其言,自是有末减者。乾道初,忽降旨挥云:"法令禁奸,理宜画一。比年以来,旁缘出入引例为弊,殊失刑政之中。应今后犯罪者,有司并据情款直引条法定断,更不奏裁。"是时,外舅方务德为刑部侍郎,入议云:"切详今来旨挥,今后犯罪者,有司并据情款直引条法定断,更不奏裁。切恐其间有情重法轻,情轻法重,情理可悯,刑名疑虑,命官犯罪议亲贵之类,州郡难以一切定断。今来除并不得将例册引用外,其有载在敕律条令明言合奏裁事件,欲乞并依建隆二年二月五日敕文参详到事理施行。"得旨从请。二者皆仁人之言,其利博哉!

　　明清顷焉不自度量，尝以闻见漫缉小帙，曰《挥麈录》，辄以镂板，正疑审是于师友之前久矣。窃伏自念平昔以来，父祖谈训，亲交话言，中心藏之，尚余不少。始者乏思，虑笔之简编，传信之际，或招怨尤。今复惟之，侵寻晚景，倘弃而不录，恐一旦溘先朝露，则俱堕渺茫，诚为可惜。若夫于其中间善有可劝，恶有可戒，出于无心可也，岂在于因噎而废食！朝谒之暇，濡毫纪之，总一百七十条，无一事一字无所从来，厘为六卷，名之曰《挥麈后录》。尚容思索，嗣列于左。绍熙甲寅上元日，汝阴王明清书于武林官舍半山楼。

挥麈第三录卷之一

1　佛宇挂钟之阁，多虚其中，盖欲声之透彻也。孝宗潜跃，在幼岁时偶至秀州郡城外真如寺，登钟楼游戏，而僧徒先以蘧蒢覆空处，上误履其上，遂并坠焉。旁观之人失色无措，亟往视之，乃屹然立于席上，略无惊怖之状。此与夫国史所载太祖皇帝少年日人马俱堕于汴都城楼者，若合一契焉。陈撰彦缉云。

2　明清前年虱底百僚，夏日访尤丈延之，语明清云："中兴以来，省中文字亦可引证。但建炎己酉之冬，高宗东狩四明，登舶涉崄，至次年庚戌三月，回次越州，数月之间，翠华驻幸之所，排日不可稽考，奈何？"明清即应之曰："自昔以来，大臣各有日录，以书是日君臣奏对之语。当时吕元直为左仆射，范觉民为参知政事，张全真为签书枢密院，皆从上浮于海。早晚密卫于舟中者，枢密都承旨辛道宗兄弟也。逐人必有家乘存焉。今吕、范二家皆居台州，全真乡里常州。若行下数家，取索日录参照，则瞭然不遗时刻矣。"延之云："甚善！便当理会。"继而延之病矣，不知曾及施行否？去秋赴官吴陵，舟过茂苑，访一亲旧，观其所藏书，因得己酉年李方叔正民代言词披，从行航海，所纪颇备。明清所缉《后录》取王颖彦、钱穆记录其间，于此亦有相犯者，姑悉存之。所恨尤先生不及见之耳。其目云《中书舍人李正民乘桴记》。曰："建炎己酉秋七月，车驾在金陵。初一日下诏，奉隆祐太后，六宫，外泊六曹百司，皆之南昌。命签书枢密院事滕康、资政殿学士刘珏同知从卫。三省枢密院治常程有格法。细务及从官郎吏，皆分其半从行。八月十六日，隆祐登舟，百司辞于内东门。闰八月一日，内出御笔，以固守建康，或左趋鄂、岳，右驻吴、越，集百官议于都堂。群臣皆以鄂、岳道远，恐馈饷难继，又虑车驾一动，即江北群盗，必乘虚以窥吴、越，则二浙非我有。乃决吴、越之行。十三日，制以吕颐浩为左仆射，杜充为右仆射。继又命杜充以江、淮宣抚使留平建康府，沿江诸将并听节制。二十四日，从官以下先行。二十六日，车驾离建康府。九月八日，行在平江府。十一日，以翰林学士张守、签书枢密院周望为两浙宣抚使，留平江府。初命周望为江南、荆、湖宣抚使，驻兵鄂州，以控上流。以颐浩不可离行在，乃改命焉。十月二日，从官以下先发。初五日，车驾离平江府。十三日，行在越州，入居府廨，百司分寓。十一月二十日，知杭州康允之遣人押到归朝官某人云：'自寿阳来报，金人数道并入，已自采石济江。'以未得杜充、周望奏报，朝廷大骇，集从官议，欲移跸江上，亲督诸将为迎敌之计。宰相、侍从同对于便坐，或谓且遣兵将，或谓宜募敢战士以行。宰相吕颐浩又自请行，议未决，退诣都堂。午间，得周望奏状，录到杜充书，虏骑至和州，已召王瓒移师南渡，杜充亲督师，诣采石防守，朝廷稍安。从官乃请遣兵应援建康，又分兵守衢州、信州隘路，虑胡骑自江、黄间南渡，或从趋衢、信，以迫行在也。二十一日，命傅崧卿为浙东防遏使，令召募土豪，以备衢、信。得江州报，胡人破黄州，由鄂州渡江，向兴国军、洪州。是日，有中使自洪来，云：'隆祐一行已于十一月初八日起发往虔州矣。'二十二日，从官又请对，虑胡骑不测驰突，请以郭仲荀轻兵三千从车驾至平江府，倚周望、韩世忠兵以为援。仲荀方自杭来，士卒老幼未至，易作去计。而令张俊兵以次进发。既对，上以张俊重兵不可留，遂决议皆行。退命直学士院汪藻草诏，晓谕军兵以迎敌之说。乃以二十三日先发兵三千，车驾以二十五日起行。既至钱清堰宿顿，是夜得杜充奏：我师败绩；又康允之奏：人马已自建康府径路犯杭州界。遂仓猝回銮。二十六日，次越州城下。从官对于河次亭，上议趋四明。吕颐浩奏，欲令从官已下各从便而去，上以为不可，曰：'士大夫当知义理，岂可不扈从？若如此，则朕所至，乃同寇盗耳。'于是郎官以下，或留越，或径归者多矣。二十七日，以御史中丞范宗尹参知政事。是日早，驾诣都堂，抚谕将士，移御舟过都泗堰，不克。二十八日，晚出门，雨作。自是路中连雨泥淖，吏卒老幼暴露，不胜其苦。命两浙转运使陈国瑞沿路排顿，用炭一千二百斤，猪肉六百斤，以给卫士云。十二月五日，车驾至四明，居于府廨。朝廷召集海舟甚急，监察御史林之平自春中遣诣福建，召募海船，至是相继而至，朝廷甚喜。十一日，亲从班直百余人，因宰执早朝，至行宫门外，邀宰相问以'欲乘海舟何往',颐浩喻以利害,乃退。上命辛永宗勒中军,尽捕诸班直囚之。十三日,诛其首者十有余人,并降隶诸军。以侍御史赵鼎为御史中丞。十四日,台谏请对,上喻以不得已之意。又探报虏人已入杭州,刘俊引兵出战不胜,康允之走保赭山。诏六曹百司官吏并于明、越、温、台从便居住,于是左右司御营使司参议官皆留。十五日,大雨。群臣欲朝,至殿门,有旨放散,惟宰执入对。既退,车驾遂登舟,至定海,宰执从行。十六日,从官以次行。吏部侍郎苏望之以疾辞不至,诏给宽假。给事中汪藻乞陆行以从。十八日,闻有使人至,命范宗尹、赵鼎复回明州以修赍。既至,乃前所遣报信使臣而已。十九日,车驾至昌国县。二十四日,遣权户部员外郎李承造往台州刷钱帛。二十五日早,得越州李邺奏云:'虏人已在西兴下寨。别令人马自诸暨趋嵊县,径入明州。'乃议移舟之温、台。是日,范宗尹、赵鼎回至行在。二十六日,启行。自是连日南风,舟行虽稳,而日仅行数十里云。二十九日,岁除。庚戌正月一日,大风,碇海中。二日,北风稍劲,晚泊台州港口。三日早,至章安镇,驻舟。知台州晁公为与李承造皆来。上幸祥符寺,从官迎拜于道左。是日,得余姚把隘官陈彦报:'人马至县,迎击乃退。'又得韩世忠奏:'见在青龙镇就粮,欲俟敌人之归为击计。'初,命世忠驻兵镇江控扼;后闻胡人自采石济师,上命追世忠赴行在,又欲令移军常州。吕颐浩请以御笔召之,上曰:'朕与世忠约坚守。'今闻乃来,于是遣中使赍诏。世忠闻采石失守,已离镇江府登海舟矣。至得奏,上优诏答之。四日,象山县报:'人马至明州。张俊为战守备。明州西城外民居尽爇之矣。'然其意亦欲来赴行在也。晚得康允之奏:'缴到杜充书,已在真州与刘位聚兵,为邀击计。徐州赵立以师三千来援。建康守陈邦光及户部尚书李梲皆降于虏。'六日,张俊奏云:'二十九日、正月初二日,凡敌杀伤相当。'又得二十八日奏,及差人赍到二级。上命辛企宗以兵一千赴明策应。又出手诏,趣杜充、赵立、刘位,激励使战,以为后图。皆亲书示宰执,乃遣之,而辛企宗不行。七日,周望奏:'常州有绯抹额贼众犯外城,知州事周杞守子城以拒贼。赤心队刘晏出战,败之。'又言:'知秀州程俱率官吏弃城,保华亭县。又探建康人马皆焚粮草,收金,银稍稍渡江北去,自称李成人马云。'八日,张思正奏云:'张俊出兵击退虏骑。思正与刘洪道、李质分兵追蹑。'九日,张俊已自台州陆趋行在,意恐金人小衄,济师而来,力不能拒尔。前此屡奏求海舟,朝廷报以方聚集遣行,欲其且留明州。既得此奏,甚以为忧。又虑李邺已迎降虏人,以越为巢穴,其经营未已也。十日,郭仲荀贵授汝州团练副使,广州安置。以擅离越州,及妄支散钱帛,又夜过行在不乞朝见等罪也。十二日,滕康遣使臣奏:'隆祐一行已到虔州。'前此得信州探报云:'十七日到吉州。'又云:'二十一日有人马至吉州,东岸知州杨渊弃城走。'朝廷深虑胡人追蹑。然本谋南昌之行,意谓虏人未必侵犯。虽离建康日,得密旨,令缓急取太后圣旨便宜以行。后至平江,议者乃云:'自蕲、黄渡江,陆行二百余里,可抵南昌。'朝廷始以为忧,遂命刘光世自淮南移军于江州,以为南昌屏蔽。既至,而军中月费十三万缗,知州事权邦彦以用度不足告于朝廷,命洪州三省密院应副。至十一月中,权邦彦乃奏言,得东平府故吏卒报,其父已身亡,遂解官持服。朝廷虽遽命起复,而邦彦已离郡去。及胡骑渡江,光世乃言初谓蕲、黄间贼寇,遣兵迎击,既知其为金人,遂回军。隆祐以初八日行,胡骑以十四日到城下,于是知州王子献以下皆走,胡骑入犯抚州,执知州事王仲山,以其子权知州事,令根括境内金银,走洪州送纳。虏怒其少,云:'抚州四县不及洪州一县。'乃知信州陈杞探报也。十三日,刘洪道奏:'金人再犯境上,遣兵拒之。'及'陈彦在余姚,屡获首级'。及称'李邺并无关报文字。然台州探报,越州并放散把隘人兵,及管待虏人,与之饮燕。又命父老僧道赴杭州,知其必迎降矣'。十四日,张俊自台州来,执胡人一名,至行在戮之。知邵武军张垫奏:'有光泽县弓手,同胡人一骑至军,称有大军千余人继至。已行斩首。'于是福建诸州皆震恐。知福州林遹奏:'乞遣兵防守。'又自言老病不任事,乃命集英殿修撰程迈代之。十五日,胡人再犯余姚,朝廷欲遣张公裕以海舟数千载兵直抵钱塘江下,烧爇胡人所集舟舡。众以公裕素不知兵,又虑海舟反为胡人所得,皆以为不可。十六日,雨雷发声。十七日,刘洪道人以十三日一更水陆并进,直至城下。洪道与张思正皆引兵出天童山。先是,李质已擅趋台州。朝廷方降三官,令还四明，已无及矣。又闻南昌胡骑入潭州，而洪、抚、建昌之间，稍稍引去。建昌通判晁公迈申先因出城招集民兵，以军事付训练官承信郎蔡延世，凡八易回，延世拒而不纳。十八日，移舟离章安镇。始张俊既移军，朝廷议分遣其将领，率兵应援明州。上不欲遣，乃止。谓他时驻跸之后资以弹压。盖行在诸军，此皆精甲全装，稍整齐尔。又批令刘洪道等皆退避其锋。然议者皆虑明既失守，则海道可虞，而行在必不敢安也。十九日，晚，雷雨又作。二十日，泊青澳门。二十一日，泊温州港口。二十二日，余被旨奉使江、湖，问安隆祐宫。自后不复记录，闻行在已驻温州矣。"已上李所记云耳。_{明清}又闻是岁越州郡守李邺既以城降，通判曾忎骂贼不屈而死，全家被害，独乳婢抱一婴儿获免。有宣教郎知余姚县李颖士者，募乡兵数千，列其旗帜，以捍拒之。贼既不知其地势，又不测兵之多寡，为之小却，彷徨不敢进者一昼夜，繇是大驾得以自定海登舟航海。事平，诏特赠忎直秘阁，命其弟忩、子密为官。颖士迁两官，擢通判州事。时又有宋辉者，为大漕，治事秀州之华亭县。闻龙穰已涉巨浸，即运米十万石，以数大舶转海，访寻六飞所向。至章安镇，而与御舟遇。百司正阙续食，赖此遂济。多事之际，若二人辉与颖士者，亦可谓奇绩；而忎之忠节，皆恨世人未多知之。颖士，福州人，登进士第，绍兴中为刑部郎中。辉，敏求之孙，后为秘阁修撰，知临安府。忎，南丰先生之孙。密，即所逃婴儿也，尝知南安军。

3　邹志完既以元符抗疏徙新州，继又遭温益、钟正甫之困辱，祸患忧畏，濒于死所。建中靖国之初召还，自流人不及一年，遂代言西掖。伤弓之后，噤不出一语。吴兴刘希范时为太学生，以书责之，陈义甚高，云："珏少而学经，究观《春秋》责备贤者之义，私切疑之。以谓世之贤者，不易得也。求之百余年间，所得不过十数人。求之亿万人间，所得不过一二人。苟有未至，犹当掩蔽以全其名，奈何反责其备哉？及长，式观史氏，眇亲昔人，特立独行以自著见者甚众，然靡不有初，鲜克有终。其能终始一德，以全公忠之节者几希？称于当年，罕全令名；著于史氏，鲜有完传。岂特贤者之过哉，亦当时君子不能相与辅其不及之罪也。然则《春秋》责备之义，是乃垂戒万世，欲全贤者之善。此某所以不避僭易，辄献所疑于门下也。某自为儿童，即闻阁下场屋之名。及有知识，又诵阁下场屋之文。固以阁下为当今辞人，然未敢直以古人大节望阁下也。暨游太学，在诸生中，往往有言前数年有博士邹公，经甚明，文甚高，行甚修，不能低回当世，以直去位，方且叹息，愿见风采而不可得。未几，阁下被遇泰陵，进列谏垣，极言时政，万里远谪。方是之时，某亦东下，所过郡县，每见亲朋故旧，下及田夫里妇，必问阁下貌孰似，年今几；逢天子之怒，谁与解之；家累之重，谁与恤之；莫不咨嗟称诵，或至泣下。前此以言得罪者众矣，阁下之名独隐然特出，不知何以致此？岂忠信之诚，感于人心者深而然耶！则天下所以待阁下，雅亦不为不重矣！今天子嗣位，首加褒擢，授以旧职，继拜司谏，乃直起居，乃典丈诰，岁未再周，职已五易，越录超等，罕见其比。则天子所以望阁下，雅亦不为不大矣！爰自入朝以来，天下之士翘首跂踵，冀阁下日以忠言摩上，不谓若今之为起居舍人者，止司记录而已也；不谓若今之为中书舍人者，止事文笔而已也。逾年之间，不过言一张寅亮之不可罪尔，其佗不闻有所发明，言某事可行，某事不可行，某人可用，某人不可用。有识之士，私切疑之。始阁下之为博士，不顾爵位，力言经术取士之美，拂衣而归，非知有绍圣之报也；其为谏官，不避诛责，极陈中宫废立之失，远贬蛮徼，非知有今日之报也；诚以信其所学，行其所志耳。然昔以博士而言之，今以侍从而不言，昔未信于君而言之，今信于君而不言，此人之所以疑也。为阁下解者曰：'阁下之不言，以职非台谏也。'疑者曰：'唐文宗命魏謩以两省属皆可论朝廷事，故范希文为秘阁校理，则言人主不宜北面为寿；为东南安抚，则言郭后不宜以小过废；为天章阁待制，则言时政所以得失；为开封尹，则言迁进所以公私。后世之议希文者，必称其爱君忠国，不闻罪其侵官也。今以职非台谏而不言，是不以希文自处也。'为阁下解者又曰：'阁下之不言，以当今无大得失也。'疑者曰：'唐太宗尝怪舜作漆器、禹雕其俎谏者数十不止，褚遂良谓谏者救其源，不使得开横流，则无复事矣。当今庶政之行，虽曰尽善，亦岂无过举者乎？百官之间，虽曰多才，亦岂无奸佞者乎？从官相继而出，岂皆以不称职乎？言官相继而逐，岂皆以其罪乎？事之若制器、雕俎者尚多也。乃以非大政事而不言，是不以舜、禹事其君也。则阁下不免天下之疑必矣！'方阁下有正言之命，人人相贺。其君子曰：'为我寄声正言公，柳宜城坚于守政，不以久位为心，自谓舌不可禁，故能全其名。白居易力争安危，不以被斥介意，晚益不衰，故能全其节。公其勿倚勿跛，引明主于三代之隆，以全令名以利天下。'其小人曰：'为我善祝正言公。汲直以数切谏，不得久留内；爰丝以数直谏，不得久居中。公其慎言，毋去朝廷。'今阁下未肯力言时事，岂亦哀怜小人不忍违其所请乎！岂亦有意君子所谓有待而言乎！伏愿阁下上思圣主进用之意，下思君子跂望之心。数陈谠言，以辅圣政，使尧、舜、成、康之治复于一朝，阁下之功，岂浅浅哉！某性介且僻，动与世忤，又恶奔竞之风。往来京师几五岁矣，其于公卿权贵虽有父兄之旧，未尝一登其门。辄造门下，以献所疑，非敢求知也，盖以天子仁圣，切于治正，古人所谓难得之时，每欲自为一书以献，又耻与觊觎恩赏者同受疑于世。私念当今天子素所深信，莫如阁下者；公忠直道而行，亦莫如阁下者。阁下不言，谁为吾君言之？故陈所疑，以裨万一。狂易之罪，诚无所逃。然区区之意，非独为阁下计也，为朝廷计也；非独为朝廷计，为天下计也。未识能赐垂听否？"志完飂是复进谠论，曾文肃荐之祐陵，欲令再位言路，不契上指。文肃云："臣近日屡探赜，其议论极通疏，兼稍成时名，愿更优容。"上云："何可得它如此。"上又云："宰相、执政所引人才，如浩前年是宣德郎，今作两制已多时。朕所欲主张人才，又却似难。"盖崇恩以宿憾，言先入矣。未几，文肃罢政，志完再窜昭州。此文肃手记云尔。希范名珏，后登第，浸登华要。建炎初，拜同知三省枢密院，竟以劲节闻于时，为中兴之名臣。子唐稽、孙三杰也。

4　"先正有言：'太祖舍其子而立弟，此天下之大公也。周王薨，章圣取宗室子育之宫中，此天下之大虑也。'仁宗皇帝感悟其说，制诏英祖入继大统。文子文孙，宜君宜王，遭罹变故，不断如带。今有天下者，独陛下一人而已。恭惟陛下克己忧勤，备尝艰难，春秋鼎盛，自当则百斯男。属者椒寝未繁，前星不耀，孤立无助，有识寒心。天其或者深惟陛下追念祖宗公心长虑之所及。及乎崇宁以来，谀臣进说，推濮王子孙以为近属，余皆谓之同姓，致使昌陵之后，寂寥无闻。奔进蓝缕，仅同民庶。臣恐祀丰于昵，仰违天鉴，艺祖在上，莫肯顾歆。此二圣所以未有回銮之期，黠虏所以未有悔祸之意，中原所以未有息肩之时也。欲望陛下于子行中遴选太祖诸孙有贤德者，视秩亲王，使牧九州，以待皇嗣之生，退处藩服。更加广选宣祖、太宗之裔，材武可称之人，升为南班，以备环列。庶几上慰在天之灵，下系人心之望。臣本书生，白首选调，垂二十年。今将告归，不敢终默。位卑言高，罪当万死，惟陛下裁赦。"此娄陟明上高宗皇帝书也。陟明名寅亮，永嘉人。早负才名，游上庠有声。南渡后，始为上虞丞。大驾暂驻越上，陟明扣阁抗疏，以陈是说，首发大计之端。上读之，大以叹寤。富季申时为枢密，从而荐之，即令召对，改官除监察御史，告词云："汝俊造策名，慷慨自任，上书论事，忧国甚深。"深有大用之意。未几，会秦师垣入相，嫉之，摭其前任微罪，废弃以终。先人与之有太学同舍之旧，封事之初，实纵臾之手。写副本，以见遗云。时绍兴元年十一月也。或云陟明被谴后还乡，值江涨，父子没于巨浸。未知果否？

5　蔡持正既孤居陈州，郑毅夫冠多士，通判州事，从毅夫作赋。吴处厚与毅夫同年，得汀州司理，来谒毅夫，间与持正游。明年，持正登科，浸显于朝矣。处厚辞王荆公荐，去从滕元发。薛师正辟于中山，大忤荆公，抑不得进。元丰初，师正荐于王禹玉，甚蒙知遇。已而持正登庸，处厚乞怜颇甚，贺启云："播告大廷，延登右弼。释天下霖雨之望，慰海内岩石之瞻。帝渥俯临，舆情共庆。共惟集贤相公，道包康济，业茂赞襄。秉一德以亮庶工，遏群邪以持百度。始进陪于国论，俄列俾于政经。论道于黄阁之中，致身于青霄之上。窃以闽、川出相，今始五人；蔡氏登庸，古惟二士。泽干秦而聘辩，汲汲霸图；义辅汉以明经，区区暮齿。孰若遇休明之运，当强仕之年。尊主庇民，已陟槐廷之贵；代天理物，遂跻鼎石之崇。处厚早辱埏陶，窃深欣跃。豨苓马勃，敢希乎良医之求；木屑竹头，愿充乎大匠之用。"然持正终无汲引之意。是时，王、蔡并相。禹玉荐处厚作大理寺丞。会尚书左丞王和甫与御史中丞舒亶有隙。元丰初改官制，天子励精政事，初严六察，亶弹击大吏，无复畏避，最后纠和甫尚书省不用例事，以侵和甫；和甫复言亶以中丞兼直学士院，在官制既行之后，祇合一处请给，今亶仍旧用学士院厨钱蜡烛为赃罪。亶奏事殿中，神宗面喻亶，亶力请付有司推治，诏送大理寺。亶恃主姆盛隆，自以无疵，欲因推治益明白。且上初无怒亶意，姑从其请而已。处厚在大理，适当推治亶击和甫，而和甫与禹玉合谋倾亶。亶事得明，必参大政；亶若罪去，则禹玉必引和甫并位，将代持正矣。处厚观望，佑禹玉，锻炼傅致，固称亶作自盗赃。是时，大理正王吉甫等二十余人咸言亶乃夹误，非赃罪明白。禹玉、和甫从中助，下亶于狱，坐除名之罪。当处厚执议也，持正密遣达意救亶，处厚不从。故亶虽得罪，而御史张汝贤、杨畏先后论和甫讽有司陷中司等罪，出和甫知江宁府，致大臣交恶。而持正大怒处厚小官，规动朝听，离间大臣。欲黜之，未果。会皇嗣屡夭，处厚论程婴、公孙杵臼存赵孤事，乞访其坟墓。神宗喜，禹玉请擢处厚馆职。持正言反覆小人，不可近。禹玉每挽之，惮持正辄止。终神宗之世，不用。哲宗即位，禹玉为山陵使，辟处厚掌笺表。禹玉薨，持正代为山陵使，首罢处厚。山陵毕事，处厚言尝到局，乞用众例迁官，不许，出知通利军。后以贾种民知汉阳军，种民言母老不习南方水土，诏与处厚两易其任。处厚诣政事堂言：“通利军人使路已借紫矣，改汉阳则夺之一等作郡。请仍旧。”持正笑曰：“君能作真知州，安用假紫邪！”处厚积怒而去。其后，持正罢相守陈，又移安州。有静江指挥卒当出戍汉阳，持正以无兵，留不遣，处厚移文督之。持正寓书荆南帅唐义问固留之，义问令无出戍。处厚大怒曰：“汝昔居庙堂，固能害我，今贬斥同作郡耳，尚敢尔耶！”会汉阳僚吏至安州者，持正问处厚近耗，吏诵处厚《秋兴亭》近诗云：“云共去时天杳杳，雁连来处水茫茫。”持正笑曰：“犹乱道如此！”吏归以告处厚，处厚曰：“我文章蔡确乃敢讥笑耶！”未几，安州举子吴扩自汉江贩米至汉阳，而郡遣县令陈当至汉口和籴，吴袖刺谒当，规欲免籴，且言近离乡里时，蔡丞相作《车盖亭》十诗，舟中有本，续以写呈，既归舟，以诗送之。当方盘量，不暇读，姑置怀袖。处厚晚置酒秋兴亭，遣介亟召当，当自汉口驰往，既解带，处厚问怀中何书，当曰：“适一安州举人遗蔡丞相近诗也。”处厚亟请取读，篇篇称善而已，盖已贮于心矣。明日，于公宇冬青堂笺注上之。后两日，其子柔嘉登第，授太原府司户，至侍下，处厚迎谓曰："我二十年深仇，今报之矣！"柔嘉问知其详，泣曰："此非人所为。大人平生学业如此，今何为此？将何以立于世？柔嘉为大人子，亦无容迹于天地之间矣。"处厚悔悟，遣数健步，剩给缗钱追之。驰至进邸，云邸吏方往阁门投文书，适校俄顷时尔。先子久居安陆，皆亲见之。又伯父太中公与持正有连，闻处厚事之详。世谓处厚首兴告讦之风，为搢绅复雠祸首，几数十年，因备叙之。先人手记。

6　秦会之暮年作示孙文云："曾南丰辟陈无己邢和叔为《英宗皇帝实录》检讨官。初呈稿，无己便蒙许可，至邢乃遭横笔，又微声数称乱道。邢尚气，踧以请曰：'愿善诱。'南丰笑曰：'措辞自有律令。一不当，即是乱道。请公读，试为公檃括。'邢疾读，至有百余字，南丰曰：'少止。'涉笔书数句。邢复读，南丰应口以书，略不经意。既毕，授归就编。归阅数十过，终不能有所增损，始大服。自尔识关楗，以文章轩轾诸公间。"以上秦语。其首略云：文之始出，秦方气焰熏天，士大夫争先快睹而传之，今犹有印行者存焉。是时，明清考国史及前辈所记，即尝与苏仁仲训直父子言之矣。案：曾南丰元丰五年受诏修《五朝史》，为中丞徐禧所沮寝命，继丁忧而终，盖未尝濡毫，初亦不曾修《英宗实录》也。陈无己元祐三年始以东坡先生、傅钦之、李邦直、孙同老荐于朝，自布衣起为徐州教授，距南丰之没后十年始仕，亦未始预编摩也。邢和叔元丰间虽为崇文馆校书郎，不兼史局。《英宗实录》，熙宁元年曾宣靖提举，王荆公时已入翰林，请自为之，兼《实录》修撰，不置官属，成书三十卷，出于一手。东坡先生尝语刘壮舆义仲云："此书词简而事备，文古而意明，为国朝诸史之冠。"不知秦何所据而云。义仲，道原子也。

挥麈第三录卷之二

7 元祐中，舒州有李亮工者，以文鸣荐绅间，与苏、黄游，两集中有与其唱和。而李伯时以善丹青，妙绝冠世，且好古博雅，多收三代以来鼎彝之类，为《考古图》。又有李元中，字画之工追踪钟、王。时号"龙眠三李"。同年登进士第，出处相若。纳以先贵毋相忘，其后位俱不显。

8 先大父大观初从郎曹得守九江，自乡里汝阴之官。有同年生宋景瞻者，姑溪人，其子惠直，为德化县主簿，迎侍其父以来。先祖爱其清修好学，甚前席之，教以习宏词科，日与出题，以其所作来呈，不复责以吏事。会王彦昭涣之出帅长沙，令作乐语，以燕犒之。时有王积中者，知名士也，以特起为金书节度判官，且俾预席。其稿不存，但记忆三联云："少年射策，有贾太傅之文章；落笔惊人，继沈中丞之翰墨。从来汝、颍之间，固多奇士；此去潇湘之地，遂逢故人。况有锦帐之郎官，来为东道；且邀红莲之幕客，共醉西园。"先祖读之大喜，以谓句句着题，荐之于时相何清源，即除书局。已而中词科，自此声名籍甚。惠直字子温，其子乃觌也，绍兴间鼎贵亦不复相闻。今又未知其子孙犹知之否？

9 九江有碑工李仲宁，刻字甚工，黄太史题其居曰"琢玉坊"。崇宁初，诏郡国刊元祐党籍姓名，太守呼仲宁使劙之。仲宁曰："小人家旧贫窭，止因开苏内翰、黄学士词翰，遂至饱暖。今日以奸人为名，诚不忍下手。"守义之曰："贤哉，士大夫之所不及也！"馈以酒而从其请。

10 宣和中，苏叔党游京师，寓居景德寺僧房，忽见快行家者同一小轿至，传旨宣召，亟令登车。叔党不知所以，然不敢拒。才入，则以物障其前，惟不设顶，上以小凉伞蔽之，二人肩之，其疾如飞，约行十余里，抵一修廊，内侍一人，自上而下引之，升一小殿中，上已先坐，披黄背子，顶青玉冠，宫女环侍，莫知其数。弗敢仰窥，始知为崇高莫大之居。时当六月，积冰如山，喷香若烟雾，寒不可忍，俯仰之间，不可名状。起居毕，上喻云："闻卿是苏轼之子，善画窠石。适有素壁，欲烦一扫，非有它也。"叔党再拜承命，然后落笔，须臾而成。上起身纵观，赏叹再三，命宫人捧赐酳酒一钟，锡赉极渥。拜谢而下，复循廊间，登小舆而出，亦不知经从所历何地，但归来如梦复如痴也。胡元功云。

11　徽宗靖康初南幸，次京口，驻跸郡治，外祖曾空青以江南转运使来摄府事应办，忽宣至行宫，上引至深邃之所，问劳勤渥，命乔贵妃者出焉。上回顾语乔曰："汝在京师，每问曾三，此即是也。特令汝一识耳。"盖外祖少年日喜作长短句，多流入中禁，故尔。取七宝杯，令乔手擎满酌，并以杯赐之，外祖拜赐而出。明清少依外氏，宝杯犹及见之，今不知流落何所。

12　钱逊叔伯言，穆父之子，临政有风采。知宿州日，有虹县士民陈词举留邑宰。宰贪酷之声，逊叔先已闻之。至是众趋廷下，逊叔令吏卒举梃击出。左右言"似不须如此"，逊叔笑云："彼中打将来，此间打回去！"苏仁仲云。

13　曾文肃熙宁初为海州怀仁令。有监酒使臣张者，小女甫六七岁，甚为惠黠；文肃之室魏夫人怜之，教以诵诗书，颇通解。其后南北睽隔。绍圣初，文肃柄事枢时，张氏女已入禁中，虽无名位，以善笔札，掌命令之出入。忽与夫人相闻。夫人以夫贵，疏封瀛国，称寿禁庭，始相见叙旧。自后岁时遣问。夫人没，张作诗以哭云："香散帷帏寂，尘生翰墨闲。空传三壶誉，无复内朝班。"从此绝迹矣。后四十年，靖康之变，张从昭慈圣献南渡，至钱唐。朱忠靖《笔录》所记昭慈遣其传导反正之议，张夫人者，即其人也。年八十余终。先娘子云。

14　刘季高岑未达时，詹安世度帅中山，以贫甚，携王履道书往谒之，既至彼馆，问劳甚至，酒食游戏，征逐无虚日，而略无一语及他。时河北盗贼已充斥，留连逾月，季高兴怀归之念，因漫扣之。詹云："足下之来何干，度岂不能晓？其敢苦相挽留耶。"少刻，便令差将兵二百，防护行李，以济大河，乃回。三日之间，馈饷稠叠，所得凡万缗云。姚令则云。

15　靖康丙午，真戎乱华。次岁之春，京城不守，恣其号舞，妄有易置。时秦会之为御史中丞，陈议状云："桧切缘自父祖以来，七世事宋，身为禁从，职当台谏，荷国厚恩，甚愧无报。今大金重拥甲兵，临已拔之城，操生杀之柄，威制官吏军民等，必欲灭宋易姓。桧忘身尽死，以辩非理，非特忠其主也。欲明圣朝之利害尔。赵氏自祖宗以至嗣君，一百七十余年，功德基业，比隆汉、唐，实异两晋。顷缘奸臣叛盟，结怨邻国，谋臣失计，误主丧师，遂致生灵被祸，京都失守。嗣君皇帝致躬出郊埛，求和于军前。两元帅并议，已布闻于中外矣。且空竭帑藏居民之所积，追取銮舆服御之所用，割两河之地，共为臣子。今乃变异前议，自败斯盟，致二主衔怨，庙社将倾，为臣之义，安得忍死而不论哉！自宋之于中国，号令一统，绵地数万里，覆载之内，疆场为大，子孙蕃衍，充牣四海。德泽在民，百姓安业，前古未有。兴亡之命，虽在天有数，焉可以一城而诀废立哉！新室篡夺，东汉中兴于白水；东汉绝于曹氏，刘备王蜀；唐为朱温窃取，李克用父子犹推其世序而继之。盖继志之德泽，在人者浅深。根基坚固，虽陵迟之甚，然四海英雄，必畏天之威，而不敢窥其位。古所谓'基广则难倾，根深则难拔'之谓也。西晋武帝，因宣、景之权，以窥魏之神器，德泽在人者浅，加以惠帝昏乱，五王争柄，自相残戮，故刘渊、石勒以据中原，犹赖王导、温峤辈辅翼元皇，江左之任，逾于西京。石勒欺天罔上，交结外邦，以篡其主。晋于天下也，得之以契丹。少主失德，任用非人，而忘大恩，曾无德泽，下及黎庶，特以中国藩篱之地，以赡戎人天下，其何思之哉！此契丹所以能灭晋也。宋之有天下，九世宥德，比隆汉、唐，实异两晋。切观今日计议之士，多前日大辽亡国之臣。画策定计，所以必灭宋者，非忠于大金也，假灭大宋以报其怨尔。曾不知灭大辽者，大金、大宋共为之也。大宋既灭，大金得不防闲其人乎？顷者上皇误听奸臣李良嗣父兄之怨，灭契丹盟好之国，乃有今日之难。然则因人之怨以灭人之国者，其祸不可胜言。缪为计者必又曰：'灭宋之国，在绝两河怀旧之恩，除邻国复仇之志而已。'又曰：'大金兵威，无敌天下。中国之民，可指挥而定。'若大金果能灭宋，两河怀旧之恩，亦不能忘；果不能灭宋，徒使宋人之宗属贤德之士，唱义天下，竭国力以北向，则两河之民虽异日抚定之后，亦将去大金而归宋矣。且天生南北之国，方域志异也。晋为契丹所灭，周世宗复定三关，是为晋祚报恨。然则今日之灭赵氏，岂必赵氏然后复仇哉！虽中原英雄，亦将复报中国之恨矣！桧今竭肝胆，捐躯命，为元帅言废立之义，以明两朝之利害，伏望元帅不恤群议，深思国计，以辩之于朝。若或有谗佞之言，以矜己功，伤敌国之义，适贻患于异日矣。又况祸莫大于灭人之国。昔秦灭六国，而六国灭之；苻坚灭燕，而燕灭之。顷童贯、蔡攸贪土地以奉主欲，营私而忘国计，屯兵境上，欲灭大辽，以取燕、云之地。方是时也，契丹之使，交驰接境，祈请于前。为贯、攸之计，宜伪许而从其请，乃欲邀功以兼人之地，遂贻患于主，而宗庙危。今虽焚尸戮族，又何益哉！今元帅威震中原，功高在昔，乃欲用雠间之论，矜一己之功，其于国计，亦云失矣。贯、攸之为，可不鉴哉！自古兵之强者，固有不足恃。刘聪、石勒，威足以制愍、怀，而刬于李矩数千之众。苻坚以百万之师，衄于淝水之孤旅。是兵强而不足恃也。大金自去岁问罪中国，入境征伐，已逾岁矣。然所攻必克者，无他，以大金久习兵革，中国承平百年，士卒弛练，将佐不得其人而然也。且英雄世不乏材，使士卒异日精练，若唐藩镇之兵；将相得人，若唐肃、代之臣，大金之于中国，能必其胜负哉？且世之兴亡，必以有德代无德，以有道而易无道，然后皇天佑之，四海归之。若张邦昌者，在上皇时专事燕游，不务规谏，附会权幸之臣，共为蠹国之政。今日社稷倾危，生民涂炭，虽非一人所致，亦邦昌之力也。天下之人方疾之若仇雠，若付以土地，使主人民，四方英豪，必共起而诛之，非特不足以代宋，亦不足以为大金之屏翰矣。大金必欲灭宋而立邦昌者，则京师之民可服，而天下之民不可服；京师之宗子可灭，而天下之宗子不可灭。桧不顾斧钺之诛，戮族之患，为元帅言两朝之利害，伏望元帅稽考古今，深鉴斯言，复君之位，以安四方之民，非特大宋蒙福，实大金万世之利。不胜皇恐恳告之至。"第二状云："桧已具状申大元帅府。外有不尽之意，不敢自隐，今更忍死沥血，上干台听。伏念前主皇帝违犯盟约，既已屈服，而今日存亡继绝，惟在元帅；不然，则有监国皇太子，自前主恭命出郊以来，镇抚居民，上下帖然，或许就立，以从民望。若不

容桧等伸臣子之情，则望赐矜念，赵氏祖宗并无失德，内外亲贤皆可
择立；若必择异姓，天下之人必不服从，四方英雄必致云扰，生灵涂
炭，卒未得苏。桧等自知此言罪在不赦，然念有宋自祖宗以来，德泽
在人，于今九世，天下之人，虽匹夫匹妇，未忍忘之，又况桧等世食君
禄！方今主辱臣忧之时，上为宗社，下为生灵，苟有可言，不敢逃死。
伏望台慈更赐矜察，无任哀恳痛切皇恐陨越之至。"此书得之于丹阳
苏著廷藻，云："顷为秦之孙埙客，因传其本。"词意忠厚，文亦甚奇。
使桧之诚有此，而无绍兴再相，擅国罔上，专杀尚威，则谓非贤可乎？
昔人有诗云："周公恐惧流言后，王莽谦恭未篡时。若使当时身便死，
一生真伪有谁知？"

16　靖康末，虏骑渡河，直抵京城，危殆之甚。钦宗命王幼安襄
为西道总管，招集勤王之师，以为救援。幼安辟先人为勾当公事，先
人为草檄文，晁四丈以道读之，激赏不已，云："此《出师表》也。"今录
于后："叛服者，夷狄之常性，势有污隆；忠义者，臣子之大方，道无今
古。矧黄屋有阽危之虑，而赤县无援助之师。念圣神施德于九朝，方
黎庶痛心于四海。敢缘尺牍，尽露肺肝。在昔高帝被围于平城，文皇
求盟于渭水，将相失色，智勇吞声。盖自竹帛已来，有斯妖孽之类，致
鬼区兽夷之肆暴，岂人谋神理之能容？蠢彼小羌，尤为遗烬。声教仅
通于上国，名号不齿于四夷。缘威怀之并施，乃信义之俱弃。圣上天
临万宇，子育群生，宵忧兼夷夏之心，夕惕绍祖宗之业。宣恩屈己，犹
负固以跳梁；继好息民，更执迷而猖蹶。始鸱张于沙漠，再豕突于帝
畿。既边围之弛防，又庙堂之失策。窥窬旁吞于黑水，搀抢直拂于紫
躔。睥睨望万雉之墉，蹂践连千里之境。鲸鲵我郡邑，鱼鳖我人民。
氛祲烟尘，共起焰天之势；衣冠士庶，咸罹涂地之冤。赤子何辜，苍天
不吊。寇攘驱掠，不可数知；焚荡伤夷，动以万计。然而天惟助顺，神
必害盈。终无摩垒之兵，仅保傅城之众。能接岁而再至，既经时而何
施。今则脊尾俱摇，腹背受敌。旧地皆失，内溃有强邻之侵；众心自
离，外隳无诸国之助。咸闻气夺，尚敢尸居。匪惟难犯于金汤，固已
自迷于巢穴。鼠无牙而穿屋，情状可知；羊羸角以触藩，进退不果。
尚假息游魂于城下，已叩阍请命于军中。而况六师用壮以方张，诸将

不谋而问会。熊罴之旅，则带甲百万；骐骥之足，则有骎三千。人知逆顺，而四面声驰；士识恩雠，而万方响动。务施远略，必解长围。速劳貔虎之师，尽扫犬羊之众。啸聚之党，将就戮除；噍类之徒，寻当殄灭。涓时并进，旨日克平。义动显幽，包胥泣秦庭之血；诚开金石，霁云射浮图之砖。盍思古人，谓誓死起救于将颠；勿令后日，讥拥兵坐观而不赴。某恭被睿筭，外总戎昭。筹笔非良，敢效流马之运；轮蹄并进，尽提水犀之军。戈矛相望于道涂，舳舻御尾于淮海。已浮楚泽，前压师滨。誓资卫社之同盟，共济勤王之盛举。望龙虎之气行，瞻咫尺之天听。鸟乌之声益劳，方寸之地□□。同扶王室，各奉天威。誓为唇齿之依，期壮辅车之势！共惟某官，诚深体国，义切爱君。忠孝贯于神明，威名慑于夷虏。决策定难，素高平日之谋；拯溺救焚，岂有淹时之久。雪宗祧之大愤，拯黎庶之横流。势方万全，士在一举。九金鼎就，难逃魑魅之形；万里尘清，永肃乾坤之照。乘彼瓜分之后，在我鼓行而清。贾涕而言，至诚斯尽。"

17 "窃惟国家道德仁义，蓄养天下，自一命以上，随其器宇，各沾恩泽。祖宗以来，平时奖待群臣之恩至厚者，盖虑一旦缓急之间，贵其尽节死职，以忠报朝廷。伏见顷者虏兵所加，靡然风偃，知名之士几无而仅有。于乱离中阴访得三人焉，若不论之朝廷，实虑忠臣义士，衔冤负愤，无以自明。太原总管王禀，当虏人作难之时，在围城中奋忠仗义，不顾一身一家之休戚。遇一两日，辄领轻骑出城，马上运大刀，径造虏营中，左右转战，得虏级百十，方徐引归，率以为常。宣抚使张孝纯视城之危，一日会监司食，谋欲降虏。禀知之，率所将刀手五百人谒孝纯，列刀于前，起论曰：'汝等欲官否？'众曰：'然。'禀曰：'为朝廷立功，则官可得。'又曰：'汝等欲赏否？'众曰：'然。'禀曰：'为朝廷御敌，则赏可致。'且曰：'汝等既欲官，又欲赏，宜宣力尽心，以忠卫国。借如汝等辈流中有言降者，当如何？'群卒举刀曰：'愿以此戮之！'又曰：'如禀言降，当如何？'卒曰：'亦乞此戮之！'又曰：'宣抚与众监司言降，当如何？'卒曰：'亦乞此戮之！'孝纯自后绝口不复敢言降事，而城中兵权尽在禀矣。又于守城，过有堤备。虏人巧设机械，屡出奇计见攻；禀候其来，必以意麾解之。后围益急，民益困，仓库军储且尽，城中之人互相啖食，披甲之士致煮弓弩筋胶塞饥。势力既竭，外援不至。城既陷，父子背负太宗皇帝御容，赴火而死。又有晋宁知军徐徽言，虏骑攻城，极力保护，绵历时月，婴城之人，疲于守御。虏骑既登城，军士散走，徽言奋臂疾呼，独用弓矢斧钺尽杀先登者。众见知军如此，气乃复振，虏亦稍却。后为监门官宣赞舍人石赟开门，纵敌已入，知不可奈何，遂置妻妾儿女于空室中，积薪自焚。且仗剑坐厅事前，虏人至者，皆手刃之。须臾积尸多，虏众群至，遂为所擒。酋长赏其英毅，深欲活之。使降，徽言不降；使之跪，徽言不跪；与酒令饮，既授酒，以杯掷虏面，曰：‘我尚饮虏贼酒乎？’谩骂不已。虏怒，持刃刺，徽言祖祢就刃；刃未及死，骂声不绝。又有真定帅臣李邈，城破被虏，复令作帅，邈曰：‘坐邈不才，使一城生灵陷于涂炭，纵邈无耻，复受官爵，有何面见朝廷及一城父老乎！’卒不肯受。寻之燕山，虏亦欲保全之，而邈意略不少屈，又不肯去顶发；虏人责之，邈髡而为僧，谓曰：‘更以二分润官。’虏大怒，牵赴市，令斩。将刑，神色不变，言笑如平时，告刑者曰：‘愿容我辞南朝皇帝以死。’拜讫，南向端坐就戮。燕山之民皆为之流涕。此三者，盖人杰也。惜不逢时，使不得成功于世。然当是之时，怙乱要生，靡所不有，而禀辈风节如此，质之古人，诚未多得。虑朝廷未能究之，使忠义之士与庸人共就湮没，实可悯悼。伏望矜恤，将禀等忠烈，宠之爵命，葬之衮服，建祠以图其像，载事实以刊之碑。仍乞访寻子孙，重加旌异。且令札付史官，以奖忠孝，少厉偷俗之弊。”右此纸顷岁得之故人荣苕次新几间，虽失所著人姓氏，嘉其用心忠愤激切，故用录之。因而夷考三人行事：禀，开封人，追封安化郡王，锡赉甚腆，擢其子为枢密院属官。曾丞相怀，即其婿也。徽言，衢州人，赠晋州观察使，谥忠壮，程致道为作志铭。邈，临江军人，名儒中之子，曾南丰之甥，进士及第，累为监司；与蔡元长不叶，换右阶，以青州观察使死节，赠少保，谥忠壮，有道处士迥之兄也。

18　建炎己酉，苗傅、刘正彦反，吕、张二公檄诸州之兵以勤王。檄至雪川，郡守梁端会寓客谋之。外祖曾公卷在坐。众未及言，公奋然曰："逆顺明甚，出师无可疑者！"间数日，二凶取兵，公请械系使人，毋令还。当是时，微公几殆。高宗反正，中司张全真守白发其忠，诏进职二等赴阙。全真《奏议集》中载其荐牍，亦已刊行，故不复录。

19　外祖跋董令升家所藏真草书《千文》，略云："崇宁初，在零陵见黄九丈鲁直云：'元祐中，东坡先生、钱四丈穆父饭京师宝梵僧舍，因作草书数纸，东坡赏之不已。穆父无一言，问其所以，但云"恐公未见藏真真迹尔"。庭坚心切不平。绍圣，贬黔中，始得藏真自叙于石扬休家，谛观数日，恍然自得，落笔便觉超异。回视前日所作可笑，然后知穆父之言不诬也。'"

20　钱义妻德国夫人，李氏和文之孙女，早岁人物姝丽。建炎初，侍其姑秦鲁大主避虏入淮，次真州而为巨寇张遇冲劫，骨肉散走。度大江，抵句容境上，复为贼之溃党十余人所略，同时被虏侪类六七辈，姿色皆胜。驱之入村落阒无人迹之境，悉置一古庙中。每至未晓，则群盗皆出，扃镵甚固。至深夜乃归，必携金缯酒肉而来，盖椎埋得之。逾旬，无计可脱。一日午间，忽闻庙外有嗽咳之音，诸妇出隙中窥之，一男子坐于石上。即呼来，隔扉与之语。男子云："我荷担于此，所谓货囊者。"妇各以实告，且祈哀以求生路，许以厚图报谢。其人复云："此距巡检司才十余里，吾当亟往告之，以营救若等。今夕必济，幸无怖也，何用报乎。"至夜，盗归，醉饱而寝。忽闻锣声甚振，乃巡检者领兵至矣；尽获贼徒，无一人脱者。询妇辈，各言门阀，皆名族贵家，于是遣人以礼津送其归。夫人后享富贵者数十年。顷岁，其子隽道端英奉版舆过天台，夫人已老，亲为明清言之。

21　向伯恭为淮南漕，张邦昌僭窃于京师，遣向之甥刘逵赍伪诏来，伯恭不启封焚之，械系逵于狱，遣官奉表劝进高宗于河北，其后以此柬上之知，至位法从，挂冠而去，宠遇极渥，世所共知，而胡仁仲宏作其行状，亦尝及焉。时又有徐端益，字彦思，婺州人也。为宿州虹县武尉，邦昌赦书至邑，邑令以下，迎拜宣读如常仪，端益不屈膝而走。事定，伯恭为言于朝，诏换文资，后终于朝请大夫，子亦登科。彦思博学多闻，与先人游从，所厚者也。先人尝以诗著其节谊。淳熙戊申冬，明清调官于临安，解后其次子于相府，方识之。以其父前绩，祈造化于周益公，坐客莫有知者。于立谈间，乃指明清为引证旧闻，益公将上，得旨令与属官差遣。

22　赵叔近者，宗室子。登进士第，有材略。建炎初，为两浙提刑，统兵平钱塘之乱，擢直龙图阁。时大驾驻维扬，以选抢守秀州，治绩甚著。或有言其贪污者，免所居官，拘系于郡。遣朱芾代其任。芾到官未久，颇肆残酷，军民怨愤。有茶酒小卒徐明者，帅其众囚芾，迎叔近复领州事。叔近知事不可遏，登厅呼卒徒，安慰而告之曰："新守暴虐，不恤致汝辈，所以为此。我当为汝等守印，请于朝，别差慈祥恺悌之人来拊此一方。"群卒俯伏，不敢猖獗。奏牍未及彻闻，而朝廷已闻，诏遣大军往讨之矣。先是，王渊在京为小官，时狎露台娼周者稔甚，乱后为叔近所得，携归家。渊每对人切齿。是时，适渊为御营司都统制，张、韩俱为渊部曲。渊命张提师以往。张素以父事渊，拜辞于廷，渊云："赵叔近在彼。"张默解其指。将次秀境，叔近乘凉舆，以太守之仪郊迎于郡北沈氏园，张即叱令供析。方下笔，而群刀悉前，断其右臂。叔近号呼曰："我宗室也！"众云："汝既从逆，何云宗室！"已折首于地。秀卒见叔近被杀，始忿怒返戈，婴城以距敌。纵火欧略，一郡之内，喋血荼毒。翌日破关，诛其首恶。虽曰平定，然其扰尤甚。凯旋行阙，第功行赏焉。张于乱兵中获周娼以献于渊。渊劳之曰："处置甚当。但此妇人，吾岂宜纳。君当自取之。"张云："父既不取，某焉敢耶？"时韩在旁，渊顾曰："汝留之，无嫌也。"韩再拜而受之。既归，韩甚以宠嬖，为韩生子。韩既贵盛，周遂享国封之荣。朝廷后知叔近之死于不幸，诏特赠集英殿修撰。制词云："士有以权济事，当时赖之。未几奸人图之，于今公议归之。此朕所深悼者也，可无愍典，以光泉壤哉！尔属籍之英，吏能优裕。昨者嘉禾适所临典，旁近部狂寇三发，悉赖尔以定，一方帖然。而适与祸会，可谓真不幸矣。御史以冤状闻，朕用恻伤，追荣论撰，式表忠勤。尚或有知，歆此休命。"官其二子。邹浩然云。

挥麈第三录卷之三

23　刘廷者，开封人，向氏甥，颇知书。少年不检，无家可归，从张怀素左道于真州。一日，怀素语廷云："吾尝遣范信中往说诸迁客于湖、广间，久之不至。闻从京口入都矣，岂非用心不善乎？子其往京师侦探之。"廷佹装西上，道中小缓而进，比次国门，则见怀素与其党数人皆锁颈累累而过，防护甚严。廷皇怖，休于旅邸。又数日，变易名姓，买舟南下，有二白衣隶辈与之共载。既相款洽，忽自云："我开封府捉事使臣也。君识一刘廷秀才否？近以通谋为逆，事露，官遣我捕之。君其为我物色焉。"廷略不露其踪迹，次临淮岸分背。自此遁迹江、淮间。建炎初，思陵中兴应天，乃更名海，上书自奋应募，愿使虏廷，召对称旨，自韦布授京秩，直秘阁，借侍从以行。将命有指，擢直显谟阁，守楚州。制词云："昨将使指之光华，备历征途之崄岨。命分忧于凋郡，并进直于清班。"己酉岁，金寇渡淮，海走奔钱塘，时大驾已幸四明，杭守康志升允之委城而遁，军民乃共推海领郡。适虏寨于郊外，海登钱塘门楼，遣人下与计事。有唱言海欲以城献贼者，为众所杀。时有黄大本者，江湖浪人也。靖康初，蔡绦效丁晋公赂海商遗表之计，使大本持书于吴元中云："自谓不出蔡氏，可乎心应知之。"盖谓其父畴昔有保护东宫之功。果为开封府所获，上之。元中坐此免相，然元长竟得弗诛。大本己酉岁亦以上书补京官，假朝奉大夫直秘阁奉使北方，既归，为池州贵池县丞。坐赃，赵元振秉钧，恨其前日与蔡氏为地，使元长得逃于戮，遂正刑典。又有朱弁，字少张，徽州人，学文颇工。早岁漂泊，游京、洛间。晁以道为学官于朝，一见喜之，归以从女。弁以启谢之云："事大夫之贤者，以其兄子妻之。"又以李虚中之术，较量休咎，游公卿间。六飞在维扬，有荐之者，授修武郎阁门宣赞舍人，副王正道伦出疆，被拘在朔庭，因正道之归，赍表于上云："节上之旄尽落，口中之舌徒存。叹马角之未生，魂飞雪窖；攀龙髯而莫逮，泪洒冰天。"上览之感怆，厚恤其家。留匈奴凡十九岁，绍兴壬戌，始与洪光弼、张才彦俱南归，易宣教郎，直秘阁，主管佑神观以终，旅殡于临安。近朱元晦以其族人为作行状，而尤先生延之作志铭，迁葬于西湖之上。有《聘游集》三十卷；《曲洧纪闻》一书，事多出于晁氏之言，世颇传之；及与洪、张为《辑轩唱和集》。去岁，朝廷录其孙为文学云。

24　明清顷有沈必先《日记》，言奏事殿中，高宗云："近有人自东京逃归，闻张九成见为刘豫用事，可怪！"必先奏云："张九成在其乡里临安府盐官县寄居，去行阙无百里而远。两日前方有文字来。乞将磨勘一官回授父改绯章服。幸陛下裁之。"上云："如此，则所传妄矣。可笑。不若便与一差遣召来。"盖子韶廷试策流播伪齐，人悉讽诵，故传疑焉。翌日，降旨除秘书郎。

25　吕元直秉钧既久，又侍上泛海。回越益肆其功，自任威福。赵元镇为中司，上疏力排之。元直移元镇为翰林学士。元镇引司马温公故事，以不习骈俪之文，不肯就职，且辞且攻之。章至十数上，元直竟从策免，以优礼而去。元镇径除签书枢密院事，时建炎四年四月也。

26　许志仁，龙舒之秀士，能诗善谑，早为李伯纪之门宾。伯纪捐馆，诸子延缁徒为佛事，群僧请忏悔之词于许，乃取汪彦章昔所行谪词中数语以授之。僧徒高唱云："朋邪罔上罪消灭，欺世盗名罪消灭"，如此者不一。诸子愤怒，询其所繇，知出于志仁，诟责而逐之。李元度云。

27　绍兴初，梁仲谟汝嘉尹临安。五鼓，往待漏院，从官皆在焉。有据胡床而假寐者，旁观笑之。又一人云："近见一交椅，样甚佳，颇便于此。"仲谟请之，其说云："用木为荷叶，且以一柄插于靠背之后，可以仰首而寝。"仲谟云："当试为诸公制之。"又明日入朝，则凡在坐客各一张易其旧者矣。其上所合施之物悉备焉，莫不叹伏而谢之。今达宦者皆用之，盖始于此。

28　外祖曾空青任知信州日，尝辩宣仁圣烈诬谤，以进于高宗皇帝，首尾甚详。今备录之："切伏惟念宣仁圣烈皇后遭无根之谤四十余年，陛下践祚之初，首降德音，昭示四方，明文母保祐之功，诛奸臣贪天之懸，赫然威断，风动天下，薄海内外，鼓舞欢呼。小臣么微，尝冒万死，于建炎元年八月内备录先臣遗记，扣阍以陈。盖自绍圣以来，大臣报复元祐私怨，造为滔天之谤，上及宣仁。先臣某方位枢筦，论议为多。臣于家庭之间，固已与闻其略，而先臣亲书记录，尤为详尽。其后蔡渭缴文及甫等伪造之书，附会废立之谤。当时用事之臣，至以谓神考非宣仁所生，以实倾摇废立之迹，欲以激怒哲宗。赖哲宗皇帝天姿仁孝，洞照谬妄，而又先臣每事极论，痛伐贼谋，故于宣仁终不能遂其奸计。是时，蔡京撰造仁宗欲以庶人之礼改葬章献，意在施之宣仁。先臣所陈，乃以谓天命何可移易，宣仁必无此心，乞宣谕三省，于诏命之中，推明太母德意。时哲宗圣谕云：'宣仁乃妇人之尧舜。'又蔡京以谓：'不诛楚邸，则天下根本未正。'先臣所陈，乃以谓：'就令楚邸有谋，亦当涵容阔略，岂唯伤先帝笃爱兄弟之恩，亦恐形迹宣仁，上累圣德。'时哲宗又有'他必不知'之语。虽追贬王珪，力不能回，而于珪责词中，犹用先臣之言增四句云：'昭考与子之意，素已著明；太母爱孙之慈，初无间隙。'哲宗至再三称善。元符之末，太上皇帝践祚，钦圣献肃垂帘之初，先臣又尝陈三省言元祐废立之事，钦圣云：'冤他。娘娘岂有此意？'又云：'无此事。'又云：'当时不闻。谁敢说及此事？'盖钦圣受遗神宗，同定大策，禁中论议，无不与闻。叹息惊嗟，形于圣语，诬罔之状，明白可知。逮崇宁之后，蔡京用事，首逐先臣，极力倾挤，寘之死地。一时忠良，相继贬窜。方遂其指鹿为马之计，岂复以投鼠忌器为嫌。颠倒是非，甘心快意。至与蔡懋等撰造宫禁语言事迹，加诬钦圣，欺罔上皇，以诳惑众听。国史所载，臣虽不得而见，然以绍圣不得伸之奸谋，施于崇宁。擅权自肆之后，其变乱是非，巧肆诬诋，亦不待言而后知也。然彼不知者，公论所在，判若黑白，于陛下圣德亦已久矣。又况二圣玉音如在，先臣记录甚详。乃欲以一二奸人之言，欺天罔地，成其私意。今日之败，必至之理也。本末事实，尽载先臣《三朝正论》，伏望圣慈万机之暇，特赐省览，付之外廷，宣之史官，播告中外，使天下后世晓然皆知哲宗仁孝之德，初无疑似；钦圣叹息之语，深切著明。而四十余年间，止缘二三奸臣贼子，兴讹造讪，以报帘帏之怨；贪天之力，以掩巍巍之功。使宣仁圣烈皇后保佑大德,返遭诬蔑。今者考正是非,诛钼谤譀阴霾蔽蚀之际,然后赫然日月之光,旁烛四海,焜耀万世,与天地合德于无穷也。先臣不昧,亦鼓舞于九泉之下矣。"此绍兴三年五月也。《三朝正论》,士大夫家往往有之。

29　绍兴庚申岁,明清侍亲居山阴,方总角,有学者张尧叟唐老,自九江来从先人。适闻岳侯父子伏诛,尧叟云:"仆去岁在羌庐,正睹岳侯葬母,仪卫甚盛,观者填塞,山间如市。解后一僧,为仆言:'岳葬地虽佳,但与王枢密之先茔坐向既同,龙虎无异。掩圹之后,子孙须有非命者。然经数十年,再当昌盛。子其识之。'今乃果然,未知它日如何耳。"王枢密乃襄敏,本江州人,葬其母于乡里,有十子。辅道既罹横逆,而有名字者,为开封幕,过桥堕马死;名端者,待漏禁门,檐瓶冰柱折坠,穿顶而没。后数十年,辅道之子炎弼、彦融,以勋德之裔,朝廷录用以官,把麾持节,升直内阁。炎弼二子,万全、万枢,今皆正郎。而诸位登进士第者接踵。岳非辜之后,凡三十年,涤洗冤诬,诸子若孙,骤从缧绁进躐清华。昔日之言,犹在耳也。

30　绍兴癸亥,和议初成,有南雄太守黄达如者,考满还朝。献言请尽诛前此异议之士,庶几以杜后患。秦会之喜之,荐为监察御史。方数日,广东部使者韩球按其赃污巨万,奏牍既上,虽秦亦不能掩,仅止罢绌,人亦快之。

31　洪景伯兄弟应博学宏词,以《克敌弓铭》为题,洪惘然不知所出。有巡铺老卒,睹于案间,以问洪云:"官人欲知之否?"洪笑曰:"非而所知。"卒曰:"不然。我本韩世忠太尉之部曲,从军日,目见有人以神臂弓旧样献于太尉,太尉令如其制度制以进御,赐名克敌。"并以岁月告之。洪尽用其语,首云"绍兴戊午五月大将"云云。主文大以惊喜,是岁遂中科目,若有神助焉。此盖熙宁中西人李宏中创造,因内侍张若水献于裕陵者也。李平叔云。

32　郑亨仲刚中为川、陕宣抚,节制诸将,极为尊严。吴璘而下,每入谒,必先阶墀,然后升厅就坐。忽璘除少保,来谢,语主阍吏,乞讲钧敌之礼。吏以为白亨仲,亨仲云:"少保官虽高,犹都统制耳。倘变常礼,是废军容。少保若欲反,则取吾头可矣。阶墀之仪,不可易也。"璘皇恐听命，人皆韪之。

33　政和末，秦会之自金陵往参成均。行次当涂境上，值大雨，水冲桥断，不能前进。虚中居民，开短窗延一士子，教其子弟。士子于书室窗中窥见秦徒步执盖立风雨中，淋漓凄然，甚怜之，呼入，令小愒。至晚雨不止，白其主人，推食挽留而共榻。翌日晴霁，送之登途。秦大以感激。秦既自叙其详，复询士之姓名，云曹筠庭坚也。秦登第，即宦显，绝不相闻。久之，曹建炎初以太学生随大驾南幸至维扬，免省策名，后为台州知录，老不任事，太守张俣对移为黄岩主簿，无憀之甚。时秦专权久矣。曹一夕偶省悟其前此一饭之恩，因谋诸妇。妇吴越钱族，晚事曹，颇解事，谓曰："审尔何不漫诉之。"筠因便介，姑作诗以致祈恳，末句云："浩浩秦淮千万顷，好将余浪到滩头。"其浅陋不工如此。秦一览，慨然兴念，以删定官召之。寻改官入台，遂进南床。高宗恶之，亲批逐出。秦犹以为集英殿修撰，知衢州。未几坤维阙帅，即擢次对，制阃全蜀。到官之后，弛废不治，遂致孝忠之变。秦竟庇护之，奉祠而归。秦没，始夺其职云。

34　方务德帅荆南，有寓客张黜者，乃魏公之族子，出其乃翁所记《建炎荆州遗事》一编示务德云："孔彦舟领众十余万破荆南城。是时朝廷方经理北虏，未暇讨捕群盗。张单骑入城说谕彦舟，使之效顺朝廷，著名青史，勿堕丹书，为天下笑。彦舟感悟，与部下谋，咸有纳款之意。张又语之云：'太尉须立劳效，庶为朝廷所信。四川宣抚，乃我之叔父也。目今去朝廷甚远，俟见太尉立功，当为引领头目人入川参宣抚，以求保奏推赏，如何？'彦舟云：'甚好。今有一项虏人往湖南劫掠，闻朝夕取道襄阳以归北界，待与拦截剿杀，以图报国。'张云：'此项虏寇，人数不多，又是归师，在今日无甚利害。鼎州一带，有贼徒钟相，众号四十万，乃国家腹心之疾。太尉傥能平此，朝廷必喜。将士以此取富贵，何患不济？'诸将皆喜，云：'此亦何难。'彦舟亦首肯，张遂促其出师，一战而胜，贼徒奔溃。张遂与彦舟具立功人姓名及归降文字，与彦舟心腹数人，俱入蜀谒魏公。行至夔州，又遇剧贼刘超者，拥数万众，欲往湖南劫掠。张又以说彦舟之言告之，且言太尉或肯相从，我当并往宣抚司言之。超亦听命，驻军于夔州，不为卤掠之计，以俟朝命。张行未及宣抚司数舍，遇族兄自魏公处来，问何干，且以两事告之。族兄者从而攫金。张答以此行止为朝廷宽顾忧，及救数路生灵之命，岂有闲钱相助？其人不悦，径返往见魏公，先言以为张受三贼赂甚厚，其谋变诈不可信。魏公然之。张至宣抚司乞推赏孔彦舟部曲，以彦舟为主帅，且令屯驻荆南，使之弹压钟相余党，招抚襄、汉、荆、湖之人，复耕桑之业。魏公悉不从，姑令彦舟领部曲往黄州屯驻。大失望，徒党皆不乐黄州之行，以谓宣司不信其诚心，遂率众渡淮降虏。绍兴初，扬幺复啸聚钟相余党二十万，占洞庭湖，襄、汉、湖、湘之民，蹂践过半，至今州县荒残，不能复旧。刘超者，只驻军夔州。后遇刘季高自蜀被召趋朝，携降书入奏，朝廷大喜。季高之进用，繇此而得之。"以上悉张自叙云尔，不欲易之。

35　汤致远鹏举守婺州，与通判梁仲宽厚善。仲宽者，越人也，晚得一婢，甚怜宠之，一旦辞去，遂为天章寺长老德范者所有，纳之于方丈，梁邑邑以终。汤时帅长沙，有过客为汤言之，且悲且愤，识之胸中。明年，汤易帅浙东，入境即天章，甫至寺中，急呼五百禽主僧，决而逐出，大以快意。然德范者与婢一舸东去已逾月，被挞之髡，入院盖未久也。

36　陈师禹汝锡，处州人也，以才猷宣力于中兴之初。高宗自四明还会稽，领帅浙东，当抢攘之后，安辑经理，美效甚著。适秦会之自北方还朝，素怀眦睚，以它罪坐师禹，贬单州团练副使，漳州安置。既行一程，次枫桥镇，客将朱礼者，晨起鼓帅于众曰："责降官在法不当差破。"送还人一嗒而散。师禹不免雇赁使令，以之贬所。时王昭祖扬英为帅属，在旁知状，虽愤怒之，而莫能何也。后十八年，昭祖以吏部郎出为参谋官，朱礼者已为大吏。适汤致远来为帅，汤素负嫉恶之名，开藩未久，昭祖白其事于汤，令搜访其奸赃，黥窜象州，一郡翕然。师禹孙，师点也。

37　吴棫才老，舒州人，饱经史而能文。决科之后，浮湛州县，晚始得丞太常。绍兴间，尚须次也。娶孟氏仁仲之妹，贫往依焉。仁仲自建康易帅浙东，言者论谢上表中含讥刺，诏令分析，仁仲辩数，以谓久弃笔研，实托人代作。孟虽放罪，寻亦引闲。秦会之令物色，知假手于才老，台评遂上，罢其新任，繇是废斥以终。有《毛诗叶韵》行于世。

38　汪明远澈任衡州教授，以母忧归。从吉后造朝，从秦会之仍求旧阙，词甚恳到。秦问："何苦欲此？"汪云："彼中人情既熟，且郡有两台，可以求知。"秦愈疑之，不与，乃以沅州教授处之。既不遂意，而地偏且远，汪家素贫，称贷赴官，极为不满。到郡，见井邑之荒凉，游从之寥落，尤以爵陶，心窃怒秦而不敢言也。适万俟元忠与秦异议，自参政安置秭归，后徙沅江。汪因谒之，投分甚欢。日夕往还，三载之间，益以胶固。万俟还朝，继而大拜。首加荐引，力为之地。入朝七年间，遂登政府。事不可料，有如此者。

39　郑恭老作肃甲戌岁自知吉州回，上殿陈札子云："郡中每岁以黄河竹索钱输于公上。黄河久陷伪境，钱归何所？乞行蠲免。其他循袭似此等者，亦乞尽令除放。"高宗嘉纳，且喻秦丞相而称奖再三焉。秦大怒，讽部使者诬以为在任不法，兴大狱而绳治之。逮吏及门而秦殂，遂免。

40　绍兴己卯，陈莹中追谥忠肃，其子应之正同适为刑部侍郎，往谢政府。有以大魁为元枢者，忽问云："先丈何事得罪秦师垣邪？"应之曰："先人建中初为谏官，力言二蔡于未用事时，其后以此迁谪，流落无有宁日。"其人若醒悟状，曰："此所以南度后便为参政也。"盖后误以为陈去非，然不知初又以为何人也。

41　李泰发之迁责海外也，欲寓书秦丞相，以祈内徙，而无人可遣。门人王彦恭趯罢雷守，闲居全州，泰发乃作秦书，托王为寻端便。王之邻居有李将领者，坐岳侯事编置于郡，与闾里通情，趯令其子司法者，从李将就雇一隶，遣往会稽，授书于泰发家。既至越，泰发子弟不敢以人入都，乃就令此介自往相府投之。既达于秦，忽令问："李参政今在何所？"远人仓猝遽对云："李参政见在全州，与王知府邻居。"盖误以李将为泰发也。且云："有王法司与李参政亲以书付我令来。"盖错愕之际，又称司法为法司也。秦怒，于是送大理寺根勘，行下全州。体究"李光擅离贬所，如何辄敢存留在本州？"且追王趯并王法司赴狱。而全州适有法司人吏姓王者，亦与彦恭舍甚迩，俱就逮。后体究得泰发初未尝离昌化，但诬彦恭以前任过愆除名，勒停编管辰州。王法司者懵然不知，亦勒认赃罪杖脊。当时闻者无不笑而怜之。

42　汪明远为荆、襄宣谕使，逆亮遣刘萼领兵，号二十万，侵犯襄、汉间。荆、鄂诸军屡捷，俘虏人多金军，语我师云："我辈皆被虏中金来。离家日父兄告戒云：'汝见南朝军马，切勿向前迎敌，但只投降。他日定放汝归，父兄再有相见之期。傥不从诲戒，必遭南军杀戮。'"有闻此语以告明远者，遂与幕僚谋之，建议尽根刷俘虏之人，借补以官，纵遣北归，欢跃而去。乾道改元，虏人再来侵犯，荆、鄂亦出师入北界，纵遣之人，有来为乡道者，诸将皆全璧而归。

43　逆亮篡位之后，偶因本朝遣使至其阙廷有畏耆者，遂有轻我之心，即谋大举金刷以北人为兵，欲以百万南攻，止得六十七万。以二十七万侵淮东，敌刘信叔；亮以四十万自随，由淮西来，与王权相遇，而王权之众不能当，在和州对垒。权尽遣渡船过南岸，与其众誓云："国家养汝辈许时，政要今日以死上报。"众皆唯唯。两军坚壁不动。权以二三腹心自随，手执诸军旗号，戒谕诸将云："不可妄动，且看虏军有阵脚不固不肃者，看吾举逐军旗号，先举动。"虏军数重之内，有紫伞往来传呼者，莫知其意。虏军先来犯阵，遇大雨，遂退，复驻军于旧寨，无一不肃。诸将遂语权云："虏军如此，我军如何可战？"权云："诸公不可说此语。今日正当报国之时，宜尽死于此，不可有一人异议！"诸将云："太尉欲与诸军死此，却将甚军马与国家保守江面？"权悟其言，遂言："当从诸人议，往南岸叫船渡军马还，与国家保江。却自往朝廷请罪。"又与诸将计算，军马渡江，有殿后者必为虏骑所追，合损折一军半人马，又要一将殿后。统制官时俊云："愿为殿后，保全军马过江。"众服其勇。王琪是时为护圣马军统制，亦同行，云："所部军马乃主上亲随，太尉不可失却他一人一骑。"遂令护圣马军先渡，诸军次第而济。虏骑果下马来追袭，时俊牌手当之，幸所失不致如算之数。诸军遂就采石，各上战舰，以备虏人。权为枢密行府押诣朝廷，窜于海外。逆亮筑台江岸，刑白马祭天，自执红旗，麾诸军渡江。行至中流，为采石战舰迎敌。时俊在舟中，令军士以寸札弩射，虏人赴水者多，尽皆退走。亮知江岸有备，遂全军过扬州。军士奏凯，未及登岸，虞丞相允文以参赞军事偶至采石，遂与王琪报捷于朝。虞自中书舍人除兵部尚书，自此遂柬眷知。琪除正任观察使。诸将在江中获捷者，亦皆次第而迁。水军统制盛新功多而获赏最轻，壹郁而死。建康、采石军士，至今怜之。次年春初，明清从外舅起帅合肥，道出采石，亲见将士言之。直书其语，不复润色以文云。

44　隆兴初，有胡昉者，大言夸诞，当国者以为天下奇才，力加荐引，命之以官。曾未数年，为两浙漕。一日，语坐客云："朝廷官爵是买吾曹之头颅，岂不可畏！"适闻人伯卿阜民在坐末，趋前云："也买脱空！"胡默然。

45　《前录》载汤进之封庆国公也，明清尝陈之，章圣之初封，汤始疑以为未然，于史馆检阅，然后封章。其所上札子乃云："自天圣以来，未有敢以为封者。"然又不知宣和中王黼、白蒙亨皆尝受，而失于辞避，是不曾详于稽考也。

46　明清晚识遂初尤延之先生，一见倾盖，若平生欢，借举引重，恩谊非轻。公任文昌，一日忽问云："天临殿在于何时邪？"明清云："自昔以来，盖未有之。绍圣初，米元章为令畿邑之雍丘，游治下古寺，寺僧指方丈云：'顷章圣幸亳社，千乘万骑经从，尝憩宿于中。'元章即命彩饰建鸱，严其羽卫，自书榜之曰'天临殿'。时吕升卿为提点开封府县镇公事，以谓下邑不白朝廷，擅创殿立名，将按治之。蔡元长作内相，营救获免。闻有自制殿赞，恨未见之。"尤即从袖间出文书，乃元章所书赞也。云："才方得之。公可谓博物洽闻矣。"翌日入省，形言称道于稠人广众中焉。楼大防作夕郎，出示其近得周文榘所画《重屏图》，祐陵亲题白乐天诗于上，有衣帽中央而坐者，指以相问云："此何人邪？"明清云："顷岁大父牧九江，于庐山圆通寺抚江南李中主像藏于家。今此绘容即其人。文榘丹青之妙，在当日列神品，盖画一时之景也。"亟走介往会稽，取旧收李像以呈，似面貌冠服，无豪发之少异。因为跋其后。楼深以赏激。继而明清丐外得请，以诗送行，后一篇云："遂初陈迹遽凄凉，击节青箱极荐扬。谈笑于依情易厚，典刑使我意差强。《重屏》唐画论中主，古殿遗文话阿章。旧事从今向谁问，尺书时许到淮乡。"

　　明清前年厕迹跸路，假居于临安之七宝山，俯仰顾眄，聚山林江湖之胜于几案间，襟怀洒然，记忆旧闻，纂《挥麈后录》，既幸成编。去岁请外，从欲赘丞海角。涉笔之暇，无所用心。省之胸次，随手濡毫，又获数十事，不觉盈帙，漫名曰《挥麈第三录》。凡所闻见，若来历尚晦，本末未详，姑且置之，以待乞灵于博洽之君子，然后敢书。斯亦习气未能扫除，犹鸡肋之余味耳。庆元初元仲春丁巳，明清重书于吴陵官舍佳客亭。

挥麈后录余话卷之一

1　永昌陵卜吉，命司天监苗昌裔往相地西洛。既覆土，昌裔引董役内侍王继恩登山巅，周览形势，谓继恩云："太祖之后，当再有天下。"继恩默识之。太宗大渐，继恩乃与参知政事李昌龄、枢密赵镕、知制诰胡旦、布衣潘阆谋立太祖之孙惟吉。适泄其机，吕正惠时为上宰，锁继恩而迎真宗于南衙，即帝位。继恩等寻悉诛窜。前人已尝记之。熙宁中，昌龄之孙逢登进士第；以能赋擅名一时，吴伯固编《三元衡鉴》、祭九河合为一者是也。逢素闻其家语，与方士李士宁、医官刘育荧惑宗室世居，共谋不轨，旋皆败死。详见国史。靖康末，赵子崧守陈州。子崧先在邸中剽窃此说，至是适天下大乱，二圣北狩，与门人傅亮等歃血为盟，以幸非常。传檄有云："艺祖造邦千龄，而符景运。皇天佑宋，六叶而生眇躬。"继知高宗已济大河，皇惧归，命遣其妻弟陈良翰奉表劝进。高宗罗致元帅幕。中兴后，亟欲大用。会与大将辛道宗争功，道宗得其文缴进之，诏置狱京口，究治得情。高宗震怒，然不欲暴其事，以它罪窜子崧于岭外。此与夏贺良赤精子之言、刘歆易名以应符谶，何以异哉。岂知接千岁之统，帝王自有真邪。

2　熙宁初，王荆公力荐常夷父，乞以种放之礼召之。上云："放辈诗酒自娱而已，岂有经世之才？如常秩肯来，朕当以非常之礼待之。"故制词云："幡然斯来，副朕虚伫。"盖宣德音也。

3　靖康初，李伯纪荐任申先世初自布衣锡对。钦宗忽问云："卿在前朝，曾上书乞取燕、云。"世初云："诚有之。臣是时为见辽国衰弱，谓我若训练甲兵，迟以岁月，乘此机会，可以尽复燕、云旧地。初非欲结小羌捣其巢穴。此书尚在，可赐睿览。"上云："曾见之。使如卿言，燕、云之地何患不得！"继以叹息，即批出赐进士出身，自是进用。世初，伯雨之子也。

4　高宗应天中兴之初，大臣有荐泸州草泽彭知一者，有康济之略，隐居凤翔府。得旨令守臣钱盖等津发至行在所。既入朝，乃以所烧金及药术为献。诏云:"朕不忍烧假物以误后人。仰三省发遣,赴元来去处,日下施行。仍将烧金合用什物,于街市捶毁。"

5　建炎己酉,以叶梦得少蕴为左丞,才十四日,而为言者所攻而罢。其自记奏对圣语备列于后:一日,进呈知婺州苏迟奏,乞减年额上供罗。圣训问:"祖宗额几何?"臣等对:"皇祐编敕一万匹。"问:"今数几何?"臣等指苏迟奏言:"平罗、婺罗、花罗三等,共五万八千七百九十七匹。"圣训惊曰:"苦哉,民何以堪!"臣等奏:"建炎赦书,诸崇宁以后增添上供过数,非祖宗旧制,自合尽罢。今迟奏乞减一半。"圣训曰:"与尽依皇祐法。"臣等奏:"今用度与祖宗时不同,却恐减太多,用度不足,即不免再抛买,或致失信。"欲且与减二万匹并八千有零数。臣等奏:"陛下至诚恤民,可谓周尽。"圣训复云:"如此好事,利益于民。一日且做得一件,一年亦有三百六十件。"臣等退,御笔即从中出曰:"访闻婺州上供罗,旧数不过一万匹。崇宁以后,积渐增添,几至五倍。近岁无本钱,皆出科配,久为民病,深可矜恤。今后可每年与减二万八千匹并零数者,为永法。仍令本州及转运司每年那融应副本钱足备。"臣等即施行。车驾初至临安府,霖雨不止。一日,臣等奏事毕,因言州治屋宇不多,六宫居必隘窄,且东南春夏之交,多雨蒸润,非京师比。圣训曰:"亦不觉窄,但卑湿尔。然自过江,百官六军皆失所,朕何敢独求安?至今寝处尚在堂外,当俟将士官局各得所居,迁从之人稍有所归,朕方敢迁入寝。"臣等皆言:"圣心如此,人情孰不感动!"车驾始至临安府,手诏郎官以上悉皆许荐人材,盖特恩也。一日,进呈侍从官等奏状,圣训谕臣等曰:"今次所荐人材,不比已前,当须择其可取者,便擢用之。"乃命并召赴都堂审察。翌日,复命臣等曰:"郎官等所荐士,不若便令登对,朕当亲自延见之。早朝退,遍阅诸处章奏,未尝闲。今后进膳罢,令后殿引见。及晚朝前,皆可引三班,庶得款曲。"臣等奏:"但恐上劳圣躬。若陛下不倦接见疏远,搜访贤能,天下幸甚。"于是再批旨行下。一日,初进对,圣训首言:"陈东、欧阳彻可赠一官,并与子或弟一人恩泽。始罪东等,出于仓猝,终是以言责人,朕甚悔之。今方降诏,使士庶皆得言事,当使中外皆知此意。"臣等即奉诏,言"甚善"。圣训复曰:"马伸前此责去,亦非罪，可召还。"或曰："闻伸已死。"圣训曰："不问其死，但朝廷召之，以示不以前责为罪之意。"乃问伸自何官责，臣等皆曰："自卫尉少卿。"圣训曰："可复召为卫尉少卿。"臣等奉诏而退。东等于是皆赠官，及与子或弟恩泽一人，并诏所居优恤其家。进呈湖州民王永从进钱五十万缗优国用。臣等言："户部财用稍集，亦不至甚阙。"圣训曰："如此即安用？徒有取民之名，却之！"或曰："已纳其伍万缗矣，今却之，则前后异同。"圣训曰："既不阙用，可并前已纳还之。"仍诏今后富民不许陈献，臣等皆言："圣虑及此，东南之民闻风当益感悦。"一日，圣训谕臣等言："过江器械皆散亡，甲所失尤多。朕每躬擐甲胄，阅武于宫中，以励卫士，乃知旧所造甲，有未尽善，如披膊皆用铁，臂肘几不可引以当胸，缓急如何屈伸？今皆亲自裁定损益，与旧不同，极便于施行。令两浙路诸州分造甲五十副，一以新样为之。"臣等皆言："陛下留意武事，前所未讲，尽经圣虑。此前史所以称汉宣帝器械技巧，皆精其能。"朝退，内出新样甲一副示臣等，旧转肘铁叶处皆易以皮，屈伸无不利便，他皆类此。其后陈东、欧阳彻俱赠秘撰，各又官其二子，仍赐田十顷。

6　高宗建炎二年冬，自建康避狄，幸浙东。初度钱塘，至萧山，有列拜于道侧者，揭其前云："宗室赵不衰以下起居。"上大喜，顾左右曰："符兆如是，吾无虑焉！"诏不衰进秩三等。是行虽涉海往返，然天下自此大定矣。不衰即善俊之父。此与太宗征河东宋捷之祥一也。是时，选御舟棹工，又有赵立、毕胜之谶。

7　建炎庚戌正月三日，高宗航海，次台州之章安镇，落帆于镇之祥符寺前。屏去警跸，易衣，徒步登岸。时长老者方升座，道祝圣之祠。帝趾忽前，闻其称赞之语，甚喜，戒左右勿令惊惶而谛听之。少焉，千乘万骑毕集，始知为六飞临幸。野僧初不闲礼节，恐怖失措。从行有司始教以起居之仪。李承造升之云。

8　绍兴中，赵元镇为左相。一日入朝，见自外移竹栽入内。奏事毕，亟往视之，方兴工于隙地。元镇询谁主其事，曰："内侍黄彦节也。"元镇即呼彦节，诟责之曰："顷岁艮岳花石之扰，皆出汝曹，今将复蹈前辙邪！"命勒军令状日下罢役。彦节以闻于上。翌日，元镇奏事,上喻曰:"前日偶见禁中有空地,因令植竹数十竿,非欲以为苑囿。然卿能防微杜渐如此,可谓尽忠尔。后傥有似此等事,勿惮以警朕之不逮也。"彦节自云。

9　沈之才者,以棋得幸思陵,为御前祗应。一日,禁中与其类对弈,上喻曰:"切须子细。"之才遽曰:"念兹在兹。"上怒云:"技艺之徒,乃敢对朕引经邪!"命内侍省打竹篦二十,逐出。廉宣仲云。

10　秀州外医张浩自云:"少隶军籍,尝为杉清闸官虞候。一日,晚出郊过嘉兴县,忽睹丞厅赤光照天,疑为回禄;亟入视之,云赵县丞之室适免身得雄。是诞育孝宗也。"浩之子樸,今为医官,家于县桥之西,可质焉。张浩自云。

11　绍兴壬子,诏知大宗正事安定郡王令時,访求宗室伯字号七岁以下者十人,入宫备选。十人中又择二人焉,一肥一瘰,乃留肥而遣瘰,赐银三百两以谢之。未及出,思陵忽云:"更子细观。"乃令二人叉手并立。忽一猫走前,肥者以足蹴之。上曰:"此猫偶尔而过,何为遽踢之?轻易如此,安能任重耶!"遂留瘰而逐肥者。瘰者乃阜陵也;肥者名伯浩,后终于温州都监。赵子导彦沔云。

12　辛巳岁,颜亮寇淮,江、浙震动。有处州遂昌县道流张思廉者,人称为有道之士,言事多验。时李正之大正为邑尉,从而问之。思廉以片纸书云:"眘乃在位。"初得之,殊不可晓。次年,阜陵改名,正储登极。李正之云。

13　明清顷于蔡微处,得观祐陵与蔡元长赓歌一轴,皆真迹也,今录于后:己亥十一月十三日南郊祭天斋宫即事赐太师:"报本精禋自国南,先期清庙宿斋严。层霄初构同云霁,暖吹俄回海日暹。十万军容冰作阵,九街鸳瓦玉为檐。肃雍显相同元老,行庆均厘四海沾。"太师臣京恭和:"雪晴至日日初南,帝举明禋祀事严。万瓦沟中寒色在,一轮空外晓光暹。云和龙轸开冰辙,风暖鸾旗拂冻檐。共喜天心扶圣意,珠玑更误宠恩沾。""展采齐明拱面南,浓云深入夜更严。风和不放琼英落,日暖高随玉漏暹。照地神光临午陛,鸣皋仙羽下重檐。五门回仗如天上,看举鸡竿雨露沾。""衮龙朱履午阶南,大辇鸾鸣羽卫严。玉轸乍回黄道稳,金乌初上白云暹。五门晓吹开旗尾,万骑花光入帽檐。已见神光昭感格,鹤书恩下万邦沾。""饮福初回八陛南,凝旒哀对百神严。睨消尘入康衢润,神应光随北陛暹。丹槛雄开中扇影,朱绳鹤下五门檐。群生鼓舞明禋毕,却忆花飞舞袖沾。"清庙斋幄,常有诗赐太师,已曾和进。禋祀礼成,以目击之事,依前韵再进。今亦用元韵复赐太师,非特以此相困,盖清时君臣赓载,亦一时盛事耳:"灵鼓黄麾道指南,紫坛苍壁示凝严。联翩玉羽层霄下,烜赫神光爱景暹。为喜銮舆回凤阙,故留芝盖出虬檐。礼天要作斯民福,解雨今当万物沾。"太师以被赐暹字韵诗,前后凡三次进和,盖欲示其韵愈严而愈工耳。复以前韵又赐太师:"天位迎阳转斗南,千官山立尽恭严。共欣奠玉烟初达,争奉回鸾日已暹。归问雪中谁咏絮,冥搜花底自巡檐。礼成却喜歌盈尺,端为来趋万寓沾。"唐杜甫诗"巡檐索共梅花笑",盖雪事也。太师臣京题神霄宫:"下马神霄第一回,晴空宫殿九秋开。月中桂子看时落,云外仙轷特地来。""参差碧瓦切昭回,绣户云轷次第开。仙伯九霄曾付托,得随真主下天来。"神霄玉清万寿宫庆成,卿以使事奉安圣像,闻有二诗书幨,俯同其韵,复赐太师:"碧落金风爽气回,蓁霄乍喜瑞霞开。经营欲致黎元福,敢谓诗人咏子来。""瞳矇日驭晓光回,金碧相宜王府开。步武烟霞还旧观,百神应喜左元来。"昨日召卿等自卿私第泛舟经景龙江,游撷芳园灵沼,闻卿有小诗,今俯同其韵赐太师:"景龙江静喜安流,玉色闲看浴翅鸥。已觉西风颇无事,何妨稳泛济川舟。""登山想见留云际,赏日还能傍水涯。对此已多重九兴,先输黄发赏黄花。""锦绣烟霄碧玉山,萦纡静练照晴川。留连不惜厌厌去,雅兴难忘既醉篇。"上清宝箓宫立冬日讲经之次,有羽鹤数千飞翔空际,公卿士庶,众目仰瞻。卿时预荣观,作诗纪实来上,因俯同其韵,赐太师以下:"上清讲席郁萧台,俄有青田万侣来。蔽翳晴空疑雪舞,低回转影类云开。翰翰清泪遥相续,应瑞移时尚不回。归美一章歌盛事,喜今重见谪仙才。"又,上巳日赐太师:"金明春色正芳妍,修禊佳辰集众贤。久矣愆阳罹暵旱,沛然膏雨润农田。乘时膳挟花盈帽,胥乐何辞酒满船。所赖燮调功有自,伫期高廪报丰年。"微,元长之孙,自云:"当其父祖富贵鼎盛时,悉贮于隆儒亨会阁。此百分之一二焉。国祸家艰之后,散落人间,不知其几也。"

14　祐陵癸巳岁，蔡元长自钱唐趣召再相，诏特锡燕于太清楼，极承平一时之盛。元长作记以进云："政和二年三月，皇帝制诏，臣京宥过眚愆，复官就第。命四方馆使荣州防御使臣童师敏赍诏召赴阙，臣京顿首辞。继被御札手诏，责以大义，惶怖上道。于是饮至于郊，曲燕于垂拱殿，被襫于西池，宠大恩隆，念无以称。上曰：'朕考周宣王之诗，吉甫燕喜，既多受祉。来归自镐，我行永久。饮御诸友，炰鳖脍鲤。其可不如古者？'诏以是月八日开后苑太清楼，命内客省使保大军节度观察留后带御器械臣谭稹、同知入内内侍省事臣杨戬、内客省使保康军节度观察留后带御器械臣贾祥、引进使晋州管内观察使勾当内东门司臣梁师成等伍人，总领其事。西上阁门使忠州刺史尚药局典御臣邓忠仁等一十三人，掌典内谒者职。有司请办具上，帝弗用。前三日，幸太清，相视其所，曰'于此设次'，'于此陈器皿'，'于此置尊罍'，'于此膳羞'，'于此乐舞'。出内府酒尊、宝器、琉璃、马瑙、水精、玻璃、翡翠、玉，曰：'以此加爵，致四方美味。'螺蛤虾鳜白、南海琼枝、东陵玉蘂，与海物惟错，曰：'以此加笾。'颁御府宝带，宰相、亲王以玉，执政以通犀，余花犀，曰：'以此实篚。'教坊请具乐奏，上弗用，曰：'后庭女乐，肇自先帝。隶业大臣未之享。'其陈于庭，上曰：'不可以燕乐废政。'是日，视事垂拱殿。退，召臣何执中、臣蔡京、臣郑绅、臣吴居厚、臣刘正夫、臣侯蒙、臣邓洵仁、臣郑居中、臣邓洵武、臣高俅、臣童贯崇政殿阅弓马所子弟武伎，引强如格，各命以官。遂赐坐，命宫人击鞠。臣何执中等辞，请立侍，上曰：'坐。'乃坐。于是驰马举仗，翻手覆手，丸素如缀。又引满驰射，妙绝一时，赐赉有差。乃由景福殿西序入苑门，就次以憩。诏臣蔡京曰：'此跬步至宣和，即昔言者所谓金柱玉户者也，厚诬宫禁。其令子攸掫披入观焉。'东入小花径，南度碧芦丛，又东入便门，至宣和殿，止三楹，左右挟，中置图书、笔砚、古鼎、彝、罍、洗。陈几案台榻，漆以黑。下宇纯朱，上栋饰绿，无文采。东西庑侧各有殿，亦三楹，东曰琼兰。积石为山，峰峦间出。有泉出石窦，注于沼北。有御札静字。榜梁间以洗心涤虑。西曰凝方，后曰积翠，南曰瑶林，北洞曰玉宇。石自壁隐出，嶻岩峻立，幽花异木，扶疏茂密。后有沼曰环碧，两旁有亭曰临漪、华渚。沼次有山,殿曰云华,阁曰太宁。左蹑道以登,中道有亭,曰琳霄、垂云、骞凤、层峦,不大高峻,俯视峭壁攒峰,如深山大壑。次曰会春阁,下有殿曰玉华。玉华之侧有御书榜曰三洞琼文之殿,以奉高真。旁有种玉、缘云轩相峙。臣奏曰:'宣和殿阁亭沼,纵横不满百步,而修真观妙,发号施令,仁民爱物,好古博雅,玩芳、缀华咸在焉。楹无金瑱,壁无珠珰,阶无玉砌,而沼池岩谷,溪涧原隰,太湖之石,泗滨之磬,澄竹山茶,崇兰香苣,葩华而纷郁。无犬马射猎畋游之奉,而有鸥、凫、雁、鹭、鸳鸯、鸡鹅、龟、鱼驯驯,雀飞而上下。无管弦丝竹、鱼龙曼衍之戏,而有松风竹韵,鹤唳莺啼,天地之籁,适耳而自鸣。其洁齐清灵雅素若此,则言者不根,盖不足恤。'日午,谒者引执中以下,入女童乐四百,靴袍玉带,列排场,肃然无敢謦咳者。宫人珠笼巾玉,束带秉扇,拂壶巾剑钺,持香球,拥御床以次立,亦无敢离行失次。皇子嘉王楷起居,升殿侧侍,进趋庄重,俨若成人。臣执中等前贺曰:'皇子侍燕,宗社之庆。'乐作,节奏如仪,声和而绎。群臣同乐,宜略去苛礼,饮食起坐,当自便无间。执事者以宝器进,上量满酌以赐,命皇子宣劝,群臣惶恐饮釂。又以惠山泉、建溪毫盏烹新贡太平嘉瑞斗茶饮之。上曰:'日未晡,可命乐。'殿上笙篁、琵琶、箜篌、方响、筝箫登陛合奏,宫娥妙舞,进御酒。上执爵命掌樽者注群臣酒,曰:'可共饮此杯。'群臣俯伏谢。上又曰:'可观。'群臣凭陛以观,又顿首谢。又命宫娥抚琴挈阮。已而群臣尽醉。臣窃考《鹿鸣之什》,冠于《小雅》,而忠臣嘉宾,得尽其心。既醉太平之时,醉酒饱德,人有士君子之行。在昔君臣施报之道,在于饮食燕乐之间。太清自真祖开宴,以迄于今,饮食之设,供张之盛,乐奏之和,前此未有。勤侑之恩。礼意之厚,相与无间之情,亦今昔所无。实君臣千载之遇,而臣德辁智殚,曾不足仰报万分。昔仲甫徂齐、式遄其归;而吉甫作诵,穆如清风;召虎受命,锡以圭瓒,虎拜稽首,对扬王休,作召公考,天子万寿。然则上之施光,下之报宜厚。而臣老矣,论报无所。切不自量,慕古人之谨稽首再拜,诵曰:'皇帝在御,政若稽首。昔周宣王,燕嘉吉甫。曰来汝京,实始予辅。厥初有为,唱予和汝。式遄其归,远于吴楚。劳还于庭,饮至于露。既又享之,其开禁御。有来帝车,相视其所。于此膳羞,于此乐舞。海物惟错，于以加俎。何锡予之，实筐及筥。箫鼓锵锵，后庭委女。帝曰宣和，不远跬步。人昔有言，金柱玉户。帝命子攸，尔掖尔父。乃瞻庭除，乃历殿庑。绿饰上栋，漆朱下宇。梁无则雕，槛不采组。有石岩岩，有泉湑湑。体道清心，于此燕处。彼言厚诬，何恤何虑！帝执帝爵，劝酬交举。毋相其仪，毋间笑语。有喜惟王，饮之俾饫。臣拜稽首，千载之遇。君施臣报，式燕且誉。臣拜稽首，明命是赋。天子万年，受天之祜！'"

15　蔡元长所述《太清楼特燕记》，既列于前，又得《保和殿曲燕》《延福宫曲燕》二记，今复载于左方："宣和元年九月十二日，皇帝召臣蔡京、臣王黼、臣越王偲、臣燕王似、臣嘉王楷、臣童贯、臣嗣濮王仲忽、臣冯熙载、臣蔡攸燕保和殿，臣蔡絛、臣蔡翛、臣蔡𡟬东曲水朝于玉华殿。上步西曲水，循醾醾架，至太宁阁，登层峦、琳霄、骞凤、垂云亭，景物如前，林木蔽荫如胜。始至保和殿，三楹，楹七十架，两挟阁，无彩绘饰侈，落成于八月，而高竹崇桧，已森然蓊欝。中楹置御榻，东西二间列宝玩与古鼎彝器。王左挟阁曰妙有，设古今儒书、史子楮墨；右曰日宣，道家金柜玉笈之书，与神霄诸天隐文。上步前行，稽古阁有宣王石鼓。历邃古、尚古、鉴古、作古、传古、博古、秘古诸阁，藏祖宗训谟，与夏、商、周尊、彝、鼎、卣、爵、斝、卤、敦、盘、盂，汉、晋、隋、唐书画，多不知识骇见，上亲指示，为言其概。因指阁内：'此藏卿表章字札无遗者。'命开柜，柜有朱隔，隔内置小匣，匣内覆以缯绮，得臣所书撰《淑妃刘氏制》。臣进曰：'札恶文鄙，不谓袭藏如此。'念无以称报，顿首谢。抵玉林轩，过宣和殿，列岫轩、天真阁。凝德殿之东，崇石峭壁，高百丈，林麓茂密，倍于昔见。过翠翘、燕阁诸处。赐茶全真殿，上亲御击注汤，出乳花盈面，臣等惶恐，前曰：'陛下略君臣夷等，为臣下烹调，震悸惶怖，岂敢啜？'顿首拜。上曰：'可少休。'乃出瑶林殿。中使冯皓传旨，留题殿壁，喻臣笔墨已具，乃题曰：'琼瑶错落密成林，桧竹交加午有阴。恩许尘凡时纵步，不知身在五云深。'顷之就坐，女童乐作。坐间赐荔子、黄橙、金柑相间，布列前后，命师文浩剖橙分赐。酒五行，再休。许至玉真轩，轩在保和西南庑，即安妃妆阁。命使传旨曰：'雅燕酒酣添逸兴，玉真轩内看安妃。'诏臣赓补成篇,臣即题曰:'保和新殿丽秋辉,诏许尘凡到绮闱。'方是时,人自谓得见妃矣。既而但画像挂西垣,臣即以谢奏曰:'玉真轩槛暖如春,只见丹青未有人。月里常娥终有恨,鉴中姑射未应真。'须臾,中使召臣至玉华阁,上手持诗曰:'因卿有诗,况姻家,自当见。'臣曰:'顷缘葭莩,已得拜望,故敢以诗请。'上大笑。妃素妆,无珠玉饰,绰约若仙子。臣前进,再拜叙谢,妃答拜。臣又拜妃,命左右掖起。上手持大觥酌酒,命妃曰:'可劝太师。'臣奏曰:'礼无不报,不审酬酢可否?'于是持瓶注酒,授使以进。再坐,彻女童,去羯鼓。御侍奏细乐,作《兰陵王》、《扬州散》古调,酬劝交错。上顾群臣:'桂子三秋七里香。'七里香,桂子名也。臣楷顷许对曰:'凌云九夏两岐秀。'臣攸曰:'鸡舌五羊千岁枣。'臣曰:'菊英九日万龄黄。'乃赓载歌曰:'君臣燕衍升平际,属句论文乐未央。'臣奏曰:'陛下乐与人同,不间高卑。日且暮,久勤圣躬,不敢安。'上曰:'不醉无归。'更劝,迭进酒行无算。上忽忆绍圣《春宴口号》二句,问曰:'卿所作否?余句云何?'臣曰:'臣所进诗,岁久不记。'上曰:'是时以疾告假,哲宗召至宣和西阁,问所告假者,对曰:臣有负薪之疾,不果预需云之燕。哲宗曰:蔡承旨有佳句曰:红腊青烟寒食后,翠华黄屋太微间。不可不赴。上曰:臣敢不力疾遵奉。是日,待漏东华,哲宗已遣使询来否。语罢,命郝随持杯以劝,凡三酬,大醉,免谢扶出。'因沉吟曰:'记上下句有曰集英班者。'继而曰:'牙牌晓奏集英班,日照云龙下九关。红腊青烟寒食后,翠华黄屋太微间。'继又曰:'三天乐奏三春曲,万岁声连万岁山。欲识君臣同乐意,天威咫尺不违颜。'臣顿首谢:'臣操笔注思于今二十年,陛下语及,方省仿佛,然不记一字。陛下藩邸已知臣,盖非今日,岂胜荣幸。'再拜谢。上轮指曰:'二十四年矣。'左右皆大惊。非圣人孰与夫此! 臣又谢曰:'臣被知藩邸,受眷绍圣,两朝遭遇。臣驽下衰老,无毫发称报。'上曰:'屡见哲宗,道卿但为章惇辈沮忌,不及用。朕时年八岁,垂髫侍侧。一日,哲宗疑虑,默若有所思。问曰:"大臣以谓不当绍述,朕深疑之。"奏曰:"臣闻子绍父业,不当问人,何疑之有?"哲宗骇曰:"是儿有大志如此!"由是刘挚、吕大防相继斥逐,绍述自此始。'臣奏曰:'陛下曲燕御酒,乐欣交通。而追时惟哲宗付托与绍述之始,孝友笃于诚心,非臣之幸,社稷天下之幸。'因再拜贺。黼扆已下皆再拜。上又曰:'尝记合食与卿否?'臣谢曰:'是时大礼禁严,厨馔不得入,贸食端邸,蒙陛下赐之。臣被遇,自兹终身不敢忘。'又曰:'崇政殿试,卿在西幕详定时,因入持扇求书,得二诗,皆杜甫所作。诗曰:"户外昭容紫袖垂,双瞻御座引朝仪。香飘合殿春风转,花覆千官淑景移。"又:"五夜漏声催晓箭,九重春色醉仙桃。旌旗日暖龙蛇动,宫殿风微燕雀高。"'臣曰:'崇宁初蒙宣谕扇犹在?'上曰:'今尚在也。'臣曰:'自古人臣遭遇,或以一能一技见知当时,名显后世。臣章句片言,二十年前已蒙收录。崇宁以来,被遇若此。君臣千载,盖非一日。君之施厚,臣之报丰。臣无尺寸,孤负恩纪,但知感涕。'上曰:'卿可以安矣。'臣又奏曰:'乐奏缤纷,酒觞交错。方事燕饮,上及继述,下及故老,若朋友相与衔杯酒,接殷勤之欢,道旧论新。顾臣何足以当?臣请序其事,以示后世,知今日燕乐,非酒食而已。'夜漏已二鼓五筹,众前奏丐罢,始退。十三日臣京序。"《延福宫曲宴记》:"宣和二年十二月癸巳,召宰执亲王等曲宴于延福宫,特召学士承旨臣李邦彦、学士臣宇文粹中与示异恩也。是日,初御睿谟殿,设席如外廷赐宴之礼,然器用淆品,瑰奇精致,非常宴比。仙韶执乐,和音曼声,合变争节,亦非教坊工人所能仿佛。上遣殿中监蔡行谕旨曰:'此中不同外廷,无弹奏之仪,但饮食自如。食味果实有余者,自可携归。'酒五行,以碧玉盏宣谕。侍宴诸臣云:"前此曲宴早坐,未尝宣劝,今出异数。"少憩于殿门之东庑。晚,召赴景龙门,观灯玉华阁,飞升金碧绚耀,疑在云霄间。设衢樽钧乐于下。都人熙熙,且醉且戏,继以歌诵,示天下与民同乐之恩,侈太平之盛事。次诣穆清殿,后入崆峒洞天,过霓桥,至会宁殿,有八阁东西对列,曰琴、棋、书、画、茶、丹、经、香。臣等熟视之,自崆峒入,至八阁,所陈之物,左右上下,皆琉璃也,映彻焜煌,心目俱夺。阁前再坐,小案玉斝,珍异如海陆羞鼎,又与睿谟不同。酒三行,甚速,起诣殿侧纵观。上谓保和殿学士蔡翛曰:'引二翰苑子细看,一一说与。'谆谕再三。次诣成平殿,凤烛龙灯,灿然如画,奇伟万状,不可名言。上命近侍取茶具,亲手注汤击拂,少顷,白乳浮盏面,如疏星澹月,顾诸臣曰:'此自布茶。'饮毕,皆顿首谢。既而命坐,酒行无算,复出宫人合曲,妙舞蹁跹,态有余妍,凡目创见。上谕臣邦彦、臣粹中曰:'此尽是嫔御。自来翰林不曾与此集,自卿等始。'又曰:'《翰林志》谁修?'太宰王黼奏云:'承旨李邦彦。'上顾臣邦彦曰:'好。《翰林志》可以尽载此事。此卿等荣遇。'臣邦彦谢不敏。琼瑶玉舟,宣劝非一。上每亲临视使醻,复顾臣某曰:'李承旨善饮!'仍数被特劝。夜分而罢。臣仰惟陛下加惠亲贤,共享太平。肆念词臣,许陪鼎席宗工之末,周于待遇,略去常仪。臣邦彦、粹中首膺异数,亲承玉音,俾编载荣遇,以侈北门之盛。盖陛下崇儒右文,表异鳌禁,用示眷瞩之意,诚千载幸会也。窃伏惟念一介微臣,粤自布衣,叨膺识擢,凡所蒙被,度越伦辈。曾微毫忽,以助山岳。兹侍燕衎,咫尺威颜,独误睿奖,至官而不名,岂臣糜捐,所能称塞?臣切观文、武之盛,始于忧勤,而逸乐继之。鹿鸣之燕群臣,嘉宾得尽其心。故天保之报,永永无极。臣虽么陋,敢忘归美之义?辄扬盛迹,备载千篇。使视草之臣,知圣主曲宴内务,自臣等始。谨录进呈,伏取进止。"

16　宣和末,祐陵欲内禅,称疾作,令召东宫。先是,钦宗在朱邸,每不平诸幸臣之恣横。至是,内侍数十人拥郓王楷至殿门。时何瓘以殿帅守禁卫,仗剑拒之。郓王趋前曰:"太尉岂不识楷耶?"瓘指剑以示曰:"瓘虽识大王,但此物不识耳!"皆皇恐辟易而退。始亟趋钦宗入立。李子成可久云。

17　建炎庚戌,先人被旨修《祖宗兵制》。书成,赐名《枢廷备检》,今藏于右府,其详已见《后录》。独有引文存于家集,用录于后:"臣窃闻祖宗兵制之精者,盖能深鉴唐末、五代之弊也。唐自盗起幽陵,藩镇窃据,外抗王命,内擅一方,其末流至于朱温,以编户残寇,挟宣武之师,睥睨王室,必俟天子禁卫神策之兵屠戮俱尽,却迁洛阳,乃可得志。如李克用、王建、杨行密非不忠义,旋以遐方孤镇同盟,欲□王室,皆悲叱愤懑,坐视凶逆,终不能出一兵内向者,昭宗亲兵既尽,朱温羽翼已就,行密辈崎岖于一邦,初务养练,不能遽成,此内外俱轻,盗臣得志之患也。后唐庄宗萃名将,握精兵,父子转战二十余年,仅能灭梁,功成而骄,兵制不立,弗虞之患,一夫夜呼,内外瓦解。故李嗣源以老将养疴私第,起提大兵,与赵在礼合于甘陵,返用庄宗直捣大梁之术，径袭洛阳，乘内轻外重之势，数日而济大事。其后甘陵旧卒，恃功狂肆，邀求无穷，至一军尽诛，血膏原野，而明宗为治少定。如李从珂、晋高祖、刘知远、郭威皆提本镇之兵，直入中原，而内外拱手听命者，循用庄宗、明宗之意也。周世宗知其弊，始募天下亡命，置于帐下，立亲卫之兵，为腹心肘腋之用。未及期年，兵威大振。败泽、潞，取淮南，内外兼济，莫之能御。当是时，艺祖皇帝历试诸难，亲总师旅，应天顺人，历数有归，则躬定军制，纪律详尽。其军制亲卫殿禁之名，其营立龙虎日月之号。功臣勋爵优视公师。至检校官皆令仆台宪之长，封叙父母妻子，荣名崇品，悉以与之；郊祀赦宥，先务赡军士，金币缗钱，无所爱惜。然令以威驾，峻其等差，为一阶一级之法，动如行师，俾各伏其长。待之尽矣。为出戍法，使更出迭入，无顾恋家室之意。殊方异邦，不能萌其非心。仅及三年，已复更戍。为卒长转员之例，定其功实，超转资级。以彼易此，不使上下人情习熟。又其下懔懔，每有事新之惧。枢府大臣侍便殿，专主簿员，限三日毕事。命出之后，一日迁延，不得少留。此祖宗制兵垂法作则大指也。器甲精坚，日课其艺而无怠惰者矣。选为教首，严其军号，精其服饰，而骄锐出矣。中都二防，制造兵器，旬一进视，谓之旬课。列置武库，故械器精劲，盈牣充积。前世所无，至纤至悉。举自宸断，臣下奉行，惟恐不及。其最大者召前朝慢令恃功藩镇大臣，一日而列于环卫，皆俯伏骇汗，听命不暇。更用侍从、馆殿、郎官、拾遗、补阙代为守臣，销累朝跋扈偃蹇之患于呼吸哦顷之际。每召藩臣，朝令夕至，破百年难制之弊。使民享安泰于无穷者，宸心已定，利害素分，刚断必行故也。其定荆、湖，取巴、蜀，浮二广，平江南者，前后精兵不过三十余万。京师屯十万，足以制外变；外郡屯十万，足以制内患。京师天下无内外之患者，此也。京师之内，有亲卫诸兵；而四城之外，诸营列峙相望；此京师内外相制之兵也。府畿之营，云屯数十万之众，其将副视三路者，以虞京城与天下之兵，此府畿内外之制也。非特此也，凡天下兵，皆内外相制也。以勇悍忠实之臣，分控西北边孔道：何继筠守沧、景，李汉超守关南以拒虏；郭进在邢州，以御太原；姚内斌守庆州、董遵诲守通远军，以捍西戎。倾心委之，谗谤不入。来朝必升殿赐坐，对御饮食。锡赉殊渥，事事精丰。使边境无事，得以尽力削平东南僭伪诸国者，得猛士以守四方，而边境夷狄无内外之患者此也。州郡节察防团刺史，虽召居京师，谓之遥授。至于一郡，则尽行军制：守臣通判名衔必带军州；其佐曰签书军事，及节度、观察、军事推官、判官之名；虽曹掾悉曰参军。一州税赋民财出纳之所，独曰军资库者，盖税赋本以赡军。著其实于一州官吏与帑库者，使知一州以兵为本，咸知所先也。置转运使于逐路，专一飞挽刍粮，饷军为职，不务科敛，不抑兼并。富室连我阡陌，为国守财尔。缓急盗贼窃发，边境扰动，兼并之财，乐于输纳，皆我之物。所以税赋不增，元元无愁叹之声，兵卒安于州郡，民庶安于田间。外之租税足以赡军，内之甲兵足以护民。城郭与村乡相资，无内外之患者此也。一州钱斛之出入，士卒之役使，令委贰郡者当其事。一兵之寡，一米之微，守臣不得而独预。其防微杜渐深矣。出铜虎符契以发兵，验其机括，不得擅兴，以革伪冒。节度州有三印：节度印随本使，在阙则纳于有司；观察印则长吏用之；州印则昼付录事掌用，至暮归于长吏。凡节度使在镇，兵杖之属，则观察属官用本使印判状焉；田赋之属则观察属官用本使印签状焉；刺属县，则用州印本使判状焉。故命师必曰某军节度、某州管内观察等使、某州刺史，必具此三者。言军则专制兵旅，言管内则专总察风俗，言刺史则治其州军。此祖宗损益唐制，军民之务，职守之分，俾各归其实也。逐县置尉，专捕盗贼，济以县巡检之兵；不足，则会合数州巡检使之兵；又不足，则资诸守臣兼提举兵甲贼盗公事，与一路帅臣兼兵马钤辖者。故兵威强盛，鼠偷草窃，寻即除荡。盖内外相维，上下相制，若臂运指，如尾应首，靡不相资也。凡统驭施设，制度号令，人不敢慢者，功过必行，明于赏罚而已。明于赏罚，则上下奋励，知所耸动，而奸宄不敢少逾绳墨之外，事必立就也。怒蜀大将之贪暴也，曹彬独无所污，自客省使随军都监，超授宣徽南院使义成军节度使以赏之；御便殿阅武，第其艺能，连营俱令转资。至于荆罕儒战死，责部将不效命，斩石进等二十九人。雄武兵白昼掠人于市，至斩百辈乃止。川班直诉赏，则尽戮其将校而废其班。太祖尝曰：'抚养士卒，不吝爵赏。苟犯吾法，惟有剑耳！'然神机所照，及物无遗。察人之心，而人尽死力。班大原之师,则谓将士曰:'尔辈皆吾腹心爪牙,吾宁不得太原,岂忍令害尔辈也!'或诉郭进修第用筒瓦如诸王制,则曰:'吾于郭进,岂减儿女耶!'祖宗赏罚虽明,有诚心以及物,故天下用命,兵虽少而至精也。逮咸平西北边警之后,兵增至六十万。皇祐之初,兵已一百四十万矣。故翰林学士孙洙,号善论本朝兵者,其言'古者兵一而已,今内外之兵百余万,而别为三四,又离为六七也。别而为三四:禁兵也,厢兵也,蕃兵也。离而为六七者:谓之兵而不知战者也。给漕挽者,兵也;服工役者,兵也;缮河防者,兵也;供寝庙者,兵也;养国马者,兵也;疲老而坐食者,兵也。前世之兵,未有猥多如今日者也;前世制兵之害,未有甚于今日者也。盖常率计,天下之户口千有余万,自皇祐一岁之入一倍二千六百余万,而耗于兵者常十八,而留州以供军者又数百万也。总户口岁入之数,而以百万之兵计之,无十户而资一厢兵,十亩而给一散卒矣。其兵职卫士之给,又浮费数倍,何得而不大蹙也!况积习刊弊,又数十年。教习不精,士气不振。拣兵则点数而已;宣借则重叠妄滥,逃亡已久,而衣粮自如,疲癃无堪,而虚名具数。'元丰中,神宗谓宰臣吴充曰:'祖宗以来,制军有意。凡领在京殿前马步军司所统诸指挥,置都使虞候分领之。凡军中之事,止责分领节度之人,则军众自齐。责之既严,则遇之亦优。故军校转员,有由行伍不久,已转至团练使者。王者之众,不得不然。若诸路,则军校不过各领一营耳。周室虽盛,至康之后,寖已衰微。本朝太平百余年,由祖宗法度具在,岂可轻改也!自昔夷狄横而窥中国者,先观兵之盛衰。然则兵备可一日忘哉!'盖祖宗相承,其爱民之实,若出一心。谓民之作兵者多,与兵之仰者众,而民不可重困也。故张齐贤欲益民兵,吕蒙正曰:'兵非取于民不可。'而真宗以深念扰动边人,遂止。河东、河北既置义勇军,以韩琦忠亮,急于备边,犹欲刺陕西民为义勇,谏官司马光抗章数十万言其不可。熙宁申命天下教保甲,盛于元丰,本《周官》寓兵于农之意;联什伍之民,族党相保。举三路言之,凡有百万人,天下称是。旋亦废置。盖兵虽可练,而民不可重扰也。本朝既以民作军矣,又求之畎亩,则州郡内外皆兵,前世所未有也。此祖宗重以民为兵也。臣谨列自建国已来兵制沿革,与夫祖宗御戎备边，又诸军兴废所因，详著于篇者，凡二百卷。又原祖宗圣意之不见于文字者，为之序。然窃尝谓后世诵帝尧之德，惟知茅茨不剪、土阶三尺而已，至史谓‘就之如日，望之如云’，则尧及物之功，与天地等矣。惟《书》曰：‘乃圣，乃神，乃武，乃文。’具是四者，尧德乃备。则固由所见浅深欤。共惟祖宗以圣神文武，斡运六合，鞭笞四夷，悉本于兵。其精神心术之微，盖不在迹。然效神宗重规叠矩之盛，在本圣心，而其迹顾岂能尽！今臣之浅拙，虽欲绅绎传载所有，不能知也。”

18　熙宁三年，曾宣靖为昭文相，以疾乞解机政。久之，除守司空侍中、河阳三城节度使、集禧观使。王文恭为内相，当制，进进草。神宗读至“高旗巨节，遥临践土之邦；间馆珍台，独挹浮丘之袂。”顾文恭笑云：“此句甚熟，想备下多时。”文恭云：“诚如圣训。”归语其子仲修云：“吾自闻鲁公丐去，即办此一联。”叹服上之精鉴如此。苏仁仲云。

19　裕陵怀韩魏公定策之勋，崇德报功，不次擢其子仪公忠彦登禁路。未及柄用，而魏公薨，甚为不满，故亟用曾宣靖之子令绰执事枢柄。时元丰官制初行，肇建东、西二府，俾迎宣靖，入居虞侍之□，为搢绅之美谈。后二十年，仪公始相祐陵。思陵中兴，兴念故家。所以富郑公之孙季申直柔，仪公之孙似夫肖胄，相继赐第为右府。又三十年，令绰之孙钦道怀亦赐出身，登宰席。皆近世衣冠之盛事。若蔡元长之于攸，秦会之于熺，盖恩泽侯，不足道也。

20　熙宁中，蔡敏肃挺以枢密直学士帅平凉，初冬置酒郡斋，偶成《喜迁莺》一阕：“霜天清晓。望紫塞古垒，寒云衰草。汗马嘶风，边鸿翻月，垄上铁衣寒早。剑歌骑曲悲壮，尽道君恩难报。塞垣乐，尽双鞭锦带，山西年少。　　谈笑。刁斗静，烽火一把，常送平安耗。圣主忧边，威灵遐布，骄虏且宽天讨。岁华向晚愁思，谁念玉关人老？太平也，且欢娱，不惜金尊频倒。”词成，闲步后园，以示其子朦。朦置之袖中，偶遗坠，为廛门老卒得之。老卒不识字，持令笔吏办之。适郡之娼魁，素与笔吏洽，因授之。会赐衣袄中使至，敏肃开燕。娼尊前执板歌此，敏肃怒，送狱根治。倡之侪类，祈哀于中使，为援于敏肃。敏肃舍之，复令讴焉。中使得其本以归，达于禁中，宫女辈但见“太平也”三字，争相传授，歌声遍掖庭，遂彻于宸听，诘其从来，乃知敏肃所制。裕陵即索纸批出云："玉关人老，朕甚念之。枢管有阙，留以待汝。"以赐敏肃。未几，遂拜枢密副使。御笔见藏其孙穑家。史言"献肃交结内侍，进词柄用"，又不同也。

21　元祐二年，东坡先生入翰林，暇日会张、秦、晁、陈、李六君子于私第，忽有旨令撰《赐奉安神宗御容礼仪》，使吕大防口宣茶药诏，东坡就牍书云："於赫神考，如日在天。"顾群公曰："能代下一转语否？"各辞之。坡随笔后书云："虽光明无所不临，而躔次必有所舍。"群公大以耸服。《导引鼓吹词》盖亦是时作，真迹今藏明清处。二事曾国华云。

22　富文忠公熙宁二年再相，王荆公为参知政事，始用事，与文忠不协。文忠力丐去，以使相判河南府；上章自劾，继改亳州。今录于此："清时窃禄，难逃素食之讥；白首佐朝，遂起蔽贤之谤。幸圣明之洞照，举毫发以无遗。顾此薄材，尚容具位。中谢。切念臣业非经远，识寡通方。少因章句之科，得偕群俊；长脱簿书之秩，获事三朝。仁宗之顾遇匪轻，英庙之丁宁尤甚。旋属大人继照，飞龙在天。思肯构于先基，忽遽遗于万物。涧蘋何美，杂圭壁以荐羞；槽枥已疲，复骈骊之共驾。殚力虽劳于负岳，小心更甚于履冰。果不克堪，遂贻弹劾。如安石者，学强辩胜，年壮气豪。论议方鄙于古人，措置肯谐于僚党？至使山林末学，草泽后生，放自得之良心，乐人传之异说。蘋蘋者子，诙诙其书，足以干名，足以取贵。拖绅朝序者非安石之党，则指为俗吏；圜冠校学者异安石之学，则笑为迂儒。叹古人之不生，恨斯文之将丧。臣窃观安石平居之间，则口笔丘、旦；有为之际，则身心管、商。至乃忽故事于祖宗，肆巧讥于中外。喜怒惟我，进退其人。待圣主为可欺，视同僚为不物。台谏官以兹切齿，谓社稷付在何人？士大夫罔不动心，以朝廷安用彼相。为臣及此，事主若何！臣非不能秉笔华衮之前而正其非，覆身青蒲之上而排其失。重念陛下方当渊默尧舜，中和禹汤。同天德之尚□，待人臣之有体。徒高唇吻，莫补聪明。且区区晋都，尚有相先之下佐；况赫赫昭代，岂有不和之大臣！愚念及斯，众言陋此。伏乞陛下特申雄断，大决群疑。正安石过举之谬，以幸保家邦；白臣等后言之罪，而俾归田里。如其尚矜微朽，处以便藩,不唯有遂于物情,亦以不妨于贤路。如是则始终事圣,史传不附于奸朋;去就为臣,物议庶归于直道。"其临薨二表,尤为恳切,明清家旧有之,今不复存。东坡先生公神道碑云"手封遗表,使其子上之"者也。徐敦立《国纪》亦载其略。至于谓"宫闱之臣,不可使之专总兵柄。人心不服,易以败事。"后来童贯之徒是矣。嘻哉,先见之明焉。

23　熙宁初,司天监亢瑛奏:"后三十年,西南有乱出于同姓。"是时,方议皇族补外官,于是诏宗室不得注授川峡差遣。至建中靖国初,赵谂叛于渝州,相距果三十年,其言乃验。继而瑛又言:"丙午、丁未,汴都不守,乘舆有播迁之厄。不可轻改祖宗之法,恐致召乱。"王荆公大怒,启裕陵窜瑛英州。韩知命云。

24　曾文肃十子,最钟爱外祖空青公。有寿词云:"江南客家,有宁馨儿。三世文章称大手,一门兄弟独良眉。籍甚众多,推千里足。来自渥洼,池莫倚善。题鹦鹉,赋青山。须待健时归,不似傲当时。"其后外祖果以词翰名世,可谓父子为知己也。

25　陈禾字秀实,四明人。政和初,为右正言,明目张胆,展尽底缊,时称得人。徽宗批出,除给事中。会宦官童贯、黄经臣恃贵幸骄险,且与中执法卢航相为表里,搢绅侧目,莫敢言者。禾曰:"吾备位台谏,朝廷有至可虑者。一迁给舍,则非其职。此而不言,后悔何追!"未受告命,即抗疏上言,力陈汉、唐之祸,不可不戒。此隙一开,异日有不胜言者,惟陛下留意于未然。论列既久,上以日晚颇饥,拂衣而起,曰:"朕饥矣。"禾褰挽上衣,泣奏曰:"陛下少留,容臣罄竭愚衷。"上为少留。禾曰:"此曹今日受富贵之利,陛下佗日受危亡之祸。孰为重轻,愿陛下择之!"上衣裾脱落。上曰:"正言碎朕衣矣!"禾奏曰:"陛下不惜碎衣,臣又岂惜碎首以报陛下!"其言激切,上为之变色,且曰:"卿能如此,朕复何忧。"内侍请上易衣,上止之曰:"留以旌直节。"翌日,经臣率其党诉于上前曰:"国家极治如此,安得有此不祥之语。"继而卢航上章,谓禾一介书生,言事狂妄。东台之除既寝,复责授信州监酒。久之,自便丐祠,奉亲还里。先是,陈莹中寓居郡中,禾交游日久,又遣其子正彙来从学。后莹中论列蔡元长得罪,禾上书力为救解。及正彙告发蔡氏事,父子俱就逮。监狱者知莹中与禾游,谓言必自禾发，移文取证。禾答以事诚有之，罪不敢逃。人谓禾曰："岂宜以实对？"禾曰："祸福死生，吾自有处。岂肯以一死易不义耶！傥得分贤者罪，固所愿也。"朝廷指以为党，勒停。宣和中，起守龙舒以卒。事见高抑崇阅所述行状。绍熙间，史直翁再相，上其所著《易》与《春秋传》，特官其孙。近修《四朝史》，无人为之立传，此节义遂失传于后世，可胜太息。

26　林子忠有《野史》一编，世多传之。其间议论，与平日所为，极以背驰，殊不可晓。岂非知公论不可揜，欲盖其迹于天下后世耶！

27　东坡先生虽窜斥于绍圣、元符，然元祐中，黄庆基、赵君锡、贾易之徒，已摘取其所行训词中语，以为诋诬。后来施行，盖权舆于是，史册可以具考。

28　近人作好事，如郑介夫、邹志完、陈莹中，士林每以为佳话。然如王和父之救东坡先生，江民表之乞不深治蔡邸狱，丰相之于祐陵前辩元祐诸公之无罪，方轸之上书力诋蔡元长之失，雍孝闻之奉廷对，李虙之《拟贤良策》，数二蔡之奸，二人者俱罹刑辟之类尚多，皆人之所难言。惜乎世人之不尽知也。

29　成都人景焕《野人闲话》，盖乾德三年所述，其间载蜀后主一条，今录于后："蜀后主孟氏，讳昶，字保元，尊号睿文英武仁圣明孝皇帝，道号玉霄子。承高祖纂业，性多明敏，以孝慈仁义，在位三纪已来，尊儒尚学，贵农贱商。初用赵季良、毋昭裔知政事，李仁学、赵廷隐等分主兵权，李昊、徐光浦掌笺檄，王处回为枢要。无何，政教壅滞，恩泽杂遝，一旦赫怒，诛权臣张业，出王处回，自命二相，李昊、徐光浦。开献纳院，创贡举场。不十余年，山西潭隐者俱起，肃肃多士，赳赳武夫，亦一方之盛事。城内人生三十岁有不识米麦之苗者。每春三月、夏四月，有游浣花香锦浦者，歌乐掀天，珠翠阗咽，贵门公子，乘彩舫游百花潭，穷奢极丽。诸王功臣已下，皆置林亭异果名花，小类神仙之境。兵部王尚书珪题亭子诗，其一联曰：'十字水中分岛屿，数重花外见楼台'，皆此类也。自大军收复，蜀主知运数有归，寻即纳款，识者闻之嘉叹。蜀主能文章，好博览，知兴亡，有诗才。尝为箴诫颁诸字人，各令刊刻于坐隅，谓之《颁令箴》曰：'朕念赤子，旰食宵衣。

托之令长，抚养惠绥。政在三异，道在七丝。驱鸡为理，留犊为规。宽猛得所，风俗可移。无令侵削，无使疮痍。下民易虐，上天难欺。赋与是切，军国是资。朕之赏爵，固不逾时。尔俸尔禄，民膏民脂。为民父母，莫不仁慈。勉尔为诚，体朕深私。'"治平中，张次功著《蜀梼杌》，亦书是箴，与此一同。

30　章献明肃初自蜀中泛江而下，舟过真州之长芦，有闽僧法灯者，筑茅庵岸旁。灯一见，听其歌声，许以必贵，倒囊津置入京，继遂遭际。及位长乐，灯尚在。后捐奁中百万缗，命淮南、两浙、江南三路转运使创建大刹，工巧雄丽，甲于南北，俾灯住持，赐予不绝。李邯郸为之碑，至今存焉。皇祐初，名僧谷全，号全大道，以道行价重禅林，住庐山圆通寺。忽一男子货药入山，自云帝子。全见其状貌颇异，厚资其行，使往京师自陈。鞠治得其妄，乃都人冷绪之男青也，诛之。全坐黥配郴州，郡中令荷筑城之土。经岁，当盛暑，忽弛檐市中，作颂云："今朝六月六，老全受罪足。若不登天堂，定是入地狱。"言讫，趺坐而化。郡人即其地建塔焉。事有相类而祸福不侔如此者。徐敦立《国纪》乃云"全与青俱弃市"，误矣。

31　王文穆钦若以故相来守杭州，钱唐一老尉，苍颜华发矣。文穆初甚不乐，询其履历，乃同年生，恻然哀之，遂封章于朝，诏特改京秩。尉以诗谢之云："当年同试大明宫，文字虽同命不同。我作尉曹君作相，东君元没两般风。"晁武子云。

32　章俞者，郇公之族子，早岁不自拘检。妻之母杨氏，年少而寡，俞与之通，已而有娠生子。初产之时，杨氏欲不举，杨氏母勉令留之，以一合贮水，缄置其内，遣人持以还俞。俞得之，云："此儿五行甚佳，将大吾门。"雇乳者谨视之。既长，登第，始与东坡先生缔交。后送其出守湖州诗，首云"方丈仙人出渺茫，高情犹爱水云乡"，以为讥己，由是怨之。其子入政府，俞尚无恙，尝犯法，以年八十，勿论。事见《神宗实录》。绍圣相天下，坡渡海，盖修报也。所谓燕国夫人墓，独处而无衬者，即杨氏也。章房仲云。

33　元丰末，章子厚为门下侍郎，以本官知汝州。时钱穆父为中书舍人，行告词云："鞅鞅非少主之臣，悻悻无大臣之操。"子厚固怨之矣。元祐间，穆父在翰苑，诏书中有"不容群枉，规欲动摇"，以指子厚，尤以切齿。绍圣初，子厚入相，例遭斥逐。穆父既出国门，蔡元度饯别，因诵其前联，云："公知子厚不可撩拨，何故诋之如是？"穆父愀然曰："鬼劈口矣！"元度曰："后来代言之际，何故又及之？"穆父笑曰："那鬼又来劈一劈了去！"朱希真先生云。

34　周美成邦彦，元丰初以太学生进《汴都赋》，神宗命之以官，除太学录。其后流落不偶，浮沈州县三十余年。蔡元长用事，美成献《生日诗》，略云："化行《禹贡》山川内，人在周公礼乐中。"元长大喜，即以秘书少监召；又复荐之，上殿契合，诏再取其本以进。表云："六月十八日赐对崇政殿，问臣为诸生时所进先帝《汴都赋》，其辞云何？臣对曰：'赋语猥繁，岁月持久，不能省忆。'即敕以本来进者。雕虫末技，已玷国恩，刍狗尘言，再干睿览，事超所望，忧过于荣。切惟汉、晋以来，才士辈出，咸有颂述，为国光华，两京天临，三国鼎峙，奇伟之作，行于无穷。共惟神宗皇帝盛德大业，卓高古初，积害悉平，百废具举。朝廷郊庙，罔不崇饰；仓廪府库，罔不充仞；经术学校，罔不兴作；礼乐制度，罔不厘出；攘狄片地，罔不留行。理财禁非，动协成算。以至鬼神怀，鸟兽若。缙绅之所诵习，载籍之所编记，三五以降，莫之与京。未闻承学之臣，有所歌咏，于今无传，视古为愧。臣于斯时，自惟徒费学廪，无益治世万分之一，不揣所堪，哀集盛事，铺陈为赋，冒死进投。先帝哀其狂愚，赐以首领，特从官使，以劝四方。臣命薄数奇，旋遭时变，不能俯仰取容，自触罢废，漂零不偶，积年于兹。臣孤愤莫伸，大恩未报，每抱旧藁，涕泗横流。不图于今得望天表，亲承圣训，命录旧文。退省荒芜，恨其少作，忧惧怕惑，不知所为。伏惟陛下执道御有，本于生知；出言成章，匪由学习。而臣也欲晞云汉之丽，自呈绘画之工，唐突不量，诛死何恨！陛下德侔覆焘，恩浃飞沉，致绝异之祥光，出久幽之神玺。丰年屡应，瑞物毕臻。方将泥金泰山，鸣玉梁父，一代方册，可无述焉。如使臣殚竭精神，驰骋笔墨，方于兹赋，尚有靡者焉。其元丰元年七月所进《汴都赋》，并书共二策，谨随表上进以闻。"表入，乙览称善，除次对内祠。其后宣和中，李元叔长民献《广汴都赋》，上亦甚喜，除秘书省正字。元叔，定之孙也。

35　"柳色黄金嫩,梨花白雪香。"阴铿诗也,李太白取用之。杜子美《太白诗》云:"李白有佳句,往往似阴铿。"后人以谓以此讥之。然子美诗有"蛟龙得云雨,雕鹗在秋天"一联,已见《晋书·载记》矣。如"冰肌玉骨清无汗,水殿风来暗香满",孟蜀王诗,东坡先生度以为词。昔人不以蹈袭为非。《南部烟花录》:"'夕阳如有意,偏傍小窗明。'唐人方域诗。"《新唐书·艺文志》有《方域诗》一卷。《烟花录》一名《大业拾遗记》,文词极恶,可疑。而《大业幸江都记》自有十二卷,唐著作郎杜宝所纂,明清家有之,承平时扬州印本也。

36　沈睿达辽,文通之同包。长于歌诗,尤工翰墨。王荆公、曾文肃学其笔法,荆公得其清劲,而文肃传其真楷。登科后,游京师,偶为人书裙带,词颇不典。流转鬻于相蓝,内侍买得之,达于九禁近幸,嫔御服之,遂尘乙览。时裕陵初嗣位,励精求治,一见不悦。会遣监察御史王子韶察访两浙,临遣之际,上喻之曰:"近日士大夫全无顾藉。有沈辽者,为倡优书淫冶之辞于裙带,遂达朕听。如此等人,岂可不治!"子韶抵浙中,适睿达为吴县令,子韶希旨,以它罪劾奏。时荆公当国,为申解之,上复伸前说,竟不能释疑,遂坐深文,削藉为民。其后卜居池阳之齐山,有集号《云巢编》行于世。

挥麈余话卷之二

37　丁晋公自海外徙宅光州，临终，以一巨箧寄郡帑中，上题云："候五十五年，有姓丁来此作通判，可分付开之。"至是岁，有丁姓者来贰郡政，即晋公之孙，计其所留年月，尚未生。启视之，但一黑匣，贮大端研一枚，上有一小窍，以一棋子覆之，揭之，有水一泓，流出无有歇时，温润之甚，不可名状。丁氏子孙至今宝之。又陈公密缜未达时，尝知端州，闻部内有富民蓄一研，奇甚，至破其家得之。研面世所谓熨斗焦者，成一黑龙，奋迅之状可畏；二鹦鹊眼，以为目。每遇阴晦，则云雾辄兴。公密没，归于张仲谋询，政和间，遂登金门，祐陵置于宣和殿，为书符之用。靖康之乱，龙德宫服御多为都监王球藏匿。事露，下大理，思陵欲诛之。子裳叔祖为棘卿，为之营救，止从远窜。其后北归，以此研谢子裳，至今藏于家。二研真希世之宝也。

38　明清尝于王莹夫瓛处见王荆公手书集句诗一纸云："海棠乱发皆临水，君知此处花何似？凉月白纷纷，香风隔岸闻。啭枝黄鸟近，隔岸声相应。随意坐莓苔，飘零酒一杯。"今不知在何所。

39　周美成晚归钱塘乡里，梦中得《瑞鹤仙》一阕："悄郊原带郭。行路永，客去车尘漠漠。斜阳映山落。敛余红，犹恋孤城阑角。凌波步弱，过短亭，何用素约。有流莺劝我，重解绣鞍，缓引春酌。　　不记归时早暮，上马谁扶？醒眠朱阁。惊飚动幕。犹残醉，绕红药。叹西园，已是花深无地，东风何事又恶。任流光过却。归来洞天自乐。"未几，方腊盗起自桐庐，拥兵入杭。时美成方会客，闻之，仓黄出奔，趋西湖之坟庵。次郊外，适际残腊，落日在山，忽见故人之妾，徒步亦为逃避计。约下马，小饮于道旁旗亭，闻莺声于木杪分背。少焉抵庵中，尚有余醺，困卧小阁之上，恍如词中。逾月贼平，入城，则故居皆遭蹂践，旋营缉而处。继而得请提举杭州洞霄宫，遂老焉。悉符前作。美成尝自记甚详。今偶失其本，姑追记其略而书于编。

40　周美成为江宁府溧水令，主簿之室有色而慧，美成每款洽于尊席之间。世所传《风流子》词,盖所寓意焉:"新绿小池塘。风帘动,碎影舞斜阳。羡一作见金屋去来,旧时巢燕,土花缭绕,前度莓墙。绣阁凤帷深几许,听得理丝簧。欲说又休,虑乖芳信,未歌先噎,愁转清商。　　暗想新妆了,开朱户,应自待月西厢。最苦梦魂,今宵不到伊行。问甚时却与,佳音密耗,拟将秦镜,偷换韩香。天便教人,霎时厮见何妨。"新绿、待月,皆簿厅亭轩之名也。俞羲仲云。

41　曾文肃初与蔡元长兄弟皆临川王氏之亲党,后来位势既隆,遂为仇敌。崇宁初,文肃为元长攘其相位。文肃以观文守南徐,时元度帅维扬,赴镇过郡,元度开燕甚勤,自为口号云:"并居二府,同事三朝。怅契阔于当年,喜逢迎于斯地。"又云:"对掌紫枢参大政,同扶赫日上中天。"谬为恭敬如是,而中实不然。已而兴狱,文肃遂迁衡阳。

42　元祐初,滕章敏帅定武时,耿晞道南仲为教授。偶燕集郡僚,章敏席间作诗,坐客皆和,独晞道辞云:"某以经义过省,不习为诗。"章敏之婿何洵直,滑稽名世,忽云:"熙宁中,裕宁后苑射弓,而殿帅林广云'不能',上询其故,云:'臣本出弩手。'阖坐大笑。"黄六丈叔愚云。

43　李处迈,邯郸之孙。政和初,以直秘阁知相州。外甥张澄如莹,絲宗女夫为承节郎,侍行,掌扎牍之寄。时聂贲远山为郡博士,王将明甫为决曹掾。如莹处甥馆,既与二公往还,且周旋甚至,悉皆怀感。王、聂同年生也,始甚欢;而聂于乐籍中有所属意,王亦昵之,每戒不令前,聂恨之,因而遂成仇怨。其后,甫改名黼,为相,荐如莹易文阶,除枢密院编修,已而更秩为郎。聂后以蔡元长称其刚方有立,荐之,改名昌,擢侍从。黼大用事,贬聂散官,安置衡州,益衔黼矣。靖康,时事大变,召登政府。黼之诛死,聂有力焉。而聂亦以是岁出使至绛州,被害。黼初败,如莹踪迹颇危,赖聂之回互,竟无它。南渡之后,出入中外,浸登要途,至端明殿学士、宣奉大夫,拜庆远军节目以终。四十三年无一日居闲,中兴以来,如莹一人而已。孙长文云。

44　徐干臣伸,三衢人。政和初,以知音律为太常典乐,出知常州。尝自制《转调二郎神》之词云:"闷来弹鹊,又搅碎,一帘花影。漫试着春衫,还思纤手,薰彻金虬烬冷。动是愁端如何向,但怪得,新来多病。嗟旧日沈腰,如今潘鬓,怎堪临镜? 重省。别时泪滴,罗襟犹凝。为我厌厌,日高慵起,长托春醒未醒。雁足不来,马蹄难驻,门掩一亭芳景。空伫立,尽日栏干倚遍,昼长人静。"既成,会开封尹李孝寿来牧吴门。李以严治京兆,号李阎罗。道出郡下,干臣大合乐燕劳之,喻群娼令讴此词,必待其问乃止。娼如戒,歌至三四。李果询之,干臣蹙颊云:"某顷有一侍婢,色艺冠绝。前岁以亡室不容,逐去。今闻在苏州一兵官处,屡遣信欲复来,而今之主公靳之。感慨赋此。词中所叙,多其书中语。今焉适有天幸,公拥麾于彼,不审能为我之地否?"李云:"此甚不难,可无虑也。"既次无锡,宾赞者请受谒次第。李云:"郡官当至枫桥。"桥距城十里而远。翌日,舣舟其所,官吏上下望风股栗。李一阅刺字,忽大怒云:"都监在法不许出城,乃亦至此,使郡中万一有火盗之虞,岂不殆哉!"斥都监下阶,荷校送狱。又数日,取其供牍判奏字。其家震惧求援,宛转哀鸣致恳。李笑云:"且还徐典乐之妾了来理会。"兵官者解其指,即日承命,然后舍之。曾仲恭云。

45　东坡先生出帅定武,黄门以书荐士往谒之。东坡一见云:"某记得一小话子。昔有人发冢,极费力,方透其穴,一人裸坐其中,语盗曰:'公岂不闻此山号首阳,我乃伯夷,焉有物邪?'盗慊然而去。又往它山,镵治方半,忽见前日裸衣男子从后拊其背曰:'勿开,勿开,此乃舍弟墓也。'"徐敦立云。

46　政和建艮岳,异花奇石,来自东南,不可名状。忽灵璧县贡一巨石,高二十余丈,周围称是。舟载至京师,毁水门楼以入,千夫舁之不动。或启于上云:"此神物也,宜表异之。"祐陵亲洒宸翰云:"庆云万态奇峰。"仍以金带一条挂其上,石即遂可移。省夫之半,顷刻至苑中。李平仲云。

47　潘兑,字说之,吴门人,仕祐陵为侍从。宣和初,奉祠居里中。时郡民朱勔以幸进,宠眷无比。父冲殂,勔护丧归葬乡间,倾城出迓,而潘独不往。潘之先茔,适有山林形势,近冲新阡,勔欲得之,乃修敬于潘,杜门弗纳。勔恃恩自恣,遣人讽之,且席以薰天之势。潘一切拒之。勔归京师,果诉于上,降御笔夺之。已而又讽御史诬之以罪,而褫潘之职。虽抑之于一时,而吴人至今称之。曾育当时云。

48　祐陵时有僧妙应者，江南人，往来京、洛间，能知人休咎。其说初不言五行形神，且不在人之求而告之。佯狂奔走，初无定止。饮酒食肉，不拘戒行。人呼之为"风和尚"。蔡元长褫职居钱塘，一日忽直造其堂，书诗一绝云："相得端明似虎形，摇头摆脑得人憎。看取明年作宰相，张牙劈口吃众生。"又书其下云："众生受苦，两纪都休。"已而悉如其言。绍兴初，犹在广中，蜕寂于柳州。明清《投辖录》中亦书其略。苏训直批云。

49　蔡攸尝侍徽宗曲宴禁中，上命连沃数巨觥，屡至颠仆。赐之未已，攸再拜以恳曰："臣鼠量已穷，逮将委顿，愿陛下怜之。"上笑曰："使卿若死，又灌杀一司马光矣。"始知温公虽遭贬斥于一时，而九重固自敬服如此。乐寿之云。

50　李彦思邈，曾文肃之甥，早岁及第，文采为政，称于一时。蔡元长与之连，初亦喜之。后元长与文肃交恶，始恶之。政和初，自江外作邑归，时元长以师垣秉钧。入谒之后，元长语其所厚曰："李邈面目如此，所欠一黥耳。"彦思闻之皇恐，即上书欲愿投笔。比再见元长，元长曰："公乞易武，早已降旨换授庄宅使矣。"邈闻语，即趋廷下，效使臣之喏云："李邈谢太师！"更不再升阶而出。元长笑云："李彦思元来了得遮一解。"即除知保州见阙。中父舅云。

51　詹大和坚老来京师，省试罢，坐微累下大理。时李传正端初为少卿，初入之时，坚老哀鸣曰："某远方举人，不幸抵此，祈公怜之。"端初怒，操俚谈诟曰："子觜尖如此，诚奸人也！"因困辱之。已而榜出奏名，所犯既轻，在法应释，得以无事。自此各不相闻。后十余年，端初为淮南路转运副使，既及瓜，坚老自郎官出为代。端初固忘之，而坚老心未能平也。相见各叙昧生平而已。既再见，端初颇省其面目，犹不记前事，因曰："郎中若有素者，岂尝解后朝路中邪？风采堂堂，非曩日比也。"坚老答曰："风采堂堂，固非某所自见。但不知比往时觜尖不尖否？"端初愧怍而瘝。端初有子，即粹伯处全也。粹伯乃外祖之遗体，不但曾氏之指节可验，而高明豪放酷肖之。粹伯亦不自隐，礼待二家均一。世亦多知之。传正，邯郸公淑孙也。

52　凤翔府太平观主道士张景先，出入黄安中之门甚久。安中坐此,弹章中颇及之。有闽人黄谦者,狡狯人也,自买度牒,远投景先,求为弟子,因得以识安中。后归闽,遂住武夷山,每对客,必目安中为家兄。人以其名连《易》卦,颇以为然。安中至里中焚黄,谦亦谒之,安中以景先之故,稍礼之。逮安中北还,谦宣言送伯氏出闽,以山轿迹其后,所至官吏眦所睹,示不疑也。安中既多在北方,而闽距京师稍远,安中名重一时,谦借其声势,大为奸利,人不敢何。一日,安中遣倅归邵武,间有客道其事者,倅大不平,云:"须当痛治之。"谦伺其来,候于道左伏谒,礼甚恭。方欲诘其事,谦曰:"无广此言,聊假虎威耳。"举初甚厚,遂为款留数日,不问而去。自是众益信之。人之无良有如是者。谦后至政和间,遂得幸为道官。_{黄宋翰云。}

    53   王履道初自大名府监仓任满至京师,茫然无所向,会梁师成赐第初成,极天下之华丽,许士庶入观,履道鬓两角,以小篮贮笔墨径入,就其新堂大书歌行以美之,末云"初寮道人",掷笔而出。主隶辈见其人物伟胜,词翰妙绝,众目巨侧。时方崇尚道教,直以为神仙降临,不敢呵止,亟以报师成。师成读之大喜,即令物色延见。索其它文,益以击节,荐之于上。不数年,登禁林,入政府,基于此也。_{谢景思云。}

    54   刘跛子者,洛阳人。知人死生祸福,岁一至京师。前辈杂说中多记之。至宣和犹在,蔡元长正炎盛,闻其入都,在大房中下。大房者,外方居养福田院之类。即令其子绦屏骑从往访之,跛子以手挥之,勿令前,且取一瓦砾,用土书一"退"字,更无它语。绦归,以告于元长,元长悟其言而不能用,遂至于败。

    55   蔡元长帅成都,尝令费孝先画卦影,历历悉见后来,无差豪之失。末后画小池,龙跃其中。又画两日两月,一屋有鸥吻,一人掩面而哭。不晓其理。后元长南窜,死于潭州昌明寺,始悟焉。_{蔡徽云。}

    56   蔡元长少年鼎贵,建第钱塘,极为雄丽,全占山林江湖之绝胜,今行在殿前司是也。宣和末,金寇豕突,尽以平日之所积,用巨舰泛汴而下,置其宅中。靖康初,下籍没之诏,适毛达可友守杭州,达可,元长门下士也,缓其施行,密喻其家藏隐逾半,所以蔡氏之后皆不贫。又尝以金银宝货四十担寄其族人家海盐者。已而蔡父子兄弟诛

窜,不暇往索,尽掩为己有。至今海盐蔡氏,富冠浙右。_{胡元功云。}

57　绍圣初,治元祐党人。秦少游出为杭州通判,坐以修史诋诬,道贬监处州酒税。在任,两浙运使胡宗哲观望罗织,劾其败坏场务,始送郴州编管。黄鲁直罢守当涂,寓居荆南,作《承天院塔记》,湖北转运判官陈举迎合中司赵正夫,发其中含谤讪,遂编管宜州。陈举者,乃宗哲之婿,可谓冰清玉润也。

58　苏在廷元老,东坡先生之从孙,自幼即卓然,东坡许之。元符末入太学,东坡已度海。每与其书,委曲详尽。宣和中,历馆职、郎曹、奉常。言者论其宗元祐学术,罢为宫观。而谢表乃云:"念昔党人,偶同高祖。"士大夫颇少之。_{张文老云。}

59　靖康中,蔡元长父子既败,言者攻之,发其奸恶,不遗余力,盖其门下士如杨中立、孙仲益之类是也。李泰发光时为侍御史,独不露章,且劝勿为大甚,坐是责监汀州酒税。谢表云:"当垂涕止弯弓之射,人以为狂。然临危多下石之徒,臣则不敢。"士大夫多称之。_{陆务观云。}

60　张邦昌僭位,国号大楚。其坐罪,始责昭化军节度副使,潭州安置。既抵贬所,寓居于郡中天宁寺。寺有平楚楼,取唐沈传师"目伤平楚虞帝魂"之句也。朝廷遣殿中侍御史马伸赐死,读诏毕,张徘徊退避,不忍自尽。执事者趣迫登楼,张仰首,急睇三字,长叹就缢。_{钱秉之元成云。}

61　赵德夫明诚《金石录》云:"唐韦绚著《刘公嘉话》,载武氏诸碑,一夕风雨,失龟趺之首,凡碑上武字皆不存。已而武元衡遇害。后来考之,武字皆完,龟首固自若。韦绚之妄明矣,而益知小说传记不足信也。"明清后见《元和姓纂》,绚乃执谊之子,其虚诞有从来也。

62　建炎戊申冬,高宗驻跸维扬,时未经兵烬,井邑全盛。向子固叔坚来赴,调于行在所,冠盖阗委。偶邂逅金坛士子郭珣瑜者,因与共处于天宁寺佛殿之供卓下。一夕夜半,忽呼郭觉而语云:"有一事甚异。适梦吾服金紫来领此郡,皆荆榛瓦砾之场,非复今日。入城,亦有官吏父老辈相迎,皆萧索可怜。公衣绿袍于众客中。不可晓也。"已而虏人南寇,六飞渡江,城之内外悉遭焚毁。后二十年,叔坚果握帅符。郭登第未久，为郡博士，邂于郊外。始悟前梦，相与感叹。向荆父云。

63　康倬字为章，元祐名将识之子。少日不拘细行。游京师，生计既荡析，遂偶一娼。始来，即诡其姓名曰李宣德。情意既洽，妇人者亦恋恋不忍舍。为章谓曰："吾既无室家，汝肯从我南下为偕老之计乎？"娼大然之。橐中所有甚富，分其半以遗姥。指天誓日，不相弃背。买舟出都门，沿汴行裁数里，相与登岸，小酌旗亭。伺娟之醉，为章解缆亟发。娼拗怒，戟手于河浒，为章弗顾也。娼既为其所给，仓黄还家。后数年，为章再到京师，过其门，娼母子即呼街卒录之。为章略无惮色。时李孝寿尹开封，威令凛然。既至府，为章自言平时未尝至都下，无由识此曹，恐有貌相肖者，愿试询之。尹以问娼，娼曰："宣德郎李某也。"为章遽云："己即右班殿直康倬也。"尹曰："诚倬也，取文书来。"为章探怀中，取吏部告示文字以呈之。尹抚案大怒曰："信知浩穰之地，奸欺之徒，何所不有！"命重杖娼之母子，令众通衢；慰劳为章而遣之。李尹自以谓益显神明之政矣。为章自此折节读书，易文资，有名于世。后来事浸露，李尹闻之，尝以语外祖曰："仆为京兆，而康为章能作此奇事，可谓大胆矣！"与之，其子也。宏父舅云。

64　向宗厚履方，建炎末为枢密院计议官。履方美髯而若滑稽之状，裹华阳巾，缠足极弯，长于钩距。同舍王俛公为尝戏语之曰："君唐明皇时四人合而为一，何邪？"向曰："愿闻之。"公为曰："君状类黄幡绰，头巾类叶法善，脚类杨贵妃，心肠似安禄山。"席间一笑。履方不欢。后程致道行其祠部员外郎告词云："汝佩服高古，操履甚恭。"又以戏之。向止叔云。

65　宋道方毅叔以医名天下，居南京。然不肯赴请，病者扶携以就求脉。政和初，田登守郡，母病危甚，呼之不至。登怒云："使吾母死，亦以忧去。杀此人，不过斥责。"即遣人禽至廷下，荷之云："三日之内不痊，则吾当诛汝以徇众。"毅叔曰："容为诊之。"既而曰："尚可活。"处以丹剂，遂愈。田喜甚，云："吾一时相困辱，然岂可不刷前耻乎？"用太守之车，从妓乐，酬以千缗，俾群卒负于前，增以彩酿，导引还其家。旬日后，田母病复作，呼之，则全家遁去，田母遂殂。盖其疾先已在膏肓,宋姑以良药缓其死耳。程可久云。

66 王况字子亨,本士人,为南京宋毅叔婿。毅叔既以医名擅南北,况初传其学,未精,薄游京师,甚凄然。会盐法忽变,有大贾睹揭示,失惊吐舌,遂不能复入。经旬食不下咽,尪羸日甚,国医不能疗。其家忧惧,榜于市曰:"有治之者,当以千万为谢。"况利其所售之厚,姑往应其求。既见贾之状,忽发笑不能制,心以谓未易措手也。其家人怪而诘之,况谬为大言答之曰:"所笑者辇毂之大如此,乃无人治此小疾耳!"语主人家曰:"试取《针经》来。"况谩检之,偶有穴与其疾似是者,况曰:"尔家当勒状与我,万一不能活,则勿尤我。当为若针之,可立效。"主病者不得已,亦从之。急针舌之底,抽针之际,其人若委顿状,顷刻舌遂伸缩如平时矣。其家大喜,谢之如约,又为之延誉,自是翕然名动京师。既小康,始得尽心《肘后》之书,卒有闻于世。事之偶然有如此者。况后以医得幸,宣和中为朝请大夫。著《全生指迷论》一书,医者多用之。外舅云。

67 杨介吉老者,泗州人,以医术闻四方。有儒生李氏子,弃业,愿娶其女,以受其学。执子婿礼甚恭,吉老尽以精微告之。一日,有灵壁县富家妇有疾,遣人邀李生以往。李初视脉云:"肠胃间有所苦邪?"妇曰:"肠中痛不可忍,而大便从小便中出。医者皆以谓无此证,不可治,故欲屈君子。"李曰:"试为筹之。若姑服我之药,三日当有瘳。不然,非某所知也。"下小元子数十粒,煎黄蓍汤下之。富家依其言,下脓血数升而愈。富家大喜,赠钱五十万。置酒以问之,曰:"始切脉时,觉芤脉现于肠部。王叔和《脉诀》云:'寸芤积血在胸中,关内逢芤肠里痛。'此痛生肠内所以致。然所服者,乃云母膏为丸耳。"切脉至此,可以言医矣。李后以医科及第,至博士。李稙元秀,即其从子也。王宪臣云。

68 王称定观者,元符殿帅恩之子。有才学,好与元祐故家游。范元实温《潜溪诗眼》中亦称其能诗。政和末,为殿中监,年二十八矣,眷柬甚渥。少年贵仕,酒色自娱。一日,忽宣召入禁中,上云:"朕近得一异人,能制丹砂,服之可以长生久视。炼治经岁而成,色如紫金。卿为试之。"定观忻跃拜命,即取服之。才下咽,觉胸间烦燥之甚。俄顷，烟从口中出。急扶归，已不救。既殁之后，但闻棺中剥啄之声，莫测所以。已而火出其内，顷刻之间遂成烈焰，室庐尽焚。开封府尹亟来救之，延烧数百家方止。但得枯骨于余烬中，亦可怪也。范子济云。

69　丁广者，明清里中老儒也。与祖父为辈行，尝任保州教授。郡将武人，而通判者戚里子，悉多姬侍，以酒色沈纵。会有道人过郡，自言数百岁，能炼大丹，服之可以饱耆欲，而康强无疾，然后飞升度世。守、贰馆之，以先生之礼事之。选日创丹灶，依其法炼之，四十九日而成。神光属天，置酒大合乐相庆，然后尝之。广闻之，裁书以献，乞取刀圭，以养病身。道人者以其骨凡，不肯与。守、贰怜之，为请，仅得半粒。广忻然服之。不数日，郡将、通判皆疽发于背。道人宵遁。守、贰相继告殂。广腰间亦生疖，甚皇恐，亟饮地浆解之，得愈。明年考满改秩，归里中，疾复作，又用前法，稍痊。偶觉热躁，因澡身，水入创口中，不能起。金石之毒，有如此者。并书之于此，以为世诫云。

70　秦会之初自虏中还朝，泛海至楚州。楚守杨揆子才疑以为伪，即欲斩之。馆客管当可者，谓揆曰："万一果然，朝廷知之匪便。不若津遣赴行在，真假自辨矣。"揆于是遣人阴加防闲，护送至会稽。会之既相，访寻当可，官其二子。揆屏迹天台，不敢出者逾二十年。会之末年，始得刘景，以为台州守，欲与綦、谢二家并治之，而会之死。高宗偶记其姓名，召用之，后为次对，累典名藩。斯亦命也。

71　毌丘俭贫贱时，尝借《文选》于交游间，其人有难色，发愤异日若贵，当板以镂之遗学者。后仕王蜀为宰，遂践其言刊之。印行书籍，创见于此。事载陶岳《五代史补》。后唐平蜀，明宗命太学博士李锷书《五经》，仿其制作，刊板于国子监，监中印书之始。今则盛行于天下，蜀中为最。明清家有锷书印本《五经》存焉，后题长兴二年也。

72　明清《第三录》载秦会之靖康末议状全篇。比见任常保孙言：尝闻之于游定夫之孙九言云：乃马伸先觉之文也。初，会之为御史中丞，虏人议立张邦昌以主中国。先觉为监察御史，抗言于稠人广坐中曰："吾曹职为争臣，岂可坐视缄默，不吐一词？当共入议状，乞存赵氏。"会之不答。少焉属纩,遂就呼台史连名书之。会之既为台长,则当列于首。以呈会之,会之犹豫。先觉帅同僚合辞力请,会之不得已,始肯书名。先觉遣人疾驰,以达虏酋。所以秦氏所藏本犹云"桧等"也。先觉中兴初任殿中侍御史,以亮直称于一时,为汪、黄所挤,责监濮州酒税。后高宗思之,以九列召,示以大用,而先觉已死。会之还自虏中,扬言己功,尽掠其美名,遂取富贵,位极人臣,势冠今古。先觉子孙,漂泊闽中。先觉有甥何玩者,慷慨自任,得其元纩,累欲上之,而马氏子止之云:"秦会之凶焰方炽,其可犯邪!"绍兴乙亥春,玩忽梦先觉衣冠如平生,云秦氏将败,趣使往陈之。玩即持其纩以叫阍。会之大怒,诬以他罪,下玩大理,窜岭外。抵流所未几,而会之果殂。其家讼冤,诏复玩故官,后至员郎。先觉忠绩,遂别白于时。游与马邻墙而居,得其详云。

73　秦会之、范觉民同在庙堂,二公不相咸。虏骑初退,欲定江西二守臣之罪:康倬知临江军,弃城而走;抚州守王仲山,以城降。仲山,会之妇翁也,觉民欲宽之。会之云:"不可。既已投拜委质于贼,甚么话不曾说,岂可贷邪!"盖诋觉民尝仕伪楚耳。

74　秦熺,本王晚之孽子。晚妻郑氏,达夫之女。晚赘妇家而早达,郑氏怙势而妒。熺既诞,即逐其所生,以熺为会之乞子。会之任中司,虏拘北去,夫妇偕行,独留熺于会之夫人伯父王仲嶷丰父家。丰父子时憰而傲,每凌侮之。其后会之用其亲党,遍跻要途,独时每以参议官处之。王浚明云。

75　王仲嶷字丰父,歧公暮子,有风采,善词翰,四六尤工。以名字典郡。政和末,为中大夫,守会稽,颇著绩效,如乾湖为田、导水入海是也。童贯时方用事,贯苦脚气,或云杨梅仁可疗是疾,丰父衰五十石以献之,才可知矣。后擢待制。再任不历贴职,径登次对,前后惟丰父一人。初,歧公为首台,元丰末命。或云,歧公有异议。绍圣亲政,追贬万安军司户,诸子皆勒停,不得入国门;夺所赐第,以予王荆公家。崇宁初,以为臣不忠,列党籍碑。至是,丰父既有内援,而又郑达夫歧公之婿,相与申理,遂洗前诬,诏尽复歧公爵谥。祐陵又题其墓刻云:"元丰治定弼亮功成之碑。"御笔云:"嘉祐中,英宗立为皇子,王珪时为学士,预闻大议。近因其子仲嶷以其诏藁来上,始得究其本末。乃知神考擢置政府,厥有攸在。协赞事功,维持法度,十有六年。元丰末,上自有子,发言自珪,遂定大策,安宗庙。坠碑未立,恻然于怀。赐额亲笔书题。"此政和七年二月丙子也。丰父谢表,有"金杯赐第,玉篆题碑"之对。建炎初,知袁州,虏人寇江西,坐失守削籍,与马子约皆寓居永嘉。丰父兄仲山同时牧临川,以城降坐废。子约酒酣,戏之云:"平原太守,吾兄也。"后秦会之再入相,会之,仲山婿也。丰父以启恳之云:"黄纸除书,久无心于梦寐;青毡旧物,尚有意于陶镕。"会之为开陈,诏复元官,奉祠放行。奏荐时,丰父寄禄已为通议大夫,不问职名,所以诸孙皆奏京秩。年八十余卒。有子晓,亦能文。

76　祖宗以来,帅蜀悉杂学士以上方为之。李璆西美坐蔡元长党,久摈不用。绍兴中,乃以女适秦会之夫人之弟王历,因而内相昵结,起帅泸南,已而复次对,制阃成都。自是蜀帅职始杀矣。其后曹筠、王刚中是也。_{张文老云。}

77　熙宁三年,诏宗室出官从政于外方,惟不许入蜀。郑亨仲本秦会之所引,自温州判官,不数年登禁近,遂以资政殿大学士宣抚川、陕。亨仲驾驭诸将有理,诸将虽外敬而内惮之。适亨仲有忤秦之意,因相与媒蘗,言其有跋扈状。秦闻之,谋于王显道暎。暎云:"不若遣一宗室有风力者往制之。"因荐赵德夫不弃焉。于是创四川总领财赋,命德夫至坤维。得晁公武子止于冷落中,辟为干办公事,俾令采访亨仲阴事,欲加以罪。又以德夫子善究为总领司干办公事,越常制也。子止又引亨仲所逐使臣魏彦忠者,相与物色其失上闻,遂兴大狱,审籍亨仲,即召德夫为版曹云。_{张文老云。}

78　廉宣仲布,建炎初自其乡里山阳避寇南来,所携巨万。至临安,寓居吴山之下。舍馆甫定,而郡兵陈通等乱,囊橐悉为劫掠,一簪不遗,夫妇彷徨。宣仲昔在京师为学官日,与侍晨道士时若愚游,至是闻若愚用事贼间,姑往访之。一见,甚笃绨袍之义。且云:"吾从盗所得宝货盈屋。败露指日,悉录于官矣。纵尽以与君,无憾,然度必不能保。今有两箧,以授子。可亟去此,庶有生理。"又令二校防护出关而返。宣仲夫妇既幸脱厄,买舟趋雪川,来依外祖空青公。空青馆置于所泊僧舍。宣仲,张子能婿也。外祖戏曰:"君真是没兴徐德言矣。"按堵之后,启箧视之,皆黄金也;计其所失,无毫厘之差。宣仲后坐姻党摈不用,借此得以自存焉。宣仲自云。

79　靖康初,秦会之自御史丐祠,归建康,僦舍以居。适当炎暑,上元宰张师言昌访之。会之语师言:"此屋粗可居,但每为西日所苦,奈何! 得一凉棚备矣。"翌日未晓,但闻斤斧之声;会之起视之,则松棚已就。询之,匠者云:"县宇中方创一棚,昨日闻侍御之言,即辍以成此。"会之大喜。次年,会之入为中司,北去。又数年还朝,已而拜相。时师言年逾七十,会之于是就官簿中减去十岁,擢知楚州,把麾持节者又逾十年,然后挂冠,老于潜、皖,近九十而终。师言诗文甚佳,多传于外。李元度云。

80　陈彦育序,丹扬士子。从后湖苏养直学诗,造其三昧。向伯恭为浙漕,访养直于隐居,彦育适在坐,一见喜之,邀与之共途,益以契合,遂以其爱姬寇氏嫁之携归。逾年,伯恭登从班,乃启于思陵云:"寇氏,莱公之元孙,其后独有此一女,乞以一官与其夫。"陈序遂诏特补和州文学。伯恭为自制簪裳靴笏,令人赍黄牒往并授之,并以白金为饷。彦育方教村童于陋巷,持书人至,彦育疑非其所有。至出补牒,见其姓名,始拜命。望逾意表,不胜惊喜。闾巷为之改观。其后终于删定官。明清有其诗一秩,至今尚存也。向止叔云。

81　明清壬子岁仕宁国,得王俊所首岳侯状于其家云:"左武大夫果州防御使差充京东东路兵马钤辖御前前军副统制王俊右。俊于八月二十二日夜二更以来,张太尉使奴厮儿庆童来请俊去说话。俊到张太尉衙,令虞候报覆,请俊入宅,在莲花池东面一亭子上。张太尉先与一和尚何泽,点着烛,对面坐地说话。俊到时,何泽更不与俊相揖,便起向灯影黑处潜去。俊于张太尉面前唱喏。坐间,张太尉不作声。良久问道:'你早睡也,那你睡得着!'俊道:'太尉有甚事睡不着?'张太尉道:'你不知自家相公得出也!'俊道:'相公得出,那里去?'张太尉道:'得衢、婺州。'俊道:'既得衢州,则无事也。有甚烦恼?'张太尉道:'恐有后命。'俊道:'有后命如何?'张太尉道:'你理会不得？我与相公从微相随，朝廷必疑我也。朝廷交更翻朝见，我去则不必来也！'俊道：'向日范将军被罪，朝廷赐死。俊与范将军从微相随，俊元是雄威副都头，转至正使，皆是范将军。兼系右军统制，同提举一行事务。心怀忠义，到今朝廷何曾赐罪？太尉不须别生疑虑。'张太尉道：'更说与你。我相公处有人来，交我救他。'俊道：'如何救他？'张太尉道：'我遮人马动，则便是救他也。'俊道：'动后甚意似？'张太尉道：'这里将人马老小，尽底移去襄阳府不动，只在那驻札。朝廷知，必使岳相公来弹压抚喻。'俊道：'太尉不得动。人道若太尉动人马，朝廷必疑，岳相公越被罪也。'张太尉道：'你理会不得。若朝廷使岳相公来时，便是我救他也。若朝廷不肯交相公来时，我将人马分布，自据襄阳府。'俊道：'诸军人马，如何起发得？'张太尉道：'我虏劫舟船，尽装载步人老小，令马军便陆路前去。'俊道：'且看国家患难之际，且更消停。'张太尉道：'我待做，你安排着。待我交你下手做时，你便听我言语。'俊道：'恐军中不伏者多。'张太尉道：'谁敢不伏？傅选道伏我不伏？'俊道：'傅统制慷慨之人，丈夫刚气，必不肯伏。'张太尉道：'待有不伏者剿杀。'俊道：'这军马做甚名目起发？'张太尉道：'你问得我是，我假做一件朝廷文字教发。我须交人不疑。'俊道：'太尉去襄阳府，后面张相公遣人马来追袭如何？'张太尉道：'必不敢来赶我。投他人马来到这里时，我已到襄阳府了也。'俊道：'且如到襄阳府，张相公必不肯休，继续前来收捕，如何？'张太尉道：'我又何惧！'俊道：'若番人探得知，必来夹攻。太尉南面有张相公人马，北面有番人，太尉如何处置？'张太尉冷笑：'我别有道理。待我遮里兵才动，先使人将文字去与番人。万一支吾不前，交番人发人马助我。'俊道：'诸军人马老小数十万，襄阳府粮如何？'张太尉道：'这里粮尽数著船装载前去。郢州也有粮，襄阳府也有粮，可吃得一年。'俊道：'如何这里数路应副，钱粮尚有不前？那里些小粮，一年已后无粮，如何？'张太尉道：'我那里一年已外不别做转动？我那里不一年，交番人必退。我迟则迟动，疾则疾动，你安排着。'张太尉又道：'我如今动后，背嵬、游奕伏我不伏？'俊道：'不伏底多。'张太尉道：'姚观察背嵬王刚、张应、李璋伏不伏？'俊道：'不知如何。''明日来，我这里聚厅时，你请姚观察、王刚、张应、李璋，云你衙里吃饭，说与我这言语。说道张太尉一夜不曾得睡，知得相公得出，恐有后命。今自家潭都出岳相公门下，若诸军人马有语言，交我怎生置御？我东则东，随他人。我又不是都统制，朝廷又不曾有文字交我管。他潭有事，都不能管得。'至三更后，俊归来本家。次日天晓二十三日早，众统制官到张太尉衙前，张太尉未坐衙，俊叫起姚观察，于教场内亭子西边坐地。姚观察道：'有甚事，大哥？'俊道：'张太尉一夜不曾睡，知得相公得出，大段烦恼。道破言语，交俊来问观察如何？'姚观察道：'既相公不来时，张太尉管军事。节都在张太尉也。'俊问观察道：'将来诸军乱后如何？'姚观察道：'与他弹压，不可交乱，恐坏了这军人马。你做我覆知太尉，缓缓地，且看国家患难面。'道罢，各散去，更不曾说张太尉所言事节。俊去见张太尉，唱喏。张太尉道：'夜来所言事如何？'俊道：'不曾去请王刚等，只与姚观察说话。来覆太尉道：恐兵乱后，不可不弹压。我游奕一军，钤束得整齐，必不到得生事。'张太尉道：'既姚观察卖弄道他人马整齐，我做得尤稳也。你安排着。'俊便唱喏出来。自后不曾说话。九月初一日，张太尉起发赴枢密院行府，俊去辞，张太尉道：'王统制，你后面粗重物事转换了著。我去后，将来必共这潭一处。你收拾，等我来叫你。'重念俊元系东平府雄威第八长。行日本府阙粮，诸营军兵呼千等结连俊，欲劫东平府作过，当时俊食禄本营，不敢负于国家，又不忍弃老母，遂经安抚司告首，奉圣旨补本营副都头。后来继而金人侵犯中原，俊自靖康元年首从军旅于京城下，与金人相敌斩首，及俊口内中箭，射落二齿，奉圣旨特换授成忠郎。后来并系立战功，转至今来官资。俊尽节仰报朝廷。今来张太尉结连俊起事，俊不敢负于国家，欲伺候将来赴枢密行府日，面诣张相公前告首。又恐都统王太尉别有出入，张太尉后面别起事背叛，临时力所不及，使俊陷于不义。俊已于初七日面覆都统王太尉讫。今月初八日纳状告首，如有一事一件分毫不实，乞依军法施行。乃俊自出官已来，立到战功，所至今来官资，即不曾有分毫过犯。所有俊应干告敕宣札在家收附外，有告首呼千等补副尉都头宣缴申外，庶晓俊忠义，不曾作过不敢负于国家。谨具状披告，伏候指挥。"次岁，明清入朝，始得诏狱全案观之,岳侯之坐死,乃以尝自言与太祖俱以三十岁为节度使,以为指斥乘舆,情理切害;及握兵之日,受庚牌不即出师者凡十三次,以为抗拒诏命。初不究"将在军,君命有所不受"之义。又云:"岳云与张宪书,通谋为乱。"所供虽尝移缄,既不曾达,继复焚如,亦不知其词云何,且与元首状了无干涉。锻炼虽极,而不得实情,的见诬罔,孰所为据,而遽皆处极典,览之拂膺!傥非后来诏书湔洗追褒,则没地衔冤于无穷。所可恨者,使当时推鞠酷吏漏网,不正刑典耳!王俊者,初以小兵,徒中反告,而转资,晚以裨将而妄讦主帅,遂饕富贵。驵卒钤奴,一时倾崄,不足比数。考其终始之间,可谓怪矣。首状虽甚为鄙俚之言,然不可更一字也。

82　田登知南都。一日词状,忽二人扶一癃老之人至庭下,自云:"平日善为盗。某年日某处火烧若干家,即某为之。假此为奸,至于杀人。或有获者,皆冤也。前后皆百余所,未尝败露。后来所积既多,因而成家,遂不复出。所扶之人,即其孙也。今年逾八十,自陈于垂死之际,欲得后人知之而已。"登大惊鄂,命左右缚之,则已殂矣。程可久云。

83　马子约纯负材自任,好面折人,人敬长之。建炎中,吕元直作相,子约求郡,元直拒之,徐云:"有英州见阙,公可往否?"子约曰:"领钧旨。待先去为相公盖一宅子奉候。"朱新仲云。

84　靖康之末,二圣北狩,四海震动,士大夫救死不暇,往来贼中,洋洋自得者,吴开、莫俦二人,路人所知也,事定皆窜逐岭外。秦会之为小官时,开在禁林,尝封章荐之,疏见其文集中,称道再三,秦由此进用。后为相,遂放二人逐便。开,滁人也,内自愧怍,不敢还里,卜居于赣上。秦乃以其婿曾端伯慥知虔州。

85　国朝以来,六曹尚书寄禄,今之金紫银青光禄大夫之官也。虽不登二府,亦循途而迁。国初,如窦仪、陶谷、邢昺,后来杨文庄、张忠定、晁文元、孙宣公、马忠肃、余襄公。元丰官制后易今名,如滕章敏、王懿敏、王懿恪、范蜀公之类。祐陵时,温万石、孟昌龄、王革父子、宋乔年、盛章、詹度,皆为金紫银青光禄大夫,极多,不止此。中兴后,宋觋益谦、洪景卢迈俱宣奉大夫,上课陈乞,悉梐不行。

86　李伯时自画其所蓄古器为一图，极其精妙。旧在上蔡毕少董良史处。少董尝从先人求识于后。少董死，乃归秦伯阳熺。其后流转于其婿林子长桷，今为王顺伯厚之所得。真一时之奇物也。先人跋语云："右《古器图》，龙眠李伯时所藏，因论著自画，以为图也。今藏予友毕少董家。凡先秦古器源流，莫先于此轴矣。昔孔子删《诗》《书》，以尧、舜、殷、周为终始，至于《系辞》，言三皇之道，则罔罟、耒耨、衣裳、舟楫所从来者而，继之曰：'后世圣人者，欲知明道、立法、制器咸本于古也。'本朝自欧阳子、刘邠父始辑三代鼎彝，张而明之曰：'自古圣贤所以不朽者，未必有托于物，然固有托于圣贤而取重于人者。'欧阳子肇此论，而龙眠赓续，然后焕然大备。所谓'三代邈矣，万一不存，左右采获，几见全古'，惟龙眠可以当之也。此图既物之难致者而得之，又少董以闻道知经，为朝廷识拔，则陈圣人之大法，指陈根源，贯万古惟一理，其将以春秋侍帝傍矣。"顺伯录以见予。

87　靖康之乱，省部文字散失不存。南渡之后，有礼部老吏刘士祥者，大为奸利。士子之桀黠者，相与表里，云"某岁曾经省试下合该年免"，既下部，则士祥但云"省记到"，因而侥幸，遂获推恩者不知其数。薛叔器云。

88　张彦实构括，番易人，子公参政大父行。有《东窗集》行于世。自知广德军秩满造朝，除著作郎。秦会之当轴，其兄楚材为秘书少监，约彦实观梅于西湖。楚材有诗，彦实次其韵云："天上新骖宝辂回，看花仍趋雪英开。折归忍负金蕉叶，笑插新临玉镜台。女𫠜未须翻角调，锦囊先喜助诗材。少蓬自是调羹手，叶底应寻好句来。"时楚材再婚，故及玉镜台事。会之见之，大称赏曰："旦夕当以文字官相处。"迁擢左史，再迁而掌外制。杨原仲并居西掖，代言多彦实与之润色。初亦无他。彦实偶戏成二毫笔绝句云："包羞曾借虎皮蒙，笔阵仍推兔作锋。未用吹毛强分别，即今同受管城封。"原仲以为诮己，大怒诉于会之，讻言路弹之。彦实以本官罢为宫祠。谢表云："虽造化之有生有杀，本亦何心；然臣下之或赏或刑，咸其自取。"屏居数年，求休致。先除次对，帅南昌。虽生不及拜命，而身后尽得侍从恩数。

89　绍兴壬戌夏，显仁皇后归就九重之养，伯氏仲信，年十八，作

《慈宁殿赋》以进云："臣闻乾天称父,坤地称母。天地至大,必言之以父母者,明其尊崇博厚,无以加也。是以圆首方足,皆仰之、寿之、欲报、欲奉,无不极尽。由古以来,圣人之盛,莫过尧舜,而孟子以谓尧舜之道,孝悌而已矣。恭惟皇帝陛下,继大人之照,宜日中之丰,体尧迈舜,宪古明王,以治天下,发为号令典诰,庙谟宸断,亲仁善邻,开物成务者,莫不以孝为首。臣闻孔子谓曾参曰:'明王以孝治天下,故灾害不生,祸乱不作。'仰惟陛下,曩者以皇太后扈从未还,愿见之心,致轸宵旰;四方兆民,延颈指日,以冀来音久矣。斯焉天人交孚,邻邦修睦,橐弓韬矢,息师偃革,寰宇之间,遂臻安堵。恭奉魏驾,言归阙庭。凡在动植,孰不手舞足蹈,翼鼓膺奋!通观古初,复无前此。臣伏以老氏三宝,以慈为首;乾元之道,万国咸宁。洪惟慈宁之殿,合为嘉名,超轶前世。致安之道,繇是以始。形势制作,焕乎其有文章,仪刑万邦,风化际薄,无所不及。若尧之光被四表,舜之丕冒海隅苍生者,行见于今日,甚盛烈也。臣生长当世,薰陶渐摩,德义之人,目睹心欣,不能自已。思欲颂良图,协恭式,化成规,诚开金石,感动远迩,以彰圣治莫大之庆,而昭述巨美者有日矣。辄因殿之名,以推原万一。至于辞意浅陋,言语肤率,不能抉奇摘异以为伟,不惟不能,亦所不敢也。臣谨昧死再拜而作赋焉。臣恭惟皇帝之嗣位十六载也,海宇澄清,四方砥平,受上天之眷命,绍洪基于大明。迩安远至,措刑寝兵。人熙熙兮春台,物荡荡兮由庚。六服承德,众心成城。所以复炎德之辉,而迓周邦之衡。先是魏驾从狩邻国,克享天心,咸有一德,式遄来归,欢动九域。乃命群工,择基之隆,储祥之胜,圻建问安之上宫。列辟肃然而赴职,百执枪然而效忠。爰即行阙,以成厥功。于是上高拟天,下蟠法地,削甘泉之繁缛,屏含元之侈丽,揆太极之宸模,就坤灵之宝势。乃诹龟筮,龟筮协从;乃稽万物,万物无异。帝曰钦哉,乃彰鸿名。慈以覆育于天下,宁以镇服于寰瀛。盖将昭徽音于太姒,而表思齐于周京者也。有严有凭,或降或升。揆之以日,筑之登登。经始勿亟,百堵皆兴,伎者献其伎,能者精其能。否往兮泰来,阃决兮垠开。仓昊驰耀兮,黄祇助培。运郢硕之斤斧,攻杞梓之良材。万杵散雨兮,千镵转雷;离娄督绳兮,而公输削墨;夏育治砾兮,孟贲掇茇。

声隆隆兮伐乔枚,势辚辚兮豁层厓。长林巨植兮,千年之产而万年之材。辗如闾、直如矗兮,崔嵬于时。山壤献灵,川流效祉。陆架水浮,风屯云委。辐凑鳞集,衡行栉比,以萃于殿之址也。于是匠氏经营,百艺骈并。砺焉而砺,硎焉而硎。高下曲折,涂墍丹青。此兴造之本意,而动作之形容也。既而四周凌天而岌嶪,九门参空而伶俜。阙百常兮屋十寻,皆楗爵兮建瓴。儋儋千栭,闲闲旅楹。岫绮对砌,窗霞翼楯。彤墀洋洋,金碧煌煌。神鸥展吻而呕呀,文犀厌牖而赫张。宝排象拱,列星间梁。撩桷栾橤,黼藻铅黄。玫瑰玳瑁,翡翠明珰。方疏圆井,琐连斗扛。枅欂上承,柱石下当。腾双猊兮盘础,刻怒兕兮伏相。其蟠也颜九渊之虬屈,其矗也若千仞之凤翔。或倒文漆于卫社,或荐孤桐于峄阳。乌桕横截,细葽交相。第栲栵与椅榎,积梗栅兮豫章。盖天下之奇干,尽羽粲而国橤。夫然未足以比其制,未足以形其雄。缪辖峣炭,飞云架空。出入兮日月,吸呼兮雨风。开重轩兮累玉,鳞万瓦兮游龙。高下发直,左右翼从。西八东九,金砾珉镕。平写三山之景,坐移群玉之峰。喜泄泄兮乐融融,入如遇兮出如逢。映斗杓而瞳眬,挹天汉兮春容。观其巨镇在南,长江在东,前拥后顾,盘错窈隆。占皇图之奕奕,郁佳气之葱葱。天海相际,造化溟濛。雕题贯膂,大幅胴朦。寻撞戴斗兮航浮,索援皆驰驱而致恭。采肃慎之楛矢,职夷黔之布赍。上则天目、於潜之山,凤凰南北之巅,巉岩巇岿,窈窕回旋。状群羽之集麓,若万马之奔川。海门之潮,沧溟之渊,濠汹奔放,势如朝焉。皆足以小崤、函而吞泾、渭,等河、雒而隘陇、岍。夫以此而驻跸,实一制而万全。然而不以为离宫,不以为别宇,而独以奉长乐之安,而为承颜之所,故能远迈汉唐,夸历三五,则虽兼天下之奉,极天下之贵,亦人所乐而天所与也!凡臣所铺翼而陈之者,尚可名言之也。非比三吴之盛丽,九旗之容卫,六宫之深严,万物之侈冶,不足以隆一人之孝于无穷。于是俯而拜,仰而重曰:当乎法驾言归,宗祏生辉,千丈万骑,如指如摩,备一时之盛礼,庆万国之洪禧。望阊阖兮瑞霏微,刳舥棱兮祥威蕤。驭严严之玉辇,建飔飔之朱旗。华盖效杠,天骥骖非。增日星之光明,阗老幼之提携。千官之班兮鸳鹭,兆民之欣兮婴慕。喜慢动于堪舆,泽周流于道路。乐极者或至于抃跃，感深者争先于驰骛。沈潦晏然兮屏翳收风，爰硅不兴兮丰隆霁怒。双闳敞兮如升，万室昂兮如诉。若乃万寿诞日之辰，一人会朝之际。济济峨峨，群臣在位，皆辅皋而弼夒，过房、杜兮丙魏，奉玉卮兮琼甓，展采仪兮文陛。皇帝躬蹈事亲之美，以独高于万世。进退礼乐，抑崇下贵。隆帝业兮亿载，欢祝圣人兮千万岁。然后敷兹睿化，遍于中下，尊卑模范兮盈里闾，膏泽渗漉兮盛王霸。工在衢，士在朝，而农在野。百度修明，万几间暇，无有遐遗。睦如姻娅，四海安若。覆盂九有，基如太、华。于是有客相谓曰：子闻今日之盛事欤？曰：然。嘻！为尧舜神人以和运，绍五帝狱讼讴歌，但无为而已矣，于致养以云何？岂若我皇躬勤俭之资，恢隆平之时，约己以奉太母之训，致美以化群黎之为。端壹心而应感，斥众异之盱睢，焕烂方册，照溢《书》《诗》哉！且客闻历代之制乎？土阶之卑，不免乎俭固；雕橼之饰，不免乎骄奢。鲁夸灵光，而但述土木之巧；魏称景福，而徒为制作之华。俱游观之是云，奚文辞之足夸！又岂若我皇绥定邦家，以成孝道，允邵羲、娲哉！且上栋下宇，圣人所取也；至德要道，圣人之孝也；作可楚室，能修泮宫，诸侯之功也。与其论诸侯，曷若言圣道；与其言雄壮，曷若言圣德。明明我宋，得天下之统。蒸哉祖宗，膺器之重，殆二百年，休声无壅。下之所奉者惟君，上之所承者惟亲。当君享九重之实，而亲安万乘之尊，盖匹夫之孝，曾、闵所难，不足以言。惟据域中之大，飨天下之养，然后为重也。已析而合，既失而得，然后为喜之至也！旷古所无，一旦在己，汉唐所恨，自我而得。凡是数者，兼而有之，不特为四方之贺，又将为万世之光宠也。今是殿也，不奢不陋，不高不卑，合礼之界，与天下齐。以是为固，巩于鼎龟；以是为宝，保若山溪。虽广八荒而为城，开溟、渤而为池，倚圆天而为盖，立栋梁于四维，亦奚有宜乎！于是再拜而歌曰：苍苍高旻，覆下民兮。与物为春，泽无垠兮。一人孝至，通帝意兮。金石可开，不可移兮。上下合契，定大议兮。法驾六骒，言还归兮。敕以慈宁，为殿名兮。厥功告成，百室盈兮。居之克安，若石磐兮。四方瞻观，化益宽兮。天人合应，助其证兮。光启中兴，祖武绳兮。绍复大运，法尧舜兮。旋泽曲轸，翕然顺兮。孝道克全，鉴上天兮。寿禄万年，其永延兮。圣人孝兮，感人深责。成贤辅兮，隽功克忱。广殿轩轩兮，巨厦深沉。晨昏之养兮，万乘亲临。财丰俗阜兮，写于薰琴。百姓克爱兮，诸侯克钦。亘万国兮，得其欢心。宫殿之制，已陈之矣；天子之孝，既备述矣；四方之心，见于斯矣；口软字碎，其言卑矣；欲昭圣孝，永无极矣；日月为字，天为卑矣！"许颛彦周跋云："王仲信此赋，如河决泉涌，沛乎莫之能御也。天资辞源之壮，盖未之见。昔柳柳州云：'辨如孟轲，渊如庄周，壮如李斯，明如贾谊，哀如屈原，专如扬雄。'柳州论之古人，以一字到，今不可移易。愿吾仲信，兼用六语，而加意于庄、屈，当与古人并驱而争先矣！"伯氏天才既高，辅以承家之学，经术文章，超迈今古；真草篆隶，沈著痛快；天文地理，星官历翁之所叹伏；肘后卜筮，三乘九流，无不玄解；丹青之妙，模写烟云，落笔人藏以为宝。奏赋之时，与范志能成大诏俱赴南宫。其后志能登第，名位震耀，而伯父坎壈以终。兴言流涕，如昔人《二老归西伯赋》云："一为尚父，一为饿者。"虽升沈之不同，其趣一也。

90　蔡元长元符末间居钱塘，无憀中，春时往雪川，游郊外慈感寺。寺僧新建一堂，颇伟胜，元长即拈笔题云"超览堂"。适有一客在坐，自云能相字，起贺云："以字占之，走召入见，而臣字旁观如月，四字居中，当在初夏。"已而果然。

91　蔡元度娶荆公之女，封福国夫人。止一子，子因仍是也。谈天者多言其寿命不永，元度夫妇忧之。一日，尽呼术者之有名，如林开之徒集于家，相与决其疑，云当止三十五岁。元度顾其室云："吾夫妇老矣，可以放心，岂复见此逆境邪？"其后子因至乾道中寿八十而终。然其初以恩幸为徽猷阁学士，靖康初既，蔡氏败，例遭削夺，恰年三十五，盖其禄尽之岁。由是而知五行亦不可不信也。

92　大观丁亥，家祖守九江，夜登庾楼，远望大江中灯焰明灭，坐客以为渔火。家祖曰："不然，是必为奸者。"遣吏往捕之，顷刻而至，乃舟中盗铸钱。其模如火甲状，每出炉则就水中蘸而取之焉。

93　宣、政中，有两地，早从王荆公学，以经术自任，全乏文采。自建业移帅维扬，临发，作长短句题于赏心亭云："为爱金陵佳丽。乃分符来此。拥麾忽又向淮东，便咫尺，人千里。　　画鼓一声催起。

邦内人齐跪。江山有兴我重来，斟别酒，休辞泪。"官中以碧纱笼之。后有轻薄子过其下，刮去"有"字，改作"没"字，"我"字易作"你"字。往来观之，莫不启齿。

94　唐牛奇章《玄怪录》载："萧至忠欲出猎，群兽求哀于山神云：'当令巽二起风，滕六致雨。'翌日风雨，萧不复出郊。"建炎中，金寇驻楚、泗间，时张、韩拥兵于高邮。虏誓于众，整师大入。二将自料非其敌，深以为怯。将欲交锋之际，风雨大作，虏众辟易散走，损折甚多，因遂奏凯。范师厚直方，滑稽之雄也。为参赞军事。笑云："焉知张七、韩五，乃得巽二、滕六力邪！"闻者为之哄堂。

95　郑德象滋晚守京口，怠于为政。汤致远鹏举为两浙漕，宣言俟应办虏使，至郡按治之。时秦会之当国，德象求援于秦。盖宣和初，秦赴试南宫，郑为参详官，其所取也。至是，汤别秦以行，秦云："郑德象久不通问，有少书信，烦为提携，达因面授之。"汤视缄题云："禀目申呈判府显学侍郎先生。门下具位秦桧谨封。"汤得之，幡然而改。乃奏其治状，遂移帅江东。

96　靖康间，戎务方殷。有士子贾元孙者，多游大将之门，谈兵骋辩，顾揖不暇，自称"贾机宜"。时有甄陶者，奔走公卿之前，以善干事，大夫多使令之，号"甄保义"。空青先生尝戏以为对云："甄保义非真保义，贾机宜是假机宜。"翟公巽每诵之于广坐，以为笑谈。元孙，建炎龙飞，为特奏名第一人。

97　明清绍兴壬午从外舅帅合肥。郡治前有《四丰碑》，屹然有楼基在焉。上云："《唐崔相国德政碑》。李华文，张从申书。"天宝中所立也，词翰俱妙。念欲摹打，是时大兵后，工匠皆逃避未归。已而明清持牧贡造朝，私念复来必须偿此志。继而外舅易镇京口。后十年，明清赴寿春幕，道出于彼，始再往访之，则不复存。询之，云："前岁武帅郭振者，取以砌城矣。"大以怅然。悍卒无知，亦何足责，付之一叹。

98　明清去夏扫松山阴，郡斋中见王成之信所刊其宝藏颜鲁公墨帖，自题其后，极为夸大，固已讶其字画不工，及观其后有云："杨徽之、苏易简、张泊、钱易同观于玉堂之署。"尤为可疑。遂亟取玉堂题名及史册诸传考之：杨文庄初未尝入翰苑；虽苏太简自雍熙六年至淳化五年出入禁林十年，而钱希白以天圣四年方掌内制，距太简之在院，相去凡隔四十五年；希白卒年五十五，是时方为儿童，何缘而同造金坡邪？今春高邮守张仲思顾寄以其家藏秦少游所临兰亭刻置黄堂墨本见遗，后少游题云："元丰二年八月书，时年五十九。"案：少游本传及志铭云："以建中靖国元年卒，年五十三。"而《龙井题名》："元丰五年，三十六。"则又焉得元丰二年年五十九乎？二物皆赝甚明。由是而知凡入石跋识，不可不审也。

99　绍兴甲子岁，衢、婺大水，今首台余处恭未十岁，与里人共处一阁，凡数十辈在焉。阁被漂几沈，空中有声云："余端礼在内，当为宰相，可令爱护之。"少选，一物如鼋鼍，其长十数丈，来负其阁，达于平地，一阁之人，皆得无它。又，三衢境内地名张步，溪中有石，里人号曰"团石"。有谶语云："团石圜，出状元；团石仰，出宰相。"乙丑岁，水涸，石忽如圜镜。明年，刘文孺章魁天下。前岁大水，石乃侧仰，而去年余拜相。此与闽中"沙合南台"盖相似也。沈信叔说云。

《易》贵多识前言往行，《诗》贵多识鸟兽草木之名。至于多闻见则欲守约而守卓，寡闻见则曰无约而无卓。古人有取乎博洽者，于此可见。诚以寡陋之为吾病不浅也。范武之问殽烝，籍谈之忘司典，可以鉴矣。《礼记》有云："学然后知不足，教然后知困。知不足，然后能自反也；知困，然后能自强也。"世之旁搜广采，贪多务得者，其亦以自反、自强者，有以加力于其先，故其知识闻见之多，日以博洽，自然人鲜得而企及。雪溪先生秉太史笔，诸子仲信、仲言，史学得之家传。惟父子志趣高远，学问器识率加于人一等，故所以自期者，夐然与众不同。虽经史子集传记与夫九流百家道释之书，皆已餍饫，方且以为未足，而又求所未闻，访所未见，常有歉然不满之意。兹泰、华所以不得不高，溟、渤所以不得不深也欤。不谅自幼服膺雪溪先生之名，恨不得抠衣趋隅，在弟子列。所幸得从仲信、仲言游。仲信寓越之萧寺，不谅以敝庐密迩，时一相过，未尝不剧谈终日，有补于茅塞为多。仲言后居甥馆于嘉禾，每兴契阔之叹。仲信著《京都岁时记》、

《广古今同姓名录》；留心内典，作《补定水陆章句》；洞晓天文，作《新乾曜真形图》。此皆平昔幸得以窥一斑者。不宁惟是，其发为稗官小说，尤不碌碌。仲言著《投辖录》、《清林诗话》、《玉照新志》、《挥麈录》。昆季之所作，类皆出人意表，且学士大夫之所欲知者，益信夫父子之博洽。虽名卿巨公，无不钦服敬慕，盖有自来。遂初尤丈，一时之鸿儒也，淹贯古今，罕见其比。一日，询仲言以天临殿与南唐中主画像，仲言详陈本末，无一不符。遂初惊愕叹仰，以为世不多得，至形诸《公送行泰倅诗》，拟欲告于上，收置史馆，不果。仲言又尝剀切上封事。不谬因不自揆，以拙句殿诸公后，有云"信史赊青简，封章窒皂囊"者，以此。《挥麈》所录，尤仲言平日之用功深者。三复以观，非志不分、力不衰，加之歉然不满者，朝夕于怀，未易得此。是不可以无传也。《前录》先已刊行，《后录》、《余话》，不谬备数昭武日，仲言移书见委，顾浅见寡闻，亦欲以其素所未知者，期天下之共知，是以喜而承命，因浼龙山张君得以继之。若夫博洽如仲言父子者，则勿以见诮可也。庆元庚申秋七月既望，昭武假守浚仪赵不谬师厚父。

历代笔记小说大观总目

汉魏六朝

西京杂记(外五种) 〔汉〕刘歆 等撰 王根林 校点

博物志(外七种) 〔晋〕张华 等撰 王根林 等校点

拾遗记(外三种) 〔前秦〕王嘉 等撰 王根林 等校点

搜神记·搜神后记 〔晋〕干宝 陶潜 撰 曹光甫 王根林 校点

世说新语 〔南朝宋〕刘义庆 撰 〔梁〕刘孝标注 王根林 标点

唐五代

朝野佥载·云溪友议 〔唐〕张鷟 范摅 撰 恒鹤 阳羡生 校点

教坊记(外七种) 〔唐〕崔令钦 等撰 曹中孚 等校点

大唐新语(外五种) 〔唐〕刘肃 等撰 恒鹤 等校点

玄怪录·续玄怪录 〔唐〕牛僧孺 李复言 撰 田松青 校点

次柳氏旧闻(外七种) 〔唐〕李德裕 等撰 丁如明 等校点

酉阳杂俎 〔唐〕段成式 撰 曹中孚 校点

宣室志·裴铏传奇 〔唐〕张读 裴铏 撰 萧逸 田松青 校点

唐摭言 〔五代〕王定保 撰 阳羡生 校点

开元天宝遗事(外七种) 〔五代〕王仁裕 等撰 丁如明 等校点

北梦琐言 〔五代〕孙光宪 撰 林艾园 校点

宋元

清异录·江淮异人录 〔宋〕陶毂 吴淑 撰 孔一 校点

稽神录·睽车志 〔宋〕徐铉 郭彖 撰 傅成 李梦生 校点

困学纪闻 〔宋〕王应麟 撰 栾保群 田松青 校点

齐东野语 〔宋〕周密 撰 黄益元 校点

癸辛杂识 〔宋〕周密 撰 王根林 校点

归潜志·乐郊私语 〔金〕刘祁 〔元〕姚桐寿 撰 黄益元 李梦生
　　校点

山居新语·至正直记 〔元〕杨瑀 孔齐 撰 李梦生 庄葳 郭群一
　　校点

南村辍耕录 〔元〕陶宗仪 撰 李梦生 校点

明代

草木子（外三种） 〔明〕叶子奇 等撰 吴东昆 等校点

双槐岁钞 〔明〕黄瑜 撰 王岚 校点

菽园杂记 〔明〕陆容 撰 李健莉 校点

庚巳编·今言类编 〔明〕陆粲 郑晓 撰 马镛 杨晓波 校点

四友斋丛说 〔明〕何良俊 撰 李剑雄 校点

客座赘语 〔明〕顾起元 撰 孔一 校点

五杂组 〔明〕谢肇淛 撰 傅成 校点

万历野获编 〔明〕沈德符 撰 杨万里 校点

涌幢小品 〔明〕朱国祯 撰 王根林 校点

清代

筠廊偶笔 二笔·在园杂志 〔清〕宋荦 刘廷玑 撰 蒋文仙 吴法源
　　校点

虞初新志 〔清〕张潮 辑 王根林 校点

坚瓠集 〔清〕褚人获 辑撰 李梦生 校点

柳南随笔 续笔 〔清〕王应奎 撰 以柔 校点

子不语 〔清〕袁枚 撰 申孟 甘林 校点

阅微草堂笔记 〔清〕纪昀 撰 汪贤度 校点

茶余客话 〔清〕阮葵生 撰 李保民 校点